Tome I : Julia (1).

C'était peine perdue d'avoir voulu inculquer à Julia ces qualités qu'il est d'usage d'exiger des femmes : docilité, patience, abnégation, respect des traditions. Mme *Angellier le constate une fois de plus en écoutant sa fille aînée proclamer qu'elle refuse de se laisser marier avec quelqu'un qui ne lui plaît pas, quand bien même cette union convient à son père.*

Envisage-t-elle une autre alliance que n'approuverait pas Alfred Angellier ? Dans cette première moitié du XIXe *siècle, l'idée est presque inconcevable.*

Julia y songe pourtant — elle aime Rodolphe Vernet, fils d'un colonel d'Empire installé au domaine de Mogador depuis près de dix ans. Qui dit « bonapartiste » dit « racaille » pour un royaliste ultra tel qu'Alfred Angellier. Quand Rodolphe vient demander la main de Julia, il l'éconduit brutalement et enferme sa fille dans un couvent.

Il faudrait ne pas être fougueuse et habituée à n'en faire qu'à sa tête comme Julia pour s'incliner. Elle attendra longtemps, combattra durement, mais entrera en souveraine à Mogador. Là encore, elle devra soutenir d'autres luttes pour agrandir le domaine et consolider la famille des Vernet, dont l'histoire passionnante commence dans ce volume, le premier des six où Elisabeth Barbier fait revivre Les Gens de Mogador.

LES GENS DE MOGADOR

2

ŒUVRES D'ELISABETH BARBIER
CHEZ POCKET :

LES GENS DE MOGADOR, *roman*
- JULIA, tomes I et II.
- LUDIVINE, tomes I et II.
- DOMINIQUE, tomes I et II.

ELISABETH BARBIER

LES GENS DE MOGADOR

2

JULIA

Tome II

JULLIARD

ISBN 2-266-06953-5

POUR MAMAN

« ... N'est-ce pas ici le verger merveilleux dont parlent les lais de harpe : une muraille d'air l'enclot de toutes parts ; des arbres fleuris, un sol embaumé ; le héros y vit sans vieillir entre les bras de son amie et nulle force ennemie ne peut briser la muraille d'air ?

« Déjà, sur les tours de Tintagel, retentissent les trompes des guetteurs qui annoncent l'aube.

« Non, dit Tristan, la muraille d'air est déjà brisée, et ce n'est pas ici le verger merveilleux. Mais, un jour, Amie, nous irons ensemble au pays fortuné dont nul ne retourne. Là s'élève un château de marbre blanc ; à chacune de ses mille fenêtres, brille un cierge allumé ; à chacune, un jongleur joue et chante une mélodie sans fin ; le soleil n'y brille pas ; et pourtant, nul ne regrette sa lumière : c'est l'heureux pays des vivants. »

TRISTAN ET ISEUT.
(Chant VI).

7

LE frac comme la robe étaient prêts. Et Julia, le matin du 7 septembre, se tenait toute raide, assise sur un tabouret, dans sa chambre, tandis que le coiffeur venu de la ville combinait un bouquet de diamants, des plumes, et des guirlandes, avec les lourdes torsades noires dûment cosmétiquées, pour édifier le chef-d'œuvre de sa carrière.

Soudain, une vague de cris, d'exclamations, et de hurlements, monta du vestibule.

Julia bondit vers le couloir dans un éparpillement d'épingles à cheveux, et se pencha par-dessus la rampe :

— Qu'est-ce que c'est ? Qu'arr... Amélia !

Elle rejoignit en trombe au milieu de l'escalier Philo qui rapportait précautionneusement l'enfant :

— Là, là ! c'est rien, pleurez pas, ma galinette (1).

A la vue de sa mère, Amélia hoqueta.

Philo expliqua, très vite :

— Elle m'a encore échappé, Madame, cette monstre de petite ! Pour aller écheler le banc qui est contre la serre. Et elle est passée à travers les carreaux. — L'essoufflement hachait ses phrases. — Elle peut plus bouger son coude. Regardez ! Si c'est pas...

L'air siffla entre les lèvres de Julia.

(1) *Galinette :* Poulette.

L'os semblait prêt à sortir. Et des traînées de sang maculaient le tablier blanc de Philo.

— Donne-la-moi, ordonna-t-elle, avidement.

Le transfert fit de nouveau hurler Amélia, malgré les gestes mesurés auxquels se contraignait sa mère.

« Ses yeux, sa figure... » Intacts. En un éclair, Julia vit tout ce qui eût pu arriver de pire. « Merci, mon Dieu ! »

— Vite, dit-elle à Philo, cours dire à Ernest d'aller chercher le docteur Lapierre.

Quand Rodolphe rentra, peu après, il trouva rassemblés dans le vestibule, le jardinier, Ernest, Pierroune, et la fille de cuisine, qui le mirent au fait.

Dans leur chambre, debout contre le lit où Julia avait déposé sa fille, le médecin terminait le dernier pansement après avoir retiré des fragments de verre de plusieurs entailles.

Philo tenait une cuvette dont l'eau était rouge.

Et Julia, son peignoir souillé, serrait entre ses mains la main de l'enfant, penchant au-dessus d'elle sa tête couronnée d'un somptueux assemblage de cheveux, de fleurs, et de bijoux, d'où s'échappait, défaite, une longue mèche que le coiffeur n'avait pas eu le temps de fixer.

— Ce n'est rien, jeta-t-elle à Rodolphe, en le voyant entrer, la figure décomposée.

D'une voix qui s'étranglait d'émotion, il articula :

— Docteur...

Le médecin se retourna vers lui :

— Rien de grave. Mme Vernet a raison. Tout juste une petite luxation du coude que nous venons de réduire, et quelques coupures superficielles, qui ne laisseront aucune trace, rassurez-vous. Elle aura sans doute un peu de fièvre aujourd'hui, mais...

Il s'interrompit, et dévisagea le maître de Mogador :

— Allons, allons ! Va-t-il falloir vous soigner aussi ? Mme Vernet a été plus courageuse. Puisque je vous dis...

Rodolphe essuya d'un revers de main la sueur qui perlait à son front, et s'approcha du lit.

— Papa ! murmura Amélia, dolente.

— Mon pigeon à moi ! Tu as mal ?

— Oui-i-i, gémit-elle.

Il avança des doigts tremblants et lui effleura les cheveux ; la contempla de tous ses yeux ; et, finalement, attira un fauteuil à lui et s'y laissa tomber.

— Sacrédié ! cela m'a coupé les jambes. Vous m'excuserez, Docteur ?

Sur le seuil de la chambre, le médecin causait avec Julia.

Elle l'accompagna jusqu'au perron, rentra donner ses ordres à la cuisine, puis remonta.

Rodolphe était toujours assis, le regard fixé sur la figure pâle de sa fille.

Julia vint par-derrière et lui caressa l'épaule :

— Voilà. Ernest est parti pour Tarascon, faire exécuter l'ordonnance. Il va vous falloir manger seul, mon ami chéri. Pierroune m'apportera mon repas ici.

Il retint un moment contre sa joue cette main dont la caresse l'apaisait. — Oui, ma mie. — L'embrassa au creux de la paume, avec la sensation de boire une gorgée d'eau fraîche.

— Allez vite, dit-elle. Tout est prêt, en bas.

L'injonction dosait la tendresse et la fermeté avec exactitude, comme il le fallait pour qu'il fût soulagé de pouvoir obéir.

Il se leva.

Côte à côte, tous deux regardèrent leur enfant.

— Maman… souffla Amélia, enfouie, minuscule, dans ce grand lit.

Julia lui souriait, d'un sourire encore tendu.

La petite avança sa main gauche indemne vers le bouquet de diamants qui brillait encore dans les cheveux de sa mère.

— C'est joli.

Vers la fin de l'après-midi, elle dormait ; et Rodolphe, après un déjeuner réparateur, avait retrouvé sa vitalité.

Il ne fallut guère à Julia qu'un peu d'insistance pour le convaincre de passer son frac :

— Que l'un de nous demeure, cela suffit bien. Allez vous préparer, mon cœur. Une occasion pareille. Ce serait fou de la manquer, croyez-m'en.

Il se faisait prier. Mais sa femme savait combien il avait envie d'assister à cette soirée.

A son propre regret, Julia mesurait celui, bien pire, que se ménagerait Rodolphe s'il s'en privait.

— Au moins, de cette façon, vous pourrez tout me décrire, ensuite.

Finalement, il prit son parti :

— ... Mais je ne ferai qu'aller et revenir. Le temps d'être présenté à l'Empereur et à l'Impératrice.

— Dieu garde ! Restez le temps de tout voir, je vous en prie, et regardez-la bien, surtout elle. Vous me rapporterez en détail comment elle est.

Habillé, le haut-de-forme à la main, il rentra, pareil à un soleil nocturne, dans la chambre aux persiennes tirées derrière lesquelles le jour doré tournait doucement au rose du soir.

— Comment va-t-elle ? Pensez-vous vraiment que je puisse partir tranquille ?

— Bien sûr.

Tous deux écoutèrent la respiration de l'enfant, régulière, bien qu'un peu rapide.

— Vous serez en retard, dit Julia. Allez vite.

— Ma mie... — D'un air honteux, il la prit entre ses bras. — Quand je pense qu'il me faut vous laisser ici. Moi qui me faisais une telle fête de vous...

— Oui, oui.

Allait-il falloir aussi qu'elle le consolât ? Elle ne savait plus ce qu'elle eût souhaité, tout au fond d'elle-même, qu'il courût vers ce plaisir tant attendu, ou qu'il le lui sacrifiât.

Le cœur gros, elle le bâillonna du bout des doigts, et lui désigna l'enfant d'un geste du menton :

— Partez vite, avant de me l'avoir réveillée. Avec votre grosse voix... !

L'étreinte de Rodolphe lui coupa le souffle.

Sur les pointes de ses escarpins qui craquaient, il gagna la porte et, de là, lui envoya un dernier regard qu'elle reçut comme un baiser.

Ces yeux bruns... leur chaleur, leur franchise. Elle sentit s'adoucir ses regrets.

— Raoux vous l'a réussi, cet habit, dit-elle.

La figure de Rodolphe s'illumina.

— C'est vrai ?

Il pirouetta, afin qu'elle le vît sous tous les angles.

— Il vous plaît ?

— Allez-vous vous sauver ?

Elle entendit son pas dans l'escalier, puis le bruit de l'huis, en bas. Puis celui de la portière claquée allégrement. Puis le départ de la voiture.

Un moment après, Philo entra, l'aperçut, assise près du lit, s'approcha, et contempla l'enfant en hochant la tête.

L'une près de l'autre, à leur insu ces deux femmes s'étayaient.

Julia sentit lui revenir cette paix vainement implorée l'instant auparavant.

Des alertes de ce genre, il y en avait eu maintes fois, avec tous ces enfants, les siens, les autres. « Les angines de Cyprien, cette entérite d'Eloi, la coqueluche qu'ils s'étaient tous passée des uns aux autres, l'affreuse nuit où Henri, encore au berceau, avait été pris de convulsions, le jour où Fulcran était tombé dans le bassin, celui où il avait reçu un coup de pied de cheval. Celui... »

Elle y pensait, et elle savait que Philo y pensait à côté d'elle.

— Que font-ils ? On ne les entend pas. Ils ont été sages ?

— Comme jamais !

A croire que l'événement les avait impressionnés.

— Pierroune les a emmenés du côté du verger. Ils ont goûté, et ils sont tous partis avec elle. Ah ! si, tous les jours que le bon Dieu fait, ils pouvaient être comme ça !

— Tu ne le voudrais pas. Ce sont des garçons.

Philo soupira, avec un coup d'œil sur Amélia.

— Et celle-là en est pas un. Et c'est la pire.

L'enfant geignit dans son sommeil. D'un seul mouvement, toutes deux se penchèrent, anxieuses. Epièrent. Puis se redressèrent.

— Donne-moi ma robe grise, dit Julia. Et mon bonnet aux rubans verts. Le docteur doit revenir vers sept heures.

Dans la chambre voisine où s'était habillé Rodolphe, attendait cette merveille qui avait coûté si cher : la robe que Julia ne mettrait pas.

Elle acheva de boutonner son corsage, tira sur les volumineuses sous-manches de linon qui dépassaient des manches à pattes d'éléphant, et alla s'asseoir devant la table de toilette pour lisser ses cheveux.

Fleurs et bijoux s'y trouvaient encore, en désordre, hâtivement ôtés.

Elle appela Philo d'un signe de tête, et les lui désigna :

— Tu remettras la parure dans le coffret.

⁂

« Le bal de l'Empereur... » Rodolphe en parlait encore à chaque instant, avec enthousiasme, au grand agacement de sa femme dont l'intérêt était depuis longtemps épuisé.

Tout paraissait dater de là, lorsqu'elle y réfléchissait. D'abord, l'on ne fait qu'en rire. Mais, à la longue...

En cette fin d'année 1860, bals, soupers, réunions de toutes sortes, se suivaient de près. Et Julia commençait à être excédée de voir Rodolphe s'y tailler un succès auprès des belles qui papillonnaient autour de lui, et leur partager des attentions et des galanteries dont il devenait par trop prodigue.

Quelques mots d'Elodie Vernet tombèrent comme un réactif chimique sur les sentiments encore confus qui agitaient sa bru pour les transmuter instantanément en un précipité aux caractéristiques aisément identifiables.

— J'ai entendu parler de ce dîner à Arles, chez les

Jonquéras, commença la vieille dame, abruptement, comme elles se trouvaient ensemble, seules dans le salon, le lendemain de l'arrivée du ménage à Tourvieille pour les fêtes du bout de l'an.

Le doigt de Julia demeura posé sur la majuscule de l'abécédaire qu'elle faisait épeler à Cyprien.

— Vraiment, ma mère ?

Qui eût cru que Mme Vernet l'ancienne s'intéressât aux mondanités du voisinage ?

Sans savoir ce qui allait suivre, déjà, au ton brusque qu'avait pris sa belle-mère, Julia, défiante, tombait en garde.

— Une brillante soirée, dit-elle, prenant les devants. Lucie vous a raconté, sans doute...

— Rien du tout ! trancha Elodie Vernet. Lucie ne m'a rien dit, sinon qu'elle s'y était amusée. Et il se peut qu'en effet, elle n'ait rien remarqué, telle que je la connais. Mais quant à vous, ma bru...

— « B », c'est un « B » ! énonça triomphalement Cyprien, accoudé aux genoux de sa mère.

Julia referma le livre.

— Oui, mon chéri. C'est très bien. Va jouer, maintenant.

Sa voix était posée, à peine un peu trop calme.

Elle attendit que l'enfant fût sorti.

— Vous disiez, ma mère ?

— Je disais qu'à votre place, je veillerais à garder mon époux pour moi toute seule.

— Mais ma mère...

Elodie Vernet ne se laissa pas interrompre.

— Il est possible que ce soit là une prétention démodée aux yeux de la société que vous fréquentez. Que les mœurs aient changé, je ne le sais que trop ; mais ce n'est point mon affaire. Par contre, il me déplaît souverainement que le nom des Vernet soit mêlé à des ragots que l'on colporte.

Le sang quitta d'un seul coup la figure de Julia. Elle enfonça les ongles dans ses paumes.

— Vous parlez de ragots. Je m'étonne que vous en

fassiez état. Croyez-le bien, il me déplairait autant qu'à vous-même...

Elle ne put achever, mais dut avaler une gorgée d'air. Son cœur enflait dans sa poitrine.

— Dieu sait ce que l'on a pu vous dire. Mais ce dont je suis sûre, c'est que mon mari est fidèle, acheva-t-elle, avec toute la hauteur qu'elle put mettre dans son intonation.

« Elle me déteste. Elle m'a toujours détestée. S'il y avait la moindre parcelle de vérité là-dedans, elle eût été bien aise de se taire. »

Mais la phrase d'Elodie Vernet ronronnait dans sa tête, à la fréquence d'un moteur en marche : « *Je veillerais à garder pour moi seule... garder... moi seule... veillerais...* »

Julia se contraignit de toutes ses forces à lutter contre l'instinct qui la poussait à s'enfuir hors du salon pour courir se terrer avec le trait qu'elle portait enfoncé, et crier et se débattre à son aise.

— Je veux vous croire, ma fille. Mais, en ce cas, c'est encore pis de le voir afficher les apparences contraires. — Elodie Vernet médita un instant, en silence. Une expression d'incertitude s'ébaucha bizarrement sur sa figure. — Je pourrais parler à mon fils. Mais je ne sais si ce serait une bonne méthode. Quoi qu'il en soit, il doit y avoir quelque chose à faire. A vous de trouver. Moi, je n'ai guère d'expérience en cette matière. Dieu merci ! jamais M. Vernet...

« Evidemment. A l'époque de leur mariage, déjà, le colonel avait plus qu'à moitié passé la quarantaine », se rappela Julia. Mais Rodolphe, ce grand enfant, aurait-il, dix ans plus tard, suffisamment appris à vieillir pour que sa femme renonçât à se tenir en alerte ?

Elle n'écoutait plus sa belle-mère.

— ... Que si même cet avertissement vous a été désagréable, vous en ferez votre profit.

La vieille dame se tenait, comme à l'ordinaire, raide sur son siège contre lequel rien n'eût pu la contraindre à s'adosser. La voix, à travers son tranchant habituel, laissait passer une sorte de gêne.

Julia se dit qu'après tout, Mme Vernet avait peut-être réellement voulu lui rendre service. Comment savoir? Ceux que nous n'aimons pas trichent au jeu avec nous lorsqu'ils se conduisent en amis.

— Je vous remercie, dit-elle, non sans difficulté.

Et, se redressant :

— Mais tout ceci a été ridiculement grossi, et vous n'avez point sujet de vous inquiéter. D'ailleurs, je m'arrangerai pour que cessent les commérages, vous pouvez y compter.

« Vierge Mère ! oui », elle s'arrangerait. Dût-elle... Puisqu'on en jasait à présent jusqu'au fin fond de la Camargue, il n'était que temps.

Elle remonta chez elle.

Son dernier-né dormait dans la vieille berce où Rodolphe avait dormi avant lui.

Après s'être assurée que l'enfant était bien couvert, elle alla s'asseoir devant la table où s'entassaient les présents destinés au Noël de chacun, dans un désordre uniforme de papier glacé et de ficelles d'or.

Les repoussant du coude, Julia enfouit sa tête entre ses mains.

Au-dehors, sur le sol durci, résonnaient les courses des enfants qui jouaient devant la maison.

Julia alla vers la fenêtre et souleva le rideau.

Ils étaient bien emmitouflés. Cyprien avait sa toque écossaise, sa pelisse, ses gants fourrés, et ses grosses guêtres montant sous le pantalon de lingerie qui dépassait de la robe. Amélia, vêtue de velours et cravatée d'hermine, le manchon en bandoulière, trottait sur ses petites jambes rayées de cercles bleus et blancs — « Sont-ils assez chauds, ces bas ? » se demanda Julia — poursuivant son frère avec de grands cris autour des jupes de Pierroune.

Julia laissa retomber le brise-bise, et retourna s'asseoir.

Même la vue de ses deux petits ne lui avait pas apporté d'apaisement. Elle s'en avisa avec angoisse, et réagit à voix haute, comme si le son des mots eût contenu un pouvoir rassurant :

— Allons donc ! il m'est fidèle.

« Fidèle ? » Elle n'en eût pas mis la main au feu. « Et quand bien même... ? »

En était-ce moins douloureux d'assister à son manège ? Moins humiliant de voir se rengorger les péronnelles qu'il courtisait ? Et d'apprendre que les échos de ses sottes prouesses avaient pu parvenir jusqu'à Mme Vernet ? Et de se dire qu'à ce compte, chuchotements, insinuations, commentaires, plaisanteries, racontars de toutes sortes, devaient pleuvoir sur son dos à elle ?

Rodolphe avait besoin d'une leçon, il la recevrait. Et telle qu'il en perdrait l'envie, de longtemps, de s'intéresser à d'autres femmes que la sienne. Tant pis si Mme Vernet se trouvait dans la nécessité de revenir encore une fois sur le chapitre. Des raisons, elle en aurait. Mais ce ne seraient pas les mêmes.

Cependant, les rites de Noël, la tendre solitude à deux où les enfermait à Tourvieille la présence du reste de la famille, les belles randonnées sur la sansouïre gelée, faillirent bien emporter ces résolutions belliqueuses.

Rodolphe se comportait avec le plus grand naturel comme s'il fût tombé amoureux de sa femme la veille. Une quinzaine durant, Julia crut revivre les premiers temps de son mariage.

Puis, ils rentrèrent à Mogador, retrouvèrent chacun leurs occupations. Les visites du jour de l'An commencèrent. Le bal de l'Hôtel de Ville, à Tarascon, rouvrit le feu.

Julia étrennait enfin la toilette de chez Fauvet qui, depuis la soirée de l'Impératrice, attendait quelque occasion marquante pour produire son effet : ces vingt-cinq mètres de satin blanc recouverts d'une arachnéenne guipure de chantilly noir la vêtaient somptueusement. Un collier de topazes à pampilles assorti à ses longues boucles d'oreilles jetait ses feux dorés sur le décolleté des épaules. Et la coiffure ornée de petites plumes d'oiseaux de Barbarie, à la Léda, copiait avec exactitude celle que la comtesse de Montebello avait portée au récent bal des Tuileries.

Un examen méticuleux devant la grande glace de sa chambre l'avait satisfaite.

Au bras de Rodolphe, elle entra dans la salle de bal, résolue à exploiter toutes ses ressources. Qui que ce fût, quelqu'un devait tomber dans ses filets avant la fin de la soirée. Quelqu'un d'étranger à leur cercle d'amis, bien sûr. Mieux valait éviter les complications inutiles.

Elle n'eut pas à chercher longtemps. L'état-major du 3e Hussards était là, au grand complet. Dès la première contredanse, le lieutenant Montaury accourut s'inscrire sur son carnet de bal.

Tout en échangeant avec lui les politesses fleuries de rigueur, elle évalua rapidement, un par un, les avantages et les inconvénients qu'il pouvait présenter, pour le rôle qu'elle lui destinait.

Une prestance avantageuse : le dolman soutaché de brandebourgs, coupé à la perfection, dessinait un torse de lutteur et une taille de jeune fille. Julia le soupçonna de porter un corset. Mais le détail était sans importance. De toute manière, elle n'avait pas l'intention de le vérifier.

Elle poursuivit l'examen : des traits passables, les pointes de la moustache et celle de l'impériale finement effilées, un jeu de prunelles auquel s'étaient déjà laissé prendre suffisamment d'écervelées pour que la moindre ébauche d'une intrigue avec lui ne risquât point de passer inaperçue. Julia n'était pas disposée à faire donner en vain son artillerie. Des manières, de l'esprit, de la conversation. Elle ne se fût point commise avec un sot qu'elle n'eût pu d'ailleurs supporter longtemps. Assez peu de cœur, en outre, pour que nul gâchis de sentiment ne fût à craindre.

Les avantages l'emportaient de loin. L'ennui pourrait venir du fait que, de toute évidence, le lieutenant Montaury entendait lui aussi que la chasse lui rapportât.

Derrière le sourire qu'elle avait fixé sur sa physionomie en vue de l'attaque, Julia supputa froidement les développements possibles de la situation. « Un risque, à coup sûr. » Mais s'il eût fallu s'arrêter aux risques... Il y en a toujours.

« Et j'ai bien suffisamment de tête », conclut-elle, « pour me tirer, au besoin, de n'importe quel pas, si délicat soit-il. Après tout, une femme qui n'aime point n'aventure pas grand-chose. » Et ce Montaury devait être assez homme d'honneur... Tout bien pesé, il ferait l'affaire.

Elle lui abandonna son carnet et, les narines imperceptiblement plissées d'ironie, le regarda derrière ses cils crayonner avec ardeur sur plusieurs lignes.

Rodolphe ne mordit pourtant pas à l'hameçon aussi vite que sa femme l'eût espéré. « Sans doute était-il trop absorbé au milieu de ses sultanes », se dit-elle, au retour, en le voyant arborer une mine de pacha satisfait.

— Bonne soirée, déclara-t-il, avec candeur, tout en dénouant sa cravate. Je me suis amusé. Et vous, ma mie ?

— Moi aussi, beaucoup, affirma Julia qui étouffait de rage.

Elle laissa traîner à dessein son carnet ouvert sur le guéridon, à l'endroit où il déposait le contenu de son gousset.

Mais Rodolphe n'eut pas la curiosité élémentaire qui l'eût conduit tout droit à découvrir la place abusive qu'y tenait la même signature.

Etait-ce donc pis que Julia ne l'eût cru, pour que la nouveauté de la conduite de sa femme n'eût point attiré son attention ?

« Fort bien ! La prochaine fois, nous forcerons la note », se promit-elle, inquiète et férocement mortifiée.

L'esprit d'observation était sans doute plus développé chez les meilleurs amis de Rodolphe :

— J'ai rencontré Sabatier, annonça-t-il, quelques

jours plus tard, en revenant d'Arles. Je ne sais ce qu'a bien pu lui faire Montaury. Il m'en a dit pis que pendre.

« Fidèle Sabatier, cher Sabatier, ami véritable. » Julia l'eût volontiers couvert de bénédictions.

— Vraiment ?

Affectant un détachement outré, elle guignait Rodolphe.

— Il n'en conviendra jamais, continua cette perle des maris, mais, pour sûr, cela provient d'une histoire de femme. Avec Montaury, vous pensez...

« Une telle divination... » Découragée, Julia hocha le menton, tandis qu'il se dirigeait vers la penderie pour se débarrasser de son chapeau melon et troquer sa veste de cheval contre un vieux pet-en-l'air.

Sa femme l'entendit fredonner joyeusement, de sa voix la plus fausse :

« *Ah ! il a des bottes, il a des bottes, Bastien...* »

Un instant plus tard, il rentra dans la chambre, à la recherche de son pot à tabac.

— Et, à propos, où en sont les amours de la petite sœur ?

« Au diable ! » pensa Julia, rancunière, lui dérobant avec volupté son expression favorite pour en user contre lui. « Au diable, au diable ! » Indéniablement, cela soulageait. Dommage de ne pouvoir, rien qu'une petite fois, le lui lancer à voix haute.

— Vous avez vu Pradeilles ? insista Rodolphe, sans remarquer l'hostilité de ce mutisme. Il serrait de près la femme de ce gros propriétaire de Saint-Rémy... Là... Vous voyez bien qui je veux dire ? Son nom m'échappe. J'ai même remarqué...

Il y avait de quoi regretter amèrement de n'être pas demeurée une tombe scellée sur les secrets d'autrui.

Julia opposa un visage de bois à ce rappel malencontreux de Sophie et de sa passion sans espoir :

— Ecoutez, je vous avais confié tout cela en vous recommandant de le garder pour vous et...

— Eh bien ? Oui. Je n'en ai parlé à personne. A peine un mot à Constant.

— Vous avez... ? — « O Christ ! » Les hommes étaient à battre. — A Constant !...

Et sans doute Constant aussi s'était-il tu scrupuleusement, sauf un mot à peine, à Mère. Et Mère...

« Voilà ! » C'était toute l'explication des rebuffades récentes de Finou, de sa méfiance, de sa hargne accrue. « Pauvrette, dédaignée, et pis encore : ignorée. Et, de surcroît, trahie par sa sœur. »

— Oh ! vraiment, Rodolphe, vous êtes impossible ! Il y a des moments où je me demande... Non ! Laissez-moi.

Il s'approchait, prêt à recourir aux arguments éprouvés dont l'éloquence surpassait tous les discours.

— Ma mie...

— Non, non, et non ! Laissez-moi, vous dis-je. Vous avez agi avec une indélicatesse ! Ne comprenez-vous donc pas que la pauvre petite... Non ! Tenez-vous donc tranquille. Ce n'est pas le moment !

Elle se débattit entre les bras refermés sur elle. « Un moyen comme un autre de clore le débat. Oh ! mais... s'il croit... »

— Allez au diable ! cria-t-elle, dans son exaspération, en se dégageant d'un furieux coup de coude.

Rodolphe en demeura pantois. Sa mémoire exécuta un vertigineux recul sans pouvoir s'accrocher, dans tout le passé commun, à un refus semblable, semblablement exprimé.

— Sérieusement ?

— Sérieusement, assura Julia, sans presque desserrer les lèvres.

Après tout, c'était dit. « Et baste ! » Il l'avait cherché.

Il s'écarta, tourna un instant dans la chambre, comme un halbran à la recherche de sa direction. « Ça, alors !... » Et, piteux, faute d'une meilleure flèche à lui décocher, bougonna en sortant :

— Vous seriez bien attrapée si j'y allais.

***

Au cours des semaines suivantes, ce fut aux relations de Julia de s'étonner.

Elle n'avait jamais eu la réputation d'être accessible aux galanteries amoureuses. L'ironie était sa monnaie ordinaire pour payer soupirs et déclarations hyperboliques. Le sachant, les séducteurs de carrière préféraient diriger leurs traits sur une cible moins décevante. Et les coquettes patentées ne la comptaient point pour une rivale.

Allait-il falloir réviser une opinion bien établie ? Pour la première fois, on pouvait la voir engagée dans un dialogue qui, d'une soirée à l'autre, commençait à prendre une tournure significative, aux yeux les moins avertis.

Le lieutenant Montaury ne faisait pas mystère de l'intérêt qu'elle lui inspirait. Et Julia ne paraissait nullement s'offenser d'une cour de plus en plus pressante. Déjà, voyant sa présence tacitement agréée, le galant semblait, par toute son attitude, se targuer d'une manière de privilège auprès d'elle.

Après avoir refusé d'y croire, Félicité Peyrissac s'en effara, lorsqu'elle put, de ses propres yeux, assister à ce manège au cours d'un bal donné dans une vieille demeure arlésienne.

Là se trouvaient réunis des gens qui, pour considérables ou considérés qu'ils fussent, ne se coudoyaient guère, habituellement, dans un même salon. Rares étaient, par toute la Provence, les hôtes qui eussent pu se permettre pareille tolérance sans se voir aussitôt taxés de trahison par les leurs. Mais la qualité des maîtres de maison interdisait la moindre critique ouverte aux légitimistes les plus intraitables. Et ceux du parti impérial qui recevaient une si flatteuse invitation se fussent bien gardés de la décliner. Rodolphe Vernet tout le premier.

Julia n'eût pu rêver terrain plus propice pour transformer sa querelle privée en événement d'intérêt public, entre les deux camps qui s'affrontaient aux flonflons d'un orchestre amené de Paris à grands frais.

Peu avant le souper, elle et Fécilité se retrouvèrent parmi la cohue des jeunes femmes qui vérifiaient leur coiffure, arrangeaient leur robe, rectifiaient un détail de leur toilette, ou faisaient recoudre un bouton à leur gant, en bourdonnant comme les insectes d'une ruche géante, dans la chambre mise à leur disposition.

Les deux amies attendirent ensemble que la pièce se fût vidée pour s'approcher à leur tour de la table à coiffer.

Julia s'assit, se déganta, prit des épingles à cheveux dans une coupe, et se mit en devoir de les piquer dans l'énorme chignon massé sur sa nuque.

Du coin de l'œil, elle épiait Félicité qui debout devant une psyché, se regardait, visiblement préoccupée, en tapotant sans conviction quelques plis de sa jupe.

— Qui aurez-vous à votre table ? demanda-t-elle, négligemment.

Félicité se précipita sur l'appât. Elle énonça les convives, et questionna à son tour :

— Et vous ?

— Oh ! bien, dit Julia, soignant son effet : le président Germanes, je pense ; et Aurélie Bompard, madame Béchet, le lieutenant Montaury et Hector du Laurens.

Félicité parut mal à l'aise.

— Et Rodolphe ?

— Mais... je ne sais trop, dit Julia, avec nonchalance. Je l'ai un peu perdu de vue, ce soir.

Devant le silence de Félicité, elle se retourna, et la regarda carrément :

— Pourquoi cette question ?

La jeune femme hésita. Puis, rassembla son courage :

— Vous ne vous fâcherez pas, si je vous parle à cœur ouvert ?

Les yeux gris pâle étaient fixés sur elle, impénétrables.

— Au contraire. Dites.

— Eh bien, c'est… Croyez-vous que… — Ce n'était pas facile. — Voilà, se décida-t-elle enfin. Autant que vous le sachiez. On clabaude à votre sujet dans tout Avignon. J'ai eu la tête rompue, cette quinzaine. Et Dieu sait que j'étais incrédule. Mais… Oh ! Julia, comment pouvez-vous être si imprudente ? Moi qui vous connais bien, je sais qu'il n'y a pas un liard de vérité dans tout ce que l'on chuchote. Mais songez quel effet…

Julia jouait avec un peigne d'ivoire marqué d'une couronne.

— A quel propos me dites-vous cela ?

Son calme qui paraissait railleur fit monter le rouge de l'irritation aux pommettes de Félicité.

— Allons, ma chère ! Je ne tiens guère à me mêler de choses qui vous concernent seule. Mais, laissez-moi vous le dire, un peu de discrétion ne vous nuirait pas. Ce soir, l'on est en train de vous compromettre aux yeux de toute l'assistance.

Julia ne cilla pas.

— Croyez-vous ? demanda-t-elle, débouchant un flacon de cristal empli d'une eau de senteur.

Elle s'en versa quelques gouttes dans les paumes, les frotta doucement l'une contre l'autre, et tendit le flacon à Félicité :

— Rodolphe serait bien étonné si vous alliez lui raconter cela.

— Et croyez-vous, vous-même, dit sèchement Félicité, tout en l'imitant, d'un geste machinal, qu'il ne se trouvera pas quelque âme charitable, pour se charger de l'en instruire à bref délai ? Sur ma foi, vous ne vous conduiriez pas autrement si vous cherchiez à ce qu'…

Elle s'arrêta net, en face de la conjecture qui se présentait et déposa le flacon sur le coin de la coiffeuse, sans cesser de dévisager Julia :

— Quoi ? C'est cela ? Tout de bon ?

Julia ne répondit pas, mais sourit.

Toutes deux se regardèrent en silence.

Félicité avança avec curiosité :

— Des représailles ?

— Pas tout à fait. — Le sourire durcissait au coin des lèvres de Julia. — Mais la sécurité sentimentale ne vaut rien aux hommes. Qu'en pensez-vous ? Rodolphe me paraît avoir besoin de préoccupations. Je m'efforce de lui en procurer.

Félicité envisagea le problème avec réflexion, et dit, d'un air de doute :

— Cela peut vous mener loin. Tout le monde en parle.

Julia pianota du bout des doigts sur le bord de la table.

— Je suppose que les gens devaient être un peu las de parler de Rodolphe. Non ?

— Voyons, protesta Félicité, avec chaleur. Vous savez bien qu'il n'y a rien de sérieux dans tout cela. Rodolphe vous aime.

— Et je l'aime, oui. Et l'amour est ce qu'il y a de plus grave et de plus nécessaire entre deux époux. C'est pourquoi je ne veux pas courir le risque qu'il l'oublie, à jouer avec comme il le fait. Je n'admettrais rien ni personne qui nous sépare.

— Pas même le lieutenant Montaury ? demanda doucement Félicité.

Julia haussa les épaules.

— Le lieutenant Montaury n'a aucune importance.

— Je me demande ce qu'en pensera vôtre mari, le jour où il s'avisera...

— Fasse le ciel qu'il s'en avise ! l'interrompit Julia, avec ferveur. Qu'il s'en avise et s'en étrangle de colère. Je ne demande pas autre chose. Et que cela se produise vite, car j'en ai par-dessus les yeux et les oreilles des grimaces et des soupirs du beau lieutenant.

Ce fut à Félicité de hausser les épaules.

— Fasse le ciel que vos désirs ne se réalisent qu'avec mesure. Je ne crois pas et ne croirai jamais que la colère d'un homme aussi violent que l'est Rodolphe Vernet soit un bienfait à vous souhaiter. A votre place, je ne me sentirais pas aussi sûre de mon fait, en face de ce fusil bourré jusqu'à l'âme, dont la détente est si prompte.

Julia eut son petit rire sardonique.

— Ma chère, je sais depuis longtemps que tout se paie, ici-bas. Ne vous figurez pas que je me sois lancée dans cet expédient à la légère. Je sais ce que je veux. J'en ai calculé le prix. Je m'attends à ce qu'il soit cher. Mais il faut ce qu'il faut. Je n'ai point envie de recommencer ma démonstration toutes les semaines.

Félicité la regarda longuement et finit par se mettre à rire.

— Je pensais, articula-t-elle, essayant de retrouver son sérieux devant les sourcils haussés de Julia, ... qu'il n'y a qu'une honnête femme pour... Oh ! Dieu ! Julia !... pour aller se fourrer dans une histoire aussi impossible... avec cette sérénité. La moindre cocodette aurait plus de vergogne. — Elle mordit son mouchoir. — Et supposez que la confiance de votre époux soit telle que vous vous voyiez tenue d'en arriver au pire, en ferez-vous dresser un constat par-devant notaire pour le lui mettre sous le nez ?

— Je vous en prie, Féli ! dit Julia, avec humeur.

Elle se leva.

— Venez-vous ?

La plaisanterie n'était pas si folle. Rodolphe paraissait plus éloigné que jamais de ressentir la moindre velléité de jalousie. C'était bien là ce qui tourmentait Julia. Elle songeait amèrement qu'il devait être fort occupé de ses propres intrigues. A moins que cette confiance indestructible ne fût une tactique... La seule hypothèse amenait Julia sur le bord d'un abîme. « Il y a tant de ménages... » Mais non. Rodolphe était incapable d'une telle duplicité. Il s'amusait, voilà tout. Mais tant d'insouciance à l'égard des faits et gestes de sa femme finissait par constituer une offense supplémentaire.

« Vierge Mère ! N'importe quoi... » se dit Julia, une fois de plus. « Je donnerais n'importe quoi pour qu'il éprouve ce que j'endure. A son tour. S'il savait ce que c'est... ! »

Une heure après le souper, comme elle causait avec son sigisbée dans l'embrasure d'une fenêtre, Constant s'interposa de façon imprévue.

« A lui, maintenant ! » pensa-t-elle, exaspérée, tandis que son frère s'excusait auprès de Montaury avec une politesse stricte ne laissant aucun doute sur le sujet qu'il se proposait d'aborder, une fois seul avec elle.

« Fallait-il que tout le monde, sauf l'intéressé... ? »

Ce qu'elle entendit surpassa ses prévisions.

Sans hausser le ton un seul instant, avec une éloquence qui rappelait singulièrement celle dont avait coutume, jadis, d'user feu M. Angellier, Constant sut lui exprimer son sentiment à propos d'une attitude qui, selon lui, menaçait de tourner à bref délai au scandale. Il y avait d'ailleurs toute probabilité pour que leur pauvre père s'en retournât déjà dans son suaire.

« Et la tante Augusta, donc ! La vieille mounine (1), l'enfer ait son âme ! Et la grand' Angellier elle aussi, Et... » additionnait mentalement Julia, impassible.

— Mais, je te préviens, ne t'imagine pas que je vais te laisser prendre le chemin de cornufier Rodolphe. Ou tu demeureras désormais à l'écart de ce va-t-en-guerre d'alcôves, ou, dans la semaine, j'aurai trouvé un prétexte honorable pour le rencontrer au bout de mon pistolet.

— Imbécile ! exhala entre haut et bas Julia, devenue blême. Mêle-toi donc de tes affaires.

Quelques plantes vertes les isolaient fort peu du reste de la salle où la danse venait de reprendre.

— C'est précisément ce que je fais, lui rétorqua Constant, avec un salut plein de grâce qui s'adressait, par-dessus sa tête, à un couple entrant dans la valse à quelques pas d'eux.

En même temps, sa main se refermait doucement sur le poignet ganté de Julia.

Elle guettait en vain l'apparition du cavalier auquel cette danse était promise. Sans doute la cherchait-il ailleurs que dans ce maudit recoin.

(1) *Mounine :* Guenon.

La fureur jaillit comme une décharge électrique de ses prunelles braquées sur Constant.

Il n'en continua pas moins l'exposé de son point de vue :

— Mes affaires sont celles de la famille. On n'y a encore jamais compté de dévergondées. Mets-toi cela dans la tête. Ne serait-ce que pour notre honneur à tous, je t'empêcherai, oui, parfaitement, je t'empêcherai de faire de ton mari un jeannot.

— Imbécile ! Imbécile ! s'obstinait à lui jeter entre ses dents Julia, incapable de trouver autre chose.

Un instant, elle fut tentée de tout lui dire.

« Oui bien ! Pour qu'il aille en faire des gorges chaudes avec son bien-aimé beau-frère : *sais-tu ce qu'elle avait inventé ? Je te le donne en mille.* » Elle les entendait rire, tous les deux, « avec cette détestable complicité qui unit les hommes ! ».

— Imbécile ! répéta-t-elle, de nouveau.

C'était le seul mot qui la soulageât un peu. Il lui venait au bord des lèvres comme de l'écume.

— Si nous n'étions pas là où nous sommes, je te calotterais, ma fille, soupira Constant avec une conviction où se décelait un regret très vif. Et je ne dis point de ne pas le faire, en un lieu plus approprié, si l'occasion m'y pousse. En attendant, choisis : ou tu te tiens tranquille, ou je m'en prends à ton moustachu.

Il marqua une pause et ajouta, narquois :

— Ou bien préfères-tu que j'avertisse Rodolphe ?

Julia sauta sur la proposition.

— Mais, je t'en prie, fais-le donc tout de suite !

— Prends garde, Julia ! Je ne plaisante pas.

— Fais-le, te dis-je ! miaula-t-elle sauvagement, ramassée comme pour bondir, telle une panthère. Je t'en mets au défi !

— Tu... ?

Constant parut abasourdi de son impudence.

— C'est trop fort. Et après tout, je serais bien bête d'aller me mettre un duel sur les bras.

— ... Au défi, entends-tu, imbécile ? insista Julia,

reprenant son leitmotiv, emplie de fureur et d'espoir à la fois.

— Oui ? Eh bien, tu vas le voir, ma fille. Suis-moi, seulement, si le cœur t'en dit !

Le doux Constant était hors de lui.

— Je regrette, dit Julia, toutes griffes dehors. J'ai promis la prochaine danse au lieutenant Montaury.

— Alors, profites-en bien. Ce sera la dernière, tu peux m'en croire, annonça Constant, d'une voix blanche, avant de lui tourner le dos.

Elle alla s'asseoir sur un grand canapé où s'était réuni un groupe de jeunes femmes. Son cœur battait si fort qu'elle craignait de s'évanouir. « Et, certes, ce n'est pas le moment », se dit-elle, tout en souriant au hasard, d'un air vague, à une conversation dont elle ne saisissait pas le sens.

Constant ne dut pas chercher loin son beau-frère, et sans doute usa-t-il du style le plus direct pour le mettre au fait, car l'orchestre n'avait pas encore repris lorsque Julia eut soudain Rodolphe en face d'elle presque avant de l'avoir vu venir.

— Nous rentrons, proféra-t-il seulement. Venez saluer nos hôtes.

Sa voix parvenait tant bien que mal à demeurer naturelle. Mais la crispation de ses mâchoires ne promettait rien de bon.

Comme en songe, Julia se leva et prit le bras qu'il lui tendait pour traverser le salon.

Elle monta en voiture, s'installa le plus confortablement qu'elle le put au coin de la banquette, disposa ses jupes, étala soigneusement sur ses genoux la couverture de laine écossaise.

Sombre et muet, Rodolphe piétinait au-dehors devant le marchepied.

« Mais », pensa-t-elle, « autant avoir ses aises pour soutenir l'assaut. » Tel qu'elle connaissait son mari, à coup sûr il n'allait point patienter jusqu'à l'arrivée à Mogador pour faire explosion.

Machinalement, elle promena son regard autour d'elle sur le rectangle de pénombre où allait se livrer la bataille. Le souvenir d'une autre explication difficile dont cette même boîte capitonnée avait été témoin lui revint à la mémoire. Elle appuya sa tête contre le dossier et sentit le courage affluer à l'intérieur de sa poitrine.

Quoi que pût dire Rodolphe, quelle que pût être sa rage, ils étaient mari et femme, et il y avait entre eux, plus puissante que tous les motifs de querelle, cette entente inscrite au plus profond de leurs corps et dans la chair de leurs cœurs.

Sans un mot, il ferma brutalement la portière, et s'assit en face de sa femme, contrairement à son habitude.

Elle attendit, brûlant de voir comment il allait entamer le dialogue.

Le même problème devait se poser pour Rodolphe, car le silence établi se prolongea.

De seconde en seconde, il devenait plus pesant et plus difficile à rompre.

Depuis longtemps, la porte de la Cavalerie (1) franchie, la berline roulait sur la grand-route, en pleine campagne. Un clair de lune laiteux tombait obliquement sur les champs, déformant tous les contours noyés dans sa mauvaise lumière blanchâtre.

La tension croissait. Il semblait à Julia que l'air se raréfiait dans la voiture.

Dans sa nervosité, elle essuya du bout des doigts, sans souci de salir ses gants la buée qui envahissait le carreau.

— Alors ! Est-ce là tout ce que vous avez à dire ? attaqua soudain la voix de Rodolphe, détachant les mots.

« Enfin ! » Elle prit une longue inspiration.

— Je pourrais vous retourner la question, il me semble.

Comme un orage qui se rapproche, la voix émit cette fois des grondements :

(1) La Cavalerie : Porte fortifiée par où l'on quitte Arles pour prendre la route de Tarascon.

— Il ne s'agit pas de moi. Sacré tonnerre de nom ! croyez-vous pouvoir vous en tirer avec cette échappatoire ? J'attends vos explications. Allez-y !

— Je ne vois pas, commença-t-elle avec lenteur, ce que je pourrais avoir à...

— Vous ne voyez pas ? martela Rodolphe. Ah ! vraiment ?

Il se pencha en avant et la saisit par les épaules :

— Faut-il que je fasse faire demi-tour pour m'en enquérir là où nous étions ? Il paraît que le premier venu en aurait long à me dire. Sacr... ! C'est ainsi que vous vous comportez lorsqu'on vous lâche la bride ! Eh bien, allez-vous me répondre, oui ou non ? Je veux savoir ce qu'est ce Montaury pour vous. Et vous allez me le dire. Immédiatement.

Ses doigts s'incrustaient dans la chair de Julia, à travers l'épaisseur de soie piquée qui doublait la sortie de bal.

« J'en aurai des bleus », pensa-t-elle.

Cette violence qu'elle avait tant souhaité provoquer ne se déchaînait pas exactement selon ses espérances. Somme toute, Rodolphe parvenait à conserver une relative maîtrise de soi dans ses paroles. Mais le halètement que percevait Julia donnait un sens effrayant à la pression de ces mains capables de la broyer. Dans le minuscule espace clos emporté parmi les cahots et le bruit des sabots et des roues, elle eut soudain la sensation d'un danger grandissant, tout proche.

Avec une insolence que décuplait l'effroi qu'elle s'efforçait de dominer, elle demanda :

— Avez-vous l'intention de me tuer ?

L'étau se serra davantage, puis se desserra subitement, alors qu'elle suffoquait déjà.

Elle se raidit pour ne point se laisser aller contre le capiton. Des éclairs fulguraient dans sa tête. Ses phrases si bien préparées, polies depuis des semaines, qui devaient lui permettre de mener cette joute à sa guise, ne trouvaient pas place, ou lui échappaient. Son esprit affolé cherchait en vain à se ressaisir.

— Ne me poussez pas à bout, l'adjura Rodolphe, sur un ton presque suppliant. — Lui aussi semblait avoir peur de ses impulsions. — Je vous le demande encore : que vous est cet homme, pour vous avoir fait perdre ainsi votre décence ? Je veux le savoir, Julia, entendez-vous ?

« La décence ! » Il pouvait en parler..

Et qu'étaient pour lui les femmes autour desquelles il rôdait avec tant d'assiduité ? « Ce soir encore... Cette bringue de Virginie, avec ses cheveux pareils à du foin ; et Gabrielle Vaïsse, la femme du capitaine de gendarmerie, une créature si vulgaire, dont tout le monde savait qu'elle cachait le feu de l'enfer sous ses cotillons ! »

L'évocation rendit son audace à Julia.

— Ce qu'est pour moi le lieutenant Montaury ? Mais, mon ami, rien d'autre, à coup sûr, que ce que sont pour vous vos cavalières attitrées. Et je vous trouve étrange de mettre en cause ma décence. Il me semble...

Rodolphe grinça des dents :

— Sangdieu ! Vous moquez-vous de moi ? Je vous dis que je suis au courant, et vous osez !... Quand m'a-t-on vu m'afficher avec n'importe laquelle ? danser avec la même plus de deux ou trois fois en une soirée ? échanger des roucoulements et des œillades, chuchoter dans les coins ? leur baiser la main plutôt dix fois qu'une ? leur serrer la taille en valsant, leur...

Stupéfaite, bouillonnant de ressentiment, Julia l'écoutait dépeindre très précisément le programme qu'il avait fait sien tous ces derniers temps.

Pareille inconscience lui coupait la réplique avec le souffle.

En même temps, ce débordement de reproches la soulageait. Elle retrouvait enfin le Rodolphe habituel qu'elle savait comment manier.

— Pourquoi avez-vous permis ça ? Pourquoi ? Quand je pense à la confiance que j'avais en vous ! Aveugle, Jean-F..., triple niais que j'ai été ! Ah ! je vous promets que cela va changer ! Ah ! sacré bon

Dieu ! — Il tonnait avec frénésie. — Mais dites quelque chose ! Niez, au moins. Défendez-vous ! L'avez-vous fait, oui ou non ?

— Croyez ce qu'il vous plaira, dit-elle, sèchement. Vos questions sont autant d'offenses. Je m'abaisserais en y répondant.

— Julia ! hurla-t-il. Prenez garde !

« *Prenez garde.* Prenez garde ! » Ils n'avaient donc tous que la menace à la bouche ?

Julia se renferma dans un silence hautain.

Il répéta :

— Prenez garde ! On ne pousse pas un homme à bout comme vous le faites.

— Ni une femme, assurément.

Elle entendit craquer l'une contre l'autre les mâchoires de son mari et se ramassa sur elle-même, dans son coin.

Un curieux mélange d'angoisse, de rancune, et de tendresse exacerbée, lui gonflait le cœur. Elle eût voulu apaiser Rodolphe, le prendre contre elle, le rassurer, le bercer. Et, en même temps, elle trouvait un plaisir indéniable à exciter sa jalousie furieuse. Douce, douce blessure qui le lui livrait, incapable de se défendre efficacement ; fine lame plantée à l'endroit précis, qui annihile la puissance du fauve.

Elle s'effarait de cet obscur goût de meurtre tapi en elle, la frêle Julia Vernet, nette, lissée et pourléchée comme une chatte, à qui, naguère, le spectacle d'un taureau tué en combat dans les arênes de Nîmes n'avait procuré que répugnance.

S'effarait. Mais n'en enfonçait pas moins la pointe, avec un amour et une pitié qui la déchiraient de délices.

— Tonnerre de Dieu ! s'enroua Rodolphe, torturé. Je vous tordrais le cou, si je ne me...

La tentation dut lui paraître trop forte.

Sans achever, il se jeta sur la portière et envoya son poing dans la vitre.

Sous les débris de verre, Julia ne broncha pas. Portée au paroxysme d'elle-même, elle eût aussi bien affronté pis encore.

— Ernest, hurlait Rodolphe. Ernest! Arrête!

Tandis que le cocher, abasourdi par tout ce fracas, sciait la bouche de ses chevaux, il tourna la poignée, sauta à terre et repoussa le battant à toute volée.

— Tu peux rouler. Je rentre à pied.

Ernest n'en crut pas ses oreilles.

— Mais... bégaya-t-il, mais, Monsieur... on est bien encore à trois bonnes lieues.

— Ne t'occupe pas! grogna son maître.

Il assena une claque sur l'arrière-train du cheval à sa portée :

— Allez ho!

— Boudioù! exhala Ernest, tandis que l'attelage reprenait sa course.

Demeurée seule dans le fond de la voiture, Julia comprimait à deux mains sa poitrine. Elle retrouvait cette vieille sensation d'étouffement accompagnée de brusques douleurs en coups de couteau dont elle avait souffert durant sa dernière grossesse. L'air lui manquait, malgré le vent froid qui entrait par la vitre brisée.

Elle se représenta Rodolphe, seul, marchant à grands pas sur la route. A cet instant, elle eût tout donné au monde pour qu'il fût encore là, assis devant elle. « Sainte Vierge, faites qu'il ne lui arrive rien! Sa main... Pourvu que le gant l'ait protégée. Oh mon Dieu! que pouvais-je faire d'autre? Il fallait bien. Pour le garder. » Cette longue route, dans l'état où il était. Jusqu'à ce qu'il eût regagné Mogador, elle savait qu'elle ne vivrait plus.

Et, malgré tout, en voyant briller fugitivement sur la banquette des éclats de verre, elle ne put s'empêcher de sourire. Depuis quelque temps, passer à travers les carreaux devenait la spécialité de la famille. Elle ferma les yeux. Non, il ne ferait rien, que briser sa fureur à force de fatigue. « Trois lieues, après une nuit de bal... Avec, aux pieds, des escarpins... » Derrière ses paupières cuisantes se dessina la pièce où dormaient ses petits : Cyprien et Amélia dans leurs lits de fer peint en blanc, sous les rideaux de mousseline; et Henri, dont Philo, pour cette nuit-là, avait transporté la berce auprès de son lit à elle, à côté de ses garçons, dans la chambre contiguë, laissant la porte ouverte afin de veiller sur tous à la fois.

En arrivant, Ernest demanda :

— Qu'est-ce que je fais, Madame ? Je dételle ?

Il regardait sa maîtresse, la vitre brisée, et la grande allée nue et lavée de lune qui sentait l'hiver.

Elle acquiesça.

— Ne vous inquiétez pas, Monsieur sera là vers les sept heures.

Sa ronde faite auprès des enfants, elle se coucha et, dans l'obscurité où rougeoyaient les dernières braises de l'âtre, commença d'épier le bruit des pas sur le gravier, qu'elle n'entendrait pas encore.

Son cœur s'apaisait lentement, avec des à-coups douloureux.

Elle attendit longtemps et ne sut pas qu'elle s'endormait.

Lorsqu'elle ouvrit les yeux, le jour entrait dans la chambre par l'une des fenêtres que Pierroune avait dû oublier de fermer. Un triste petit jour brumeux.

Rodolphe était assis devant les cendres, immobile, les coudes aux genoux, la tête dans ses mains, encore vêtu de sa pelisse.

En l'entendant sauter du lit, il se redressa.

— Julia...

Elle s'approcha de lui, posa la main sur son épaule.

— Julia, répéta-t-il, plus bas, d'une voix rauque.

Ses yeux étaient fibrillés de rouge. Julia se demanda avec émerveillement s'il n'avait pas pleuré.

— Si tu as cessé de m'aimer, mieux vaut que je le sache.

Le tutoiement, l'humilité de la requête, la firent frémir de tendresse contenue. Il n'y avait plus trace de colère, en Rodolphe, mais seulement d'un chagrin trop lourd. Elle vit son regard brun levé vers elle comme celui d'un enfant éperdu.

— Grand sot ! comment le pourrais-je ? chuchota-t-elle, en se penchant pour appuyer sa joue contre la sienne.

8

Le soleil mûrissait les poires d'automne dans le verger. La farandole des fruits approchait de sa fin.

— Et après les poires, dis, Philo ? questionnait Cyprien, le menton dégoulinant du jus tiède d'une beurré à peine un peu blette, ramassée dans l'herbe.

— Ah ben, ça sera les raisins. Et puis les pommes, les châtaignes...

— Et après ? réclamait encore l'insatiable.

Philo l'attira contre elle.

Il se débattit vainement, à la vue du grand mouchoir blanc qu'elle extrayait d'un compartiment de son sac.

— Après ? Plus rien, dit-elle, tout en se livrant à un vigoureux débarbouillage de la figure poissée de l'enfant.

— Crachez un peu. Là. Encore.

Cyprien crachait, de mauvaise grâce.

Elle le libéra, rouge jusqu'aux cheveux, et reprit :

— Après, les arbres se reposent. C'est l'hiver. Et après, c'est une autre année qui vient, et ils recommencent : les cerises, les abricots, les...

Il s'illumina :

— Les cerises ! Bientôt ?

— Oui.

Philo s'évertuait pour l'instant à « ramasser » les mailles de la chaussette qu'elle avait abandonnée.

— Quand c'est : « Bientôt » ?

Comme elle tardait à répondre, absorbée dans son compte, il tira sur son tablier avec insistance :

— Quand c'est, dis, Philo ?

— Quand vous aurez été beaucoup sage, grogna Philo que le questionnaire excédait.

— Ah ! fit Cyprien, songeur et visiblement déçu.

L'air bourdonnait de moucherons et d'abeilles.

— Les mouches piquent, dit Philo, sans interrompre son cliquetis d'aiguilles. Ça sent l'orage.

Le ciel était bleu à perte de vue, par-dessus les arbres. Sauf peut-être là-bas, du côté de l'Alpille où montait une boule de nuages comme un chapeau sur la crête des Baux.

Philo glissa un doigt entre son cou et le col de sa robe qui collait à la chair mouillée de sueur.

A quelques pas, accroupis, Amélia, Fulcran et le petit Henri surveillaient les va-et-vient d'une fourmilière.

Il en manquait un.

Elle regarda tout autour d'elle. Il en manquait toujours un. Dès qu'on cessait, une seconde, d'être en éveil.

— Eloi ! E-loi ! Où tu es, polisson ?

— Ici, glapit une petite voix aux inflexions triomphantes.

Il revenait du côté de l'allée des pins, avec la maîtresse qui lui donnait la main.

A la vue de Julia et de son cavalier, les quatre autres, mordus par la jalousie, se bousculèrent pour accourir plus vite au-devant d'elle. Il y eut des coups de coude, des ruades, des cris, des protestations et le plus jeune tomba assis dans l'herbe et se mit à pleurer.

Philo se précipita pour le relever.

— Fulcran ! cria-t-elle. Attends un peu que je t'apprenne ! Tu as pas honte ?

— C'est Meïa qui l'a poussé.

— Pas vrai !

— Si. Menteuse !

— Ah ! Madame, qué mounstros (1) ! Aujourd'hui,

(1) *Qué mounstros :* Quels monstres !

ils pèguent (1) comme les mouches, se plaignit Philo, à bout de souffle, tandis que Julia, fermant son ombrelle, s'asseyait sur le banc, à l'ombre du poirier.

— C'est le temps à l'orage. — Elle considéra sa servante : — Tu n'es pas fraîche, toi. Dis-moi, rien d'anormal ?

— Non, Madame. Mais, des jours pareils, ça pèse davantage.

Une bouffissure noyait les traits de Philo. Et sa taille, demeurée épaisse depuis la naissance de son second enfant, recommençait à se déformer.

— Eh ! assieds-toi donc, dit sa maîtresse avec impatience. Quel besoin de rester là, posée comme une lanterne ? Il y a place pour deux, j'imagine, quoi que tu aies déjà pas mal profité. Tiens, continua-t-elle, resserrant ses jupes de son mieux. Mets-toi ici.

« Enceinte, par une chaleur pareille... » Julia savait ce que c'était. Certaines journées torrides de cet été vieux de cinq ans où elle attendait Amélia lui remontaient à la mémoire.

— Souhaitons que l'orage éclate, murmura-t-elle. La terre en a besoin. Et nous tous aussi.

Mais ce beau jour de septembre dans sa splendeur à peine menacée gardait une telle plénitude. Il semblait à lui seul résumer les trois mois d'or poudroyant dont chaque après-midi avait coulé dans un calme semblable, pour Julia, au milieu des enfants et de Mogador. Elle n'enviait pas Félicité qui prenait les eaux à Baden-Baden et lui envoyait des descriptions du lac de Zurich, des Alpes suisses, et de l'élégante cohue internationale qui s'y pressait.

« *Mais enfin, ma chère, n'avez-vous donc aucune curiosité, aucune envie de connaître autre chose que votre trou de campagne ?* » Elle sourit en se rappelant les paroles de son amie, lors de sa dernière visite, avant son départ.

Il y avait beaucoup de choses qu'elle eût aimé connaître, et qu'elle ne connaîtrait jamais. Cela, elle le

(1) *Pèguent :* Poissent, collent.

savait depuis le jour où Rodolphe et elle avaient décidé de ce que serait leur existence.

Ses voyages, elle les faisait durant ses courts loisirs, assise sous un arbre, à imaginer l'avenir pour la nichée s'ébattant autour d'elle, en attendant l'heure qui ramènerait son époux à la maison et celle où, sous le velours rouge et les franges du ciel de lit, enfin, elle l'aurait pour elle seule, dans le pays plus beau qu'aucun pays de ce monde que leurs caresses lui ouvraient.

Des jours tranquilles. La feuille avait bien donné. Les granges et le fenil étaient pleins, la soie des magnans était belle. Un peu d'eau allait faire gonfler le raisin.

Dans l'attente des vendanges, Rodolphe s'occupait à dresser un pur-sang magnifique. Il n'avait pas dit quel prix il l'avait payé. Une folie, probablement. Mais Julia préférait lui voir faire des folies de cette sorte. Et *Jason* était un si beau cheval. Constant n'en avait pas un qui lui fût comparable dans son haras.

Elle eut un bref soupir à la pensée d'*Haydée* que son père avait vendue : « *Peu après ton départ* », avait dit Constant. « *Au premier acquéreur qui s'est présenté.* » *Haydée* qu'elle eût tant aimé reprendre.

Mais à quoi bon s'appesantir ? A la Sarrazine aussi, tout allait bien. Constant était satisfait. Mère semblait l'être aussi, quoiqu'elle eût vieilli si vite, ces dernières années.

Julia se rappelait les beaux cheveux noirs aux reflets luisants, devenus gris depuis la mort de son père. Comme si, tout à coup, Constance Angellier eût cessé de lutter contre une très ancienne fatigue.

« Et Finou paraît se consoler. Maintenant que ce Pradeilles a quitté la région... » La petite sœur finirait bien par l'oublier. D'ailleurs, elle allait faire son entrée officielle dans le monde. Il se trouverait bien vite un soupirant ou deux pour la distraire de sa déception passée. Après tout, les bals étaient faits pour les jeunes filles.

Julia sentit monter un sourire : Rodolphe, lui, s'en était dégoûté, apparemment. Même après le Carême, lorsque les dernières grandes soirées de la saison écoulée avaient eu lieu, il n'avait point paru se soucier d'y assister.

Chaque semaine, à peu près, il y avait un dîner prié à Mogador : quelques amis triés sur le volet, dont Rodolphe et elle-même appréciaient la compagnie. Son mari se plaisait à leur faire les honneurs du parc dont la beauté ne cessait de croître. Dégagé d'un voisinage étouffant, le cèdre bleu avait doublé d'envergure. La maison en bénéficiait. Cette grande ombre profilée au coin de la façade en affinait l'aspect. Les palmiers de l'allée d'honneur atteignaient une taille plus qu'honorable ; et les orangers soigneusement taillés en boule se portaient à merveille. Iris, pivoines, cannas, mufliers, dahlias foisonnaient tour à tour dans les corbeilles. Les paons faisaient sur le vert de la pelouse une tache somptueuse. Mai et juin avaient embaumé le seringa et les roses. Et les spécimens les plus rares de la roseraie composaient de glorieux surtouts de table, pour le plus grand orgueil de Juste, le jardinier.

Pouvait-on être plus heureux que ne l'avait été leur couple, ces six mois passés ? « Jésus », songea-t-elle, fermant les yeux, « Dans votre paradis même... »

Des vociférations la firent sursauter. Amélia était aux prises avec Cyprien et Fulcran.

Elle se leva pour les séparer.

— Tu avais raison, ils sont impossibles, cria-t-elle à Philo qui s'était éloignée, Henri sur les bras.

En se rasseyant, elle adressa un petit clin d'œil à Eloi, assis par terre, à ses pieds.

Il lui montra le galoubet qu'il était occupé à se confectionner, avec un bout de roseau.

Impossibles, c'était dans l'ordre qu'ils le fussent. Elle l'acceptait gaiement, avec une pointe de fierté. Elle n'avait pas été une enfant docile et s'en souvenait.

Autoritaire, vive, taquine, rieuse jusqu'à l'effronterie si l'on n'y eût pris garde, Amélia lui ressemblait aussi bien qu'à son père. Et Cyprien, le beau petit cavalier qu'il ferait ! Quel plaisir il prenait à se faire hisser par le valet d'écurie sur la jument de sa mère.

Pour son prochain anniversaire, Rodolphe songeait à lui acheter un poney. Et Henri se tenait déjà gaillardement sur son cheval à bascule.

Elle tendit les bras au bébé que Philo lui ramenait :

— Mon fils à moi !

Puis se pencha pour embrasser l'aîné qui rôdait autour d'elle, soucieux de ses droits.

L'après-midi s'avançait. Le soleil descendait insensiblement vers la montagne, à la rencontre des nuages. Du côté de la roubine presque à sec, les crapauds appelaient la pluie de toutes leurs forces. Elle viendrait. On la sentait en marche. Sans doute cette nuit même... Un regret serra le cœur de Julia. La première pluie de septembre annonce la fin de l'été.

Elle évoqua les feuilles rousses, les longs mistrals hurlants de novembre, le froid, l'hiver, qui allaient venir.

Mais il fallait de l'eau pour la vigne où les grappes séchaient sur le cep.

Comme il faudrait aussi la neige et les gelées pour que la récolte de l'an à venir fût belle.

« Tout est nécessaire, de ce qui arrive », se dit Julia, les yeux fixés sur l'horizon plombé où venait de rouler sourdement le tonnerre.

***

Depuis deux jours, Cyprien, enrhumé, errait à travers la maison, mettant à rude épreuve la patience des domestiques.

Tour à tour, Allarde, la cuisinière, et Pierroune, gémissaient, excédées :

— Jésus sauveur ! quand est-ce que vous retournerez un peu dehors, avec les autres ?

C'était aussi la question que se posait Cyprien, en contemplant derrière les vitres les ébats de ses compagnons de jeu que son absence ne semblait guère démoraliser.

La pluie tant désirée n'était que trop venue, à la fin. Une semaine de déluge avait repoussé l'été au rang des souvenirs, si loin qu'il paraissait impossible que le soleil revînt jamais luire sur le gravier détrempé et les branches dégouttantes d'eau.

A force de s'échapper sur le perron, ou du côté des cuisines, pour courir guetter une improbable éclaircie — « Ne restez pas là, ou j'appelle Madame. » « Rentre, tu prendras froid. » — Cyprien avait fini par voir se réaliser pour son compte la prédiction sempiternelle que les grandes personnes ne se lassaient pas de faire aux enfants.

Et maintenant que le mistral, levé depuis la veille, balayait enfin le ciel de toutes ses nuées, le pauvre Cyprien, reclus, maussade, continuait à renifler, à tousser, à ingurgiter des tisanes trop sucrées qu'il abominait à s'ennuyer tout seul, à bâiller, à geindre, et, faute de mieux, à persécuter son monde lorsque, n'en pouvant plus d'envie, il renonçait à épier les privilégiés du sort qui, bien portants et libres, les joues rose vif sous le fouet du vent, caracolaient à grands cris sur le dos des chiens, devant la maison.

— Demain, Maman, je pourrai sortir ?

— Nous verrons cela si le vent tombe. Et si tu es sage.

« Sage, sage... » Toujours la même chanson. Il n'avait pas envie d'être sage. Il se sentait grognon, enchifrené, lourd, mal à l'aise. Ses paupières lui cuisaient. Peut-être n'eût-il pas même tellement désiré rejoindre la bande, si on le lui avait permis.

Julia palpa son front, ses tempes ; lui prit le poignet :

— Voyons ?... Ne bouge pas, mon trésor.

« Un peu fiévreux, dirait-on. Il serait plus sage, par prudence... »

Elle s'en alla trouver Ernest à l'office.

— Il faudrait aller jusqu'à Fontfresque prier le docteur Lapierre de passer, demain matin.

Depuis l'entrée lui parvinrent les protestations bruyantes de Pierroune :

— Monsieur Cyprien ! Vous êtes pas seulement couvert ! Retirez-vous de cette porte, tout de suite ! Malheur ! Après, c'est moi qui me ferai attraper.

Julia s'élança en courant vers le vestibule.

Lorsqu'elle y parvint, monsieur Cyprien livrait un combat sans merci pour sa liberté.

Sa mère le saisit par l'épaule au moment où il cognait de toute la force de son poing sur les cuisses de la fille de chambre qui tentait de l'enfermer dans ses jupes.

— Malheur ! Madame, gémit Pierroune, voyant arriver le renfort. Il a fallu qu'il se faufile sur le pas de la porte, juste comme je tournais le dos.

Julia se pencha et gratifia son petit garçon d'une gifle mesurée, suivie d'une vigoureuse série de tapes sur les fesses que ponctuèrent aussitôt des clameurs, disproportionnées, de toute évidence.

— Pareil que quand on tue le cochon, commenta Pierroune, à la cuisine, un peu plus tard, pendant qu'Allarde lui préparait le plateau qu'elle allait monter.

Mouché, lavé, déshabillé et mis au lit, un moine (1) bien chaud à ses pieds, Cyprien, réconcilié avec sa mère, consentit à boire son bol de lait, après avoir repoussé la compote et les langues-de-chat qui l'accompagnaient.

Julia en fut contrariée. Il n'était guère dans les habitudes de cet affamé perpétuel de refuser des friandises.

— Bah ! c'est de votre faute, dit Rodolphe, en rentrant, lorsqu'elle le mit au fait. A rester enfermé, comment voulez-vous qu'il ait faim ? Si vous vous figurez que ma mère nous élevait dans du coton... !

Les méthodes éducatives de Mme Vernet douairière ne regardaient qu'elle-même. Julia détestait que Rodolphe leur empruntât ses exemples.

Elle lui jeta un coup d'œil sans bienveillance, dont l'effet fut perdu.

Agenouillé sur le parquet, son mari était trop absorbé à ôter une épine de la patte de son chien pour rien remarquer.

— Là, là, mon vieux. C'est fait.

(1) *Moine :* Bouillotte.

Il flatta *Milord,* lui gratta longuement le tour des oreilles, et conclut, en se relevant :

— Ce garçon éprouvait le besoin de respirer un peu d'air frais ? La belle affaire ! Voilà ce qu'on gagne à vouloir confiner un poulain à l'écurie.

— Je vous en prie ! proféra Julia, avec une certaine sécheresse. Un enfant de cinq ans et demi ne se soigne pas comme un cheval.

« Cette manie de tout ramener aux chevaux ! » pensa-t-elle, irritée.

Puis elle se rappela Constance : — « *Je t'en prie, ne ramène donc pas toujours tout...* » Cent fois, elle avait entendu sa mère le lui dire. — Et, détendue, regarda Rodolphe monter l'escalier.

Il sifflotait, comme d'habitude. Mais, à son dos, elle pouvait voir qu'il était penaud.

Un moment après, elle retrouva le père et le fils ensemble.

— ... Et je te donnerai une selle, une vraie selle de gardian, cloutée, avec tes initiales : C. V..., Cyprien Vernet.

Cyprien écarquillait ses yeux tout pleureurs que la joie faisait briller en dépit du rhume.

— Et vous m'apprendrez à le faire sauter ?

— Sûr.

— Bien vrai ?

— Parole.

Rodolphe étendit la main avec solennité. Soudain, il perçut la présence de Julia et, sans se retourner, ajouta malignement :

— Si ta mère nous le permet.

Elle n'eut pas l'air d'entendre, mais s'approcha et caressa du bout des doigts la brosse douce au toucher que faisaient les cheveux taillés de près sur la nuque de Rodolphe.

— Vous devriez descendre, mon cœur, dit-elle, enfin. Ernest vous attend pour servir.

Rodolphe cessa tout net de se comporter comme un matou haussant l'échine pour mieux tendre son col à la main qui le flatte. Les paroles de sa femme venaient d'interrompre son ronron intérieur. Il leva la tête pour la regarder :

— Et vous ?

Julia souriait à son petit garçon.

— Je vais rester avec Cyprien. Nous dînerons tous les deux, en tête à tête.

Elle accentuait en même temps sa caresse, sachant bien que Rodolphe avait horreur de prendre un repas solitaire. Son sourire se reporta sur lui :

— Allez vite, et vous remonterez ensuite nous rejoindre, n'est-ce pas ?

Il se leva en soupirant, avec une lippe désabusée à l'adresse de son fils :

— Tu en as de la chance d'être malade. On transporte ton lit ici, on te sert comme un prince, on te tient compagnie, on te...

Julia trancha le fil de ce discours :

— Parfaitement. Et si jamais cette chance-là vous échoit, nous verrons bien comment vous saurez l'apprécier.

— Oui, ma chatte, dit Rodolphe, égayé par la perspective.

Malade ? il avait oublié ce que c'était que de l'être, depuis une rougeole, ou quelque embarras du même genre, qui devait se situer aux alentours de sa dixième année. Il se sentait fort comme un roc. Et n'en goûtait que plus sereinement la satisfaction de laisser « cette-sacrée-petite-bonne-femme-haute-comme-ma-botte » le mener comme elle l'entendait.

Durant tout le dîner, répondant à Ernest par monosyllabes, il rêva à cet étrange pouvoir de Julia sur lui, que six ans et demi de mariage n'avaient fait que fortifier.

De quoi est pétri l'amour que nous portons à un être, seul entre tous les autres ? Quelle soif, quelle faim, commandent ce besoin que nous avons de lui ?

Rodolphe Vernet n'avait pas l'habitude de passer au crible ses sentiments. « Amusette de solitaire ou de désœuvré. » Mogador sur les bras, cela suffisait à l'activité d'un homme. On n'analyse pas sa vie : le temps est déjà si court pour la vivre. Rodolphe aimait la sienne. Il la trouvait bonne, telle qu'elle était, généreuse, fruitée, avec « ce sacré nom de petit goût de pierre à fusil » d'un bon vin de terroir qui se boit accompagné d'un clappement de langue. Il l'aimait avec les joies et les soucis qu'elle lui donnait, comme il aimait cette femme, sa femme, avec ses câlineries sans mollesse, sa manière de rire, en fronçant le nez, sa fierté, ses susceptibilités bien à elle, son indulgence, ses airs maternels, son ironie parfois... « ah ! parfois sacrément coupante, pour ça oui ! » et ses moments d'agressivité imprévue et aussi ses gestes dans l'amour, sa chaleur, sa... Pardieu ! tout ce qui la faisait elle, Julia, l'unique Julia qu'il y eût au monde, aussi nécessaire, aussi essentielle à son époux que l'air qu'il respirait.

Ils dormaient l'un contre l'autre, étroitement gémellés, Julia en boule dans sa chemise, la tête au creux de la poitrine nue de Rodolphe couché en chien de fusil, tout replié sur elle, quand la plainte de Cyprien commença.

Un mal d'oreille lancinant, qui devenait aigu, brûlant, intolérable, au-delà des mots que l'enfant, cramponné à la main de sa mère, luttant de tout son corps contre la souffrance, parvenait à balbutier entre les cris et les gémissements qu'elle lui arrachait.

Enfin, après trente heures de veille et de soins anxieux, Julia qui n'avait pas quitté le chevet de son fils, le vit se calmer peu à peu.

— Tu iras encore attraper un coup d'air, brigand, grogna Rodolphe, oubliant ses principes d'éducation spartiate, dans le soulagement qu'il éprouvait.

Dans la chambre, fenêtres fermées, régnait une atmosphère fiévreuse. Bols, pots de tisanes, casseroles d'eau bouillie, médicaments, flacon d'huile camphrée, coton, bandelettes, avaient envahi la table de nuit, le guéridon, et le dessus de la commode.

Debout près du petit lit dont elle venait de retendre les draps fripés, Julia regardait l'enfant s'assoupir.

Rodolphe la prit doucement par les épaules :

— Allons, ma mie, venez vous reposer. Ce gaillard vous a donné suffisamment de tracas. Il va dormir comme un plomb, maintenant.

Ces manières bourrues qu'il affectait, honteux de sa faiblesse depuis que l'alerte était passée, après avoir tourné et retourné dans la pièce, des heures durant, éperdu d'angoisse et de rage impuissante devant cette torture qui osait s'en prendre à son petit garçon...

Julia laissa aller sa nuque contre la poitrine de Rodolphe.

C'était bon de lui laisser reprendre le commandement. Elle ressentait la douceur de s'abandonner, enfin, avec tout le poids de fatigue accumulée depuis la nuit précédente déjà si lointaine, à cette protection virile qui redevenait valable et sûre.

— Le docteur va se frotter les mains, lui aussi, demain, chuchota Rodolphe.

« Demain », c'était aujourd'hui. L'aube blanchissait derrière les volets. Il s'en aperçut et entraîna sa femme vers le lit.

— J'ai bien vu qu'il était soucieux, lorsqu'il est venu.

Julia aussi l'avait vu :

« — *Le diagnostic est difficile à établir, Madame, avec un enfant de cet âge.* » Evidemment. Il n'avait pas été commode d'examiner Cyprien, ni de tirer de lui la moindre indication précise.

A présent, le souffle de l'enfant indiquait qu'il dormait.

— Nous pouvons remercier Dieu et Notre-Seigneur, dit Julia, à voix basse.

Elle se mit en devoir de le faire, à genoux sur la descente de lit, devant le crucifix de l'alcôve. Et tandis qu'elle prolongeait avec ferveur son action de grâces, sans égard pour les bâillements étouffés de Rodolphe, il lui vint vaguement à l'esprit que ce tribut de reconnaissance avait peut-être aussi la valeur d'une traite tirée sur la toute-puissante bonté du ciel. Ce n'était pas très beau, songea-t-elle. Mais le ciel savait sûrement de quel mélange, encore, est faite la pureté d'un sentiment humain.

Quelques jours plus tard, Cyprien trottait dans les allées de Mogador, flanqué de ses acolytes, Eloi et Fulcran ; et se disputait avec Amélia, selon sa coutume.

— Aïe de ma vie ! il est plus monstre que jamais, criait Philo, se hâtant, alourdie, gênée par son ventre, à la poursuite de ces trois malfaisants.

Elle happa au vol, littéralement, le chef de la bande qui lui faisait un audacieux raset (1) et le secoua d'une poigne véhémente :

— On était bien tranquille, au moins, quand vous étiez dans le fond de votre lit. Qu'est-ce que vous lui avez encore fait à votre sœur, mauvais drôle ?

Pour toute réponse, Cyprien se contentait de ruer.

— C'est pas lui, 'man ! glapit Fulcran. C'est elle qu'a...

— Toi, attends voir !

Avec la furie vengeresse d'une Euménide, elle lâcha Oreste pour s'en prendre à Pylade.

De l'autre côté de la pelouse, à distance prudente de la justice maternelle, Eloi faisait la nique à une Amélia écumante :

— Rascleto (2) ! rascleto ! en se raclant d'un doigt le dessous du menton.

Tandis que Cyprien, libéré, fonçait vers le sûr refuge des taillis du sous-bois.

— De ce petit ! Jamais il m'avait tant fait endêver (3) !

Cet après-midi immobile dans une lumière heureuse où l'ombre d'un petit garçon qui s'échappe court après lui dans le soleil.

— ... Jamais de ma vie, Madame.

Philo le répétait, revoyant la scène. Insistait encore :

— Vous auriez vu ces coups de pied qu'il me lançait.

(1) *Raset :* Dans la « course libre », feinte qu'exécute l'homme en courant, pour frôler le taureau et lui arracher sa cocarde.

(2) *Rascleto !* Intraduisible : mot employé pour « faire la nique » à quelqu'un.

(3) *Endêver :* Enrager.

Et Julia, elle aussi, s'accrochait à cette image, vieille de quelques heures à peine, devenu soudain un si vieux passé.

— C'est vrai. Je t'ai entendue le gronder, par la fenêtre. Et il a bien goûté aussi n'est-ce pas ?

— Pareil comme tous les jours. Sûr que c'est une indigestion.

— Sans doute.

Ces vomissements répétés... Oui. Ce ne serait pas la première qu'aurait eue Cyprien. Mais souffre-t-on ainsi de la tête... ?

Le jour achevait de s'éteindre dans la chambre que remplissaient les clameurs de l'enfant.

— Pas la lampe, Maman ! Pas la lampe ! Non ! Ça fait mal ! Maman, j'ai mal... Oh Maman !

Julia fit signe à Philo d'éloigner la lumière.

Ce docteur n'arriverait donc jamais ?

Elle changeait à chaque instant la compresse fraîche qui devenait chaude sur le front de son fils.

— Ernest a bien dit : dès qu'il sera de retour ?

— Oui, Madame.

Brûlant, frissonnant.

— Maman...

— Mon chéri.

Elle mouillait de nouveau la compresse.

— Et son père qui ne rentre pas !

— C'est pas son heure encore, Madame.

— Il fait nuit.

Pas si nuit que cela. Mais, d'ordinaire, on ne regarde pas venir ainsi ce crépuscule qui semble ramper. On ne guette pas ainsi du secours, dans une attente interminable au fond de la pénombre où gémit un enfant. Seule...

— Philo, tu es là ?

— Oui, Madame. Je rince la cuvette.

Philo qui, ne pouvant rien que s'inquiéter avec sa maîtresse, l'aidait cependant, de toute son inquiétude, à supporter la sienne.

— Vite, vite, arrive ! Cela le reprend. Passe-moi la serviette. L'autre. Donne. Là, mon chéri, là...

Cette nuit qui commence. Et n'en finira pas.

— Seulement la veilleuse, mon trésor. Pour pouvoir te soigner.

La petite lueur creusait un trou dans le noir de la chambre sans rien éclairer.

Noir de ces cris, noir de cette plainte, noir de l'attente.

— Philo, mon Dieu ! tâte son front.

Philo avança la main, et dit péniblement :

— Oui.

Ensuite, elles ne parlèrent plus guère. Comme si quelqu'un, ou quelque chose, eût été là, tapi, dont elles eussent eu peur de se faire entendre.

Peur ? Sans doute était-ce la peur qui venait. La vraie. Insinuante, visqueuse, impossible à regarder en face.

Et la prière... « *Notre Père qui êtes aux Cieux*... Mon petit garçon... *que votre nom*... faites que ce ne soit rien, mon Dieu !... *que votre volonté*... Mon Dieu, je vous en supplie !... *à la tentation*... la tentation du désespoir... Non, non ! mon Dieu, ce n'est pas ce que... Je sais que ce n'est pas grave, je... *Marie pleine de grâces*... Mais le voir souffrir sans pouvoir rien y faire... *le fruit de vos entrailles*... Mon petit, mon petit à moi. Et cette fièvre... *Sainte Marie, Mère de Dieu*... Pas le mien ! Pas le mien, je vous en supplie ! »... la prière n'apportait aucun apaisement à Julia.

Philo, elle aussi, priait, mentalement, en emportant les serviettes souillées, en rapportant de l'eau fraîche dans le pot, prête à assister sa maîtresse qui ne cessait de renouveler les compresses que pour essuyer le petit corps contracté où perlait une sueur effrayante.

— Maman... haletait Cyprien.

Puis, ses cris devinrent plus confus, entrecoupés de phrases bredouillées, sans suite. La pièce se peupla d'êtres inconcevables. Une mystérieuse armée de l'épouvante, visible pour lui seul, s'interposa devant les deux femmes qui lui tenaient vainement les mains, de chaque côté de son lit.

Le docteur Lapierre arriva en même temps que Rodolphe.

Julia les vit entrer ensemble, comme si son mari eût ramené avec lui la promesse même de la guérison. Elle se sentit soulagée. Quelque chose, enfin, quelque chose d'efficace allait être entrepris.

— Il délire un peu depuis un moment, dit-elle d'un ton calme, en réponse à l'interrogation muette que posait la silhouette de Rodolphe debout au pied du lit.

Philo rapportait la lampe de la pièce contiguë.

Julia céda sa place au médecin et recula vers son mari.

Leurs mains se cherchèrent et s'unirent avec force.

Il chuchota :

— Quand cela l'a-t-il pris ?

Elle le renseigna brièvement, sur le même ton.

— Madame, voulez-vous m'aider, je vous prie ?

Julia se rapprocha :

— Que dois-je faire ?

Sa voix prenait la même matité, à son insu, exactement la même que venait d'avoir celle du docteur Lapierre.

Quelque part, dans sa poitrine, ou peut-être au fond de sa tête, elle entendit se lever, très loin, comme un bruit de galop.

— Tenez-le. Là. De ce côté. Non, pas comme ceci. Là, oui. Assis, maintenant.

Il pesait sur les genoux raidis, tandis que Julia soutenait le buste, penchée sur cette petite figure grimaçante, presque méconnaissable.

— Allonge tes jambes, mon chéri, murmura-t-elle, voyant le médecin insister encore, comme si l'enfant eût pu la comprendre.

— Laissez, Madame. Aucune importance : cela suffit. Si vous voulez me permettre, je vais...

Elle obéit, et rejoignit de nouveau Rodolphe.

De nouveau, ils se prirent la main.

Un galop noir. Elle se souvint tout à coup de *Haydée*, et du tournant entre les vignes, là-bas, à la Sarrazine. Puis se détesta : « Mon petit garçon malade, mon petit garçon... mon petit garçon mon-petit-garçon-mon-petit-gar... » Prit conscience qu'elle répétait les syllabes sur un air de quadrille joyeux, affreusement joyeux. Et, toujours, ce galop.

Le temps lui pesait aux épaules. Inconsciemment, elle s'appuya contre Rodolphe et le sentit frémissant, bandé de tous ses muscles.

La lampe que Philo avait posée sur un guéridon enfermait dans un rond clair le corps découvert de l'enfant ; et eux deux, au bord du cercle dans lequel évoluait le docteur, se tenaient dans l'ombre. Immobiles. Comme si, au prix de cette immobilité parfaite... La respiration de Rodolphe sifflait un peu entre ses lèvres pendant qu'il regardait fixement le thorax gracile luisant de sueur et le ventre qui semblait s'être creusé.

L'examen durait, se prolongeait.

Ce dos courbé, sombre. Et ce silence intolérable entre les plaintes. Cette attente. Julia sentait son cœur prêt à se déchirer en deux.

— Docteur... balbutia-t-elle, voyant le médecin se redresser enfin.

Les doigts de Rodolphe, entrelacés aux siens, les lui broyaient.

— Eh bien, docteur... ? articula-t-il à son tour, s'arrachant les mots de la gorge.

Le docteur Lapierre leur fit face :

— Je vais vous rédiger une ordonnance. Avez-vous de la quinine ? Bon. Du calomel aussi ? Bon, bon.

Qu'était-ce donc qui n'allait pas dans ses paroles ? Ils le dévisageaient sans parvenir à rien déchiffrer sur cette figure hermétique.

— ... Il va falloir préparer des bains chauds. Un toutes les quatre heures. Tenez-le à quarante degrés environ.

Quelque chose à faire. De la peine à se donner.

— Oui, docteur. Très bien, docteur, disait Rodolphe, avec une sorte de reconnaissance, à la perspective de cette activité à déployer. Je vais galoper jusqu'à Tarascon.

Les prunelles de Julia fouillèrent le regard du médecin qui se déroba.

— Docteur ?

— Madame ?

— Pensez-vous que ce soit grave ?

Elle entendit sa propre voix. Elle entendit le silence, le temps d'une hésitation presque imperceptible du docteur Lapierre.

— On ne peut rien savoir avant demain.

« Mon Dieu, Seigneur Jésus, Sainte Mère ! » pria-t-elle désespérément, « donnez-moi le courage »... Dans un vertige d'horreur, elle s'aperçut alors qu'elle savait.

***

« Cinq ans et demi. Mon beau petit garçon. » La nuit, Julia revoyait ces pupilles dilatées, sans regard, dans une face émaciée qui ne ressemblait plus qu'à un masque ; cette chair collée aux os sur la poitrine d'où sortait un ronflement irrégulier ; tout ce corps inerte, que la vie véritable avait déjà déserté, alors qu'elle-même le disputait encore, acharnée et sans espoir, des heures et des heures durant, au néant définitif.

Elle entendait la voix feutrée de ce grand médecin venu de Montpellier : « *Hélas, Madame, nous ne pouvons que confirmer...* » Et la clochette du prêtre dans l'escalier. Drelin... drelin... le son grêle qui s'approche, et la porte ouverte toute grande pour la mort qui se glisse derrière le cortège des sacrements et le murmure des prières.

Dure comme une pierre, inabordable, sans larmes, les dents serrées. « *Le courage de Madame Vernet...* » avait chuchoté quelqu'un près d'elle. Son courage à elle ? « Non pas. Le courage que Dieu vous envoie en même temps que l'épreuve. Cette grâce affreuse qu'Il vous fait. » Elle ricana dans un souffle.

Personne ne savait. Ce que croyaient comprendre les autres, ce qu'ils se contentaient de penser : « *Heureusement qu'il vous en reste deux.* » Trop satisfaits de pouvoir s'en tirer avec une consolation de cette sorte, avant de retourner à leurs affaires, à leur foyer où nul vide béant ne s'était creusé.

De toutes les visites qu'elle avait dû recevoir, il n'en

était point qui ne lui eussent paru insupportables, sauf celle d'Emma Marquet-Rageac :

— Je suis passée par là, ma pauvre amie. Je sais. En eussiez-vous dix autres, votre petit Cyprien vous demeurera toujours irremplaçable.

Cette femme silencieuse à son ordinaire, ni communicative, ni même très amicale, moins une amie, en somme, qu'une relation, était la seule avec qui Julia eût goûté un instant la détente des larmes sans amertume, quand l'apitoiement des siens, la tendresse de sa mère, les prévenances de Constant, de Sophie, ou de sa belle-sœur Lucie, et jusqu'aux attentions discrètes des domestiques, tout lui faisait mal.

« Mon petit garçon. » Une effroyable nuit de six jours entiers. Et elle recommençait à la vivre. Elle revenait à l'instant, toujours le même : « Pourquoi ? Pourquoi, justement, alors ? » Après tant d'heures passées à guetter, immobile, penchée, un bras sous l'oreiller. Le seul instant où elle s'était écartée.

« *Madame ! Madame ! Vite !* » et : « *Julia !* » Deux appels simultanés dont l'accent la poignait toujours, depuis.

Les quelques mètres qui séparaient le cabinet de toilette de ce lit...

Et déjà, c'était trop tard, lorsqu'elle avait repoussé Philo qui soutenait la tête de l'enfant.

« Oh Dieu ! Seigneur ! comment peut-on supporter... ? » L'asphyxie du désespoir oppressait sa poitrine. Ses narines gonflées cherchaient en vain à s'emplir d'un air respirable. Elle sentait la noirceur, l'opacité, le poids monstrueux de la dalle sous laquelle on avait enfoui son fils, là-bas, tout seul, abandonné ; et ce monde était glacial où il fallait continuer d'être.

A côté d'elle, Rodolphe soupira, puis se retourna, avec une sorte de gémissement, sans se réveiller. « Rodolphe... »

Elle étendit la main et rencontra son flanc.

Cette présence vivante de l'homme qu'elle aimait endormi auprès d'elle... Peut-être rêvait-il son chagrin, comme elle remâchait le sien dans l'insomnie. Elle fut tentée de l'appeler. Souffrir ensemble eût été moins desséchant.

Elle écouta.

Le souffle de Rodolphe avait repris son rythme.

D'un geste où la sensualité n'avait aucune part, elle appuya sa paume sur cette peau chaude. « Mon pauvre amour. » A quoi bon l'empêcher de reposer, s'il avait trouvé ce précaire repos ?

Elle le revit au chevet de leur enfant mort, les yeux fixes, emprisonnant sous sa main d'homme cette menotte insensible qu'il s'obstinait à garder contre sa poitrine.

Tous les autres, en bas, déjeunaient, pendant ce temps-là. Si discrets qu'ils fussent, un remue-ménage de vaisselle et une rumeur montaient de la salle à manger. Aussi bien, c'était midi, partout ailleurs que dans cette chambre où l'éternité venait d'entrer.

Comme un éclair, dans le cerveau de Julia dont la mécanique devenait folle, parmi d'autres visions en désordre s'était imposée celle de la table, où Pierroune avait dû mettre les rallonges pour tous ces Vernet et ces Angellier rassemblés depuis plusieurs jours dans l'attente interminable de la fin d'un des leurs. Et cette fin était venue, juste à l'heure du repas.

Bizarrement, il semblait à Julia que, tant qu'ils continuaient à l'ignorer, rien n'était encore tout à fait irrémissible, malgré le silence d'accomplissement qui s'appesantissait à présent sur la pièce où Philo venait de les laisser seuls, Rodolphe et elle, avec la petite forme de Cyprien allongée devant eux.

Il leur eût fallu pouvoir demeurer ainsi, sans témoins, pour pleurer à satiété ce fils arraché à leur amour. Unis, confondus au fond d'une nuit aussi miséricordieusement obscure que celle où ils l'avaient conçu, avec des cris et des râles semblables.

Un instant déchirant, tous deux le sentirent, rejoints, les bras de Rodolphe convulsivement refermés autour de Julia.

Puis, ils entendirent la porte de la salle à manger s'ouvrir. Et, sitôt après, dans le silence, les chaises repoussées faire crier le dallage, et l'escalier s'emplir d'un bruit de pas précipités.

Restait à faire face.

Ils ne le pouvaient que séparément, redressés, durcis, barricadés chacun contre les défaillances de l'attendrissement. La solitude qui les réunirait devenait une lointaine promesse. L'unique à laquelle il fût encore possible de se raccrocher. « Nous aurons le temps, ensuite... »

— Tes deux petits, ma chérie ?

— Gardez-les quelques jours de plus à la Sarrazine, Maman, voulez-vous ? Je préfère.

— J'aurais cru, au contraire... Maintenant que l'enterrement...

— Non, non.

« J'avais trois petits. Trois qui mangeaient leurs tartines. Trois qui se disputaient. Trois... »

Elle ne se sentait pas encore la force de voir de nouveau entrer, sortir, jouer comme avant, ces deux-là, sans celui qui manquerait désormais.

« *Il vous faudra vite en faire un autre, ma bru.* » Elle griffa les draps à ce souvenir.

— Pauvre madame Vernet ! avait dit Constance. Comme tu as été sèche. Comment n'as-tu pas compris qu'elle souhaitait te réconforter ? Tu n'aurais pas dû...

« Pas dû ? » Et comment cette femme avait-elle osé ? Remplace-t-on un enfant par un autre ?

« Dieu merci, les voilà tous rentrés chez eux. Enfin ! » se dit-elle. « Demain... »

Demain ne représentait plus qu'une route grise à l'infini sur laquelle Julia devrait continuer de marcher, les pieds en sang, mais délivrée de la pitié dont elle n'avait que faire.

Et Rodolphe, harassé, dormait.

Le talonnement lent du cortège quittant Mogador pour l'église et le cimetière de Fontfresque, elle l'avait encore dans ses oreilles. « Et cette odeur... » Les fleurs, la cire des cierges, le soufre brûlé ensuite. Et l'instant où cette bière, si petite... « Ah ! Christ ! »

Et, dans la chambre à côté, les tiroirs de la commode

encore pleins du linge de Cyprien. Son pistolet à fléchettes, son tambour, sa boîte de cubes, rangés dans la caisse à jeux. « *Encore un petit peu de pain, s'il vous plaît, Maman, avec beaucoup de fricandeau dessus.* Méningite. *Du courage...* Il se barbouillait toujours tellement en mangeant. *Ce petit, Madame, on peut jamais le tenir propre, on a beau faire.* »

Julia n'eut pas conscience du sanglot sorti de sa gorge.

— Ma mie... soupira vaguement Rodolphe, avec une longue inspiration.

Il se retourna vers elle :

— Tu ne dors pas ?

Et l'attira contre lui :

— Viens là.

— Oh Rodolphe ! bégaya-t-elle.

— Oui, ma mie. Oui, ma chérie. Oui... oui...

Il la tenait serrée de toutes ses forces, avec une espèce de fureur impuissante qui contrastait avec les termes doucement protecteurs, presque maternels, dont il la berçait.

Alors, d'un seul coup, la douleur de Julia creva par grands hoquets. Ses larmes ruisselèrent.

Cramponnée au cou de Rodolphe, la tête enfouie dans le creux de son épaule, elle criait, sanglotait, contractée, et se tordait avec des spasmes, dans la souffrance d'accoucher malgré elle de cette mort que son Dieu lui avait imposé de porter.

— Là, ma chérie. Là..., continuait à dire Rodolphe.

Il ne savait pas pourquoi, mais quelque chose de sa propre détresse, le plus empoisonné, le plus dévorant, s'écoulait de son cœur, tel le pus d'une plaie, tandis qu'il tenait sa femme embrassée comme il eût tenu leur enfant.

9

LUCIE et Antoine insistèrent pour que ceux de Mogador vinssent passer Noël à Tourvieille.

— Je vous en prie, Julia. Mon petit Raoul serait trop déçu s'il n'avait pas ses cousins.

Les enfants aussi l'eussent été. L'on ne pouvait les priver de toutes leurs joies. Au moins mettraient-ils leurs souliers dans la grande cheminée du mas.

En outre, ce séjour en famille ferait aussi du bien à Rodolphe.

Julia se décida.

Ces dernières semaines, tantôt son mari semblait avoir retrouvé toute sa joie de vivre — et cette exubérance la blessait parfois douloureusement — tantôt au contraire, elle s'inquiétait de le voir se réfugier, l'air sombre, dans la petite bibliothèque attenante au salon et y demeurer enfermé des après-midi entiers.

Il accueillit volontiers la perspective de passer quelques jours en Camargue, auprès de son frère.

Ce furent pourtant de tristes fêtes, malgré la gentillesse du jeune ménage.

Amélia et Henri avaient appris à ne plus réclamer leur frère, et sans doute avait-on soigneusement fait la leçon à leur cousin Raoul. Mais les souvenirs des fêtes passées revenaient en foule poser une interrogation, toujours la même, aux grandes personnes assemblées.

Et, le soir de la veille de Noël, quand, sur la bûche de

cerisier solennellement apportée devant l'âtre, Antoine, maître de maison, répandit le vin cuit selon le rite calendal, avec les paroles d'usage :

> « *Alègre ! Alègre !*
> *Que Noste Segne nous alègre !*
> *A l'An que vèn si sian pas maî* (1)... »

incapable d'entendre la fin, Rodolphe sortit brusquement.

Julia murmura quelques mots d'excuse à l'oreille de Lucie, et courut à sa suite, sur les indications de Thomasine qui l'avait vu monter l'escalier quatre à quatre.

Elle tourna le bouton de la porte de leur chambre. En vain. Le verrou était mis de l'autre côté.

— Rodolphe ! chuchota-t-elle.

Aucune réponse. Sinon une sorte de hoquet étouffé.

Elle redescendit, les joues tremblantes.

Un moment après, Rodolphe reparut, comme le repas allait commencer.

Pour regagner sa place, il passa derrière la chaise de sa femme et appuya furtivement la main sur son épaule.

Elle ressentit comme une caresse la chaleur de cette main à travers le rêche lainage noir de sa robe gansée de crêpe.

— ... Si vous aviez un autre enfant, persistait à lui répéter sa belle-mère, lorsqu'elles se retrouvaient entre femmes.

Non. Julia n'en aurait point d'autre. Pas de sitôt, en tout cas. La vieille dame n'en avait jamais perdu, cela se voyait. Et ce n'était pas non plus le tact qui lui dictait ses paroles.

— Imitez donc Lucie, ma chère. La voilà qui va...

« Ah ! Lucie ?... » Julia examina d'un regard lourd la jeune femme rougissante.

(1) *Allégresse, allégresse. — Que Notre Seigneur nous tienne en joie. — A l'an qui vient, si nous ne sommes pas plus (nombreux)...* La suite est : ... *que nous ne soyons pas moins.*

— Il y a longtemps ? demanda-t-elle.

— Trois mois, à peu près, confessa Lucie, avec gêne.

— Ah ?

« Trois mois... » Il y avait trois mois que Cyprien... « Peut-être, en rentrant de l'enterrement », pensa-t-elle, âprement.

L'enfant de Lucie comblerait le vide si le petit mort en avait laissé un dans le cœur de sa grand' Vernet.

Déjà, le petit Raoul obtenait d'Elodie bien plus de cajoleries que n'en avaient jamais reçu les enfants du fils aîné. Sans doute était-ce naturel. « Vivant auprès d'elle... » Eh bien donc, qu'il y eût d'autres nouveau-nés au mas.

« Mais à Mogador... » Un frisson la parcourut. « Non ! » Elle ne pouvait en supporter la pensée.

Ils demeurèrent à Tourvieille jusqu'après la Saint-Antoine.

Julia appréhendait maintenant de se retrouver chez elle, à ce rendez-vous où l'attendaient le vide et l'absence, dans la chambre des enfants que les rires d'Henri et d'Amélia ne suffisaient plus à remplir.

Elle rentra juste à temps pour trouver Philo aux prises avec les douleurs. « *Plus de nouveau-nés.* » Et celui-là, dont elle avait oublié la venue imminente ?

Une nuit de veille — une de plus — auprès de sa servante.

Au matin, ce fut elle qui reçut des mains de la sage-femme un enfant d'aspect chétif, bien différent de ce qu'avaient été à leur naissance les deux aînés de Philo.

Trois semaines plus tard, la conscience bourrelée, Julia enveloppait dans un drap de berceau le cadavre bleui du bébé.

Les parents se tenaient devant le docteur Lapierre, anéantis et respectueux, les bras pendants, tandis qu'il leur prodiguait les explications savantes.

— ... malformation congénitale. Ce sont des choses qui arrivent, malheureusement. Il faut se résigner.

Philo hochait la tête, bien poliment.

Chaque fois qu'elle arrêtait son regard sur cette figure bouillie de larmes, Julia éprouvait jusqu'au vertige un affreux sentiment de culpabilité. Il semblait trop que Dieu l'eût prise au mot.

Ni Ernest, ni Philo, n'étaient du pays. Le maître leur avança la somme nécessaire pour l'achat d'un bout de terrain au cimetière de Fontfresque. Et l'on mena le petit Agricol-Jules Riquelme y dormir à quelques pas du tombeau où Cyprien-Armand-Louis Vernet, quatre mois auparavant, avait rejoint son grand-père le colonel.

Pour Rodolphe, la vie quotidienne redevenait ce qu'elle avait toujours été à cette époque de l'année. Courses à Fontfresque, à Tarascon. Marché hebdomadaire où se tenait la bourse aux vins et aux soies grèges. Randonnées à cheval autour du domaine auquel, peu de temps auparavant, s'était ajoutée une nouvelle parcelle longtemps convoitée. Parties de chasse...

Un matin, Julia l'entendit fredonner gaillardement en faisant sa toilette.

— Ça, ma mie ? c'est la nouvelle scie que vient de lancer Rigolboche.

Il continua, plus fort :

« *Ah ! qu'il fait donc bon, qu'il fait donc bon. Cueillir la fraise...* »

— Béchet nous l'a chanté hier, en déjeunant.

« Evidemment », se dit Julia, « l'atmosphère d'un repas de chasseurs... » On ne pouvait lui en vouloir. Malgré elle, cependant, quelque chose durcissait dans sa poitrine. « Si je mourais, moi aussi, combien de temps... ? »

Mais que Rodolphe se levât un jour, sombre et taciturne comme il l'avait si souvent été durant les semaines qui avaient suivi la mort de Cyprien, Julia n'en ressentait alors que davantage le poids de sa propre peine.

Le voir de nouveau câliner gaiement Amélia ; reconnaître, lorsqu'il se mettait à jouer avec son cadet, les mêmes gestes, les mêmes plaisanteries qu'il avait inventées jadis pour l'autre, le petit mort dépossédé ; entendre les cris de joie d'Henri, si semblables à ceux de son frère, était un crève-cœur, croyait-elle.

Et cependant, cette chaude vitalité de Rodolphe alimentait sa vie à elle et, peu à peu, l'arrachait au plus noir de son chagrin.

— Votre mari a raison, ma fille : « *Laissez les morts ensevelir leurs morts* », a dit Notre Seigneur. Pensez-y. Il faut accepter d'un cœur plus simple. Et continuer pour ceux qui restent. Voudriez-vous donc que Dieu vous les reprît aussi ?

« Accepter. » Julia voyait à travers la grille du confessionnal le visage serein du prêtre. Un beau vieux visage, paisible, couleur de cire.

— Je m'y efforce, mon Père. Mais vous ne savez pas ce que c'est. L'enfant qu'on a porté...

— La Très Sainte Vierge aussi a...

« Oui, oui. » Julia savait tout ce qu'il allait dire. « Mais je ne suis pas une sainte. Et le sien... » Les choses de la terre et les choses du ciel ne sont pas comparables.

Elle se fût sentie plus proche de Philo. Bien que, pour Philo, encore, la résignation fût moins pénible : « Un nouveau-né. A peine avait-elle eu le temps... Mais moi... mon beau petit à moi... »

— Philo ! appela Rodolphe, un jour où, passant devant la chambre des enfants entrouverte, il venait d'apercevoir sa femme debout devant le tiroir béant de la commode, les mains posées sur un petit vêtement qu'elle avait étendu. Si absorbée qu'elle ne s'était pas même aperçue de sa présence.

— Philo, vous allez m'enlever de là-haut, aujourd'hui même, tout ce qui n'a plus de raison d'y être. M'avez-vous compris ?

Philo le regarda. Ses prunelles noires, petites, rondes, comme deux pastilles de réglisse, étaient singulièrement pénétrantes.

— Vous m'entendez ? répéta-t-il. Tout.

— Aussi « ses » jouets ?

— Tout.

Philo hésita, le regarda encore :
Déjà, lorsqu'on avait monté le petit lit au grenier...
— Mais comment que Madame va le prendre ?
Rodolphe n'en avait pas la moindre idée. Il savait seulement que cela devait être fait.
Pour la première fois, sa femme se heurta à un calme dépourvu de véhémence dont elle sentit dès le premier instant que rien ne le ferait départir.
Elle en perdit le sien :
— Je ne veux pas ! Je ferai tout redescendre. Vous n'avez pas le droit, m'entendez-vous ? Libre à vous d'oublier tant que vous voudrez. Mais moi, je...
— Ma mie, ne soyez pas inutilement méchante. J'ai pris le parti qui s'imposait. Vous le savez, au fond de vous-même.
C'était exact. Ce besoin malsain de fouiller sa plaie, de la faire saigner...
— Vous ne comprenez pas. C'est comme si je le perdais de nouveau. Oh ! Christ ! Rodolphe...
— Je comprends très bien.
Il la tenait enfermée entre ses bras, et, malgré soi, Julia sentait l'amour qu'il lui donnait lui communiquer une force secrète ; et le tumulte de son cœur s'apaisait.
— C'est tout de suite que j'aurais dû le faire, continuait Rodolphe. Mais je ne pensais pas... Ma mie, voyons vous m'aviez toujours paru si raisonnable.
— Rodolphe...
Raisonnable, l'eût-elle supplié ainsi ?
Elle se refusait à l'être, sachant bien qu'il avait raison, sachant aussi que, cette fois, il demeurerait inébranlable, doucement, tendrement inébranlable. Et peut-être était-ce cette certitude qui la faisait insister encore, avec une morne obstination.

*
**

Lorsque le second fils d'Antoine fut né, là-bas, au mas, Rodolphe, de retour chez lui après le baptême, commença tout de bon à ressentir la nécessité d'obtenir de sa femme qu'elle acceptât de lui donner un autre héritier.

Mais « ce sacré baptême », à ce qu'il semblait, n'avait fait que replonger Julia dans les ruminations et les regrets dont elle était presque sortie, peu à peu, au cours de l'été écoulé.

Un bon gros bébé bien vif, comme l'était ce petit Georges, eût pourtant dû exciter son envie, songeait Rodolphe.

— Elle a toujours aimé à pouponner. On sent fichtre bien que cela lui manque, confia-t-il à son beau-frère.

Constant avait l'air de penser que le remède était tout à portée :

— Eh bien donc, mon ami, fais-lui-en un.

— Humph ! émit Rodolphe, pour toute réponse.

Au bout d'un moment, il ajouta d'un ton de reproche :

— Ma parole, on dirait que tu ne connais pas ta sœur.

Constant leva les bras et les laissa retomber. De toute manière, la question dépassait son entendement de célibataire.

Rodolphe méditait, la lèvre en avant.

— Quand le diable y serait, grommela-t-il, je finirai bien tout de même par la tirer de là. Vois-tu, il faudrait que je sois constamment auprès d'elle. Dès que je la laisse seule à la maison pour la journée, je la retrouve avec une figure à l'envers et des paupières comme des coquilles de noix. Je te fiche mon billet que moi aussi, je le regrette, mon garçon, quoi qu'elle en pense. N'empêche qu'il faut vivre, puisqu'il n'y a plus rien à faire. C'est cela qu'elle se refuse à admettre.

Compatissant, mais perplexe, le jeune maître de la Sarrazine hochait la tête.

— Tu devrais en parler à sa mère, risqua Rodolphe. Peut-être qu'entre elles deux...

Constant acquiesça.

— ... Ou plutôt, tiens : arrête-toi donc à la maison, la prochaine fois que tu iras à Avignon. Je vais la préparer à ta visite.

Il ne fallait rien de moins qu'une telle extrémité pour réunir Constance et son gendre. Mais Rodolphe la trouva, en l'occurrence, plus compréhensive qu'il ne l'eût imaginé.

Le conciliabule aboutit bel et bien à une entente. Mme Angellier accepta de venir passer quelque temps à Mogador pour tenter de chapitrer sa fille.

Septembre, cependant, ramenait avec les premières pluies le souvenir de cette période où, déjà, l'année précédente, à l'insu de Julia, la mort s'était mise en chemin vers un petit garçon remuant qui ne rêvait que plaies et bosses.

Anniversaires avant l'anniversaire, chacun des jours le lui rappelait. La même imperceptible menace de l'automne traînait dans l'air. La même *herbo blanco* refleurie parfumait le verger de son odeur de miel pareillement mêlée à celle des poires tombées sous les arbres. « *N'y touche pas, Cyprien, elles sont trop mûres.* ». Il en ramassait quand même, en cachette. « Cette année-ci… » Ni Amélia ni Henri n'étaient gourmands de ces fruits blets. Nul besoin de le leur défendre, à eux.

Auprès de Julia, distraite et silencieuse, plongée dans ses réminiscences sans fin, Constance Angellier ne put trouver aucune ouverture pour aborder la délicate mission dont elle avait cru pouvoir se charger.

Bien qu'il lui en coûtât d'avouer son échec à un homme pour lequel son aversion demeurait latente, il lui fallut s'y résoudre.

— Nous aurions dû penser que le moment était mal choisi. Attendons encore. Il faut laisser finir ce mois d'octobre. Quand la messe du bout de l'an aura été dite…

— Crédié !… — Rodolphe se frappa la cuisse. — C'est vrai qu'il y a encore cette sacrée messe !

La rétraction de Constance fut si forte qu'il s'en aperçut :

— Euh !… excusez-moi, madame. C'est une manière de parler. Je n'y ai point mis d'irrévérence, parole ! Mais vous m'avouerez qu'au point où nous en sommes, nous n'avions vraiment pas besoin de ça. Voilà qui va enfoncer un peu plus le clou. Et j'ai beau être aussi bon chrétien qu'un autre, il me paraît hors de saison...

« Bon chrétien ! » se dit Constance, sans écouter la suite. Nul doute qu'il ne fût seul à le croire. Julia, elle-même, n'avait jamais tenté de faire passer son époux pour fort assidu aux offices.

Et quant à elle, se conduire comme elle l'avait fait envers son propre père n'était pas permis. Le comprenait-elle, à présent, châtiée si lourdement dans son fils ?

« Ceux que le ciel frappe, n'est-ce point, le plus souvent, qu'ils l'en ont défié par leur rage aveugle à se précipiter dans le péché », se demandait Constance, les yeux fixés sur ce Rodolphe Vernet qui, apparemment, n'attachait d'importance à rien d'autre que ses désirs.

« Ce n'est pourtant pas ainsi que j'avais élevé ma fille », se dit-elle amèrement, une fois de plus.

Mais il semblait que, dans ce siècle où l'on vivait, les principes les plus sacrés auxquels avaient obéi des générations successives n'eussent plus d'importance pour personne.

En regardant autour d'elle, Constance n'était plus même assurée de comprendre ses propres enfants.

Sans doute son fils l'entourait-il de tendresse. Mais il menait son existence à lui, et, à l'occasion, fréquentait sans répugnance des gens ralliés aux Bonaparte, dans cette société mélangée où l'on rencontrait M. Vernet et ses pareils. Et celui-ci, sans la moindre gêne, venait quand bon lui semblait à la Sarrazine où, de son vivant, jamais Alfred Angellier n'eût toléré de lui voir mettre le pied.

— Voyons, Maman chérie, ce sont de vieilles histoires. Rodolphe est le meilleur garçon de la terre, franc comme l'or, généreux... Un peu libre dans ses propos, je vous l'accorde. Mais quoi ?... Et il est si attaché à ma sœur. En vérité, je souhaiterais que celui qui prendra Finou la rendît aussi heureuse.

Constant touchait là une autre corde sensible. L'établissement de sa cadette donnait du souci à Mme Angellier.

La jeune fille atteignait ses dix-neuf ans, sans que se dessinât son avenir. Une demande en mariage « mieux qu'acceptable » de l'avis unanime des siens, reçue quelques mois auparavant, n'avait obtenu d'elle qu'un refus dédaigneux.

Lorsqu'il fut avéré pour ceux de la Sarrazine que les questions, comme les raisonnements et les instances de toutes sortes, demeureraient inefficaces, et parfaitement vaines, Constant, délégué par sa mère, vint à son tour chercher de l'aide auprès des Vernet.

— Tâche de savoir ce qu'elle a dans la tête, recommanda-t-il à Julia. Maman ne peut rien en tirer. Et pour moi, je t'avoue que je commence à me sentir fatigué de toutes ses lubies. Nous la gâtons beaucoup trop, je crois. Voilà le mal. Mort de ma vie ! toi-même, tu n'étais pas à moitié aussi butée.

Présent à l'entretien, Rodolphe offrit avec optimisme une opinion personnelle que ni sa femme ni son beau-frère ne songeaient à lui demander :

— Qu'on la laisse tranquille, cette petite ! Quoi d'extraordinaire si elle préfère attendre d'avoir rencontré un homme à son goût ?

Julia eût dû comprendre cela mieux que personne ; Julia qui, pour l'amour de lui... Qu'attendait-elle pour prendre position.

Il lui jeta un coup d'œil avantageux, sans parvenir à rencontrer son regard, et insista :

— Mieux vaut rester nu-pieds que souffrir et attraper des cors dans de mauvais souliers, tant qu'on n'en a pas trouvé une belle paire. Hein, ma chatte ?

— En attendant, ce sont les autres qui souffrent, grommela Constant.

Il ajouta sans aménité :

— Je voudrais bien te voir obligé de supporter la pécore et ses grands airs tous les jours que Dieu fait.

— Fichtre ! A ce point ?

Rodolphe réprima un sourire. « Ces filles Angellier... »

De nouveau, son regard chercha une lueur de connivence dans celui de sa femme. En vain.

Julia ne soufflait mot, trop occupée à considérer cette vieille question sous son autre aspect que, jadis, elle n'avait jamais voulu envisager.

— Bah ! conclut Rodolphe, déçu par son silence, nous la supporterons toujours bien une quinzaine, et plus, s'il lui plaît de rester. — Il se tourna vers sa femme : — N'est-il pas vrai ?

Si la présence de ce tendron malgracieux pouvait distraire Julia de ses pensées, il était prêt, pour sa part, à l'accueillir comme une aubaine.

Le résultat qu'il escomptait fut, en définitive, le seul atteint durant le séjour de Sophie.

La bonne grâce de la jeune fille surprit agréablement ses hôtes qui n'en eussent jamais tant auguré, d'après le tableau tracé par Constant, et leurs propres souvenirs de sa visite précédente.

Voir rire et bavarder ensemble les deux sœurs enchanta Rodolphe. Il y avait des mois que la maison n'avait connu une telle animation. S'il n'eût tenu qu'à lui, Sophie fût demeurée à Mogador jusqu'à la fin de leur deuil.

Il fallut cependant la ramener à la Sarrazine. Le temps calendal était là, de nouveau.

Sur la prière de Constant, ils acceptèrent de sacrifier leur voyage en Camargue, et demeurèrent chez lui pour célébrer la Veillée de Noël.

C'était la première, depuis son mariage, que passait Julia dans la maison de son enfance.

Comme si cette enfance l'eût guettée dans chaque recoin de la vieille bâtisse, elle s'y retrouvait telle qu'autrefois sous les traits de sa fille, aussi rieuse, aussi bruyante, aussi volontaire. Et c'était Constant, ce petit garçon plus grave qui la suivait partout, dans ces lieux à l'innocence rassurante où nul enfant mort ne pouvait revenir réclamer sa place entre eux deux à une mère déchirée.

Se promener, bien emmitouflée, dans la campagne si vite redevenue familière, en tenant Finou par la taille, oublier les soucis, les responsabilités, oublier Julia Vernet : retrouver le goût du vent froid et des grands ciels d'hiver d'un bleu si bleu sur cette plaine maillanaise, la patrie de Julia Angellier, lui communiquaient un apaisement, une douceur intime, sereine, qu'elle avait cru perdus à tout jamais.

Toutefois, pour charmante qu'elle se montrât, Sophie n'en demeurait pas moins rebelle aux confidences.

Lorsqu'elle eut constaté pour la dixième fois, au moins, la faillite de ses tentatives, Julia, mortifiée, un soir, s'en prit vertement à son mari :

— Si, au moment de l'affaire Pradeilles, vous n'étiez pas allé patarouner (1) à tort et à travers avec Constant !...

Il n'en crut pas ses oreilles.

Que Julia employât le patois était le signe inespéré d'un renouveau de salubre énergie.

La suite fut digne de l'exorde. Depuis de longues semaines son époux ne s'était entendu gratifier d'une semonce aussi virulente, aussi agressive, aussi bien sentie, claquant aussi sec dans sa brièveté. Il assistait à la résurrection d'une Julia mordante, précise, efficace, comme une lame de bonne trempe. La seule Julia de sa joie et de ses délices.

Et, vains dieux ! si l'on était enfin sorti de la languitude et des larmes, ce n'était point payé trop cher, de ce magnifique abattage...

— Ma mie... Julia... Oui, ma chatte...

Il avait toutes les peines du monde à conserver l'apparence de contrition qui s'imposait.

*
**

Au début de l'an, l'aïeule Richard-Lacroix trépassa. Elle avait séjourné bon nombre d'ans sur cette terre, et datait d'avant la Grande Révolution.

Les carlins l'eussent suivie de près dans la tombe, sans la charité de Lucie.

Sa fille Elodie hérita d'elle le mas qu'elle gouvernait

(1) *Patarouner :* Faire des commérages.

déjà. Ses arrière-petits-enfants l'avaient depuis longtemps assimilée aux mascs, aux trèves, aux matagots, et à l'Esprit Fantastique (1). Quant à ses deux petits-fils, aucun n'avait particulièrement sujet de la pleurer.

Avec cette franchise qui, chez lui, côtoyait innocemment le cynisme, Rodolphe se chargea de l'oraison funèbre :

— Ma foi, dit-il à Antoine, quatre-vingt-six ans, c'est un joli bail. Elle en a bien pris pour ses sous, la vieille dame.

En son for intérieur, il convenait que, pour une fois, la grand' avait tout de même usé de tact envers la famille, en se laissant mourir dans une période où son deuil ne ferait que se superposer à celui que tous portaient déjà.

Après un grandiose repas de funérailles, on aéra la chambre empuantie, on la mit en ordre, on la ferma, on monta au grenier une pleine malle de falbalas de l'autre siècle, et chacun retourna à ses affaires.

L'hiver était pur, froid et ensoleillé à miracle, traversé par les grandes chevauchées du mistral. Il permettait d'escompter un bel été chargé de récoltes.

La politique viticole de l'Empereur avait fait monter les cours depuis les dernières vendanges. Son libéralisme récent ralliait au régime les républicains. Au Mexique, le général Forey allait recevoir les renforts nécessaires, et la chute de Puebla n'était qu'une question de jours. La guerre autrement meurtrière qui dévastait les Etats Confédérés du Sud de l'Amérique se déroulait suffisamment au loin pour qu'après s'être passionné à la lecture de ce qui se passait dans le Tennessee et la vallée du Mississippi, l'on se sentît fier de la paix française, de la prospérité française, du prestige français, et de la sagesse du gouvernement

(1) *Mascs* : Sorciers.
Trêves : Lutins qui dansent sur les eaux.
Matagots : Chats noirs sorciers.
L'Esperitoun Fantasti ou Petit Esprit fantastique : Farfadet malicieux qui se cache dans les maisons et, selon son humeur, joue les pires tours ou rend mille services.

impérial. Rodolphe Vernet, pour sa part, ne trouvait rien à souhaiter de mieux, sinon un autre fils qu'il finirait bien par avoir.

Prospérité, paix, prestige.

— Oui bien, parlons-en ! ricanait Arsène Peyrissac. Si tu étais un producteur de blé, ou un industriel, tu chanterais une autre chanson. Le libre-échange, pour eux, c'est la ruine. Mais patience ! Qu'elles aient lieu, ces fameuses élections qu'on nous promet tant. Ce jour-là, tu sauras ce que le pays en pense. Et quant à cette misérable équipée du Mexique où des Français meurent chaque jour pour mettre un archiduc autrichien...

— Eh dis donc ! était-ce mieux, sous tes Bourbons, quand ils mouraient pour le roi de Prusse ? Et crois-tu...

« Oh, Vierge Mère ! voilà l'antienne qui commence », pensa Julia lorsqu'elle entendit subitement, par-dessus son bavardage avec Félicité Peyrissac, monter le volume des voix et leur tessiture, au cours du dialogue que poursuivaient de leur côté les deux hommes, à l'autre bout du salon.

Comme s'ils n'eussent pas eu mille et un sujets de conversation à choisir, à part celui qui pouvait les opposer.

Elle jeta un coup d'œil chargé de rancune à Arsène Peyrissac. C'était toujours lui qui entamait le chapitre. « Et après tout, ce soir au moins, il pourrait se souvenir que nous sommes ses invités. » La passion politique obnubilait cet homme ordinairement si courtois jusqu'à lui faire perdre son sens de l'hospitalité. Allait-il leur donner du regret d'avoir, malgré leur deuil, accepté ce dîner en privé, dont Julia comme son mari s'étaient promis tant de plaisir ?

Depuis quelques instants, elle n'écoutait plus ce que disait Félicité. Tout à coup, elle perçut que celle-ci s'était tue.

Toutes deux, maintenant, tendues, suivaient les

répliques qui s'échangeaient avec la violence concentrée d'un véritable duel.

Julia posa la main sur le poignet de son amie.

— Féli, souffla-t-elle, faites quelque chose, ou je crois qu'ils ne vont pas tarder à...

Au même instant, contenue relativement jusqu'alors, éclata la voix de Rodolphe, pareille à la trompette de Jéricho :

— En voilà assez ! Il y a des bornes à la patience au-delà desquelles on tombe dans la pleutrerie. Tu vas rétracter tout de suite ce sobriquet insultant, ou bien...

— Rodolphe !

Elle bondit, vola, telle une flèche, et se suspendit à son bras.

— Etes-vous fou ?

Il se libéra et la repoussa comme il eût chassé un moustique bourdonnant à ses oreilles.

— Les femmes n'ont rien à voir là-dedans.

« Rien à voir !... » Julia s'immobilisa, suffoquée.

— Je vous supplie... intervint à son tour Félicité, se glissant entre les deux hommes.

« Rien à voir ! » quand il s'agissait d'empêcher des forcenés d'en venir au pire. Julia haletait.

— Et moi, Féli, dit Arsène, d'un ton froid, je vous supplie de vous écarter. Voulez-vous me faire passer pour un couard ?

Ce fut Rodolphe qui recula d'un pas devant les yeux affolés de son hôtesse.

— Sacr... — Il se retint de justesse et déglutit bruyamment sa salive à la place du mot. — Je regrette d'avoir oublié que nous sommes ici chez vous.

— Je regrette tout autant d'avoir oublié que vous étiez chez moi, dit Arsène Peyrissac, blême, et les poings serrés.

Il eut une crispation des mâchoires, et poursuivit, avec dignité :

— Je rétracte donc...

Après un court silence d'une pesanteur qui parut intolérable aux deux femmes, il acheva :

— ... si tu peux te satisfaire d'un geste que les circonstances me font un devoir de t'accorder.

Rodolphe mâchait héroïquement une rage bouillante.

— Je puis m'en satisfaire pour ce soir. Nous reprendrons ailleurs cette conversation.

Son hôte s'inclina légèrement, et n'ajouta rien.

« Sacrédié ! la morgue de cet imbécile ! » Rodolphe s'enfonça les ongles dans les paumes, en un effort suprême pour conserver la même maîtrise de soi. Et se tourna vers Félicité.

Elle et Julia se taisaient, côte à côte, raidies, blanches jusqu'aux lèvres.

— Pardonnez-moi. Nous allons nous retirer.

— Oh ! mon Dieu ! c'est... non, c'est trop bête ! balbutia Félicité. Rodolphe, vous n'allez pas...

— Il suffit, ma chère, coupa son mari.

Le regard de la jeune femme alla de l'un à l'autre. Ils paraissaient changés en statues. Tout effort pour les ébranler eût été vain.

Sans un mot de plus, elle se dirigea vers la sonnette, tira sur le gland, puis s'immobilisa, à son tour, pour attendre.

Dans le silence figé, un bruit sec les fit tous tressaillir : une branche d'éventail venait de se casser entre les doigts de Julia crispés sur la monture d'ébène.

Le valet de chambre parut.

— La voiture de monsieur Vernet, commanda le maître de maison, brièvement.

De nouveau, le silence les écrasa.

Julia et Félicité n'osaient plus se regarder.

Lorsqu'enfin le domestique revint, Julia sortit la première du salon, suivie d'Arsène Peyrissac.

— Permettez...

Tandis qu'il l'aidait à revêtir sa pelisse, elle eut l'impression qu'il devait entendre les battements violents et sourds qui se précipitaient dans sa poitrine.

— Merci, Arsène.

Tout cela ressemblait à l'un de ces mauvais rêves que l'on fait parfois, au matin, juste avant de se réveiller, la tête lourde, la bouche épaisse, mais tellement soulagé. « Ce réveil... » Julia l'espérait presque.

Mais nul espoir n'eût résisté à l'aspect du visage de Rodolphe.

Elle rejoignit d'un pas raide Félicité qui se tenait en arrière, les prunelles brouillées.

Dix années d'une amitié sans ombre. « Tout ce que je lui devais... »

— Adieu, Féli, murmura-t-elle.

Elle ressentait âprement le ridicule douloureux de toute cette scène.

— Adieu, Julia.

Toutes deux s'embrassèrent. Chacune sentit que l'autre tremblait.

— Cela va s'arranger, chuchota Félicité, sans conviction.

Julia hocha vaguement la tête. Il n'y avait aucune illusion à se faire.

Arsène Peyrissac se pencha sur sa main, pendant que Rodolphe prenait à son tour congé de l'hôtesse.

Cette comédie était intolérable. « *Entre gens de bonne compagnie !...* » Ces gens de bonne compagnie qui venaient de se conduire en sauvages.

« Cela devait arriver, depuis le temps... » se dit-elle, avec accablement, en montant en voiture.

« Et maintenant ? »

Sombre, Rodolphe, se taisait à côté d'elle.

Julia s'aperçut qu'elle n'avait pas encore arrêté son esprit sur le point le plus angoissant. « Quoi qu'on en pense, le pire est toujours à venir », se dit-elle. A envisager les suites, elle en oubliait la colère et la révolte qu'un instant auparavant elle avait pensé exhaler, enfin, dans ce tête-à-tête.

Ce grand corps encombrant, cette brutalité enfantine, cette maladresse, cet égoïsme, cette chaleur de tendresse, qui étaient l'homme qu'elle aimait, elle y pensait si intensément qu'elle en attendait presque une sorte de réponse qui l'eût rassurée.

Mais l'homme qu'elle aimait grommela :

— « *Badinguet!* » Je lui donnerai, moi, du Badinguet, à ce Jean-F... !

En son cœur, Julia haït le Bonaparte comme jamais, certes, ne l'avait haï M. Angellier.

« Sainte Mère ! Vous ne permettrez pas qu'ils s'entre-tuent pour un pareil prétexte ! »

Y avait-il un seul prétexte au monde qui valait que son Rodolphe mît sa vie en danger ?

— Qu'allez-vous faire ?

Il passa machinalement un bras autour de son épaule :

— Rien, ma mie, rien.

— Rodolphe ! Est-ce vrai ?

— Oui, oui.

— Tu me le jures ?

— Mais bien sûr.

Elle sentait tous ces muscles puissants bandés d'une fureur qui n'avait rien d'amoureux, tandis qu'il la serrait contre lui.

Il venait de lui faire perdre sa meilleure amie. Il s'était montré (Arsène aussi, d'ailleurs) sous son jour le plus déplaisant. « Vierge Mère ! si l'on pouvait se servir de l'un pour cogner sur l'autre !... Plus enragés que des chiens ! » Un quart d'heure plus tôt, dans la maison de la Banasterie, Julia eût donné n'importe quoi pour se retrouver seule avec lui, et lui dire ce qu'elle pensait, avec des mots qui l'eussent cinglé, lui, tout en la soulageant de sa propre rancune qui les englobait, « ces deux imbéciles ». Cela aboutissait à quoi ? A des prières, des supplications, afin d'obtenir de lui une promesse qu'elle n'espérait pas même lui voir tenir.

« Et demain, il va courir à Tarascon ou à Arles alerter ses amis, et... » Et l'un de ces matins, quand ? après-demain ? dans trois jours ? ou quatre ? un matin comme les autres, il s'en irait en catimini jouer la mort à pile ou face.

Elle sentit cette vieille douleur, beaucoup plus vieille qu'elle-même, lui transpercer brusquement la poitrine, et suffoqua. « Pourquoi l'amour d'un homme n'est-il jamais assez fort pour passer avant tout le reste ?

Pourquoi l'aimé-je tant ? Pourquoi dois-je me dévorer ainsi de tourments ? Pourquoi... »

Tout au long d'une mortelle semaine, à chaque réveil — et, toutes les nuits, l'angoisse la réveillait à maintes reprises — elle se posa les mêmes questions.

Rodolphe était là, comme s'il n'y eût pas eu, entre elle et lui, pareille à un pistolet chargé, cette éventualité sinistre pour laquelle, un jour ou l'autre, peut-être précisément ce matin-là, il déserterait leur lit, après un baiser rapide comme celui d'hier, ou prolongé comme... Savait-on ? Et, peut-être, deux heures plus tard, quelqu'un viendrait à Mogador avertir sa femme que... « Oh !... »

Elle se mordait le poing, courait vers la fenêtre ouverte où naissait l'aube avec son visage de printemps...

« Un temps pareil ! » Mais elle savait comment se glisse la visite hideuse, au cœur du plus beau jour, et comment vous trahit, tout à coup, le paysage quotidien.

... Retournait vers le lit chercher la tiédeur restée entre les draps, de ce corps que, peut-être, au même instant, l'on allongeait ensanglanté sur la terre nue.

« Des gens se penchent, déboutonnent sa veste... Laquelle a-t-il mis, aujourd'hui ? »

S'élançait vers l'armoire.

Tout y était en ordre. La vieille veste, luisante aux coudes, manquait, comme chaque jour. Un répit ?

« Oui, sûrement. Il ne serait pas allé à un duel dans cette tenue. A moins que... S'il s'est douté que je le surveillais... Oh ! mon Dieu ! »

Et revenait tomber à genoux sur la descente de lit, face à ce Christ en croix du fond de l'alcôve qui en savait plus que quiconque sur leur amour.

Et, quand Rodolphe rentrait pour déjeuner, les questions insidieuses qu'elle tentait de poser :

— N'est-ce pas demain que vous avez rendez-vous avec François Barthès ?... Tôt ?... Ah ! vers neuf heures seulement ?... Non, pour rien. Je croyais...

« Mais si, avant neuf heures, déjà ?... » A son rendez-vous, il n'irait peut-être jamais.

Au bout d'une huitaine, amaigrie, flottant dans son corsage, en proie à chaque instant à des suffocations qui pliaient en deux son corps frêle, elle ne tenait plus que sur ses nerfs.

Rodolphe qui entrait en sifflotant dans la salle à manger en fit soudain la découverte.

— Ma mie ! Vous êtes malade, ma parole ! Ou bien est-ce que, par hasard... ?

Une telle joie se peignit sur sa figure que Julia comprit la méprise qu'il commettait.

Plût au ciel que c'eût été cela. Peut-être alors se fût-il tenu tranquille. « Tranquille, Rodolphe ? » Elle eut pour sa propre naïveté un sourire de dérision.

— Non, dit-elle, doucement. Pas encore.

Il la dévisagea, illuminé :

— Julia ! Vous le voudriez ?

— Pourquoi pas ?

Tisser des filets. Même si les mailles en étaient fragiles.

— Espérons que ce sera pour bientôt, dit Rodolphe.

— Oui. Espérons.

Il se mit à engloutir son déjeuner comme si cette seule perspective eût décuplé son appétit.

Julia était venue se placer derrière sa chaise.

Pour ce qu'elle avait à dire, elle préférait qu'il ne la vît point.

Un long moment passa sans qu'elle se décidât. Rodolphe continuait à manger. Elle le servait, ainsi qu'elle l'avait vu faire jadis à sa mère pour M. Angellier.

— Je me suis toujours demandé, commença-t-elle enfin, d'un ton dégagé, ce qui vous liait avec Arsène Peyrissac. Cela paraissait curieux de vous voir si amis, dissemblables comme vous l'êtes. Est-il vrai que vous lui ayez rendu autrefois un très grand service ?

Il se retourna pour la regarder, de bas en haut.

— De qui tenez-vous cela ?

— De Félicité, dit-elle, s'efforçant de conserver une attitude indifférente.

Négligemment, elle ajouta :

— ... Qui, d'ailleurs, n'en savait pas plus long.

Rodolphe se versa une rasade.

Sa femme n'aimait pas du tout ce bizarre petit sourire au coin de sa bouche.

— Bah !... Disons : un service auquel il a plu à Peyrissac d'accorder de l'importance.

Il but une gorgée, la sirota :

— Fameux, ce petit vin.

Fit tournoyer le fond de son verre dans un miroitement de soleil ; et l'avala d'un trait.

— Vous savez que je lui ai envoyé mes témoins ?

Les mains de Julia étreignirent le dossier de la chaise. Un instant, elle demeura sans souffle, les yeux clos.

Dans son cerveau s'amplifiaient démesurément les petits coups que frappait la cuillère de Rodolphe sur la coquille de l'œuf qu'il décapitait.

— Ah ?... Et... qu'est-ce que... ?

Elle pouvait à peine parler. Sa langue ne lui obéissait plus. Les mots se dérobaient. Comment Rodolphe ne s'apercevait-il pas de l'effort qu'elle fournissait pour se les arracher de la gorge ?

— Que croyez-vous ? Je vous le donne en mille. L'animal a refusé de se battre.

De nouveau, il se retourna, la tête levée. Pour lui dédier une grimace réjouie. Exactement, remarqua-t-elle, celle avec laquelle il ramassait une levée au polignac.

— Sabatier et Marquet-Rageac m'ont rapporté ses excuses. Consignées sur un procès-verbal en règle. Oui ! Il a préféré cela plutôt que se battre.

Du jaune d'œuf coula de la mouillette qu'il tenait, et tomba sur la nappe, sans que Julia eût la présence d'esprit de le remarquer.

La joie la suffoquait.

Satisfait de l'effet produit, Rodolphe engouffra une bouchée copieuse avant de poursuivre :

— Gardez-le pour vous, hein ? Félicité serait plutôt mortifiée, j'imagine, si elle l'apprenait.

« Mortifiée ! Ah, bah !... » Si, comme il était probable, Félicité venait de passer par les mêmes transes, sans doute serait-elle bien aise... Et pourtant, à peine délivrée de ses craintes, déjà Julia se découvrait une pointe de mépris à l'égard de la dérobade d'Arsène Peyrissac.

Il avait eu raison. Cent fois, mille fois raison. « Un homme pondéré, Arsène. Assez raisonnable pour savoir reconnaître ses torts. Et certes, un duel n'a jamais rien prouvé. Et depuis quand, deux amis... ? Et pour de telle billevesées ! » Elle l'approuvait de tout son cœur. Elle débordait de gratitude. Mais...

— Jamais je n'aurais cru qu'Arsène... murmura-t-elle.

En dépit de soi, plus elle se raisonnait : « Et le courage qu'il lui a fallu pour accepter de braver l'opinion », plus la conduite d'Arsène Peyrissac soulevait au fond d'elle-même un mélange assez trouble de soulagement, de reconnaissance, de déception, et de condescendance apitoyée.

Son mari la dévisageait d'un air interrogateur.

— Arsène, dites-vous ? Eh bien, quoi donc ?

— ... Oui, qu'il préférerait s'humilier de la sorte, quitte à vous laisser croire qu'il a peur.

— Peur ?

Rodolphe s'esclaffa.

— Elle est bien bonne ! Peur ? Mais, ma mie, c'est un tireur hors ligne, tout le monde le sait.

« Oh, Christ ! » Une épouvante rétrospective glaça le sang des veines de Julia.

— Maintenant que cela s'est terminé de cette façon, je puis bien vous le dire : si nous étions allés sur le terrain, je n'aurais pas misé gros sur mes chances.

Elle ouvrit la bouche et la referma, horrifiée. Et plus encore de le voir rire.

En somme, c'était à la seule générosité d'Arsène Peyrissac qu'elle devait de l'avoir là, tiré du danger, intact, bruyant, et parfaitement odieux, pour l'instant, avec son manque de vergogne à empocher le profit de la situation ; et à s'en vanter.

Entre tant de griefs contradictoires qui l'animaient

d'une colère noire contre Rodolphe, Julia ne savait plus au juste lequel dominait.

— Et vous trouvez cela drôle ? proféra-t-elle, enfin.

— Ma foi oui. Pas vous ? Allons donc, ma mie !

Il mordit dans une pomme, à grandes dents, sans la peler.

Rien de plus significatif que cette marque de chair blanche ouverte à vif dans la peau d'un beau rouge luisant. Rodolphe était là, tout entier.

« Comme dans chacun de ses gestes », se dit Julia, le dévisageant avec intensité.

— Oh ! gronda-t-elle. Oh ! je... je ne sais pas ce que je vous ferais si je...

Incapable de continuer, elle fit demi-tour et quitta précipitamment la pièce, hors d'elle-même, pour ne pas céder à cette tentation « absurde, folle, humiliante, inadmissible », et quoi encore ? qui lui venait, de le gifler une bonne fois, pour l'embrasser ensuite.

10

On dit que l'on te marie.
Tu sais que j'en vais mourir...

Julia chantonnait machinalement en remuant la berce.

Soudain, elle s'entendit. Ses narines se retroussèrent. « Vierge Mère ! la romance de Lucie... »

Pendant les trois semaines qu'avait duré son séjour, la jeune Mme Antoine en avait seriné les accents plaintifs à tous les échos de Mogador.

Jusqu'à Rodolphe qu'elle avait contaminé. Quotidiennement, à son lever, en s'ébrouant au-dessus de la cuvette, il entonnait à plein gosier le début du refrain et le reprenait à satiété, selon sa détestable manie, tout le temps que durait sa toilette. Son chant était d'ailleurs d'une justesse approximative, et l'entrain qu'il y mettait ne correspondait pas précisément aux paroles inspirées par les tristes amours et la mort récente de Marie Garcia.

— Oh ! Julia, vous savez bien : la cousine de la Malibran... Mais oui ! Avec Arsène Houssaye. Oh ! voyons donc ! l'histoire court les salons. L'on a fait aussi une poésie dessus. Je voudrais que vous entendiez M. Nicollet la déclamer. Ma chère, l'on en pleure.

— Vraiment ?

Il fallait être Lucie, avec sa cervelle de mouche, pour

se pâmer à propos de la vie privée de tous ces Parisiens, songeait Julia, agacée.

Ce bavardage subi à forte dose, et cet attendrissement toujours renouvelé que sa belle-sœur répandait à profusion autour d'elle, que le sujet en fût de peu ou prou d'intérêt, devenaient lassants, à la longue.

Lucie était repartie pour Tourvieille. Mais son air favori flottait encore par toute la maison, adapté inconsciemment par chacun au rythme de ses propres occupations. Tel que Julia l'interprétait à cet instant, l'auteur eût pu hésiter à le reconnaître, mais il faisait parfaitement l'affaire pour endormir un petit Frédéric-Anne-Hector de deux mois, frétillant et vif comme l'un des poissons-chats de l'étang.

— Un sacré gaillard, se rengorgeait son père, avec la même vanité que s'il en eût été encore à son premier héritier.

Et Philo, mi-fière mi-grondeuse, prédisait à qui voulait l'entendre :

— Celui-là aussi, allez ça sera quéqu'un.

Les caprices du nouveau-né faisaient la loi dans la maison plus calme depuis qu'à l'automne les deux garçons de Philo avaient pris le chemin de l'école de Fontfresque.

Rétive aux leçons qu'avait entrepris de lui donner sa mère, Amélia, quelque peu désemparée, ne trouvait plus à exercer sa tyrannie que sur le seul Henri qu'elle remorquait à sa suite.

A chaque retour de classe, sitôt les gibecières débouclées, Eloi et Fulcran se précipitaient pour les rejoindre.

La bande reformée, s'encourageant l'un l'autre, ils se glissaient dans l'escalier, et montaient subrepticement examiner, non sans une certaine réserve, le petit morceau de chair rouge, agité, criaillant, et baveux, dont les grandes personnes faisaient tant de cas.

Ils s'assemblaient autour de la berce trop haute, se dressaient sur la pointe des pieds, curieux, intéressés, mais tout de même vaguement déçus, et de plus en plus à mesure que les jours passaient.

On leur avait promis, longtemps à l'avance, un compagnon de jeux. Les parents se répandent toujours en promesses : « Quand le petit frère arrivera... Sois sage, si tu veux que le petit frère vienne... » Impossible de tirer le moindre agrément de la présence de cette chose vivante qu'on leur défendait de toucher.

— Il est toujours pareil, constatait Amélia, dédaigneusement, avec une grimace qui ressemblait à s'y méprendre à celle qu'avait souvent sa mère. Il a même pas de jambes !

Les garçons ne disaient rien, mais s'estimaient dupés.

Il y avait, au fond de leur souvenir à tous, imprécis, à demi oublié, déjà aussi légendaire que Riquet-à-la-Houppe, Jean-de-l'Ours, ou Percinet, ce compagnon batailleur, leur chef à tous, dont, peut-être, sans le savoir, ils avaient attendu le retour.

Qu'était celui-là qu'on leur montrait ? A se mesurer à lui, même Henri, le renifleur, le marmot encore en jupes, la quantité négligeable d'hier, sentait croître en lui le sentiment tout neuf de sa propre importance.

Julia sourit à la rangée de frimousses attentives :

L'un après l'autre, elle les souleva pour leur permettre de voir le bébé endormi.

— Et maintenant, descendez vite vous mettre à table.

Ils sortirent, en file indienne, muets, avec la même gravité qu'ils mettaient à jouer entre eux.

La grande chambre était paisible.

Julia jeta un coup d'œil vers la fenêtre ouverte où s'encadraient le ciel d'un bleu léger de ce midi d'avril, et les arbres du parc peuplés d'oiseaux bruyants et gais.

Un autre ciel, un autre matin, lui faisaient signe, ressuscités par-delà neuf années. Le bonheur ne ressemble guère à l'image que l'on s'en était fait ; et il est le bonheur quand même. Sur la commode, protégée par un globe de verre, reposait la couronne de mariée, un peu jaunie déjà par le temps qui passe.

Neuf années pleines à craquer de tant de tâches quotidiennes, de tant de jours de joie ou de chagrin partagés, comme il est dit.

La lumière blonde du printemps revenu une fois de plus avait la même perfection frémissante respirée jadis, comme une promesse renouvelée d'autres joies, et sans doute aussi d'autres peines. Et : « Merci, Seigneur, pour le tout ensemble », accepta Julia.

Ce « merci » qui, naguère, lui brûlait la gorge d'un douloureux arrière-goût de révolte s'était enfin décanté. Le bruit encore lointain d'un galop de chevaux la fit sursauter. Elle se pencha à la croisée.

Les deux cavaliers attendus arrivaient à fond de train du bout de l'allée d'honneur où, depuis le matin, la grille béait à leur intention.

Au fracas familier des sabots, au son des voix bruyantes, le cœur de Julia se dilatait.

Elle se hâta de descendre.

A mi-chemin, dans l'escalier, elle reconnut le hennissement de *Jason*. Les chiens, eux aussi, manifestaient leur satisfaction de se retrouver à la maison en donnant de la voix.

Les enfants firent irruption par la porte de l'office qui s'ouvrait sous l'escalier, et coururent au-dehors en se bousculant à grands cris.

— Ma mie ! clama Rodolphe, en la voyant paraître sur le seuil, derrière eux.

Il déposa Henri pour se précipiter à sa rencontre.

Après lui, Constant embrassa sa sœur.

Ils revenaient de passer trois jours à Tourvieille, conviés par Antoine à chasser le gibier d'eau.

Julia retrouvait sur la joue de Rodolphe le goût du vent salin qui règne sur les étendues camarguaises.

— Bonne chasse ?

Exubérants, joyeux, ils tirèrent de leurs carnassières les sarcelles et les canards sauvages.

Le vacarme des chiens devenait assourdissant.

— Entrez vite, dit Julia.

Les récits des deux chasseurs allaient occuper tout le temps du repas.

Vers quatre heures de l'après-midi, Constant s'apprêta à se remettre en route. Julia monta mettre son chapeau et prendre son ombrelle pour l'accompagner jusqu'au portail.

Un chapeau neuf, qui allait avec la robe qu'elle avait étrennée à déjeuner.

Lorsqu'elle redescendit, le regard approbateur des deux hommes lui confirma l'impression que venait de lui donner l'ultime coup d'œil vers le miroir.

Elle alla prendre le bras de Rodolphe, tandis que Constant amenait son cheval par la bride.

— Veux-tu venir mardi prochain ? Nous devons fêter l'anniversaire de notre mariage, dit Rodolphe.

— Mardi prochain ? Eh ! mon ami, tu sais bien que je serai en route pour la capitale ! lui rappela Constant.

A sa sœur, il expliqua :

— Oui, figure-toi. Je monte à Paris pour assister au grand banquet que l'on va offrir à Frédéric Mistral, à la *Maison Dorée*.

— A Paris ! s'exclama Julia.

Son mari la prit par la taille :

— Nous aussi, nous irons, un jour ou l'autre. Attendez seulement que le nôtre, de Frédéric, ait un peu grandi.

Constant savourait discrètement l'étendue de sa chance en la découvrant dans leurs regards pensifs où se lisait de l'envie.

Après son départ, Rodolphe et Julia s'en revinrent en flânant le long de l'allée.

Le soleil était encore haut. Ses grandes lances dorées entrecroisées dans l'ombre verte transperçaient obliquement les futaies.

— Voyez comme c'est beau, ma mie.

Julia hocha la tête.

Tout était beau, en effet. Beau indiciblement, avec une simplicité éblouissante : le calme de cette heure, l'appui si sûr que lui offrait ce bras ; et ce visage, taillé avec tant de rudesse, dont elle chérissait les défauts ; et cette certitude soudaine que le temps avait perdu le pouvoir de les atteindre.

« Le voilà, le bonheur », pensa-t-elle. Rien d'autre

au monde n'eût pu donner ainsi à un instant cette immobilité sans poids où l'éternité avait l'air de sourire.

Ils s'enfoncèrent dans le sous-bois, d'un accord tacite.

Une poussière lumineuse tombait de haut à travers les feuilles, pareille à une gloire autour d'eux.

Julia referma son ombrelle.

Le petit chapeau qu'elle portait, rond et plat, posé sur la résille enfermant le chignon, était garni d'un tour de violettes. L'écossais mauve et blanc de sa robe de taffetas se mariait aux mille tons de vert du massif.

Rodolphe qui marchait un pas en avant afin d'écarter les branches sur le passage de sa femme s'arrêta pour la détailler amoureusement.

— Ça me plairait bigrement, un voyage à Paris avec vous, rêva-t-il, en se passant la langue sur les lèvres.

— Et à moi, donc !

— Que diriez-vous d'y aller cet automne ? Hein ? Après les vendanges ?

Relevant délicatement sa jupe, Julia s'assit sur le rebord de l'antique noria hors d'usage qui tenait le milieu de la clairière où ils avaient débouché.

L'endroit était frais, même au cœur de l'été. Ils y venaient souvent. Les premiers temps après leurs épousailles, ç'avait été leur refuge, jusqu'au départ d'Antoine et de Mme Vernet.

Julia regardait autour d'elle, comme si les traces eussent pu y demeurer encore de tant de baisers et de caresses fiévreusement échangés.

Peut-être Rodolphe y songeait-il aussi. Ou pourquoi, sinon, l'eût-il regardée de la sorte ? On eût dit qu'il découvrait chacun de ses gestes. Sous ce regard, Julia retrouvait un peu de cette émotion pudique du début de leurs étreintes.

— Testud est venu pendant votre absence, dit-elle, d'une voix mal assurée, tandis que les lèvres de Rodolphe parcouraient son cou, s'attardant près de l'oreille.

A le sentir ainsi, penché, elle frémissait sous son souffle, étonnée et un peu honteuse de cette étrange faiblesse qui l'envahissait. « De si vieux époux... L'on en rirait. »

— Je crois qu'il ne serait pas fâché de vendre, continua-t-elle.

Il lui fallait parler, dire n'importe quoi, ou...

Rodolphe se redressa ; et mit un pied sur la margelle.

— Vous l'avez sondé ? Ou n'est-ce qu'une impression ?

— Sondé, c'est beaucoup dire. Je crois néanmoins, (et ce que Philo a pu apprendre à Fontfresque me le confirme) qu'avec une offre raisonnable, et l'appât d'une moitié payable au comptant, vous obtiendriez les olivettes, le champ carré, et peut-être même le petit bois, jusqu'au barrage.

Il siffla doucement, et dit avec âme :

— Oh ! nom de sort !

Julia et lui se regardèrent.

— Il y en a quelques belles héminées (1), reprit-il. Le bien que cela constituerait, d'un seul tenant ! Vous représentez-vous ?

Sans y penser, il fit jouer le treuil. La chaîne à godets se déroula avec des cris de ferraille.

Il fallait toujours empêcher les petits d'y toucher. Un jour, Fulcran s'y était pris les doigts. « Et lui... » songea Julia, avec indulgence.

— Mon cher cœur, le gronda-t-elle, tendrement.

Rodolphe s'arrêta et frotta l'une contre l'autre ses mains salies de rouille.

— Si j'allais trouver Testud demain matin ?

Le besoin d'agir l'avait pris. Cette langueur, entre eux, avait disparu.

Julia n'était pas certaine de n'en éprouver nul regret. Bien que le soir commençât à fraîchir sous ces arbres.

Elle se leva :

— Pourquoi ne pas attendre ? A aller voir, vous risquez de lui faire monter ses prétentions.

Rodolphe eut sa lippe soucieuse.

(1) *Héminée :* Mesure de surface locale, pour la terre. A peu près 9 ares.

— D'accord. Mais s'il se ravise ?

— Je ne le crois pas. — Les doigts de Julia s'appuyaient avec force sur le poignet de son mari, comme pour freiner cet élan intempestif. — Il a besoin d'argent pour réparer sa ferme, et... Je crains seulement que ce ne soit pour nous un trop gros morceau à avaler. Y avez-vous songé ! A treize cents francs l'hectare, comptez, en gros. Si vous n'aviez pas acheté ces actions, l'année dernière...

— Mes Suez ? Allons donc, c'est de l'or en barre.

Les coins du nez de Julia se relevèrent.

— Oui ? Comme vos Clippers Français ?

De haut, Rodolphe lui fit une grimace.

— Bah ! vous les verrez remonter, un jour ou l'autre. Quant aux Suez, je puis les revendre. Joseph Verdet me disait la semaine dernière que le cours grimpe.

Il savait qu'elle souhaitait qu'il le fît. Le papier n'était rien pour elle. Ni l'aventure que cela représentait. Mais la terre, les parcelles qui arrondiraient le domaine, et fructifieraient sous leurs yeux de tout l'amour qu'ils leur donneraient, et ce boqueteau de pins, au flanc d'une dure colline caillouteuse préfigurant les mourres (1) de l'Alpille, vains dieux ! rien qu'à y penser... Julia avait raison. La terre, la terre seule ! Mais, tout de même, ces Suez... S'il pouvait en conserver au moins une partie !

— Nous attendrons encore un peu, pour ce voyage, hein, ma mie ? Il va falloir économiser.

Julia retint un sourire teinté de sarcasme. Entendre Rodolphe prêcher l'économie ne manquait pas de saveur. Aurait-il jamais le moindre soupçon des tours de force véritables grâce auxquels sa femme, à plusieurs reprises, avait pu équilibrer leur budget en péril ?

— Certes, ce sera nécessaire, acquiesça-t-elle.

Y veiller lui incomberait, comme d'habitude.

Elle conclut :

— Paris ne s'en ira pas. L'année prochaine...

(1) *Mourre* : Sommet.

La grande allée était magnifique. Palmiers et orangers prospéraient.

Rodolphe inspecta les buis en bordure.

— Il faudra dix ans encore, au bas mot, pour qu'ils deviennent comme je le veux. Mais, dès à présent, l'on peut dire que cette entrée a grand air, pour parler comme Constant. Ah ! si mon père revenait, c'est lui qui serait fier.

Le soleil couchant faisait luire le grès jaune vernissé des grandes urnes d'Anduze.

— Que pourrait bien nous offrir Paris de comparable à tout cela ? demanda Rodolphe, à demi sérieux.

— En effet, dit Julia, sur le même ton.

Ils se sourirent, complices.

Comme ils s'acheminaient sans se presser vers la maison, devant eux, le couchant fit flamber la face ouest de toutes ses vitres. A l'arrière-plan, se détachant sur le fond vert du parc, le beau panache bleu-noir du cèdre flanquait le profil de la façade.

Julia enveloppa sa demeure d'un coup d'œil possessif, sans plus se souvenir qu'en un temps elle l'avait trouvée laide.

— Paris... reprit-elle, pensive, il n'y a que mon cousin Honoré qui y soit allé, dans ma famille. — Elle suivit un instant le fil d'une pensée. — Si Constant devait faire comme lui et y prendre femme, mieux vaudrait qu'il n'y mît pas les pieds, à voir le genre de celle qu'Honoré nous en a ramenée.

— Oh ! pour cela, rien à craindre, trancha Rodolphe. Je vous le garantis.

Julia leva le nez, et le considéra avec étonnement. Sur quoi pouvait-il fonder une affirmation aussi catégorique ? Que signifiait ce sourire malin et satisfait ?

— Ah ! bah ? Qu'en savez-vous ?

Le sourire de Rodolphe s'accentua.

— Qu'est-ce donc qui vous fait penser que Constant n'épousera pas une Parisienne, insista Julia, impatientée par ce mutisme et cet air mystérieux.

— Rien, rien, dit Rodolphe, en sifflotant.

Cette fois, elle lui trouva un air à gifles.

— Allons donc ! vous avez bien une raison ?

— C'est-à-dire que...

— Que... ? interrogea Julia, tenace. Eh bien ? Parlerez-vous ?

Depuis quand était-il capable de garder par-devers lui un potin quelconque ?

De fait, il ne put y tenir.

— Ah ! et puis... Tant pis ! Ecoutez, ma mie, j'avais promis de ne rien dire, mais, après tout, entre vous et moi... Voilà, votre frère a fait son choix.

— Ah ? murmura-t-elle, un bizarre pincement au cœur. Et... il vous a mis dans la confidence ? — Pourquoi Rodolphe ? « Autrefois, Constant et moi... Qu'est-ce que cette fille... ? » Qu'elle ne fût point la première à en apprendre l'existence l'incitait à s'en défier. — Qui est-ce ? Je la connais ?

Rodolphe, lui, était maintenant tout entier à la satisfaction de divulguer la nouvelle.

— Non. Ni vous ni moi. Comment voulez-vous ? Nous n'avons guère fréquenté le monde, ces dernières années. D'ailleurs, elle faisait ses débuts cet hiver. Constant l'a rencontrée à tous les bals de la saison. Elle s'appelle Dorothée Eysséric. La famille est de Remoulins. Des Blancs, naturellement. Il y a du bien au soleil, mais une ribambelle de fils. Constant ne s'attend pas à grand-chose, en fait de dot. Mais la demoiselle est très jolie, paraît-il, très gaie, très gracieuse, très ceci et cela. Bref, il en est coiffé, et il la veut. Je vous parie bien que si la jeune personne n'était point, actuellement, en visite dans le Dauphiné, jamais il n'eût été question du voyage à Paris ! Enfin, au retour, il mettra votre mère au courant, et fera la demande. Motus jusque-là, hein, ma chatte ? Il m'a bien recommandé le secret.

Julia ne se sentit pas le goût d'ironiser sur l'opportunité d'une telle recommandation s'adressant à Rodolphe.

Il semblait qu'en un instant se fût terni un peu de la luminosité de ce long soir de printemps. Julia cessait d'être sensible à tant de douceur éparse autour de ce couple amoureux qu'ils avaient été uniquement, Rodolphe et elle, quelques minutes plus tôt. Soudain, le cri familier des paons auquel elle ne prêtait plus aucune attention frappa désagréablement son oreille.

Elle fut presque heureuse de voir Ernest s'avancer sur le perron.

— Monsieur, il y a Trestaillon qui attend dans le bureau.

— J'arrive, dit Rodolphe.

Il se pencha vers sa femme :

— C'est vrai, je voulais le voir pour cette ridelle qu'il me demande de remplacer. Le moment n'est pas trop bien choisi pour en faire les frais. Mais si cela devient nécessaire... ? Venez-vous ?

Il savait Julia plus difficile à convaincre que lui-même lorsqu'il s'agissait de délier la bourse, et n'eût pas été fâché de l'avoir près de lui dans la discussion.

Elle ne parut pas y songer.

Descendu de la balustrade du perron où il se prélassait étalé sur la pierre chaude, le chat se frottait à ses jupes sans qu'elle lui prêtât attention.

— Non, pas tout de suite, dit-elle à Rodolphe. Philo a emmené les enfants s'amuser du côté de la montagnette. Je vais pousser jusque-là.

La légère brise qui précède le crépuscule apportait jusqu'à eux les voix enfantines.

— Les gaillards, ils s'en donnent. Entendez-moi ça. Bon. Eh bien... à tout à l'heure, ma mie. Vous me rejoindrez ?

— Oui.

Elle voyait bien qu'il rentrait à regret sans elle. Mais quelques instants de solitude lui étaient indispensables pour remuer ses pensées.

En contournant la pelouse pour se diriger vers les chênes derrière l'épaisseur desquels se cachait la petite butte, c'était à Constant qu'elle songeait. A Constant et à cette inconnue qu'il allait installer en maîtresse sur l'ancien domaine de Julia Angellier.

***

Huit mois plus tard, de retour de Remoulins où venaient d'avoir lieu les noces de son frère, Julia était déjà certaine que ses préventions n'avaient été que des pressentiments.

— Vous qui vous plaignez si souvent de n'avoir plus d'amie véritable, lui dit Rodolphe, sans s'arrêter à la froideur avec laquelle elle l'écoutait, il me semble que vous pourrez trouver en Dorothée, malgré son jeune âge, quelqu'un avec qui frayer agréablement. Savez-vous qui elle me rappelle ? Félicité Peyrissac.

— Vraiment ?

Félicité qu'elle regrettait encore, après tantôt deux ans. Julia lança un coup d'œil acéré à son époux. Qu'avait Féli de commun avec cette éhontée ?

— Ne serait-ce point plutôt Herminie ?

Il ne parut pas saisir l'allusion.

— Ma foi, non.

« Féli, Herminie... » De nouveau, elle regarda son mari avec rancune. « S'il n'avait pas été là pour tout gâter entre nous... Et maintenant... »

— ... Jolie, aimable, gaie, spirituelle, énumérait Rodolphe, avec complaisance.

« Ah ! pour cela... ! Et bonne, non ? Et franche, aussi, sans doute ? »

Elle serra les lèvres pour ne pas éclater.

Rodolphe, cependant, commençait, malgré son inconscience, à s'apercevoir de l'accueil glacial que recevait son panégyrique.

— Je ne vous comprends pas, ma mie, finit-il par dire, après avoir vainement laissé à Julia le temps de la réplique. Quel diable de parti pris avez-vous contre cette pauvre Dorothée ?

« Cette pauvre Dorothée ! » Soucieuse de sa dignité, Julia réprima un ricanement. « *Cette pauvre...* » Il lui seyait bien de se faire plaindre. D'ici peu, il se pourrait que l'on dît, à plus juste titre : « Ce pauvre Constant. »

— Je ne lui en donne pas pour un an, prophétisa-t-elle, quelques jours après, à sa mère, avec laquelle elle avait repris le thème.

Constance suffoqua.

— Julia !

— Enfin, Mère, l'avez-vous vue, le jour même de ses noces, minaudant pour mon cousin, pour Rodolphe, pour tous les hommes qui l'entouraient ? La femme d'Honoré ne s'y est point trompée, elle non plus, je vous le certifie. C'est à se demander ce que cette créature a fait boire à mon frère.

Ses doigts battaient la charge contre la vitre.

Au-dehors, les arbres de la Sarrazine avaient leur aspect hivernal. Des rafales de mistral sifflaient et hurlaient entre les branches noires.

Sa pensée revint à Rodolphe.

En route vers Avignon, il l'avait déposée au passage auprès de Constance, seule avec sa cadette au domaine où les jeunes époux n'étaient pas encore rentrés.

— Je vous le dis en tout cas, Mère, je n'ai point l'intention de la laisser s'en prendre à mon mari.

— Mais, voyons ! que vas-tu croire ?

Julia était lancée :

— J'ai atteint la trentaine, c'est une affaire entendue, et nul n'ignore qu'elle a tout juste dix-sept ans. Un avantage dont elle a grand soin de se prévaloir à tout bout de champ ! Pense-t-elle que je sois dupe de ces façons doucereuses qu'elle a de s'adresser à moi, à chaque occasion ? Ma parole, elle n'outrerait pas davantage les marques de respect si j'étais sa grand' ! Mais je puis la battre à ce jeu, et avec ses propres armes encore. Si elle m'y force, ce n'est pas une belle-mère qu'elle aura, mais deux.

— Julia, pour l'amour du Ciel !

Julia se retourna brusquement, et vit sa mère, les mains jointes sur sa poitrine, l'air anxieux et triste, dans l'attitude même qu'elle avait eue si souvent jadis, au temps où l'humeur irascible d'Alfred Angellier régentait la Sarrazine.

— Doucette...

Un surnom ancien pour leur ancienne intimité. Il n'avait guère servi depuis lors.

Constance avait vieilli. Des rides profondes marquaient sa figure. Ses épaules semblaient avoir pris le pli irrémédiable d'un fardeau gardé trop longtemps. Ses cheveux étaient gris.

Sa fille eut soudain le cœur noyé de pitié.

— Doucette, pourquoi ne viendriez-vous pas vivre à Mogador, avec Sophie, lorsqu'ils rentreront ?

Elle avait parlé sans réfléchir. Ce fut, presque aussitôt, un soulagement qu'elle ressentit, au refus de Constance.

— Ma chérie ! Tu t'exagères beaucoup les choses, je t'assure. Cette petite montre des goûts mondains, il est vrai ; et sans doute n'est-elle pas tout à fait la bru que j'avais rêvée. Mais je ne vois rien dans sa conduite qui soit réellement condamnable. Et, justement, ma présence ici sera aussi nécessaire que jamais si elle ne se met pas volontiers à la tenue du ménage. Quant à ta sœur, eh bien... — Constance étouffa un léger soupir — nous la marierons bien un de ces jours, elle aussi, je pense. Mais, si tu veux la recevoir quelque temps chez toi, et si elle le désire... — nul n'en savait très long, dans la famille, sur les sentiments de Sophie, et sa mère moins que tout autre — ...je te l'enverrai volontiers.

Mais, à la grande surprise des siens, Sophie, qui avait d'abord accueilli avec méfiance les avances de sa belle-sœur, s'engagea d'amitié pour elle assez rapidement.

Au bout d'un an, la prédiction pessimiste de Julia ne s'était pas réalisée. La paix régnait toujours à la Sarrazine.

Le jeune mari n'était qu'admiration et indulgence pour sa femme.

Constance et sa bru, l'une administrant, l'autre dépensant les revenus, demeuraient chacune dans leurs attributions réparties une fois pour toutes.

Cependant, les relations du couple avec les Vernet se maintenaient, du fait de Julia, dans les strictes limites de l'étiquette familiale.

Durant cette année-là, Constant et sa femme, accompagnés de Sophie, assistèrent au dîner offert en leur honneur, comme il se devait, à Mogador, au retour de leur voyage de noces. Ils le rendirent, se virent inviter pour les fêtes de la fin de l'année, en même temps que ceux de Tourvieille ; reçurent de nouveau Rodolphe et Julia à un repas, après le carême ; et assistèrent enfin au bal qui eut lieu à Mogador au début de l'été.

L'affection, entre les deux beaux-frères, demeurait sans nuages. Mais chacun d'eux était bien obligé de savoir ce que sa propre femme pensait de celle de l'autre. Il s'ensuivait une certaine gêne.

Constant, pour sa part, préférait éviter le sujet, chez lui. Mais Rodolphe ne pouvait se tenir d'en raisonner avec Julia.

— ... Je vous ai pourtant vue maintes fois montrer incomparablement plus d'indulgence pour des femmes dont la tenue en eût mérité bien moins.

Sur la défensive, Julia souriait, de son mince sourire de chatte.

— Elles ne faisaient point partie de la famille.

Rodolphe haussa les épaules.

— Dorothée est jeune.

Etait-ce donc fini de l'être pour Julia, que l'homme qu'elle aimait pût lui objecter cela ?

Dorothée — Dorette, comme l'appelait Constant — jouait les petites filles. Dix ans auparavant, Rodolphe ne s'y fût pas laissé prendre. A présent, songeait sa femme, avec amertume, il s'attendrissait sur cette fraîcheur illusoire ; et, naïf comme tous les hommes, se croyait le seul à bénéficier des grâces de la belle.

— Mon pauvre cœur, ne vous y trompez pas : elle ne voit en vous qu'un barbon.

Rodolphe lui jeta un coup d'œil de côté. Le mouvement de sa lèvre semblait accuser la touche.

— Vous avez peut-être raison, dit-il philosophiquement. Mais sacrédié ! c'est quand même un friand morceau que Constant a là dans son assiette.

Julia ne répliqua rien et rompit l'entretien. Discuter ce point malaisément discutable eût été de mauvaise politique.

Rodolphe parti à ses affaires, elle remonta dans sa chambre, et s'examina longuement, sans complaisance, devant la glace de sa table de toilette.

Le même ovale toujours aussi aigu, le même nez dont

elle avait été si fière, une chevelure encore admirable bien que les maternités l'eussent éprouvée : chaque soir, délivrée de la résille, déroulée, brossée, elle l'enveloppait un instant jusqu'aux genoux avant d'être serrée de nouveau en deux tresses que parfois, au lit, Rodolphe aimait à défaire. A les comparer, celle de Dorothée faisait piètre figure.

Elle se pencha pour se scruter de plus près, tira du doigt le coin de ses paupières vers les tempes, lissa le tour de ses yeux, lentement, passa la main sur son front.

Ce n'étaient pas des rides. Pas encore.

Rien n'altérait le dessin des traits. Pourtant, sur son visage, dont chaque détail demeurait identique, quelque chose d'indéfinissable, une sorte de velouté peut-être, ou quoi d'autre ? avait disparu.

Elle pensa à son petit garçon endormi là-bas, au cimetière, qui, lui, jamais ne vieillirait. Peut-être gardait-il au fond de ses prunelles immobiles le reflet de l'autre Julia, celle que le miroir refusait de rendre à présent. Le temps des larmes passe, en emportant la vie. La vie si courte, que l'on ne voit pas se dévider.

Un bref instant, Julia eut pitié de cette Dorothée qui ne s'en doutait pas encore. Que serait-elle, au bout de dix ans de mariage, la coquette qui, l'autre soir encore, au dîner des Gébelin, faisait sa folle auprès d'Auguste Marteau ?

— A quand le premier-né, mon ami ? avait demandé Rodolphe à son beau-frère.

« Une question que l'on peut parfaitement poser, n'est-il pas vrai, au bout d'une année, ou presque ? »

Constant avait paru gêné.

— Nous avons le temps. Rien ne presse.

Sans doute n'eût-il pas aimé avouer que sa femme entendait profiter de sa beauté tout à son aise, avant de lui donner le fils qu'il désirait.

Par la fenêtre entrouverte, montaient des voix d'enfants, dans la douceur bleue de ce début d'automne.

Le rire d'Amélia et les vociférations subites des

garçons fusèrent simultanément, accompagnés d'un claquement de sabots.

Julia abandonna son miroir et ses pensées pour aller s'accouder à la fenêtre.

Montée sur son poney, la fillette s'échappait vers les noisetiers. Les autres couraient à ses trousses. Henri n'était pas le dernier. Et Philo retenait non sans difficultés par ses petites robes un Frédéric qui s'obstinait à vouloir les suivre.

« Mes petits. »

La galopade tournait autour de la pelouse, elle se rapprochait.

Julia regarda sa fille déboucher à l'orée de l'allée, et revenir à fond de train devant la maison.

Au passage, bien droite, la cavalière de neuf ans brandit sa cravache en guise de salut.

— Maman, regardez-moi ! Je suis la reine Zénobie.

— Oui, ma perle, dit Julia, inondée de fierté.

« Où a-t-elle encore pris cela ? »

A chacun de ses déplacements, Rodolphe rapportait des livres à sa fille. Récits de l'antiquité, contes de fées, ou histoires de chevalerie, Amélia les dévorait avec passion.

Et quelquefois, ensuite, Julia l'entendait en résumer l'action à ses séides, et leur distribuer les rôles.

Elle donnait fort dans le genre tragique :

— Maman, n'auriez-vous pas quelque chose à me prêter ? Il me faut une traîne. C'est pour faire Marie Stuart.

Enfant, Julia avait eu des goûts assez semblables. Attendrie de les reconnaître, elle tirait de ses coffres quelque longue écharpe encore utilisable, la déployait, hésitait...

— Non, pas cela, attends... Tiens, plutôt... Quoique... Enfin, tant pis, prends-le.

... Et regardait sa petite fille redescendre, affublée d'un vieux jupon ou d'un châle mité qui perdait ses franges, pour marcher avec une dignité indéfectiblement royale vers l'échafaud de Fotheringay.

Quant à Henri, son père l'avait mis en selle depuis peu, et ne tarissait pas sur ses progrès.

Julia rêva un moment. Le prochain, à qui allait-il ressembler ? Garçon, fille ? Bah ! que ce fût l'un ou l'autre...

Il était encore trop tôt pour avoir une certitude, mais elle ne pensait pas s'y tromper.

« Si c'est bien cela... » se dit-elle, « le coin du feu, à partir de janvier. » Et tout le reste...

Sa grossesse précédente avait été la plus pénible de toutes. Elle se rappelait : l'enflure des chevilles, les maux de reins, les suffocations continuelles. Son cœur se fatiguait.

« N'importe. Un enfant vaut la peine. »

Il suffisait de se représenter l'exultation de Rodolphe lorsqu'elle allait le lui apprendre.

***

Au mois de juillet 1866, Julia vint en visite à la Sarrazine avec son mari. Philo les suivait, portant sur un coussin Adrienne-Lucie-Praxède âgée de six semaines.

En descendant de voiture devant les marches de la terrasse, Julia promena son regard autour d'elle, et sentit sa gorge se serrer.

— Tu verras, nous avons fait quelques petits changements, l'avait avertie son frère d'un ton négligent.

C'était à ne plus s'y reconnaître.

— Oh ! Mère, souffla-t-elle à Constance qui l'embrassait. Je n'aurais jamais cru...

Le son désolé de sa voix fit mal à Mme Angellier.

— Oui, cela change.

La sienne aussi résonnait tristement.

Déjà Sophie et le jeune couple s'empressaient.

— Entrez vite, ma chère, dit Dorothée. Nous vous montrerons tout cela quand vous vous serez rafraîchis.

Ils ne lui firent pas grâce d'un détail : les arbres abattus autour de la terrasse et sur toute la longueur de l'allée depuis le portail.

— Il fallait bien se résoudre à élaguer. Tu vois, cela paraît beaucoup plus imposant ainsi.

... Les coupes sombres derrière la maison :

— Mon Dieu ! mais tu as arraché tous les lauriers-roses !

— Nous allons y mettre une roseraie.

« Evidemment ! » pensa Julia, amère et sardonique. Elle-même en ayant une à Mogador, Dorothée n'eût pu se passer d'avoir la sienne.

La même volonté de rivaliser s'affirmait sans la moindre pudeur à propos du miroir d'eau. Au centre d'un bosquet bien taillé, un grand bassin octogonal bordé de pierre évoquait quelque Versailles en réduction, là où, jadis, fillette, Julia était venue s'asseoir pour lire, dans l'herbe, sous l'épaisseur des arbres, chaque été, durant les grandes chaleurs.

— Qu'en penses-tu ? C'est bien mieux, n'est-ce pas ? disait Sophie.

Ce l'était peut-être. Julia n'avait pas le courage de les apprécier, ces embellissements qui la dépossédaient définitivement de sa chère Sarrazine.

Rodolphe, lui, approuvait tout, sans se faire prier. Elle lui en voulut. Comme elle en voulait à sa sœur de se montrer, jusque dans ses goûts, le fidèle reflet de Dorothée.

Constant marchait auprès d'elle, la guidait, avec un entrain qu'il eût voulu lui communiquer, elle le sentait.

— Et les lauriers-tins ? Oh ! Constant, mon allée ! Tu as supprimé mon allée !

— Il le fallait bien, pour la symétrie.

Julia n'écoutait pas.

— L'allée où je m'amusais, toute petite...

Une réminiscence lui vint, tout à coup. « Qui donc, autrefois... ? Ah ! oui : Antoine. » C'était Antoine qu'elle avait entendu se plaindre, un jour, presque avec les mêmes mots. Elle se souvenait, bien que ce fût si vieux. Sa compassion, sa honte. Elle avait cru si bien comprendre. Comprend-on jamais, avant d'avoir soi-même éprouvé ? « Si c'était à présent... » elle se dit qu'elle n'eût jamais eu le cœur d'encourager Rodolphe à transformer Mogador.

Dorothée parlait.

— Constant s'est décidé à se défaire du haras, disait cette voix rieuse, un peu trop perchée, que Julia supportait mal. C'est là vraiment une trop grosse charge.

Julia tressaillit et se tourna vers son frère :

— Comment ? Il n'y aura plus de chevaux à la Sarrazine ?

Il haussa une épaule.

— Que tu es sotte ! Bien sûr que si. Mais, vois-tu, en faire le commerce n'est point mon affaire.

« *Le commerce* ». Comme il en parlait. « Nous n'avons jamais été des maquignons, que je sache ! »

— Je n'y gagne que des soucis, continuait Constant. Vois-tu, je préfère étendre les cultures et la vigne. Tout vient dans ce terrain. Tiens, tu sais, le carré des mourguettes (1) ? je vais le faire planter en pêchers. Et aussi celui qui fait suite.

Probablement avait-il raison. Et probablement aussi Dorothée trouvait-elle trop peu élégant le métier d'éleveur. « Un haras d'étalons ? » Fi ! donc ! Tandis que : « *Mon mari fait valoir nos terres.* » Julia croyait entendre le détachement distingué que sa belle-sœur mettait dans son intonation.

Et Constant prenait les mêmes manières, à son insu. A tout instant, dans la conversation, il citait quelque trait ou quelque opinion empruntés à la famille de sa femme : « Les livres de mon beau-père... Mon beau-père possède une très belle collection de saxes... Rodolphe, il faudra venir chasser à la Gravière. Il y a de bons coins, tu verras, autour de Remoulins. »

— Vous irez, mon cœur ? questionna Julia, lorsqu'ils furent rentrés chez eux.

— Pourquoi non, si l'on m'y invite ?

Une bonne partie de chasse était toujours une

(1) *Mourguettes* (provençal : Mourgueto) textuellement : nonnains. Variété de petits escargots blancs.

aubaine. Et la propriété lui avait paru belle. Il y pensa complaisamment :

— Le vieux M. Eysséric aime beaucoup votre frère. Il veut lui laisser sa fameuse bibliothèque, et ses collections, paraît-il. Aucun de ses fils ne met jamais le nez dans l'imprimé, à ce qu'il prétend, excepté *l'Armana Prouvençau* et *le Charivari*. Il dit que Constant est seul capable d'apprécier ses trésors.

Julia eut son petit rire sec.

— Cela constituera sans nul doute le plus clair de sa part d'héritage.

— Ma mie !

Il la toisa, avança la lèvre, et dit, très choqué :

— Sacrédié ! ça ne vous va guère de... Après tout, on voit bien que vous êtes la fille d'Alfred Angellier dont le pays entier a toujours dit qu'il enfermait son cœur dans son gousset pour empêcher les écus d'y faire le branle !

A son tour, Julia le foudroya d'un coup d'œil.

Cet idéaliste avait pourtant les pieds solidement enfoncés dans la glaise, à ses heures. « Qui donc m'a jamais vue me conduire en grippe-sou ? » L'indignation l'étranglait.

Et même, l'eût-elle fait... « A côté d'une ladre comme sa mère... » Depuis quand les enfants du pendu plaisantaient-ils à propos de corde ?

Dans le silence hostile qui suivit. « Et c'est encore à cause de cette Dorothée », pensa-t-elle, consciente de son injustice, et s'y enfonçant avec rage.

Elle pesa une fois de plus le problème : préventions, jalousie, injustice ? Que non. Ils pouvaient bien tous se le figurer, Constant à qui la donzelle avait passé un licou, et Mère, pétrie d'indulgence, et cette bécasse de Sophie, et Rodolphe, tout aussi aveugle. Julia, elle, suivait son instinct. « Patience ! les événements me donneront raison, un jour ou l'autre. »

Elle en était presque à regretter que la nouvelle chuchotée par sa mère la privât désormais d'un grief contre la jeune femme.

— Lorsqu'elle sera mère, elle finira par s'assagir, avait dit Constance.

— Je l'espère.

Le ton de la réponse disait tout le contraire.

11

QUAND Julia, les malles bouclées, vit entrer Ernest pour descendre les charger sur la voiture, elle commença à croire à la réalité de son départ.

Depuis combien de temps Rodolphe lui promettait-il ce voyage ? « C'était... voyons... en avril 64 que nous en avons parlé, calcula-t-elle. Frédéric n'avait que deux mois. »

Elle avait de bonnes raisons de se souvenir : « La première fois qu'il a été question de Dorothée. » « *L'année prochaine...* » avait dit Rodolphe. Mais, en 65, la campagne avait été mauvaise : garances, vignes, magnans, ce que l'on avait tiré des récoltes avait payé les frais de l'exploitation à grand-peine. « Ensuite, je me suis trouvée grosse d'Adrienne. »

A force de remettre, l'on n'y croyait plus guère. Au moins Julia, qui ne possédait point l'optimisme indéracinable de son mari. Et, cette fois, enfin, cela y était.

Le matin même, Constance était arrivée de la Sarrazine afin de s'établir auprès des enfants.

Il avait fallu prendre force précautions oratoires pour l'expliquer à Philo :

— Tu ne peux demeurer seule pour veiller à tout, ma pauvre.

« Sûr qu'à y réfléchir », entre les quatre des maîtres et des deux garçons à elle, Philo n'eût pas eu la partie facile. Les grands étaient « des démons tout crachés, pas moins ! Que toujours, avec eux, il faut faire panterne (1) ! » Et si Adrienne qui marchait depuis peu était relativement moins pénible à tenir, Frédéric, lui, donnait de la peine pour deux.

Cela n'empêchait point Philo de ressentir comme une insupportable atteinte à ses prérogatives l'intrusion de Mme Angellier.

Elle s'était retenue à grand-peine de bougonner, tout le temps qu'avaient duré les préparatifs, de crainte d'en dire trop et d'exaspérer sa maîtresse. Mais, réfugiée dans le silence offensé, elle n'était pas moins éloquente. Le froncement de son nez, l'agitation perpétuelle de ses lèvres rentrées, étaient significatifs pour Julia.

— Au nom du ciel, cesse de faire le lapin, et écoute plutôt ce que je dis : tu mèneras la maison au train habituel, comme tu l'entendras. Mme Angellier n'est là que pour te venir en aide en cas de besoin, si tu le lui demandes. En outre, qui donc me donnerait régulièrement des nouvelles, si elle ne s'en chargeait ? Je ne te vois pas écrivant une lettre. Et comment crois-tu que je pourrais prendre du plaisir sans être assurée que tout mon monde se porte bien ?

« Vierge Mère ! Envers qui m'a-t-on jamais vue déployer une telle somme de patience ? Cette Philo !... » Certes, elle n'avait pas le dévouement gracieux. Depuis plus d'une décennie qu'elle tenait sa place auprès d'eux, ses maîtres avaient eu le temps de s'en convaincre.

— Ernest est un saint, disait Rodolphe, les jours où la servante semblait particulièrement rechignée.

Il ajoutait avec conviction :

— Je lui tire mon chapeau.

Sa femme le regardait par en dessous.

— Un saint ! Voire. Le saint patron des pistachiers (2), alors, s'il faut en croire ce qu'on chuchote à l'office. Philo a peut-être une ou deux raisons...

— Bah ! bah ! dit Rodolphe, rejetant l'hypothèse d'un geste de la main. Si le bon Dieu a semé à la pelle

(1) *Faire panterne :* se démener.
(2) *Pistachier :* Coureur de jupons.

les belles chato (1) sur le terroir, c'est pour que le chrétien les apprécie, je suppose ? Et ce brave Ernest n'est pas aveugle, hein ? D'ailleurs, croyez-moi, il regarde plus qu'il n'en tâte. Mais vains dieux ! à ne jamais voir que sa ménagère, il prendrait une piètre idée de la Création.

Aussitôt, Julia fit bloc avec sa femme de confiance :

— Voilà donc comment vous êtes, vous autres ! Une travailleuse, une bonne mère, l'honnêteté et la franchise même, cela ne compte pour rien ?

— Vous oubliez sa moustache, et aussi...

— Vos sarcasmes sont stupides, dit Julia, tout sec.

Il n'y a point de honte à tirer au large quand le fer est mal engagé :

— Allons, ma chatte, ne montez pas sur vos grands chevaux. Vous n'allez pas comparer votre dragon à la généralité des femmes ? Je vous trouve tout autant de qualités, et, heureusement, en plus et en moins, quelques petites choses qui... hein ?

Les mains de Rodolphe se posèrent sur la taille de sa femme qu'elles ceinturèrent de façon fort persuasive.

— Vraiment ? Et quoi donc ? demanda Julia, délicieusement en attente.

Elle ployait la tête en arrière, haussant ses lèvres à la rencontre du baiser escompté.

— Eh bien... — Il les prit, sans s'y attarder. — ... d'abord, la douceur, l'amabilité, un charmant caractère, toujours égal...

Il l'embrassait hypocritement à petits coups, entre chaque terme de son énumération.

Julia lui lança au nez, roulé en boule, le mouchoir qu'elle tenait.

— ... Et j'apprécie à sa valeur, croyez-le, continua-t-il, imperturbable, la grâce du geste spontané qui... que... et cœtera. Bref : le trésor que je possède. — Il lui présentait dans sa paume ouverte, comme sur un plateau, le mouchoir qu'il venait de ramasser. — C'est

(1) *Chato :* Jeune fille.

bien pourquoi, ma cavale brune, mon brin d'aspic, mon raisin noir... — Les baisers pleuvaient.

— Assez, riait Julia. Assez ! On croirait entendre Constant déclamer une poésie de ses chers félibres !

— ... ma Sulamite de l'Alpille, mon jardin maillanais, je me sens tout heureux et tout fier de vous emmener à Paris pour l'Exposition Universelle. Ce sont les Parisiens qui vont m'envier !

Julia semblait charmée par la demi-sincérité de cet accès de lyrisme dont son époux n'était point coutumier. Ce voyage allait-il lui découvrir aussi un Rodolphe imprévu ?

— Joli, ce que vous venez de dire !

Il lui décocha une œillade conquérante, fit sa lippe, et se pencha de nouveau sur elle.

— Et moi aussi, je suis poète !

— Ma foi, on le croirait presque, soupira Julia, lui abandonnant sa bouche.

Alanguie par cette dernière caresse, les yeux mi-clos, les narines palpitantes, elle en savourait la douce meurtrissure, escomptant confusément la suite probable.

La suite vint :

— Au fait, avez-vous bien mis dans la malle ma chemise à petits plis et celle qui a une ruche ? s'enquit le poète, pris d'une inquiétude soudaine.

Julia retrouva ses esprits.

— Oui, oui. Soyez tranquille. Et vos cravates blanches, et votre frac, et ma robe de soirée. Tout y est. Oh ! mon cœur, lorsque j'y pense... !

— Et moi, donc !

Cela faisait trois ans qu'ils y pensaient. Et ils n'en dormirent qu'à peine, de tout le trajet.

— Je veux tout voir, aller partout, avait dit Julia.

Rodolphe était bien d'accord avec elle.

Ils débarquèrent dans Paris aux lumières. C'était l'heure où les théâtres se vident. Par cette nuit d'un printemps tiède, la ville entière semblait être dehors. Le parcours en fiacre le long des boulevards laissa le couple émerveillé.

Ils étaient descendus à l'*Hôtel Ronceray*. Le lendemain matin, impatients de commencer la découverte de Paris, ils s'apprêtèrent en hâte, regrettant d'avoir dormi si longtemps. La veille au soir, la fatigue du voyage interminable et l'arrivée tardive ne leur avaient laissé que la force de tomber titubants, assommés, entre les draps de fine toile au parfum de lavande que Julia, prudente, avait apportés dans l'une de ses malles pour en faire garnir le lit d'hôtel.

La sortie donnait sur le passage Jouffroy. Après s'être brièvement renseignés auprès du portier, ils se jetèrent, comme on plonge, dans le courant rapide et bigarré qui s'écoulait sous la verrière de cette étrange rue couverte, si semblable aux descriptions qui leur avaient été faites, et si différente.

Dans la foule qui les coudoyait sans arrêt, marchant à un rythme qui n'était pas le leur, ils se sentaient inconnus et provinciaux au-delà de tout ce qu'ils eussent pu imaginer, eux qui, dans Avignon, cette petite capitale de leurs univers familier, distribuaient sourires et saluts à chaque pas, en réponse à ceux qu'ils recevaient.

Rodolphe en perdait quelque peu de sa désinvolture, bien qu'il fît effort pour paraître à l'aise.

Julia ne s'y trompait guère, mais ne s'en accrochait pas moins à son bras, comme si elle eût craint de le perdre parmi tant de brouhaha.

La ville avait cependant sa fraîcheur des matins de beau temps. Le ciel faisait de son mieux pour être clair, et les arbres pour paraître gais dans le corselet de fer de leurs grilles.

Dans un roulement incessant d'attelages, les fers des sabots claquaient insolemment sur le pavage de bois.

Ils descendirent le boulevard Montmartre, au hasard jusqu'à la grande place où, parmi un chantier qui leur parut gigantesque, commençaient à s'élever les murs du futur Opéra.

Julia s'émerveillait devant les vitrines de la *Compagnie Lyonnaise*. Jamais elle n'avait vu de soieries aussi belles que celles qui étaient en montre, disposées avec un art qui la stupéfiait.

Ils traversèrent afin de revenir en sens inverse, et guignèrent pour la rapporter aux enfants la mirifique boîte de chocolats qui ornait la devanture de chez Boissier.

Chaque étalage les arrêtait. Chaque café portait un nom dont la célébrité leur était parvenue, au fond de leur Midi.

— Voyez, ma mie : *Café du Helder*. Pensez donc, il suffirait d'entrer pour y rencontrer Villemessant, Alexandre Dumas, Nadaud, Sainte-Beuve, et tant d'autres.

— Ils n'y sont certainement pas toute la journée, ironisa Julia qui préférait voir autre chose.

— Non, bien sûr. Mais ce soir, par exemple, nous pourrions venir... Et ce plumitif de Delescluze ! Je voudrais bien voir à quoi l'homme ressemble.

Julia s'en moquait, pour sa part. Elle était tombée en arrêt devant les « bibis » — Adorables ! Celui-ci surtout, n'est-ce pas, mon cœur ? — exposés chez Mme Dufourmentelle. Et elle eût volontiers tiré du côté de la rue de Choiseul où se trouvait le salon de cette Camille qui habillait l'Impératrice.

— Je vous mènerai goûter ici, un de ces jours, promit Rodolphe, en passant devant *Frascati*.

L'animation croissait, le bruit s'amplifiait, la foule devenait plus dense. Midi n'était pas loin. La corne des conducteurs de chèvres déchirait l'air d'une aigre ritournelle, dominant les cris entrecroisés du raccommodeur de faïences et de parapluies, du marchand d'allumettes chimiques, du porteur d'eau, du vitrier, du tonnelier, du marchand d'habits, des camelots. L'orgue de Barbarie rassemblait les badauds autour d'un montreur de singes. Un soleil pâle et doux faisait luire les hautes fontaines de cuivre tintinnabulantes des marchands de coco. Aux cafés, aux restaurants, succédaient les théâtres. Mais, pour Rodolphe et Julia ébahis, le spectacle était sur le trottoir même.

— Et là, qu'y a-t-il encore ? Allons voir, ma chatte.

Ils s'agglutinaient à la foule attroupée devant le charmeur d'oiseaux, l'arracheur de dents, le dresseur de chiens. On leur fourrait des prospectus entre les doigts. Rodolphe s'amusait comme un enfant. Sa femme devait l'entraîner sans cesse. Ils quittaient la parade de l'hercule pour le boniment du marchand de poudre pour les cors, et avançaient, sans souci du chemin parcouru ni de l'heure.

Julia commençait à ressentir une vague migraine, lorsque son mari décida enfin qu'« il se faisait temps de songer à manger » et héla une voiture pour aller rue Montorgueil, chez Philippe, tâter de la matelote et du Château-Yquem 1847 qui avaient laissé à Constant ce souvenir impérissable.

Ils allèrent admirer l'Exposition, puis les monuments historiques, et la nouvelle église dédiée à la Trinité, et l'hôtel de la Païva, ou, tout au moins, sa façade; dînèrent chez Véry, à la *Maison Dorée;* dansèrent aux *Mille Colonnes,* regrettant de tout leur cœur que *Mabille* fût fermé; entrèrent au Salon pour se faire une idée de la bonne peinture, et voir celle de « ce monsieur Manet »; assistèrent à la Revue sur l'Hippodrome de Longchamp, virent chevaucher l'Empereur entre le Roi de Prusse et le Tsar de Russie, et se trouvèrent pris, au retour, à la sortie du Bois de Boulogne, dans le remous provoqué par l'attentat d'un Polonais qui venait de manquer de peu le Tsar Alexandre; se firent bousculer pour entrevoir le Sultan de Turquie, prirent les omnibus à impériales, suivirent les courses de chevaux, remontèrent l'avenue des Champs-Elysées dans une victoria de louage au milieu de la file où se mêlaient le monde majuscule et celui de la galanterie de haute volée, croisèrent la duchesse de Morny dans ses voiles de deuil, et Mlle Juliette Beau; applaudirent Coquelin aîné au théâtre Français, Debureau aux *Funambules,* Hortense Schneider dans la *Grande Duchesse,* — Sacrédié! quel feu! non mais quel feu a cette femme! — et, le lendemain, aux Italiens, la Patti et Tamberlick, — cette voix... On ne se lasserait point de l'entendre, et quelle prestance il a n'est-il pas vrai, mon cœur? « Ah!

mais... ! » — allèrent à l'Opéra de la rue Le Peletier, à l'*Alcazar,* au *Ba-Ta-Clan,* aux *Folies Dauphine;* se firent tous deux photographier chez Nadar à l'intention de leur postérité.

Et ne regagnèrent Mogador, quinze jours après, qu'à bout de souffle, la bourse vide, et les malles bourrées à ne plus pouvoir les refermer des cadeaux qu'ils s'étaient faits l'un à l'autre, et de ceux qu'ils rapportaient à toute la famille.

— Ouf ! exhala Julia, les embrassades terminées, en se retrouvant seule avec Rodolphe dans leur chambre. Je crois bien que nous en avons pris pour des années.

Il approuva de la tête. Le plaisir de refaire connaissance avec cette pièce et son confort, ses vastes proportions, son calme, l'absorbait tout entier. Rodolphe n'était pas l'homme des retours en arrière.

Le peigne à la main, Julia sortit du cabinet de toilette en chemise de nuit, et s'approcha de la fenêtre ouverte.

Il faisait chaud. Beaucoup plus que là-bas d'où ils venaient. Et pourtant, l'on respirait mieux. La nuit était belle. Il semblait à Julia avoir oublié à quel point elle pouvait l'être. A Paris, l'on ne voit guère les étoiles. Peut-être parce que l'on ne pense pas à lever les yeux vers ces morceaux de ciel parcimonieusement découpés trop loin, entre des maisons trop hautes.

Et comment l'odeur nocturne de juin avait-elle pu ne point lui manquer ? Comment les friponneries de Frédéric, les larmoiements d'Adrienne, les caprices d'Amélia, les tendres attentions d'Henri... ?

Elle sentait qu'elle n'aurait plus, de sitôt, envie de les quitter pour faire un autre voyage.

Mais elle était contente de celui qu'elle avait fait.

— Dommage seulement de n'avoir pu apercevoir une seule fois l'Impératrice d'assez près.

C'était bien là sa seule déception.

La première fois qu'elle apparut à la Sarrazine, après son retour, Dorothée détailla sa mise depuis le toquet jusqu'aux petites bottes rouges galonnées que laissait voir effrontément la robe raccourcie et à peine juponnée.

— Voilà donc ce qui se fait ?

« C'est bien laid », semblait exprimer le pincement qui rapetissait sa bouche guère plus grosse à l'ordinaire qu'une cerise cœur-de-pigeon.

— Oui, ma belle, intervint Rodolphe, innocemment goguenard. Et vous feriez aussi bien de remiser au grenier cette cage à poulets qui date autant que l'an quarante. Pas vrai, Julia ?

Il se pavanait, ravi d'arborer à son bras cette Julia toute neuve, conforme aux derniers canons du chic parisien. Et tout le monde, y compris sa jolie belle-sœur, n'avait qu'à convenir sans réticence qu'il n'avait pas déboursé en vain tant de beaux napoléons.

Julia regardait Dorothée et « buvait du lait ». Rien de ce qu'elle-même eût pu répliquer n'eût porté davantage.

— En effet, on ne rencontre plus guère de crinolines, dit-elle doucement, les yeux fixés sur l'ampleur largement répartie autour de sa belle-sœur.

Elle ajouta, encore plus doucement :

— Cela fait « province », vous savez.

Dorothée rejeta la tête en arrière dans un joli mouvement rengorgé de tourterelle.

— Vous qui n'en avez jamais eu, vous voici enfin à la mode.

« Petit gaupe ! » pensa Julia. « Je te... Si je pouvais ! »

— Eh oui, tout arrive, sourit-elle, paisiblement.

Les deux beaux-frères avaient entamé un colloque. Ils demeuraient inconscients des bottes sournoises qu'elles se portaient.

Constant n'avait pas l'air en train. Il s'efforçait de se mettre au diapason. Mais Julia qui le connaissait trop pour s'y méprendre se mit à l'observer.

« Je me demande si... » Penchée sur son jeune neveu que la nourrice venait d'apporter, elle lui abandonnait son index, tout occupée à réfléchir au moyen de se faire une opinion.

Sa mère la rejoignit.

— Comment trouves-tu notre Edmond ?

Elle leva les yeux et rencontra ceux de Constance.

— Magnifique.

— Donnez-le-moi, Nounou, dit Mme Angellier.

Elle prit l'enfant et fit quelques pas.

Julia la suivit :

— J'aimerais pouvoir en dire autant de son père. Mais, à la vérité, Constant n'a pas très bonne mine.

— Oui ? Tu trouves ? dit Constance, sans la regarder.

Elle s'arrêta, et demeura silencieuse, sans achever. Et il parut à Julia qu'elle hésitait. Finalement, elle murmura :

— Il y a beaucoup de tracas, ces temps-ci, avec le domaine.

A l'autre bout du salon, Dorothée, Sophie, et un jeune homme formaient un groupe.

Julia se haussa vers sa mère, et chuchota :

— J'ignorais que vous fréquentiez intimement M. Brès.

Constance dit, sur le même ton :

— C'est tout récent. Nous pensons qu'il vient pour Sophie.

« Un physique agréable. Du bien. » Julia récapitulait rapidement les avantages que pouvait offrir le parti.

— Rappelez-moi, Maman : sa mère est bien une...

— Une Athénoux, oui. Oh ! il n'y a certainement rien à redire quant à la famille.

— Eh-em... oui, fit Julia, à son tour.

De là où elle se trouvait, elle ne voyait de lui qu'un dos penché vers les deux femmes ; et ce dos lui déplaisait.

Elle eut envie de le dire à sa mère. « Je n'aime pas beaucoup... » Et se retint. « Balivernes. » « *Ma petite fille !* » soupirait Constance, comme autrefois à chaque occasion où la petite fille tranchait, d'une manière saugrenue, ou choquante.

Julia voyait ce dos, mais aussi le visage levé de Sophie, ses yeux brillants, son expression plus aimable que de coutume, ses lèvres enfantinement entrouvertes, elle entendait son rire joyeux.

« Inutile de demander s'il lui plaît, à elle. »

Et Dorothée, « qu'est-ce que Dorothée... ». Sa belle-sœur riait, elle aussi. Ce rire roucoulant semblait contenir une invite.

Julia se ressaisit : « Allons ! » se gourmanda-t-elle, « il est bien vrai que je la déteste. Mais ce n'est pas une raison... Pourquoi diable ne rirait-elle pas si cela lui chante ? »

— Donnez-moi Edmond, Maman.

Le bébé se mit à gesticuler dans ses bras, gazouillant et bavottant des discours inintelligibles qui paraissaient exprimer son contentement. Sa tante l'essuya, lui chatouilla le menton, le dodelina contre elle, lui renvoya ses onomatopées.

A le tenir ainsi, elle se sentait, sans raisons bien nettes, plus rassurée sur l'avenir de Sophie.

***

Ce temps qui fuit... Si vite, si vite.

Julia se souvenait : les folies du voyage à Paris, « et le bel été que nous avons eu ensuite. Les enfants... ». On les entendait alors crier et rire depuis la montagnette. « S'y sont-ils amusés ! »

Chaque année, ils se prenaient d'une préférence pour un coin ou l'autre du parc, rarement le même. Cet été-là, ils avaient élu pour domaine cette petite butte herbeuse habillée de chèvrefeuille où le sentier serpentait avec des airs secrets jusqu'au banc, sous l'althéa rose qui fleurissait au sommet.

Le front appuyé contre la vitre, Julia croyait les entendre encore, malgré le feu craquant derrière elle, et, sous ses yeux, ce paysage d'hiver dans sa nudité hostile que malmenait le mistral avec des hurlements féroces.

« Tout ce qui arrive », le mal, l'angoisse, la mort, « c'est toujours l'hiver qui l'apporte. »

Elle oubliait ce soir étouffant de juillet, dix ans

auparavant, où était mort son père. Dix ans avaient si bien effacé les traces laissées par Alfred Angellier sur cette terre où il avait tenu sa place. A peine songeait-elle à l'évoquer lorsqu'elle se retrouvait à la Sarrazine.

Et Olympe, disparue sans bruit comme quelqu'un qui referme une porte et passe ailleurs, — était-ce un jour de mai ? — Olympe qu'elle n'avait pas vue, rigide.

Allongé, rigide, aussi, ce corps né du sien, mort dans sa mort glaciale, grise... Non, elle ne se rappelait pas bien : pour tous les autres vivants, il avait dû y avoir, à cette date, un chaud soleil d'automne ; et sans doute les autres enfants jouaient dans les jardins, et les autres mères ignoraient ce froid et ce jour sans couleur où elle était entrée en frissonnant, un midi d'octobre.

La vitre se couvrait de buée sous sa bouche.

Julia ne vit plus rien que ce même jour gris qui éclairait encore parfois ses cauchemars de la petite aube.

Impatiemment, du bout des doigts, elle essuya les larmes qui glissaient le long de ses joues en lui chatouillant les narines.

Les cris d'enfants s'étaient tus au fond de sa tête, et elle se disait qu'elle n'entendrait plus jamais ceux de Fulcran.

Quelqu'un entrait.

Elle se retourna.

— C'est vous, Ernest ? Il ne fallait pas... Pour ce soir, Pierroune l'eût fait à votre place.

Comme de coutume, il apportait la provision de bûches pour la soirée. Il avait rangé dans l'armoire ses vêtements du dimanche, au retour de la cérémonie, et repris son service.

— Ça ne fait rien, Madame, le travail, ça aide à supporter le reste.

Il referma le coffre à bois, et demeura les bras ballants, les yeux fixés sur le feu.

Julia vint derrière lui.

La lèvre mordue, elle considérait cette nuque alourdie où le sang affluait.

Silencieusement, elle effleura la manche d'Ernest d'un geste affectueux.

Il se retourna, la figure ravagée :

— C'est ce plantié (1)... Sûr que c'est ce plantié qu'il a fait, Madame!... — Sa voix chevrotait. — On est dur avec eux, pour leur bien. Et puis, voyez...

Hoquetant soudain, il se laissa tomber sur le fauteuil, pour la première fois de son existence de serviteur.

— Sa mère lui avait dit : « Tu verras ton père, cette rossée qu'il te flanque, si tu t'avises encore de revenir dernier. » Tant comme il était intelligent, ce petit! Qu'il aurait appris tout ce qu'il aurait voulu, si seulement il avait pas tant eu paresse!... Et alors, il a dit à son frère : « Tant pis, je ferai un plantié. »

Julia savait tout cela. Et leur inquiétude à tous, et la longueur de l'attente pendant que les hommes poursuivaient les recherches, et le vent qui, vers la minuit s'était mis à souffler du nord. Et Philo qui répétait : « Mon beau petit, Madame, mon beau petit!... » et la regardait désespérément, comme si sa maîtresse eût eu le pouvoir de le lui rendre.

C'était Rodolphe qui avait retrouvé le gamin, au jour, après avoir battu le pays autour de Fontfresque. Plus loin que Barbegal, en pleine garrigue, dans un vieux moulin à vent découronné de son toit où les rafales s'engouffraient en tournant comme dans un puits. Un Fulcran tout piteux, recroquevillé dans sa pèlerine, transi, affamé.

« ... Mais il vous aurait fallu le voir », avait raconté Rodolphe, « une fois l'omelette et le café bouillant avalés à l'auberge de Barbegal, si fier de revenir « *sur Jason, avec le maître* » qu'il en oubliait ses craintes, à propos de la réception paternelle qui l'attendait à la maison. »

La fièvre l'avait pris le lendemain.

— C'est pas ce qu'il aurait reçu, vous pensez bien, Madame. Sa mère qui s'était mangé les sangs toute la

(1) *Plantié :* Escapade, école buissonnière. On « plante là » la classe.

nuit, quand je suis rentré, elle l'avait déjà mis au lit, bien bouchonné, avec le moine. On lui a pas seulement rien dit. Il le savait bien qu'il risquait guère. Et puis, même, une correction, qu'est-ce que c'était pour lui ? Il en avait bien tiré d'autres. Pourquoi il l'a fait, ce plantié ? Pourquoi il l'a fait ?

Julia se sentait le cœur déchiré. De nouveau, elle s'approcha, et posa la main sur l'épaule tressautante d'Ernest.

— Ce n'est pas de votre faute. Tous les garçons font un plantié, une fois ou l'autre.

Son intonation était rauque.

Elle avait mal, au plus profond de son ventre, pour cet enfant qu'elle n'avait pas porté. Et mal aussi de se sentir coupable. C'étaient eux tous qui avaient décidé : « On en fera quelque chose. » Et Rodolphe avait dit aux parents : « S'il veut travailler comme il faut toute l'année, à la rentrée prochaine nous le mettrons à Avignon, à la Pension Malosse. »

« Profite, que Monsieur veut bien payer pour ton instruction. » Ils s'étaient mis à tarabuster Fulcran qui n'aimait que grimper aux arbres, pêcher des gobis à l'étang, dénicher les couvées de pendulines dans l'oseraie, et barboter dans la roubine, tout comme son aîné, que nul n'avait jamais songé à contraindre, « vu que, lui, pauvre, c'est pas une tête ».

Leur faute à tous. Mais Julia ne pouvait pas le dire. Elle souffrait cruellement de son impuissance à trouver un mot qui pût venir en aide à cet homme qui, cette fois, la prenait à témoin, elle, et non son maître, comme à l'accoutumée.

Pleurer avec Philo eût été moins amer.

Depuis le début de la maladie de Fulcran, toutes deux s'étaient relayées auprès de l'enfant. En vain Allarde, et Pierroune même, étaient-elles venues s'offrir. C'était « la maîtresse » que voulait Philo, elle et personne d'autre. Pour bassiner les tempes, pour donner à boire, pour essuyer la sueur du petit corps trempé, elles avaient la même économie de gestes, la même patience attentive et angoissée, jadis apprises au chevet d'un autre, avec les mêmes prières errant sans fin sur leurs lèvres.

— Vous n'en pouvez plus, ma pauvre chérie, avait dit Rodolphe, au seuil de la dernière nuit, en caressant le dos de sa femme et son lourd chignon un peu défait d'où sortaient des mèches. Mais il n'avait rien trouvé à redire à ce qu'elle veillât jusqu'à la fin.

Elle murmura, inclinée vers l'homme écroulé qui se taisait et reniflait à présent, la tête dans ses mains :

— Allez retrouver votre femme. C'est de vous, maintenant, qu'elle a besoin.

Cela aussi, elle le savait d'expérience.

***

Ce fut le jour de la Saint-Damien que Sophie, à l'improviste, fit irruption à Mogador.

Il était encore très tôt dans la matinée quand Julia, de sa chambre, entendit une galopade s'arrêter devant le perron.

Rodolphe était parti pour Tarascon, un moment auparavant.

Croyant qu'il revenait, elle courut ouvrir la fenêtre, s'ébahit, à la vue de sa sœur.

— C'est toi. Que se passe-t-il ? Est-ce que Maman... ?

— Tout le monde va bien.

Julia descendit, comprimant de la main son cœur qui continuait à sauter douloureusement dans sa poitrine. « J'ai toujours peur, à présent », pensa-t-elle.

Mais le malheur aussi doit bien prendre le temps de souffler. Trois mois à peine depuis que Fulcran était au cimetière.

De près, les traits de sa sœur lui apparurent décomposés.

— Mon Finou !

Bouffie, les cils collés, les prunelles injectées. Vieille.

En un éclair, Julia revit la tante Augusta Angellier. « Et Père qui disait toujours qu'aucun de nous n'avait tiré de son côté ! »

Jusqu'à cette expression durcie des coins de la bouche que la jeune fille, « Pauvrette ! » semblait avoir prise à sa marraine.

— Mon Finou, que t'est-il arrivé ?

— Rien, dit Sophie, resserrant encore ses lèvres.

Julia prit une brève seconde pour se tracer une ligne de conduite :

— Bon. As-tu déjeuné ? Oui ? Cela ne fait rien. Viens toujours manger un morceau. Après une course pareille... Sans compter que le froid mord, ce matin. Tu es gelée, mon chou.

Elle entraîna sa sœur dans la salle à manger. Quelques minutes après, installée devant un bol de café au lait, un pain de sucre, un jambon, et des tartines de beurre, Sophie dévorait en silence.

Julia allait, venait, apparemment préoccupée de la seule routine ménagère, se contentant de veiller sur le service.

— As-tu assez de lait ? Remets une brise de sucre. Veux-tu que je t'en casse ? Reprends un peu de jambon.

Sophie vint à bout des tartines, repoussa le bol vide, mit les coudes sur la table, une joue contre son poing. Et finit par dire :

— J'étais partie sans rien prendre.

Julia ne se permit aucun commentaire.

La jeune fille paraissait à présent tomber dans une sorte d'hébétude.

— Il y a du feu, là-haut, dans ma chambre. Si tu montais te reposer un peu... ?

Sophie se laissa prendre par la taille, emmener, dorloter.

Julia lui retira ses bottes.

— Là. Allonge-toi.

Elle la couvrit avec l'édredon.

— Es-tu bien ? Attends, je vais tirer les volets.

Lorsqu'elle revint vers l'alcôve, dans la pénombre, elle s'aperçut que Sophie pleurait.

La jeune fille de vingt-quatre ans passés, — « *Dites donc, elle commence à se faire pécoulette, la petite sœur* », avait récemment remarqué Rodolphe — n'était pas tellement différente de l'enfant si peu démonstrative, si prompte à se refermer sur elle-même, si aisément butée, si réboussière (1).

Julia retenait toutes les questions qu'elle eût voulu poser.

— Ma chatoune, murmura-t-elle, en lui caressant les cheveux.

Sophie souleva la tête hors du creux de l'oreiller où elle enfouissait sa figure, et bégaya entre deux sanglots :

— Où est ton mari ?

— A Tarascon, dit Julia, bénissant le ciel qu'il y fût pour la journée.

— Ecoute, je ne veux voir personne. Si quelqu'un vient de la maison... Personne, tu entends ? Personne !... Et surtout pas Dorothée ! acheva sa sœur, âprement.

« Dorothée ? » Julia éprouvait la sensation d'avancer dans un corridor obscur vers un filet de lumière passant sous une porte.

— Pourquoi voudrais-tu que Dorothée vînt ? avança-t-elle, d'un ton qui semblait affirmer simplement l'invraisemblance de l'hypothèse.

— Pourquoi ?... — La voix de Sophie prenait une modulation stridente. — Parce qu'à l'heure qu'il est, elle doit mourir de peur ! Et si tu veux savoir...

Tout vint d'un trait. A présent, débondés, le désespoir, la colère, la haine, coulaient intarissablement du cœur de Sophie.

L'histoire était à peu près telle que Julia se l'était imaginée. Pas très belle. Moins laide, peut-être, que ne la voyait Sophie, blessée de toutes parts. En juger à travers elle était malaisé. Anthime Brès paraissait avoir voulu se servir du sentiment qu'il avait inspiré à la jeune fille pour lui faire tenir le mauvais rôle dans une variante du *Chandelier*.

(1) *Réboussière :* contient à la fois le sens d'irritable et de contrariante (cf. rebroussée).

Mais peut-être, après tout, n'y avait-il rien eu de concerté. « Peut-être l'occasion seulement... Qui sait ? » se dit Julia. Malgré ce baiser passionné qu'avait surpris Sophie, la veille au soir, elle se découvrait soudain avide de croire à l'innocence de sa belle-sœur. « Après avoir prédit durant trois ans... et pis encore : avoir attendu cela, pour triompher ! » Devant le fait accompli, elle ne se sentait pas du tout triomphante.

« *Ce grand benêt de Constant, un jour ou l'autre, il se mordra les doigts...* » Et de ricaner.

Il s'agissait bien de rire, à présent.

Jamais elle ne s'était arrêtée sérieusement sur l'hypothèse. Jamais elle ne l'avait raisonnée jusqu'au bout. Jamais elle n'avait pressenti que le coup qui frapperait son frère l'atteindrait aussi.

« Ce que c'est que de manquer d'imagination », se dit-elle. Mais l'ironie avait un goût de fiel.

« Constant. Sophie... Sans compter Mère. Oh ! mon Dieu !... Comment sortir de là ? »

Elle se pencha sur sa sœur.

La respiration de la jeune fille s'était faite profonde, large, régulière. Julia s'aperçut qu'elle dormait.

La rancune l'envahit. « Sotte fille ! Hier encore si entichée de sa Dorothée. » Et maintenant...

« A toi de porter le poids, de réfléchir, de te tourmenter, de chercher un remède », disait le sommeil de Sophie.

« Mais moi, mes propres affaires, nul ne les a jamais débrouillées à ma place. »

Un train de maison comme celui de Mogador à diriger, ni Sophie ni Dorothée n'évaluaient ce que cela représentait de peine, à coup sûr.

« Il n'y a que maman qui puisse le comprendre. »

Elle évoqua le visage de cette Constance qu'avaient connues ses jeunes années. Et se souvint : « *Doucette, aidez-moi... Il faut absolument que vous m'obteniez de Père...* » Un visage fané, à présent, et si las. Chaque trait révélait une longue usure.

Qui savait encore, depuis la mort de l'oncle Flavien, s'il y avait jamais eu une Constance de Sauzade insouciante, rieuse, peut-être un peu évaporée, peut-être capable d'exiger quelque chose des autres au lieu de tout leur donner ?

Pour Constance Angellier, depuis longtemps la mesure était comble.

« Très bien », conclut Julia, étouffant un soupir, « puisque c'est mon tour... ! »

Redressée de toute sa petite taille, elle raidit ses épaules et quitta la pièce sans bruit pour s'en aller vaquer à ses occupations habituelles, tout en tournant et retournant les données du problème.

Une heure plus tard survint Constant.

C'était lui qu'elle espérait.

« A la place de Dorothée, moi, je serais venue. Mais c'est que, précisément, Dorothée... » Avec satisfaction, malgré tout, elle se sentit justifiée de n'avoir jamais éprouvé une once d'estime pour la jeune femme.

— Sophie est ici, commença-t-elle, avant même que son frère n'eût parlé.

Constant prit une goulée d'air. Puis s'essuya le front où perlait la sueur, malgré la petite bise piquante de ce matin de février.

— Sais-tu qu'elle a quitté la maison avant le jour sans rien dire à personne ?

Julia fit oui de la tête.

— ... Maman et Dorothée sont folles d'inquiétude.

Un imperceptible pli de sarcasme vint aux lèvres de Julia : « L'inquiétude de Dorothée... Certes, elle a de quoi l'être. »

Puis elle observa qu'il avait dit : « Maman » d'abord. L'an dernier, songea-t-elle, c'eût été sa femme ; et non pas Dorothée, mais Dorette. Son regard se posa sur Constant. Jusqu'à quel point ignorait-il ce qui se passait ?

Il cilla légèrement. Mais n'en fut que plus comminatoire :

— Où est-elle ? Va me la chercher. Qu'est-ce qui lui a pris ? Je la ramène à l'instant. Deux gifles, voilà tout ce que mériterait sa...

— Sophie a l'âge de raison, mon ami. Je crois que tu l'oublies.

Le pli moqueur s'accentuait au coin de la bouche de Julia. « *Deux gifles* » étaient apparemment la panacée de Constant pour ce genre de situation. Elle se rappelait une occasion où il l'en avait menacée. Et le parallèle l'amusait, quoi qu'elle en eût.

— Pour l'instant, elle dort ; et c'est ce qu'elle a de mieux à faire. Inutile de la mêler à la conversation.

Constant serra les mâchoires.

— Il semble que tu aies des choses urgentes à me dire ?

— Deux ou trois, lui concéda Julia, avec une négligence étudiée. Mais, de préférence, ailleurs qu'au milieu de l'entrée. Allons, viens.

Il se laissa conduire jusque dans le bureau de Rodolphe.

Julia s'assit au coin de la cheminée, et prit les pincettes pour attiser le feu.

Son frère attendait, sur le qui-vive.

— Comment va ton fils ?

— Bien.

Elle fourragea dans les braises.

— Exactement, cela lui fait... voyons, quel âge ?

Constant la dévisagea, interloqué :

— Quinze mois, tu le sais bien.

Et, furieux, ajouta :

— Ecoute, je ne suis pas ici pour parler d'Edmond. Le sujet qui importe...

— Nous y sommes en plein, coupa Julia, avec calme.

— Comment ? Non, mais... est-ce que tu... ?

Elle remit les pincettes à leur place, enfouit ses doigts dans la fourrure du chat qui venait de sauter sur ses genoux, et, profitant de la stupeur de son frère, continua, imperturbable :

— Quinze mois ? dis-tu. Eh bien ! mais cela me paraît parfait. Tu devrais maintenant songer sérieusement à en avoir un autre.

Constant réprima un sursaut, et crispa les mains sur les accoudoirs de son siège.

— Que veux-tu dire par là ?
— Rien d'autre que ce que j'ai dit. As-tu besoin que je répète ?
Leurs regards se mesurèrent.
Le chat ronronnait comme un moulin, sans le moindre tact.
— Non, dit enfin Constant, lentement. Mais je voudrais que tu précises.
« Allons-y », pensa Julia.
Une sorte d'alacrité s'emparait d'elle à la perspective de l'assaut. Après tout, cela irait mieux qu'elle ne l'eût cru. Elle se sentait parfaitement maîtresse de soi, maîtresse de ce qu'elle se préparait à dire. Et Constant, pour son bien, allait recevoir la monnaie d'une vieille pièce.
— Fort bien, dit-elle, d'un ton paisible. Voici donc quelques sujets de réflexion que j'ai à te soumettre. — Elle le vrilla d'un coup d'œil aigu et le vit tendu malgré ses efforts pour demeurer impassible. — D'abord, quand un garçon prend femme, il ferait sagement d'en choisir une qui soit autre chose qu'un bibelot de salon. Et d'un.
Elle guetta la réaction de son frère en se faisant les griffes dans l'épaisseur du pelage du chat. Mais il se contenta d'articuler :
— Ensuite ?
— Ensuite, — une petite flamme pétillait au fond de ses pupilles — lorsqu'on s'est révélé capable de faire une scène à sa propre sœur, sans beaucoup de jugeote, sur la prétendue immodestie de sa conduite, l'on devrait être tout aussi capable de contraindre son épouse à garder un peu plus de modestie dans la sienne. Et de deux. Tu me suis ?
— Parfaitement, acquiesça Constant.
Il était blême, mais fit un effort méritoire pour persifler :
— Et, soit dit en passant, je rends hommage à l'excellence de ta mémoire.
— La Mule du Pape mit sept ans, dit Julia, froidement.

Elle sentait qu'elle prenait goût de plus en plus au dialogue.

— Tu la dépasses d'une bonne encolure, lui rétorqua Constant avec la même froideur.

Julia s'humecta les lèvres du bout de la langue. Indéniablement, il y avait du plaisir à jouter avec lui. Rodolphe n'offrait guère d'occasions pour cette sorte d'escrime. Vociférer ou rire était toute sa méthode.

— Continue, dit Constant, serrant légèrement le mot entre ses incisives.

Elle ne se le fit pas redire.

— Tertio : si l'on ne sait pas être autoritaire, il faut s'efforcer d'être intelligent. J'aurais cru que tu l'étais suffisamment pour découvrir tout seul la meilleure occupation à donner à une femme afin d'éloigner d'elle les galants à qui la petite sœur ne sert que de prétexte. Est-ce clair ?

— Cela pourrait l'être encore davantage ! — Renonçant soudain à se contenir, Constant jaillit hors de son fauteuil et saisit brutalement le poignet de sa sœur : De quoi au juste Sophie et toi accusez-vous Dorothée ? J'aimerais te l'entendre formuler, avant d'aller en demander raison à M. Brès.

Julia lui arracha sa main avec rage, tandis que le chat, dérangé, prenait la fuite.

— Là ! je l'attendais ! Mais laisse donc M. Brès tranquille si tu ne veux pas te rendre grotesque !

— « La manie qu'ont les hommes de se battre ! Comme si cela réparait jamais rien ! » — De quelle raison arguerais-tu ? poursuivit-elle, tandis qu'il la scrutait. Avait-il fait sa demande, pour Sophie ? Non, n'est-ce pas ? Alors ? Et quant à ta femme... — Elle le regarda durement : — ...s'il s'était passé quelque chose de réellement grave, penses-tu que j'aurais tenu à te mettre le nez dedans ?

Le regard de Constant continuait à fouiller le sien. Julia le sentait tenté de la croire, mais impuissant à y parvenir.

« Depuis combien de temps ses propres doutes... ? » Avait-il eu déjà d'autres indices qu'ignorait Sophie ?

Le mal qu'il allait falloir se donner pour défendre quelqu'un qui, vraisemblablement, était coupable... « Tant pis ! » pensa Julia. « Même si je la sauve. Ce n'est pas elle qui compte. »

Elle entreprit de mentir, délibérément :

— Désires-tu les détails ? Les voici, tels que je les tiens de Sophie. Hier soir, elle a surpris son prétendant aux pieds de ta femme, fort occupé à lui chanter la cavatine des aveux, tandis que Dorothée se défendait en riant très fort.

« Vierge Mère ! » cela eût fait un bien mauvais tableau de genre. Allait-il avaler pareille craque, ou... ? Elle se hâta d'enchaîner avec volubilité :

— Essaie de te représenter le choc qu'a reçu cette petite ; l'humiliation, le sentiment d'être bafouée, le chagrin, la jalousie, le... Enfin, cela est mille fois suffisant pour motiver sa fuite, et... et son désir de ne plus entendre prononcer le nom de cet homme. Je suppose que tu peux le comprendre, non ?

De nouveau, elle planta son regard dans celui de son frère, et vit avec soulagement que, cette fois, il la croyait.

Mais la partie n'était pas encore gagnée.

— En ce qui la concerne, tu vas me promettre de la laisser tranquille, et te porter garant que nul, à la Sarrazine, ne risquera la moindre allusion. Sinon, je la garde. Quant à ta femme, tu es libre, évidemment, de lui faire confirmer ce que je viens de te raconter.

Voyant qu'elle avait touché juste, elle laissa agir l'argument et les réflexions qu'il suggérait à Constant, avant de continuer d'un ton paisible :

— Entre nous, si tu veux un conseil, tiens ta langue aussi avec elle. Au fond, elle n'a que des imprudences à se reprocher. — « La gaupe ! Que Dieu m'assiste ! » — Tout ce que tu lui diras ne fera que l'aigrir, et risque d'envenimer les choses entre elle et Sophie. Vois-tu, le plus simple serait que tout le monde fît comme si rien ne s'était passé. Je pense que je parviendrai à vous ramener la pauvrette dès ce soir, si je puis lui donner l'assurance qu'elle n'aura aucune explication pénible à subir. Est-ce entendu ? Tout bien pesé, je crois que tu peux raisonnablement me faire cette promesse.

Constant demeura un instant silencieux.

— Oui, dit-il, enfin. Je le crois aussi. Tu n'as jamais beaucoup aimé Dorothée, n'est-il pas vrai ?

Les narines de Julia se dilatèrent.

— En effet.

Elle attendit. Puis, le voyant hocher la tête sans rien ajouter, elle questionna sur un ton de bravade :

— T'imagines-tu que je l'aie noircie à plaisir ?

— Non.

Il se pencha vers elle :

— Mais pas davantage que tu aies pu être tentée de l'épargner. Hein ?

Elle lui adressa un sourire indéfinissable.

— Pourquoi le ferais-je ?

Constant marmonna quelque chose sur la mesquinerie bien connue des femmes. Et l'embrassa sans chaleur pour prendre congé.

Julia le regarda partir, à la fois satisfaite et dépitée du résultat de sa diplomatie.

Restait Sophie.

Mais elle savait comment la manœuvrer. « Veux-tu oui ou non, prendre ta revanche sur cette créature ? Si tu quittes la place, tu es vaincue. Si tu restes, n'oublie pas qu'elle est à ta discrétion, désormais. » Elle connaissait sa race. L'orgueil et l'esprit vindicatif des Angellier, sa sœur les possédait au suprême degré.

Dûment chapitrée, Sophie, mieux que quiconque, saurait faire payer à Dorothée le prix de sa trahison, chaque jour qui viendrait.

Elle se passa voluptueusement la langue sur les lèvres à cette pensée, et monta réveiller la jeune fille.

12

A Mogador comme à la Sarrazine, 1868, fut une année désastreuse. Une forte gelée tardive avait anéanti dans leur fleur les promesses de la vigne et des arbres fruitiers. La grêle, puis la sécheresse prolongée s'en mêlèrent. On eût dit que le ciel avait juré d'épuiser le calendrier des calamités.

En décembre, lorsque Julia eut établi le bilan, il fallut envisager des mesures pour pallier le manque de disponibilités destinées aux dépenses courantes, et combler le déficit.

Réduire les frais de l'exploitation eût été le plus simple.

La pensée n'effleura pas un instant Rodolphe de restreindre le personnel. Ceux qui, depuis dix ou vingt ans, sous ses ordres, avaient donné leur sueur et le meilleur de leur vie à cette terre s'étaient acquis à ses yeux le droit d'y demeurer, quelles que fussent les circonstances.

Julia, elle, y avait songé. Aussi bien la longue inaction de l'hiver dans lequel on entrait eût, à la rigueur, justifié le licenciement d'une partie des hommes.

Implicite chez l'un, raisonné et pesé chez l'autre, un même sentiment d'impossibilité leur dicta leur conduite : la question ne fut pas abordée.

Julia se contenta de mettre leur train de vie familial sur le pied de la plus intransigeante économie.

— Que vous êtes nigaude ! Quelques napoléons de

plus ou de moins ne nous feront ni plus ni moins riches, grommelait son époux, chaque fois qu'il la voyait se dresser en travers de l'une de ses velléités de largesses. Allons, laissez-moi vous mener dimanche à cette représentation. Je sais bien que vous en avez envie. Avouez-le donc.

Pas tant que lui, en tout cas. Et deux napoléons d'un côté, trois de l'autre, faisaient une somme, au bout du compte. Et quelle femme eût aimé se montrer à l'Opéra devant tout Avignon, vêtue d'une robe de l'année dernière ?

— Sacrédié ! faites-vous-en faire une autre ! Dirait-on pas que nous sommes à la mendicité ?

Julia haussait les épaules. Et tenait bon, ayant arrêté sa résolution une fois pour toutes.

— Question de principe, mon ami.

Maussade, exaspéré de se sentir tenu en brides, Rodolphe envisagea d'hypothéquer le domaine.

— Aujourd'hui, à Tarascon, je suis passé chez le notaire. Me Daubenois m'a trouvé un prêteur discret. Ce ne serait que pour six mois, et, comme l'hypothèque est sûre…

Il n'alla pas plus loin dans son exposé. Sa femme s'était dressée d'un trait :

— Une hypothèque ? Etes-vous fou ?

Elle prit feu comme un serpenteau, et lui courut sus en jetant des étincelles.

Dix générations d'Angellier s'opposaient par sa bouche à toute atteinte à leur suzeraineté de propriétaires : comment Rodolphe pouvait-il… ? Eût-il osé accepter pareille perspective s'il fût né sur ce sol ? On voyait du reste que la terre des labours n'avait pas eu le temps de coller bien fort aux souliers des Vernet…

— Mais, tonnerre de nom ! fulmina-t-il, mis hors de lui par l'allusion, langue d'agasse (1) que vous êtes, je voudrais que vous me disiez si vous connaissez une autre solution pour nous en tirer.

— Parfaitement, j'en connais une. Et voilà assez

(1) *Agasse :* pie.

longtemps que je me demande quand vous allez vous décider à y recourir.

Rodolphe allait et venait rageusement à travers la pièce, malmenant le mobilier placé sur son passage. Il s'arrêta net, et se retourna. Pour s'entendre lancer en pleine figure :

— Vos fameux Suez, qu'attendez-vous pour les vendre ?

— Mes Suez ! Jamais de la vie !

Un coup de poing ponctuant sa détermination fit trembler le bureau.

— Il y a de l'or à gagner dessus. Ce n'est pas le moment de s'en défaire.

Sa femme le regardait, outrageusement calme et sarcastique.

Ravalant son indignation, il baissa le ton et s'efforça de prendre la même attitude.

— D'ailleurs, pour ce qu'il m'en reste ! Vous oubliez probablement que la moitié a passé à payer le bois, la ferme Testud, et les olivettes.

— Et puis après ? Vendez le reste, pour les garder.

— Mais, sacré bon Dieu ! il n'est pas question de les perdre ! Savez-vous, oui ou non, ce que c'est qu'une hypothèque ?

Bien sûr, elle le savait.

Impavide et obstinée, elle lui martela :

— Assez pour vous assurer qu'aucun étranger ne s'acquerra de droits sur le bien de mes enfants tant qu'il me restera un moyen de l'en empêcher. Vous pouvez m'en croire.

— Je ne vendrai pas mes Suez, dit Rodolphe.

— Alors, reprit Julia, faisant donner la Garde, c'est moi qui vendrai les diamants que vous m'avez donnés.

— Bonne idée, ricana-t-il. Et comment vous y prendrez-vous ? Peut-on savoir ? Je vous vois, allant trouver à la nuit close, en petit équipage, un usurier de la rue Juiverie qui vous estimera la parure au dixième de sa valeur.

Julia le dévisagea, d'une prunelle brillante et froide.

— Vous vous trompez. J'irai tout bonnement place

du Change, là où vous les avez achetés. Lheureux ne refusera pas de les reprendre. Et c'est vous qui en aurez la honte.

En attendant, il en avait déjà le souffle coupé.

— Sacr..., commença-t-il, écumant.

— Et si vous m'y poussez, conclut Julia, sans merci, je vendrai l'argenterie.

La porte claqua à toute volée sur un homme en proie à des idées de meurtre, à qui sa dernière lueur de raison conseillait de prendre du champ.

Encore frémissante, Julia se remit à ses additions. Penser au bijoutier venait de lui rappeler, en outre, qu'elle allait avoir à choisir — et à payer — le cadeau de baptême pour la petite Emilie Angellier.

« Mon frère a bien mal pris son temps » songea-t-elle, oubliant qu'il n'avait fait que suivre ses directives.

Constant aussi se débattait dans les difficultés.

« Encore a-t-il de la chance que le mariage de Sophie ne se soit point fait. S'il avait dû retirer actuellement la dot de la propriété, ce n'est pas l'argent de sa femme qui aurait sauvé la Sarrazine. »

A Tourvieille, Antoine, lui, ne s'en sortait que grâce à sa belle-famille.

« L'argent... l'argent... » Tout le jour, Julia ne faisait plus guère qu'y penser. Cela devenait le leitmotiv de sa vie. La nuit, l'angoisse des échéances à venir la tenait souvent éveillée. C'était cruel, après toutes ces années prospères où l'on avait si bien perdu l'habitude de liarder.

« C'est pire qu'en 56 », pensait-elle. En 56, Mogador n'était pas à moitié aussi grand. L'existence non plus n'était pas la même. « La vie de plus en plus chère. Tout ce monde à nourrir. » Elle comptait les bouches, les recomptait. « Les valets, les servantes. Et les enfants. En 56, Cyprien seul était là. Un tout petit, au maillot... »

« Ah !... » Retrouver la jeunesse, les forces intactes, intact l'espoir en l'avenir et vivant le petit être que n'avait remplacé aucun de ceux qui étaient nés ensuite.

« Maintenant, il aurait douze ans. Maintenant, il... »

Julia connaissait bien ce jeu triste. Elle et Philo y jouaient trop souvent. « Cyprien, Fulcran... » Pour celui-ci, le premier anniversaire était à peine passé.

— Déjà un an. Ça semble pas possible, Madame.

Elle acquiesçait de la tête.

Les deux petits compagnons. Couchés non loin l'un de l'autre, après s'être tant amusés, tant chicanés ensemble.

Et les autres cessaient de ressembler à ce qu'ils avaient été. Amélia allait faire sa première communion au printemps ; elle entrerait au couvent en octobre. Un an encore et ce serait au tour d'Henri de quitter la maison. Henri, le plus tendre, le plus attentionné auprès d'elle. Il s'en irait aussi à Avignon. Non pas au Lycée, du moins, mais chez les Pères Jésuites. Elle avait obtenu de Rodolphe cette concession, de haute lutte. Eloi, lui, travaillait à présent dans les terres sous l'autorité du maître valet.

Tous trois avaient grandi trop vite. « C'était hier que je les avais là », tous alors si étroitement dans sa dépendance, encore chancelants sur leurs petites jambes. « Avène, avène (1)... » Et quand ils étaient parvenus à faire quelques pas, ils s'abattaient contre elle et elle les soulevait vite dans ses bras. C'était hier.

Hier aussi qu'elle était jeune. A présent, cette fraîcheur qui veloute un jeune visage, pareille au duvet d'une pêche intacte, avait disparu du sien. A présent, chaque soir, elle se sentait lasse. A présent, monter un étage en courant l'essoufflait.

A présent, il advenait que Frédéric, paresseux et câlin comme il savait l'être, se suspendît en vain à ses jupes :

— Portez-moi un peu, maman, dites !

— Tu deviens trop lourd, mon chéri.

Et elle s'étonnait aussi, parfois, de ne plus retrouver en elle ses réserves de patience pour endurer les lamentations d'Adrienne, la petite dernière qui traînait

(1) *Avène, avène... :* Viens, viens...

les pieds en marchant et se plaignait sans cesse que « Fédéï » ne voulût pas d'elle pour s'amuser.

— D'abord, elle est trop petite. Et puis c'est rien qu'une fille.

— Prends-la quand même avec toi, mon Frédéri. Pour me faire plaisir. Veux-tu ?

— Oui, Maman.

Frédéric ne disait jamais « non ».

Bien peigné, bien lavé, coquettement ajusté par les soins de Philo, il s'en allait, remorquant la petite sœur par le poignet.

Un moment après, l'un des grands trouvait Adrienne abandonnée de l'autre côté des noisetiers, ou derrière les fusains, pleurant sans bruit dans son manchon de fourrure. Et quelque valet ne tardait pas à ramener en riant à la maîtresse un Frédéric hirsute, sale, fleurant la paille, le crottin, ou la terre fraîchement remuée des emblavures où se faisait le labour d'hiver.

Il avait refusé en reniflant de dédain le vieux poney d'Amélia et d'Henri ; et s'en était expliqué d'homme à homme avec Rodolphe, non sans zézayer :

— Moi, je veux un vrai cheval.

— Et comment tiendras-tu dessus ?

— Henri m'apprendra.

Il ne craignait ni les boumians (1) qui volent les enfants, ni la Bambarouche qui les mange, ni le diable, ni son propre père. Et guère plus Dieu et Julia. Mais son frère aîné eût pu exiger de lui n'importe quoi. Lorsque Henri et Amélia l'admettaient dans leurs jeux, un grand souffle de paix passait sur la maison. Le chat sortait de dessous les meubles. Julia pourvoyait Adrienne d'images à découper et, tranquille, provisoirement, en revenait à ses calculs.

« La robe de communiante. Des vêtements de cérémonie pour tous. Le repas de famille. »

Ce n'était rien encore. Après cela, viendraient les frais de pension. Puis...

De l'argent à trouver sans cesse. « Mon Dieu, faites

(1) *Boumians :* Bohémiens.

que cette année-ci soit bonne. Nous en avons tellement besoin. »

Quatre longs mois demeuraient à passer, avant les premiers espoirs de récoltes.

« Si Rodolphe voulait seulement être raisonnable ! »

Mais il semblait n'avoir d'autre préoccupation en tête que de rejoindre ses amis à la chasse, se couchait tôt, partait de grand matin, et ne rentrait que pour le repas du soir. Sa femme trouvait à peine l'occasion de lui adresser la parole.

Une huitaine de jours après leur dispute, cherchant vainement où prendre de quoi finir l'année, elle se sentait en proie à la tentation d'exécuter ses menaces, lorsqu'il rentra, un soir, boutonné dans son carrick et coiffé de son chapeau de ville.

« Tiens », pensa-t-elle, « il est allé à Avignon. »

Sans un mot, Rodolphe se fouillait.

Il tira de sa bourse plusieurs rouleaux d'or qu'il jeta sur la table.

Inutile d'en demander la provenance. Sa mine renfrognée valait tous les éclaicissements.

Julia respira à fond.

— Là. J'espère que cela vous suffira, au moins, grogna-t-il.

Elle réprima un mouvement de révolte. « On croirait vraiment que je gaspille. Moi qui, toujours... ! »

Puis, se représentant ce qu'il avait dû en coûter à son mari :

— Je l'espère aussi, dit-elle sans acrimonie.

Rodolphe ne la regardait pas.

Doucement, elle ajouta :

— Je ferai de mon mieux.

Elle avait bonne envie de se jeter dans ses bras. Mais, l'examinant à la dérobée, elle se retint, comprenant que c'eût été la pire des maladresses.

De toute évidence, Rodolphe tenait à savourer tout son saoul l'amertume du sacrifice et la rancune qu'il éprouvait à l'égard de sa femme.

En passant à table, elle pria mentalement pour que le

dîner fût au goût de Rodolphe, qu'Henri eût trouvé tout seul la solution de son problème et achevé ses devoirs et qu'Amélia ne fût pas dans un de ses jours d'insolence.

La Providence en usa généreusement avec elle. Mais ni la sagesse de ses deux aînés, ni la légèreté du soufflé au fromage pour lequel il avait cependant une prédilection, ne déridèrent le maître de Mogador.

Ce ne fut qu'à la veillée, une fois les enfants remontés chez eux, qu'il se décida enfin à rompre son propre silence. Et il fit comme s'il allait mordre.

— Il faudrait aller chercher ce cadeau pour l'enfant de votre frère.

Du même ton hargneux, il ajouta :

— Je veux quelque chose de convenable. Entendez-vous ?

Julia quitta son fauteuil et vint par-derrière mettre sa joue contre la sienne.

— Eh là ! Faites donc attention. Vous allez vous brûler.

Il ôta tout de même la pipe d'entre ses dents et la posa sur le coin de la cheminée.

Sa femme en fit la remarque et se serra plus fort contre lui, sans répondre.

De si près, elle voyait ce profil démesurément grossi, étrange, comme un rivage aux reliefs inconnus.

Encore rogue, il marmonna :

— Auguste Verdet m'en a raconté une bien bonne.

Julia eut envie de sourire aux anges. Il n'allait plus pouvoir se tenir longtemps de lui faire le récit de toutes les nouvelles.

Elle contourna le fauteuil et se glissa sur les genoux de Rodolphe, sans qu'il la repoussât.

— Et quoi donc, mon cher cœur ? Dites-moi cela.

Il avança la lèvre, simulant encore le détachement.

— Eh bien...

Un soupçon de malice naissait déjà au creux de ses maxillaires.

— Vous connaissez de réputation la femme du marchand d'huile de la rue Anguille ? Figurez-vous que, ces temps derniers, à ce qu'on dit, le petit docteur Garcin, après tant d'autres, avait pas mal... heu... pas mal trempé dans la jarre...

Le rire de Julia stimula sa verve. Il passa un bras autour de la taille de sa femme.

— ... Bon. Voilà que l'autre dimanche, au prône, le curé de Saint-Agricol...

Le paquet de Suez parti à la dérive sombrait quelque part au grand large de l'oubli.

***

Tandis que Julia vivait avec le livre des dépenses pour horizon, les jours, bons ou mauvais, continuaient leur course. L'hiver s'en fut ; puis le printemps.

La fenaison était finie, les cocons vendus au marché, la moisson rentrée, quand elle s'avisa, un beau matin, que Mogador était tiré de peine.

Rodolphe rit lorsqu'elle le lui fit remarquer :

— Vous en doutiez donc encore ?

Et, là-dessus, il mit une nouvelle fois à mal leur budget en organisant une de ces coûteuses fêtes d'été qu'il aimait à donner dans le parc.

Jamais les perspectives n'en avaient été plus nobles, les allées plus ombreuses, les futaies plus fournies, les taillis plus verts, la pelouse plus épaisse, les fleurs plus innombrables et leur parfum plus fort, le miroir d'eau plus romantique. Rodolphe en était tout glorieux.

Et la douce lumière tremblotante des lampions, les bouffées de musique, le brouhaha, l'animation, les fracs et les robes de bal seyaient à tant de beauté qui semblait immuable, la parant précieusement pour un soir du charme, un peu fou, un peu mélancolique, de tout ce qui est bref, léger et fragile, plus encore que notre vie ici-bas.

Julia revêtit ce soir-là une de ces robes nouvelles, plate par-devant et dessinant audacieusement les jambes et le contour des hanches, dont l'ampleur, ramassée en se retroussant sur les reins, s'effilait dans une longue traîne.

— Ma parole, vous paraissez grande, là-dedans, constata Rodolphe, l'examinant de l'œil critique du connaisseur.

Elle ne demandait qu'à le croire.

— Vous aimez le drapé de cette jupe, mon cœur ?

— Hé ! hé !... Pourquoi pas ?

Mais le temps n'était plus où il fût venu rôder dans la chambre de sa femme, encombrant, impatient, admiratif, les mains indiscrètes, prêt à tous les saccages, tandis qu'elle s'habillait.

Ce soir, à s'en souvenir, Julia regrettait un peu certains refus, jadis opposés à une fringale de la dernière minute.

Une voiture, la première, franchit la grille et s'engagea dans l'allée d'honneur.

— Crédié ! que cette nuit est belle, dit Rodolphe, venant se placer à côté de sa femme, en haut des marches du perron.

Ses narines dilatées aspiraient à pleins poumons l'air tiède et l'imperceptible brise nocturne chargée de tant de senteurs mêlées.

Julia lui jeta un coup d'œil.

Bien pris dans ce frac qui amincissait sa taille épaissie par la quarantaine et mettait en valeur la puissance de son torse, il ressemblait si fort au Rodolphe de leurs premières rencontres qu'elle en ressentit un choc au cœur. Le même émerveillement tendre, le même frisson violemment charnel, fondirent sur elle.

Il se pencha, avec ce tic de se passer la langue sur les lèvres qui était familier à Julia.

— Tout est prêt ?

Elle ne put que hocher la tête. Dans sa gorge serrée affluait l'eau du désir, pour un homme qui partageait son lit depuis plus de quatorze années.

— Ce sont les Marquet-Rageac, je crois bien, dit Rodolphe après un regard vers la voiture.

Il se pencha un peu plus pour lui murmurer :

— Sacrédié ! vos yeux brillent comme des chandelles.

Peut-être qu'aux siens, elle aussi, à cette minute,

avait de nouveau vingt ans. « Un moment, rien qu'un moment. Comme alors... Sainte Vierge ! si c'était possible... »

Elle vit s'ouvrir la portière, et apprêta son sourire.

Au fond du vestibule, Lucie, tenant sa traîne, descendait l'escalier, suivie d'Antoine qui mettait ses gants.

Un contrevent grinça faiblement, là-haut, au second, du côté de la chambre des garçons. Les enfants devaient se bousculer derrière, pour mieux voir.

Tout en saluant ses invités, Julia se représentait les quatre têtes pressées, attentives à ne rien perdre du défilé qui commençait.

Encore un peu de temps, et la fête se donnerait pour l'aînée. Amélia ferait son entrée dans le monde ; elle aimerait, elle vivrait, pour son propre compte, au lieu de se jouer sempiternellement la même histoire d'amours fidèles et déchirantes, d'être Geneviève de Brabant, Dona Sol, ou la femme de Thibault de Champagne.

Dans quelques semaines, le couvent allait mettre fin à ses leurres.

Julia préparait déjà le trousseau de pensionnaire. Mogador ne reverrait plus la fillette fantasque qui s'en allait par les allées, en pèlerinage au tombeau du Croisé, entraînant ses frères à sa suite comme des figurants dans un drame historique de M. Dumas.

Lequel des garçons, après elle, pour les besoins d'un jeu nouveau, rebaptiserait peut-être autrement la vieille dalle fendue ?

Le jour où Rodolphe et Julia la conduisirent à la Visitation, ils eurent tous deux l'impression qu'ils perdaient leur fille.

Tout tristes, ils s'en revinrent à Mogador.

Le long du chemin, les vignes touchées de rouge, les tournesols cassés par la récente tornade de pluie, les feuilles jaunies tombant des platanes, évoquaient la fin proche d'une belle année.

Leurs mains se rejoignirent.

— Bah ! trois mois à peine, fanfaronna Rodolphe, sans conviction, après un long moment de silence.

La jeune demoiselle qui reviendrait aux vacances de Noël, à quoi diable ressemblerait-elle ?

La pensée qu'il allait revoir Amélia le dimanche suivant n'avait rien qui le réconfortât : « Ce parloir. Cette atmosphère... »

A la maison, privé de sa sœur, Henri faisait peine à voir. Il en perdit l'appétit, plusieurs jours durant ; et le curé de Fontfresque qui lui donnait ses leçons quotidiennes se plaignit de lui pour la première fois.

Tant et si bien qu'au début de novembre, Rodolphe éprouva le besoin d'une diversion.

Il fit prier Mme Angellier de venir remplacer sa fille auprès des petits, pour une huitaine. Et, magnanime, saisissant l'occasion aux cheveux, emmena Julia voir l'Impératrice qui s'embarquait à Marseille pour aller en Egypte inaugurer ce fameux canal de Suez.

— Dire que si j'avais gardé mes actions...

Il n'acheva pas. Et, de tout le voyage, ne se permit aucune autre allusion.

Sa femme estima à sa valeur l'héroïsme de ce silence.

⁂

Le printemps suivant apporta un Vernet de plus à la branche cadette.

— Trois garçons ! grommela Rodolphe en l'apprenant.

Il rêva un moment et conclut :

— Crédié ! Lucie fait bien les choses.

Tout en taquinant son chien du bout de sa botte, il guettait Julia du coin de l'œil.

Elle ne releva pas le propos. Mais un raidissement dans son attitude déconseillait l'insistance.

A trente-cinq ans sonnés, l'on ne joue plus à la jeune mère sans ridicule. Et d'ailleurs : « Moi aussi, je les ai eus, mes trois garçons. » Son mari pouvait-il l'oublier si complètement ? Et se soucier si peu du mal que pouvait causer l'injustice du reproche contenu dans ses paroles ?

Elle lui décocha un sourire d'une ironie crispée :

— Patientez. D'ici peu, Amélia sera en âge de nous donner des marmots.

Rodolphe goûta peu la perspective :

— Ah ! ça ! dites donc, j'ai toujours de quoi suffire à la tâche, ce me semble. A quarante-cinq ans, mon père, lui, n'avait pas encore fait souche. En ai-je été plus mal réussi ?

Mais tous les arguments étaient inutiles dès lors que Julia avait décidé d'y demeurer sourde.

L'approche du plébiscite détourna heureusement le cours des idées de Rodolphe.

Les élections de l'année précédente avaient déçu son attente. Ses amis avignonnais écartés depuis 1865 de la mairie avaient de nouveau perdu la partie. Elue sous l'étiquette libérale, la municipalité en fonctions critiquait acerbement la gestion de ses prédécesseurs tout en recueillant le fruit de leurs travaux avec le mérite des embellissements dont ils avaient fait bénéficier la ville.

Rodolphe s'en indignait sans mesure.

— Je me demande bien comment un honnête homme comme Désiré Amic peut s'être allé fourvoyer dans cette clique Poncet qui se prétend démocrate et ne fait que de la démagogie.

Il mettait ses espoirs dans cette consultation en masse, confiant dans l'opinion populaire qui avait porté Napoléon III au pouvoir.

Le matin du 9 mai, il galopa jusqu'à Avignon, aux nouvelles.

Julia le vit revenir satisfait à demi : sept millions de « oui » sur onze millions de suffrages assuraient au gouvernement impérial une majorité solide. Il n'en demeurait pas moins qu'une opposition s'affirmait, de jour en jour plus tenace, plus violente.

La polémique des républicains montait de ton. Rodolphe rapportait de la ville des numéros de *la Lanterne* et commentait avec des vociférations les articles de Rochefort.

— Pourquoi les lisez-vous ? demandait Julia, avec son sourire du coin des narines.

— Parce que ! disait-il vexé. Vous n'y comprenez rien. Il est indispensable de se tenir au courant des manœuvres de l'adversaire.

Après quoi, il se retenait, durant un jour ou deux, d'exhaler sa vindicte devant elle et de lui infliger la lecture à voix haute des passages qu'il estimait particulièrement intolérables.

Fort heureusement, l'année était bonne.

Julia entraînait son époux voir les blés qui blondissaient sous le soleil.

— La belle terre, mon cœur, regardez.

Il essuyait son front en sueur, remettait son panama, cueillait un épi, l'examinait, hochait le menton. Et les phrases corrosives de Rochefort cessaient de bourdonner dans sa tête.

La chaleur effeuillait le romarin, le ciste et l'argelas (1), aux pentes des Alpilles. Chaque foulée des chevaux écrasait des touffes d'aspic (2) ou de thym.

Ils continuèrent, évitant le bord de l'eau, de peur d'y surprendre Henri en train de pêcher en cachette avec Eloi.

— Philo m'a dit qu'ils étaient allés chercher des vers de vase, hier soir.

— Par un temps pareil, avouez qu'il est mieux au frais dans la roselière, qu'à pâlir sur ses livres. Que diable ! nous avons tous fait de même.

Julia souriait, elle aussi.

— Je me rappelle un jour où Constant...

L'essentiel était de ne point perdre la face.

Parvenus en vue de l'étang, ils tournèrent bride vers le village.

Rodolphe proposa :

— Si nous poussions jusqu'à Montpaon ? ou vers les Baux ?

Rien ne pressait. Ils avaient jusqu'au soir.

(1) *Argelas :* genêt épineux.
(2) *Aspic :* variété de lavande.

Philo gardait les petits ; et, vraiment, Adrienne ne donnait aucun mal. Son défaut de vivacité faisait parfois craindre à Julia que l'enfant n'en vînt à ressembler à sa grand' Vernet. « Quel constraste avec Frédéric, ce *tourmente-chrétiens* », soupira-t-elle intérieurement une fois de plus.

La seule pensée de Frédéric, par contre, était tonique. Au fond, la turbulence était une vertu louable, chez les garçons. Et Julia se disait aussi sans déplaisir qu'Amélia n'en avait jamais été dépourvue, elle non plus. « Sainte Vierge, vous m'êtes témoin que jamais je n'ai souhaité avoir des enfants sages. »

Son mari la tira de sa songerie.

— Un petit galop, ma mie ?

Pour toute réponse, elle claqua la langue et rendit les rênes. Le défilé des platanes prit une accélération foudroyante.

Une traînée de poussière se levait en tourbillon sous le ventre de leurs montures. Le cœur de Julia bondissait dans sa poitrine. Le soir, elle aurait de l'oppression. Qu'importait ?

Délices de cette course, de cette solitude à deux un instant retrouvée, de cette souveraineté sur la route et les champs courbés à la rencontre de leur galopade, de ce temps gagné sur le temps qui, lui aussi, semblait se soumettre.

Ils revinrent en devisant dans le flamboiement du soleil qui descendait vers Barbegal, couleurs d'or, là-bas, à l'orée de la voûte verte sous laquelle trottaient allégrement *Clovis* et *Léda,* côte à côte.

Les projets allaient leur train.

Pour l'anniversaire d'Henri :

— Espérons que la selle sera prête. Quand devez-vous aller la prendre ?

Pour les vacances d'Amélia :

— Il faudra donner un goûter. Ah ! et puis inviter pour quelques jours ses amies du pensionnat.

Pour l'été qui était là. Pour l'automne...

La Saint-Jean arriva et avec elle les gavots (1), descendus de la montagne se louer pour la moisson. On fit le rigaudon et la farandole autour du feu allumé à la tombée de la nuit, et l'on sauta par-dessus, et l'on chanta jusqu'à l'aube.

Tout le jour, les faucilles étincelaient dans les emblavures et les javelles tombaient dru. Moissonneurs, lieurs et lieuses abattaient de belle besogne.

Rodolphe passait ses matinées au milieu d'eux. Par plaisir, car Trestaillon n'avait besoin de personne pour distribuer et surveiller le travail.

Il regardait s'entasser le froment, gerbe sur gerbe ; plaisantait les glaneuses, les laides un peu, et davantage les accortes ; s'entretenait en patois, à la pause, avec le baïle, le capoulié (2) et les vieux moissonneurs que chaque été ramenait à Mogador depuis plusieurs lustres ; partageait leur grand-boire (3) qu'apportait Eloi avec le mulet, vers les dix heures, souvent escorté d'Henri que Frédéric suivait comme son ombre.

Toute la chiourme (4) faisait fête aux deux enfants.

Ils buvaient gaillardement après leur père les quelques gouttes de vin qu'il leur laissait dans un gobelet de fer-blanc empli au baril.

Henri regardait, écoutait, et répondait sans honte aux taquineries des anciens. Et Frédéric échappait aux glaneuses qui se le disputaient — « *Qu'es pouli ! qu'es couquin ! qu'es beù, aqueù pichotet !* » (5) pour aller passer le doigt sur le tranchant des faucilles, se rouler au bord des chaumes tout étoilés d'aurioles (6) brillantes, ou écheler le mulet en s'aidant de la queue.

(1) *Gavots :* montagnards des Alpes et des Cévennes qui descendaient chaque année en pays d'Arles pour la moisson.

(2) *Le capoulié* marchait en tête de la chiourme, et faisait la trouée dans les blés.

(3) *Grand-boire :* petit repas de 10 heures du matin.

(4) *Chiourme :* ensemble des équipes (ou solques) qui se louaient sur une même exploitation.

(5) Qu'il est joli ! qu'il est coquin ! qu'il est beau, ce « petitet » !

(6) *Aurioles* (textuellement : auréoles) fleurs jaunes étoilées qui pullulent dans les chaumes après la moisson.

Le soir, saoulé de grand air et de lumière brûlante, Rodolphe songeait à peine à parcourir un journal de temps à autre.

Il en était encore à se féliciter que la ferme attitude adoptée par Gramont eût obtenu la renonciation du Prince Léopold de Hohenzollern dans l'affaire de la succession au trône d'Espagne quand, déjà, passant outre au résultat acquis, sur la foi d'une dépêche d'origine allemande, sans attendre le rapport de l'ambassadeur, les diplomates criaient à l'insulte, les députés faisaient des discours sur l'honneur, le gouvernement réclamait vengeance, la presse prenait feu, les militaires assoiffés de gloire ceignaient leurs sabres et déployaient les cartes d'état-major.

Avant d'avoir su ce qui arrivait, les gens de Mogador, comme la plupart des Français, se réveillèrent, un beau matin de juillet, en guerre avec les sujets de ce roi de Prusse qui, trois ans auparavant, caracolait à Longchamp et passait en revue l'armée française aux côtés de l'Empereur.

Rodolphe ne s'en habilla pas moins gaiement. Son refrain favori à fleur des lèvres, il allait, venait, s'étirait devant la fenêtre, comme tous les matins.

Mais, ce matin-là, cette agitation joyeuse donnait une vague nausée à Julia.

Tandis qu'il s'enfermait dans le cabinet de toilette, elle alla s'accouder à la croisée.

Le ciel était bleu sans un nuage. Le soleil levant rosissait les lointains au-delà de la corbeille d'arbres, dans l'épaisseur verte au sein de laquelle reposait Mogador. Une journée d'un calme admirable commençait.

Rodolphe rentra, enfilant sa chemise.

Il sifflotait. Et s'interrompit pour dire :

— Ces Pruscos, hein ?... On va leur apprendre la politesse.

Julia ne répondit rien.

« L'imagination... » Rodolphe en possédait encore moins qu'elle-même s'il ne songeait pas à se représenter, là, en bas, au milieu de sa belle pelouse, la tache qu'y pourrait faire un corps sanglant étalé, face contre terre, pareil à tous ceux qui, ailleurs, avaient déjà commencé de tomber.

— Qu'est-ce qui vous prend, ma mie ? Par cette chaleur ?...

Elle sursauta et s'aperçut qu'elle venait de refermer la fenêtre.

13

WISSEMBOURG, Morsbronn, Reichshoffen, Frœschwiller, Forbach, les noms de défaites tombaient avec le son d'un glas. Une même journée livrait aux Prussiens la Lorraine et l'Alsace.

Oubliant les vendanges proches, indifférent au résultat des élections municipales en cours, Rodolphe, matin et soir, ne songeait plus qu'à courir à Tarascon pour connaître la teneur des dernières dépêches.

Il revenait, mâchant leur amertume, de plus en plus nerveux et sombre.

La chaleur de ce début d'août était accablante.

Julia envoyait les enfants faire la sieste, leur dernière bouchée de dessert à peine avalée.

Chaque après-midi s'écoulait avec une lourdeur presque palpable sur la maison silencieuse.

A présent, c'était avec anxiété qu'elle attendait le retour de Rodolphe. Le tapage des garçons lui faisait mal.

— Allez donc vous amuser au fond du parc, mes chéris.

Et, lorsqu'ils s'étaient éclipsés, soudain, leur présence lui manquait et elle se sentait écrasée de solitude.

Le ministère tomba. Palikao remplaça Ollivier, et Bazaine devint généralissime.

Rodolphe dit :

— Cela va changer.

De fait, le jour de l'Assomption, la nouvelle se

répandit que l'armée Bazaine, en marche pour rejoindre celle de Mac-Mahon, avait, la veille, forcé le passage à Borny et franchi la Moselle.

Les Angellier déjeunaient à Mogador.

Rodolphe fit apporter force bouteilles et tous burent à la victoire.

Julia considérait sans animosité sa belle-sœur et, pour la première fois, la plaignait presque, à voir Sophie si revêche avec elle. Après tout, depuis deux ans, la coquetterie de la jeune femme s'était contenue dans des limites acceptables. Finou eût pu montrer un peu de générosité. Tout cela, actuellement, avait bien perdu de son importance. Comment ne le sentait-elle pas ? Evidemment, le mieux eût été qu'elle se mariât. On lui trouverait quelqu'un. « Quand cette guerre sera finie... » songea Julia, sans se dire qu'on en était à peine au commencement.

Ces trois semaines paraissaient avoir duré des siècles.

En prenant le café, Constant leur apprit les fiançailles d'Octave Peyrissac.

— Comment, vous ne le saviez pas ? Il épouse Délaïde de Romanin. Voyons : les Romanin, de Saint-Rémy... Oui, certes, une belle vieille famille. Qui s'éteint, d'ailleurs. C'est elle le dernier rejeton.

Rodolphe lança, narquois :

— Le jeune Octave pourra relever le titre.

Et avança la lèvre :

— De quoi faire crever d'orgueil ce brave Arsène.

— Tu la connais certainement, Julia. Au moins de vue, insistait Constant. Une jolie fille, mince, brune, avec des yeux magnifiques. Bleus, mais d'un bleu profond, presque violet.

— Il me semble, en effet, dit Julia. Mais, voyons, Octave doit avoir vingt ans à peine...

— Pas même, ma chère, s'écria impétueusement Dorothée. Dix-neuf à ce que je crois. Et la fiancée n'en a pas seize.

— Vierge Mère ! mais c'est une folie. Deux enfants ! Comment Arsène et Félicité peuvent-ils permettre... ?

— Oh ! c'est toute une idylle. Evidemment, les

événements ont précipité les choses. Ils veulent s'épouser avant que le garçon ne soit appelé aux armées. La petite aurait dit à Mme de Romanin : « Si l'on nous en empêche, j'irai aux Saintes à pied, comme Mireille. » Vous pensez !.. — Constant lorgnait sa sœur qui ne disait mot. — Les temps sont changés depuis nos parents. Cela n'aurait pas pris avec eux. Mais, vraiment, vous n'étiez pas au courant ? Tout le monde en parlait, hier, chez les Barbentane. Cela fait presque oublier la guerre.

« Presque, c'est vrai », s'aperçut Julia.

Elle jeta un coup d'œil autour d'elle.

Rodolphe avait fait porter des sièges de rotin dans le sous-bois, auprès de la noria.

Les femmes étaient assises en cercle. Lui se tenait, à son habitude, debout, un pied sur la margelle. Tout en causant avec Constant, il remuait machinalement le treuil.

« Comme à son habitude », se répéta Julia.

Des mésanges chantaient, un peu plus loin, dans le taillis. L'air autour d'eux sentait la terre surchauffée et les feuilles. La resse ininterrompue des cigales, à force, cessait de frapper l'oreille.

La robe de Dorothée, celle de Sophie — « et la mienne » — rafraîchissaient les yeux de toutes leurs blancheurs empesées de mousseline et de broderie anglaise. Constance, en noir, s'éventait avec ce lent balancement du poignet datant d'une autre époque, qui semblait abolir doucement le temps autour d'elle. Et Amélia, derrière elle, s'accoudait au dossier du fauteuil.

La fillette avait repoussé les avances de ses frères pour demeurer avec les grandes personnes. Muette, elle écoutait la conversation, se remémorant cet Octave qui, autrefois, la prenait toujours dans son camp pour les parties de cache-cache, et l'embrassait sur les lèvres lorsqu'ils se trouvaient seuls ensemble dans le parc, ou chez lui, à la Gloriette.

La cloche de Fontfresque sonna le premier coup pour les vêpres.

Non, il n'y avait pas de guerre, Julia avait seulement fait ce cauchemar. Elle pensa confusément qu'elle remercierait Dieu, tout à l'heure, dans la pénombre de la petite église où le clignotement doré des cierges n'illuminait que l'autel.

Puis elle entendit Rodolphe expliquer à Constant :

— Tu comprends, mon ami, si l'on y réfléchit, les défaites en rase campagne ne signifient pas grand-chose. Du moment que nous tenons toujours les places fortes... Tu vas voir que Bazaine...

Le lendemain, en effet, l'on sut qu'il avait pris l'avantage à Gravelotte.

Mais, le 18 août, les troupes du prince Frédéric-Charles tournaient son armée en repli, la défaisaient à Saint-Privat malgré la défense héroïque de Canrobert à l'aile droite, et l'investissaient dans Metz.

— Ils tiendront, dit Rodolphe, les dents serrées. Sacrédié ! ils tiendront bien jusqu'à ce que l'Empereur et Mac-Mahon arrivent... Et alors, nous prendrons les Prussiens comme dans une tenaille.

Julia dormait mal. Elle rêvait de canons, de cris, de fusillades, se réveillait dix fois en sursaut, cherchant son souffle. La température rendait l'air de l'alcôve irrespirable. Le vrombissement d'un moustique s'emparait du silence, s'y amplifiait, devenait intolérable.

Elle sautait précautionneusement à bas du lit et allait un moment à la fenêtre exposer à l'illusoire fraîcheur de la nuit son corps en sueur dans la chemise de toile.

Rodolphe remuait, tournait et retournait dans son sommeil, ronflait un instant, au hasard d'une fausse position, ou marmottait des mots incompréhensibles.

Le cœur défaillant, aux prises avec une angoisse qui devenait vertigineuse, Julia revenait l'écouter un moment.

« Et demain... » Demain, qu'allait-on apprendre encore ? « Nous ne pouvons pourtant pas être battus. Le jour où la chance tournera... » Quelque chose en elle, plus fort que sa volonté d'y croire, chuchotait qu'il n'était pas question de chance, et que le dieu des batailles se tient du côté des gros bataillons bien armés.

« Deux cent cinquante mille hommes contre quatre cent mille. Et ils ont des canons d'acier qui se chargent par la culasse », avait dit Rodolphe. Douay, vaincu à dix contre un. Et Mac-Mahon, et Frossard, et Canrobert, vaincus, aucun qui n'eût succombé autrement que sous l'écrasante supériorité du nombre. Rodolphe le répétait souvent et certes, il connaissait les chiffres.

« Mais alors ? A quoi bon se battre, lorsqu'on n'en a pas les moyens ? Qui donc nous a forcés à déclarer la guerre ? Si c'était pour la perdre... Perdus... Et les morts ? Morts pour rien. Perdus, perdus, tous perdus », s'essoufflait une mécanique dans sa tête. « Perdus... » Brusquement, elle se reprenait : « Perdus ? allons donc ! » Ce n'était pas concevable. « Demain... Mac-Mahon... l'Empereur... » Elle se répétait de nouveau les raisonnements de Rodolphe. Et quel goût âcre, affreux, conservait néanmoins l'espoir dans sa gorge.

Un matin, Rodolphe revint de Tarascon, blême, les yeux fous, assommé par ce qu'il venait d'apprendre. Il congédia Trestaillon venu lui parler de la mise en état des fûts :

— Plus tard. Ce n'est pas le moment.

Et s'enferma dans son bureau.

Avertie, Julia, le cœur battant, vint derrière la porte.

Elle l'entendit marcher, frapper du poing contre les murs, lancer des interjections à voix haute. Le cri de ses bottes sur le parquet empêchait d'en saisir le sens.

A la longue, Julia perçut quelques paroles. « Empereur... Sedan... capitulation... armée... trahi... salaud... Tonnerre de Dieu... » Cela revenait comme une litanie.

Au bout d'un moment, elle s'en alla.

Au déjeuner, tous deux avaient les yeux rouges.

Le lendemain, jour de la Saint-Bertin, comme ils se mettaient à table, Constant fit irruption, l'air bouleversé et excité à la fois.

— Vous savez la nouvelle ?

— Quelle nouvelle ? demanda Rodolphe d'un ton las.

Il n'avait pas bougé de Mogador, ce matin-là. On l'avait vu errer dans les terres, à pied, paraissant ruminer quelque chose.

Constant vint vers lui.

— Mon pauvre ami, le régime est à bas ! On l'a su officiellement ce matin : déchéance de Napoléon et proclamation de la République. A Avignon, Gustave Gent l'a annoncé à la foule, du perron de la préfecture, d'abord, puis à l'Hôtel de Ville. Trochu, Jules Favre, Gambetta, forment un gouvernement de défense nationale. On est allé tirer Rochefort de prison ; il en fait partie.

Rodolphe demeura un instant silencieux. Il semblait mordre dans un morceau de gomme.

Il dit enfin, avec un geste vague de la main :

— Tu sais, au point où nous en sommes...

Et, brusquement, assena un coup de poing sur la table qui fit trembler les assiettes :

— Tonnerre de Dieu ! je gueulerais de bon cœur : « Vive la République ! » si cela devait changer la face de la guerre. Quand je pense que ce bougre a pu sacrifier les chances de quatre-vingt mille hommes sans rien tenter avant ! Le pleutre ! Le... Ça, un empereur ? Que dirait l'Autre ? Que dirait mon père ? Ah ! il est propre, le neveu.

Constant, lui, se retint de dire beaucoup de choses. Triompher n'était guère de circonstance, il ne s'en fût pas senti le cœur.

— On ne savait rien d'autre, aujourd'hui, sur la situation militaire.

Rodolphe eut un rire amer :

— Tu veux un Sedan tous les matins, avec ton café au lait, peut-être ?

— Imbécile, dit Constant, avec tendresse.

Le regard de Julia allait de l'un à l'autre.

Elle ne trouvait rien à dire. Plus que la défaite, plus que l'horreur qui la prenait à la gorge à la pensée de cette somme de souffrances et de sacrifices, de deuils, de dévastations inutiles, lui faisaient mal l'abattement de Rodolphe, son dégoût, sa révolte, contre lesquels, cette fois, elle mesurait son impuissance. « Affaire d'hommes », eût-il dit.

Les enfants aussi se taisaient. Même Frédéric que la consternation de ses aînés impressionnait.

Constant attira une chaise et s'assit entre ses neveux.

— Dis donc, sœur, puis-je avoir une assiette ?

— Ne risque-t-on pas de s'inquiéter, à la Sarrazine ? demanda-t-elle, tout en faisant signe à Philo d'ajouter un couvert.

— Bah ! une heure de plus ou de moins.

Elle sentit confusément qu'il repoussait le moment où il se retrouverait seul chez lui, entre toutes ces femmes. Si peu réconfortante qu'elle fût en soi, pour l'instant, il semblait préférer la compagnie de son beau-frère.

A cette heure, tout ce que les hommes attendaient de leurs compagnes était le silence, l'effacement. Comme si cet amour qui les tenait attachés à elles eût sa part de culpabilité dans le désastre. On eût dit qu'ils avaient honte de leur bonheur, honte de la douceur, du repos, de toute cette quiétude domestique qu'elles avaient tissée autour d'eux, au long de tant d'années heureuses qui leur avaient masqué l'effondrement à venir.

Plusieurs jours passèrent.

Cette tension qu'éprouvait cruellement Julia ne faisait qu'empirer.

La journée entière, Rodolphe paraissait l'éviter ; il lui parlait à peine.

Elle eût pu croire que rien ne subsistait de tout ce qu'ils avaient pensé ou ressenti en commun.

Des monosyllabes, des regards qui la traversaient sans la voir, ou se détournaient.

Cependant, il parlait. A d'autres. A Ernest, à Trestaillon, à n'importe quel paysan de Fontfresque. Le premier venu pouvait communiquer avec lui. Mais non plus sa femme, non plus son amour.

— Ernest dit que Monsieur ne croit pas que les négociations aboutissent. Monsieur pense que ce Jules

Favre fera rien, qu'il n'est pas assez malin ; qu'il faudrait un Tall... un Tarrey...

— Un Talleyrand, compléta machinalement Julia.

— C'est ça, Madame. Oui ! C'est tout juste comme ça qu'il a dit.

Il fallait Philo, à présent, et ses bavardages, pour qu'elle sût quelque chose.

« On dirait qu'il ne me pardonne pas de l'aimer, qu'il m'en veut », pensa Julia, un soir, en le voyant se déshabiller sans un mot, comme s'il eût été seul, apparemment indifférent à tout ce qui l'entourait.

Assise à sa table à coiffer, elle nattait ses cheveux, un œil sur lui.

« ... Qu'il m'en veut ! Mais pourquoi ? Comment peut-il ? Que lui ai-je fait ? Est-ce ma faute si... » Tout à coup, elle eut peur de comprendre. La vérité était là, à sa portée.

Tout son corps se rétracta. « Ce n'est pas vrai. Non, ce n'est pas cela ! »

Elle acheva fébrilement sa tresse et alla s'agenouiller sur la peau de chèvre, à la place quotidienne que ses genoux avaient marquée devant le crucifix qui dominait le lit. « *Notre Père...* »

Mais seuls les mots venaient. Pourquoi, lorsque tout se dérobe, la prière aussi manque-t-elle ?

« ... certainement, il m'en veut d'être là, de... oui, bien sûr : de le retenir. »

Et pourtant, « Oh Rodolphe ! » n'était-il pas déjà loin d'elle ? « Mon Dieu ! c'est comme s'il était parti. »

Mais elle savait qu'elle trichait avec soi-même et qu'elle ne serait pas si aisément quitte : « Tant qu'il va et vient, se lève et se couche, tant que je puis le voir là, à l'abri, en sûreté, loin de tous les risques... »

Dans l'obscurité, lorsqu'il se fut allongé à son côté avec un sec « bonsoir » grommelé entre ses dents, elle demeura sans bouger, longtemps, sous son souffle.

Il avait cette respiration large, espacée, régulière, qu'elle lui connaissait dans le sommeil ; et pourtant elle savait qu'il ne dormait pas. Elle se contraignit à demeurer immobile, à respirer fort, et lentement, et régulièrement, elle aussi, afin qu'il retrouvât auprès d'elle cette étrange liberté à laquelle il semblait aspirer.

Et sans doute la crut-il tout de bon endormie. Au bout d'un temps infiniment long, il avança un peu sa main et lui caressa légèrement l'épaule, tandis qu'elle se raidissait pour ne pas laisser ce frisson intérieur la trahir ; ni ce sanglot prêt à éclater.

Ensuite, il soupira. Un long soupir.

Et ne remua plus, contrairement à son habitude.

Julia eut beau épier, elle ne sut pas à quel moment il s'était assoupi.

— On lance un appel aux volontaires de tous âges pour former des compagnies de francs-tireurs, annonça-t-il, le lendemain.

Julia n'eut pas de réaction visible. Crispée, elle se contentait de le regarder, attendant la suite. « Le dernier répit », pensa-t-elle. Bientôt, c'en serait fini de ce qui, après tout, avait encore été une manière de sécurité.

— Il faut bien faire quelque chose, poursuivit Rodolphe. Nous sommes bel et bien foutus si tout le monde ne s'y met pas.

Julia se contenta de baisser la tête.

— Vous le comprenez, ma mie, n'est-ce pas ?

Malgré l'étau qui lui serrait la poitrine, elle nota le « ma mie ». Ce Rodolphe tout d'une pièce, incapable de la moindre diplomatie — du moins l'avait-elle toujours cru, à en juger par sa conduite dans toutes les circonstances de leur vie — comme il en trouvait d'instinct l'usage, pour le tourner contre elle, avec l'astuce naïve d'un enfant, que l'on décèle si facilement et qui atteint son but malgré tout.

Elle leva les yeux et le contempla de nouveau. A cette minute-là, il ressemblait à son fils Frédéric.

— Pensez, disait-il, des étrangers nous donnent l'exemple. Savez-vous que Garibaldi lève une légion pour se battre à nos côtés ?

— Mon amour... murmura Julia. Jamais je n'avais

imaginé que je pourrais vivre en me passant de vous, depuis que nous sommes unis.

Elle s'était levée pour aller à lui, de l'autre côté de la table encore servie qui les séparait.

Rodolphe prit la main qu'elle posait sur son bras et enfouit sa bouche au creux de la paume moite.

— Moi non plus, vous le savez bien. Mais personne n'avait prévu ce qui arrive. Il y a des milliers de couples dans notre cas et...

Elle n'écoutait pas. « Des milliers de couples ? » Oui, mais aucun comme le leur. L'amour des autres, elle n'y croyait pas tout à fait. Il n'y a d'amour au monde que celui que l'on possède à soi, jalousement, celui que l'on a réinventé, avec tout ce qu'il a d'unique et d'incommunicable. « Ce que nous sommes, Rodolphe, toi et moi ensemble. Si profondément un. *Les hommes ne sépareront pas ce que Dieu...* Mais peu importe ! » Elle se sentit raffermie. D'une manière ou d'une autre, sa méditation venait de lui rendre courage. Qui les séparerait jamais, sans leur propre vouloir ? « Cinq ans d'attente, ce n'était donc pas encore assez payé ? » pensa-t-elle, avec une pointe aiguë au cœur.

Elle le regarda une fois de plus, intensément. « Mon amour, c'est mon amour même que je lui donne. » Puisqu'un jour vient où il faut tout donner.

« Mon Dieu », pria-t-elle, dans un éclair, « tenez-en compte. Tenez-nous-en compte, je vous en supplie. » Pour cette vie qu'ils n'avaient pas achevé de vivre et pas seulement pour leur lointaine éternité.

Elle n'avait pas besoin de répondre à Rodolphe. Il savait qu'il avait gain de cause.

Demain et les jours qui viendraient, lorsque le temps de la pire angoisse et de l'attente aurait commencé pour elle aussi, sa solidarité avec les autres femmes lui apparaîtrait. Afin de ne pas devenir folle devant la réalité de ce départ auquel elle aurait consenti, elle s'appliquerait à ne plus penser qu'au pays menacé, aux frontières envahies, aux pères, aux maris, qui luttaient tous ensemble, pour les leurs, « et pour moi, pour mes petits, pour tout ce qui est mien ». Elle se raccrocherait à la fraternité, au patriotisme, à l'abnégation, au devoir, et finirait par y croire aveuglément. Ou presque. Elle se répéterait : « Il le fallait. » Et peut-être, à la fin, admettrait-elle la nécessité de ce sacrifice que venait de lui arracher Rodolphe ; peut-être en serait-elle fière.

Bien des années auparavant, qui donc — « Mais qui ? Ah oui ! Félicité » — avait dit : « Vous n'êtes pas égoïste », ou quelque chose de semblable. Et elle avait ressenti la gêne d'une mauvaise conscience devant cette appréciation imméritée. Egoïste ? Quand cesse-t-on de l'être ? Elle ne discernait pas seulement si, jusqu'alors, elle avait bien ou mal aimé son Rodolphe, à cette heure qui appelait un bilan.

« Seigneur, si je l'ai trop voulu pour moi seule, pardonnez, puisque je vous l'abandonne, puisque j'ai cessé de vouloir pour accepter seulement. Veillez sur lui. Gardez-le-moi. »

Cela ressemblait à un chantage. Donnant, donnant. Soudain, elle s'en rendit compte et son cœur battit à coups désordonnés de crainte et de honte, comme si quelqu'un l'eût surprise à truquer le poids d'une balance.

14

LES soirées étaient l'épreuve la plus dure pour Julia. Dans le jour, elle était prise par les difficultés quotidiennes ; et l'absence du maître mettait Mogador tout entier sur ses épaules. Bien que l'hiver fût là, il y avait fort à faire, avec le personnel restreint dont disposait à présent Trestaillon.

— Les deux meilleurs valets de charrue qui nous font faute, maîtresse. C'est entendu que le fermier de la Coupe d'Or nous donnera un coup de main et aussi Clot, du barrage. Mais quand même ! Et, tenez, aussi un garçon comme l'Eloi Riquelme, ça manque. Il abattait sa part, ce jeune.

Grâce à Dieu, oui, les soucis ne manquaient point.

Mais, les enfants au lit, quand Julia regagnait sa chambre, la solitude venait s'installer dans le grand fauteuil vide, en face de celui qu'elle occupait.

Amélia était retournée au couvent. Henri commençait sa première année d'internat chez les Pères.

Le calme pesait sur la demeure. Et l'ordre, dans la pièce que nul ne dérangeait plus.

Julia rêvait aux chemises, aux chaussettes, jetées sur le sol, aux vêtements épars, encombrant toutes les chaises, aux serviettes mouillées abandonnées sur le carreau du cabinet de toilette, aux flacons sans bouchons, au savon oublié dans l'eau sale de la cuvette, aux empreintes boueuses sur le parquet, au sans-gêne des chiens qui, désorientés d'avoir perdu leur maître, devenaient timides, à présent ; aux notes fausses d'une quelconque scie à la mode qui n'allait jamais plus loin que le second vers ; à tout ce qui, pour une femme, rend exaspérante et irremplaçable une présence masculine.

Philo entrait :

— Je peux faire la couverture, Madame.

— Si tu veux.

Elle la regardait s'activer. Grande. Solide. Eloi avait de qui tenir, bien sûr. Mais Julia remarquait pour la première fois le vieillissement de la démarche, la voussure des épaules.

« Trois mois, bientôt. »

Elle ferma les yeux et crut entendre la voix de Rodolphe :

« — *Ne mets pas trop de choses dans le sac, mon vieux. Ça fait de la charge. Ils nous donneront ce qu'il faut.* »

Ces deux hommes, maître et serviteur, tout à coup fraternels, évoluant au milieu du désordre de la chambre comme s'ils y eussent été seuls, devant elle et Philo déjà dépossédées.

On n'imagine pas, à l'avance. Ce sont les détails auxquels on n'avait pas pensé qui vous déchirent le cœur à l'improviste. Lorsqu'elle avait vu Rodolphe, après le dîner, aller décrocher du mur son meilleur fusil de chasse, alors seulement elle avait compris pour de bon que cette nuit était la dernière qui leur restait.

Elle entendit Philo soupirer :

— Si, au moins, on savait où ils sont, à cette heure.

Le mistral ébranlait portes et fenêtres.

Un moment, elles l'écoutèrent, muettes. Un temps pareil... Où dormaient-ils, les leurs, cette nuit-là ?

Philo dit encore :

— Mon petit, depuis son entérite, il a toujours gardé le ventre un peu faible.

« Son mari et son fils à la fois. » Un instant, Julia en voulut à Rodolphe. « Un gamin de cet âge. N'eût-il pas dû plutôt lui faire comprendre que sa place n'était pas... ? *Bravo, mon garçon ! Le fils vaut le père. Pas vrai, Ernest ?* »

Doucement, elle dit :

— Il a une bonne taillole.

A réduire l'inquiétude qui les rongeait toutes vives à l'aune d'une ceinture de flanelle, elles s'imaginaient confusément tromper le sort.

Combien de soirs encore seraient-elles là, prises dans la glu de l'attente, avec l'ombre de la nuit à venir déjà au-dessus de leurs têtes comme une araignée monstrueuse ?

— Si on savait qu'ils ne se sont pas quittés avec Monsieur, je serais plus tranquille, reprit Philo.

Leurs pensées allaient au-devant l'une de l'autre.

— Il n'y a aucune raison pour cela. Puisqu'ils se sont embarqués ensemble.

Julia ne se rappelait pas avoir rien regardé, rien vu, sinon un visage, ce soir-là, au milieu de la foule qui emplissait la gare d'Avignon. Pourtant, tout lui revenait : la bousculade, les appels, les sifflets, les crachotements de la locomotive, la fumée, et cette brume jaunâtre d'un soir d'octobre qui rampait au ras du sol, et ces hommes entassés aux portières.

Cinq semaines de caserne pendant lesquelles on avait pu les voir encore et, follement, malgré soi, reprendre espoir que la séparation se bornerait à cela. Attendre le secours de Londres, de Vienne, de Florence, l'entremise de Pétersbourg. Jour après jour, se dire : « Cela va finir. Du moment que l'on négocie... Puisque M. Thiers dit que le Tsar... Peut-être que Bismarck... » Pour en venir à cet adieu dans le tohu-bohu d'un quai.

Elle eût voulu emplir ses yeux dilatés de ce visage. « Mon Dieu ! si je devais ne plus le revoir ! » Le caresser, le palper du regard, l'emporter au fond de ses prunelles. Et lui dire, ah ! tant de choses ! les enfantines, les tendres, les impudiques, les délirantes, toutes celles que l'on ne dit pas, que l'on se retient de dire, la vie durant. Qu'il les entendît une fois, qu'il sût, enfin !

— Rodolphe...

— Ma mie ?

— Vous... je... Vous m'écrirez ?

— Bien sûr. Mais ne comptez pas trop sur la poste.

Le vacarme autour d'eux était infernal. Il fallait crier pour se faire entendre, pressés l'un contre l'autre.

Et : « *Surveillez les notes d'Henri en mathématiques.* » Et : « *Dites à Amélia...* » Et : « *Il faut que les deux petits...* »

Rodolphe aussi la regardait de tous ses yeux, comme s'il eût voulu lui donner à lire ce que n'expriment jamais les mots, ce qu'il avait à lui confier, vite, vite, avant que...

« *Vernet! Oh! Vernet! Le train part! Vite, Monsieur!* »

Les cris retentissent toujours dans la tête de Julia. Et, sans fin, le convoi s'ébranle. Et Rodolphe, inépuisablement, agite son mouchoir et, déjà, visage parmi d'autres en grappes serrées, s'estompe, s'éloigne, diminue, disparaît. Il ne reste plus que des femmes sur un trottoir noirâtre où se reflète un réverbère ; et Philo, à quelques pas, se cache la figure dans son tablier.

Les doigts de Julia se crispaient sur sa poitrine.

« Rodolphe !... »

Un moment, elle demeurait sans souffle.

Et puis tout recommençait : le train, les cris, les mots qu'elle cherchait encore et leur urgence inexorable et l'arrachement et... « Et ce vide, oh ! Christ ! ce vide... »

En vain demandait-elle à sa mémoire des images d'un temps paisible, des réminiscences de joies, des souvenirs d'étreintes, afin d'en nourrir son espérance.

Il semblait que Rodolphe, en partant, eût refermé la porte sur le passé heureux. Et Julia se tenait debout, vacillante, telle qu'il l'avait laissée à l'ultime seconde, dans les ténèbres d'un corridor qui n'offrait ni repos ni sécurité, ne menait à rien de connu. Abandonnée, perdue au fond de la détresse. Bien que nul ne dût le soupçonner parmi tous ceux qui, autour d'elle, enfants ou domestiques, attendaient chaque jour qu'elle décidât pour eux.

« Et surtout pas... » — elle releva la tête et lança un coup d'œil vers Philo qui repliait avec des gestes quotidiens le dessus d'édredon en dentelle au crochet

— « ... surtout pas cette femme » pareille à elle-même qu'il lui fallait aussi réconforter.

— Peut-être demain aurons-nous une lettre. Il faut de la patience. Tu comprends, s'ils sont dans la forêt d'Orléans comme on le dit...

Philo s'immobilisa, la couverture serrée contre elle.

— C'est grand, cette forêt ?

— Sûrement. Elle s'étend sur des lieues et des lieues.

La servante hocha le menton.

— Ça fait un bon abri.

— Mais oui.

Julia la sentait soulagée de pouvoir imaginer autour de son homme le couvert des arbres, et les fourrés, les taillis.

— Mon Ernest, les bois, ça le connaît. Chez nous, en Valentinois, on était entre la forêt de Saou et celle de Marsanne.

Sans doute passerait-elle une meilleure nuit.

Sa maîtresse se garda de l'informer que, depuis plusieurs jours, les Allemands avaient repris Orléans « *après de durs combats* » précisaient les dépêches, forçant l'armée de la Loire à se replier en désordre.

Cela, Constant le lui avait appris l'après-midi, en venant lui dire qu'on l'attendait avec les enfants, pour Noël, à la Sarrazine.

Déjà, elle avait répondu par un refus à l'invitation semblable que lui avaient adressée Antoine et Lucie.

Pas davantage elle n'eut le désir de se rendre chez les siens. A Mogador seulement, un fil impondérable la reliait encore à Rodolphe. Là et non ailleurs, dans sa propre maison si loin qu'il fût, il pourrait se la représenter, au milieu de leurs enfants. Elle eût estimé lui manquer en ne demeurant pas à l'endroit où sa pensée à lui devait chercher à la rejoindre.

Et il n'était pas séant non plus, pensait-elle, de s'attabler autour du repas traditionnel alors que tant de malheureux chassés de chez eux par l'ennemi, ruinés, affamés, endeuillés, erraient comme des vagabonds.

— A Paris, les gens sont en danger, et ils ont froid.

Eux, il fêteront la Nativité en mangeant des chiens et des rats, avec leurs trois cents grammes de pain d'avoine et d'orge.

A peine avait-elle parlé qu'elle s'en était repentie : Constant comme Antoine allaient partir à leur tour, incessamment. Ils avaient droit à ce Noël.

Mais Rodolphe, mais tous les autres, qui souffraient et se battaient depuis des semaines... De nouveau, en y songeant, elle se sentait dure, fermée, uniquement solidaire de ceux qui, les premiers, avaient mis leurs pas dans la voie difficile. « C'est cela uniquement », se dit-elle. Oui, bien sûr, c'était cela qui l'animait ; et non pas l'envie, non pas la rancune, contre les privilégiés qui se préparaient tranquillement à mettre la bûche au feu en famille. Il fallait que ce fût cela.

« De la rancune envers mon propre frère ? Allons donc ! »

Mais elle gardait comme un malaise douloureux après la visite de l'après-midi.

Dès la première semaine de janvier, en effet, les Mobiles rejoignirent la nouvelle armée de la Loire que réorganisait Chanzy.

A Mogador, les deux aînés étaient repartis après avoir, quelques jours durant, réchauffé de leur joie adolescente l'atmosphère frileuse de la maison.

Julia et Philo reprenaient chaque matin avec un effort renouvelé leur fardeau d'espérance de plus en plus lourd à porter à mesure que s'écoulait le temps.

L'hiver était exceptionnellement rigoureux. Chaque nuit, le thermomètre descendait de dix à quinze degrés au-dessous de zéro. La neige tombée en abondance persistait depuis les fêtes.

Juste, le jardinier, entretenait des braseros allumés dans les serres, et s'inquiétait :

— Qu'est-ce qu'il dira, Monsieur, en rentrant, si il trouve ses palmiers crevés ?

Peu importaient les palmiers. Qu'il rentrât, seulement.

Du réveil jusqu'au courrier, l'impatience faisait frémir Julia. Après cela, le sort de la journée était réglé.

Plus rien, semblait-il, ne pouvait s'interposer entre le vide des heures et la routine des besognes à accomplir.

Descendues jusqu'au portail à la rencontre du facteur, Julia et sa servante remontaient ensemble l'allée d'honneur que l'absence des orangers mis en serre dépouillait jusqu'à la nudité.

Elles frissonnaient, transies, au milieu de ce paysage décoloré où rien ne semblait plus vivant. Leurs pieds s'enfonçaient dans la neige. Le gel mordait leurs joues et leurs doigts malgré gants et fichus ; et un froid pire s'insinuait dans leurs os.

— Alors, ce sera peut-être pour demain.

— Demain... demain...

Philo serrait le mot entre ses lèvres comme elle eût serré une aiguille.

Ce fut le maire de Fontfresque qui vint, accompagné de ses adjoints :

« *Eloi-Paul-Mathieu Riquelme, tombé au Champ d'Honneur à l'âge de dix-huit ans devant Beaune-la-Rolande (Loiret), le 4 novembre 1870* » était le premier mort du village.

Hébétée de chagrin, sanglotante, reniflante, les yeux bouillis, en proie au vertige devant cette absurdité affreuse, et marmonnant sans arrêt : « — Deux mois ! ça fait déjà deux mois... » Philo, soutenue par sa maîtresse, écouta passivement la lecture du « mortuaire », un discours, des condoléances.

« Deux mois. » Depuis deux mois son garçon était dans un trou, recouvert de terre, frustré de tout, même des larmes que lui devait sa mère. Et pendant ce temps, elle avait bu, mangé, dormi, bien tranquille.

Cette nuit-là, Julia veilla avec elle, dans le chambron qu'avait occupé Eloi, en haut, depuis l'année de sa communion.

Philo avait tiré ses vêtements du placard pour les étaler sur le lit. Ils figuraient dérisoirement ce cadavre incorporel qu'on ne pouvait pas même lui rendre.

Une veste vide, dont les manches ne gardaient déjà plus la forme des bras, parce que c'était « celle des dimanches » et qu'il ne l'avait guère portée. Un chapeau de paille...

— Il l'a mis pour la noce au fils Trestaillon, vous vous en rappelez, Madame ?

— ... Un gilet de velours que Rodolphe... Julie en perdit la respiration, au souvenir du jour où il avait fait ce cadeau au petit.

Dans la poche du pantalon, elles découvrirent un mouchoir sale.

— Il les oubliait partout. Je lui disais toujours...

— Ma pauvre, ma pauvre..., balbutiait Julia, la figure inondée de larmes, un bras passé autour des épaules de Philo qui tamponnait ses yeux et son nez avec le mouchoir et, tout à coup, le regardait avec une sorte d'épouvante et, de nouveau, éclatait en sanglots.

Ensuite, elles se remirent à attendre, avec la peur au fond de leurs corps, la vraie, cette fois, qui leur fouillait le ventre sans leur accorder de répit.

A présent, elles savaient qu'à n'importe quel instant de la journée, la mort en chemin pouvait se présenter à la grille. Une vieille mort plus hideuse que l'autre, déjà verte, grouillante, rongée, défaite, muée en pourriture.

Une carte de Rodolphe arriva : « *Nous allons bien, tous trois.* »

« Tous trois. »

Un espoir insensé traversa Julia. « Oh ! Christ ! si c'était... ? »

Puis, elle déchiffra la date : *30 octobre.*

— L'est pas d'hier, hein ? dit le facteur qui l'avait lue avant elle. Qui sait par où elle a pu passer ?

Maculée, froissée, à demi effacée : « *Nous allons bien, tous trois.* »

Julia ne pouvait en détacher ses yeux.

Heureusement, elle était seule, ce matin.

— Je crois... — sa voix tremblait. Elle s'efforça de l'affermir. — ... qu'il vaut mieux que Philo ignore... Ne parlez pas de cette carte.

Elle la dissimula sous son châle, pressée contre son corsage ; et se hâta vers la maison pour la contempler de nouveau, seule dans sa chambre, avant de l'enfermer à clé dans le tiroir de son secrétaire.

Dix jours s'écoulèrent encore. Chanzy était en retraite vers Laval ; l'on n'en savait pas davantage.

Et Faidherbe se repliait derrière la Somme. Bourbaki était bloqué dans le Jura par Manteuffel. La garnison de Paris tentait en vain une sortie sous le Mont-Valérien. Au Mans, à Héricourt, à Saint-Quentin, à Montretout, à Buzenval, partout, la défaite. Partout des hommes tombaient sans qu'une lueur d'espoir sur l'issue de la guerre vînt justifier leur mort.

L'ignoraient-ils, là-bas, à Bordeaux, ceux qui, bien à l'abri, laissaient continuer cette tuerie ? Ou que pouvaient-ils encore attendre pour dire : « Assez ? »

Sans doute, cependant, l'avaient-ils compris, à la fin. « Ils » envoyèrent Jules Favre à Versailles où s'étaient installés les Allemands.

Les pourparlers traînèrent encore.

Combien de femmes, pourtant, devaient, ainsi que Julia, prier sans trêve, prier à en fatiguer le ciel, lasses de trembler et de souffrir pour rien. Lasses à crier, lasses à en devenir folles. Du moins le semblait-il à Julia, à chaque aube qu'elle voyait revenir avec des frissons et des nausées, du fond de ses nuits sans sommeil, tournant et retournant entre ses draps fripés comme un animal malade sur sa litière.

Adrienne avait pris froid. Elle eut la fièvre.

Le docteur Lapierre vint, et diagnostiqua une scarlatine.

Les vieux voisins de Julia offrirent de prendre quelque temps Frédéric à Saint-Ange. Ces Raynal semblaient vouloir se faire pardonner la santé délicate de leur fils unique qui passait cet hiver de guerre à Menton, avec sa femme et son enfant.

Elle accepta, faute de pouvoir envoyer le petit garçon à Tourvieille ou à la Sarrazine de crainte qu'il n'apportât la contagion à ses cousins. Et s'établit au chevet de sa fille.

Elle s'y trouvait, un matin, quand Philo vint lui

annoncer la conclusion de l'armistice qu'elle venait d'apprendre du facteur.

En ville, on le savait depuis la veille au soir.

— Alors, maintenant, ils vont revenir, Madame ?

Elles s'entre-regardaient, osant à peine y croire, et les larmes leur venaient aux yeux.

Un peu plus tard dans la matinée, le docteur Lapierre leur confirma la nouvelle.

— Pensez-vous que ce sera long d'ici que les hommes rentrent ? questionna Julia.

— Oh ! oh ! n'allez pas si vite, dit-il, cachant son apitoiement sous une grimace bourrue. Il n'en est pas encore question. Ne l'oubliez pas, ce n'est qu'une simple suspension d'armes. A présent, l'on va discuter de la paix.

Il se tourna vers le lit où geignait une malheureuse petite Adrienne brûlante et couverte de plaques rougeâtres :

— Croyez-moi, cette jeune demoiselle a tout le temps de se remettre d'aplomb avant le retour de son papa.

Voyant la mère serrer les mâchoires, il poursuivit, forçant la note d'optimisme dans sa voix :

— Enfin, pour l'un comme pour l'autre, ce n'est plus qu'une question de patience, n'est-il pas vrai ?

Il en parlait à son aise, ce médecin bien portant, plus jeune que Rodolphe de quelques bonnes années, qui continuait chaque jour, quoiqu'il advînt, à effectuer sa tournée, après une nuit passée au lit, dans la chaleur de son épouse.

« Je suis injuste », se reprit Julia. « Qu'eussé-je fait s'il n'eût pas été là pour Adrienne ? »

Mais elle dit sèchement :

— Vivre est aussi une question de patience. Et il y a des gens qui meurent.

— Nous mourrons tous, remarqua le docteur Lapierre, sans s'émouvoir outre mesure.

Les répliques abruptes de Mme Vernet, depuis dix ans et plus qu'il soignait la famille, avaient cessé de le déconcerter comme lors de ses débuts.

Dans cette riche bourgeoisie rurale des alentours dont il était devenu le médecin attitré, il comptait beaucoup de clientes plus agréables. « Ah ! pour cela, oui ! » Mais aucune pour laquelle il eût conçu plus d'estime, malgré l'humeur que lui donnait parfois cette fâcheuse propension qu'elle avait à mettre l'interlocuteur mal à l'aise.

Pour irritante qu'elle pût se montrer, cette petite créature avait tout de même « de la branche ». « Une dame, ma foi. Et l'on n'en voit plus tellement. » Il en pouvait juger mieux que quiconque, lui qui se trouvait toujours auprès des gens dans les circonstances exceptionnelles où le meilleur et le pire se côtoient, « et le pire », pensait-il, « est ce que l'on voit le plus souvent. »

Etonnée de son silence, Julia le considérait d'un œil froid.

— C'est à votre propre mort que vous réfléchissez, Docteur ?

Il sursauta légèrement.

Le ton net, précis, comportait, comme toujours, un soupçon d'ironie. A une question posée sur ce ton-là, c'eût été impossible de répondre : « Non. A vous » sans ridicule.

Le docteur Lapierre se remit à rédiger son ordonnance sans rien dire, tout en se demandant, non sans agacement, de quoi diantre pouvait bien être fait le charme qu'il reconnaissait pourtant à ce fagot d'épines.

Adrienne se remit.

La jeune Mme Raynal, de retour chez elle, ramena un Frédéric plus intraitable que jamais, auquel deux vieillards venaient, plusieurs semaines durant, d'inculquer une outrageuse idée de sa propre importance, en le gâtant scandaleusement.

Le médecin avait cessé ses visites.

Et le printemps s'annonçait, à des signes encore presque imperceptibles : une luminosité d'un or adouci ; un gonflement discret des bourgeons au bout des branches d'amandier toutes noires ; une bouffée tiède, tout à coup, dans l'air de midi.

Février s'achevait. Les conditions de paix étaient connues, et elles étaient lourdes, honteuses, au-delà de tout ce que l'on avait redouté. Le nouvel Empereur d'Allemagne qui s'était fait couronner dans le palais de Louis XIV raffinait sur les exigences du Roi de Prusse.

La moitié de la France était occupée.

A peine quelques listes de prisonniers commençaient-elles à être publiées.

Julia continuait à se consumer dans son attente.

Quotidiennement, des hommes rentraient, à Fontfresque, à Barbegal, à Peyrolières. Constant revint. Quelques jours après, une lettre de Lucie annonça qu'Antoine avait regagné Tourvieille.

De retour, eux aussi, Marquet-Rageac, puis Sabatier, puis d'autres amis, accoururent aux nouvelles.

Il y avait des blessés, parmi eux, des éclopés. Constant portait une cicatrice à la cuisse :

— Un biscaïen, je ne te dis que ça !

Antoine en arborait fièrement une à l'épaule. Marquet-Rageac boitait bas.

Mais ils rentraient.

Et pour ceux qui ne rentraient pas, les familles recevaient le mortuaire.

Dès son retour, Calamel, le fils de l'épicière du village, vint dire à Julia :

— On était ensemble à Coulmiers, avec Moussu (1) Vernet et les Riquelme. On s'est trouvés séparés au moment du repli. Moi, c'est à Marchenoir que je suis été cantonné. Mais c'est pour vous dire, avec la bouillasse qu'y a eu à ce moment-là !... N'ayez crainte, vous le verrez bien reparaître. Il a pu être blessé.

Julia se cramponnait farouchement à l'espoir.

« Mon Dieu, vous ne m'auriez pas fait cela ! » Non, bien sûr, il ne pouvait pas l'avoir fait. A quelle créature a-t-il jamais imposé une épreuve au-dessus de ses

(1) *Moussu* : Monsieur.

forces ? Et Il lui avait déjà pris son premier-né. « Vous ne pouvez pas exiger encore... »

Elle était prête à discuter pied à pied avec son Créateur. Au point où elle en était à présent, ce marchandage posthume ne lui faisait même plus vergogne.

Quant aux âmes charitables, à la sensible belle-sœur qui venait en larmoyant lui offrir une sympathie importune, elles pouvaient rentrer chez elles.

Julia les recevait, coiffée avec soin, vêtue d'une robe neuve, la tête rejetée en arrière pour ne point perdre un pouce de taille :

— ... Pas revenu ? Non, pas encore. Je l'attends.

Un jour ou l'autre, il franchirait le portail, il passerait le seuil, et la vie suspendue reprendrait comme avant.

Un Rodolphe Vernet ne disparaît pas au coin d'un bois, traqué comme un gibier. En face de sa mort, il se fût débattu comme un beau diable, il eût réclamé son dû d'existence, sacré, juré, tonné, tonitrué, refusé de céder, inventé quelque tricherie avec cet air naïvement farceur que sa femme lui connaissait, et gagné la partie.

A l'imaginer, elle se mettait à y croire.

Et la confiance qu'elle affichait, finalement, concourait à la soutenir comme elle soutenait Philo qui avait besoin de toute la force que sa maîtresse pouvait seule lui dispenser.

Chaque après-midi, Julia s'installait pour coudre dans la salle à manger, au coin de la fenêtre dont elle écartait le rideau.

De là, elle pouvait surveiller le dehors.

Fréquemment, elle relevait la tête, guettait un moment, reprenait la robe qu'elle confectionnait pour Adrienne, regardait de nouveau à travers les carreaux.

Ce jour-là, le mistral qui soufflait entraînait les arbres et la pelouse dans un tourbillon hurlant. Le sable volait comme de la poussière, obscurcissant jusqu'au gris le ciel très bleu.

Des rafales d'air glacé passaient entre les brise-bise.

Le vacarme du vent emprisonnait la maison.

A l'intérieur, aucun bruit. On n'entendait pas les

enfants. Chiens, chats devaient s'être rassemblés autour du fourneau, à la cuisine.

Julia se sentait séparée du monde entier.

Elle s'absorbait dans son travail depuis quelques minutes. Une ombre s'interposa un bref instant devant le jour. Le temps qu'elle en eût pris conscience, l'huis criait. La tempête entra subitement.

Quelqu'un poussait la grande porte, sans sonner. Julia se dressa comme une folle. Ciseaux, bobine, dé, roulèrent à ses pieds, tandis que l'ouvrage lui glissait des genoux.

Vacillante, elle empoigna à deux mains l'étoffe de son corsage sous laquelle elle sentait son cœur prêt à éclater, et se rua vers le vestibule. Ses jambes la portaient à peine.

Cette haute silhouette dans le demi-jour, à deux pas d'elle :

— Rodolphe ! Rodolphe !

Rêvait-elle une fois de plus ce retour ? Ou bien était-ce vraiment lui qui la serrait sans un mot contre sa poitrine, avec cette violence haletante ?

Leurs dents s'entrechoquèrent dans l'élan de leur baiser. La bouche de Rodolphe était sèche et brûlante.

— Mon amour ! je savais bien... gémit-elle, pleurant de bonheur.

Il dit seulement, d'une voix chuchotante :

— Julia !

Sa respiration sifflait comme s'il eût été hors d'haleine.

Enfin, l'étreinte dénouée, Julia, hors d'elle, s'arracha à moitié de ces bras entre lesquels elle pantelait :

— Philo ! ils sont là ! ils...

Le fond du hall et la cage d'escalier parurent répercuter son cri coupé net.

Rodolphe lui avait brutalement appliqué une main sur la bouche :

— Bon Dieu de sort ! taisez-vous donc ! gronda-t-il, avec une sorte de soupir rauque.

Elle le regardait de ses yeux dilatés comme ceux d'un aveugle.

Quelque part, en haut, une porte battit, des pas précipités coururent le long du couloir, dévalèrent marche à marche.

Ils résonnaient d'une manière inusitée dans le silence compact, terriblement solennel, qui venait de tomber sur le vestibule.

Le cerveau de Julia cherchait à se formuler quelque chose que ce silence impliquait déjà.

Rodolphe avait levé vers l'étage sa figure aux joues creuses, presque méconnaissable sous la barbe négligée.

Soudain, elle s'avisa qu'il était rentré seul.

15

La gorge nouée, Julia observait de la fenêtre sa servante qui tricotait une chaussette, au soleil, devant la maison, tout en surveillant Adrienne qui jouait seule.

La paire avait été commencée pour Ernest. Un peu comme un acte de foi.

Philo se hâtait, alors :

— Quand il arrivera, il sera content de l'avoir toute prête. Faut que je me dépêche.

A présent, cela n'avait plus d'importance. Ernest ne la mettrait pas.

Mais sa femme continuait d'ajouter des mailles au même rythme :

— Autant que je finisse. Ça fera toujours plaisir à quéqu'un, disait-elle, comme pour s'excuser.

Mais peut-être Ernest n'était-il pas tout à fait aussi mort, à ses yeux, durant le temps qu'elle passait obstinément sur ce travail entrepris pour lui. Qui pouvait savoir ? On ignore à quoi au juste se raccrochent les gens, songeait Julia.

Une pitié honteuse de soi et de son impuissance l'étouffait.

« Pauvre Philo », tassée sur son pliant avec une lassitude que l'on n'eût pas décelée quelques mois plus tôt. Maintenant que la première explosion de douleur était passée, elle avait acquis cette sorte de paix grise de ceux qui n'ont plus à se tourmenter de rien, désormais, parce que le pire leur est advenu.

En sa présence, Julia osait à peine avoir un mot tendre pour Rodolphe.

Mais, bien que son maître n'eût pas cherché à lui rien dissimuler, Philo semblait ne pas ressentir l'injure du sort qui la frappait seule.

— Si je suis ici, c'est bien à Ernest que je le dois. Sans lui...

— C'est vrai, Monsieur ?

— Nous nous sommes laissés surprendre à six par une poignée de Pruscos dans un petit village. Ou, enfin, ce qui en restait ; et ça n'était pas grand-chose ; un tas de décombres. On s'y était battu, la veille. Ypré-l'Evêque, ça s'appelait. Les pièces allemandes tiraient encore sur les ruines. Ça pleuvait. Ah ! l'on peut dire qu'ils n'étaient pas avares de leurs munitions. Un obus n'attendait pas l'autre. Nous, entre la faim, la soif, et l'épuisement, c'est à peine si nous tenions debout. Et le sergent venait tout juste de trouver de l'eau. Nous remplissions les bidons quans ils nous sont tombés dessus. Au corps à corps, j'ai reçu ce coup de baïonnette. Ernest se défendait, de son côté. Quand il m'a vu tomber, il a cloué son Prussien au sol et tout lâché pour me tirer à l'abri d'un pan de mur, du mieux qu'il a pu. Il jurait qu'il allait en démolir quelques-uns pour leur apprendre. Il a pris mes cartouches et m'a dit de ne pas bouger, de l'attendre, qu'il trouverait bien le moyen de me ramener vers les nôtres. Moi, j'avais ce trou dans le côté et je saignais comme un bœuf ; à chaque fois que je respirais, il me montait dans la bouche une espèce de mousse qui m'étouffait. Ernest a dit : « Je reviens vous chercher. Bougez pas, surtout, Monsieur. » Je ne sais pas combien de temps je suis resté. Ça s'était remis à pétarader sec par-dessus le bouzin de l'artillerie. Je me suis dit : « Ça doit être Ernest. » Et puis, je n'ai plus rien entendu. J'ai voulu appeler. Mais, pas moyen. Et puis, je ne me suis plus rendu compte. J'ai dû perdre connaissance en plein. Ce sont des gens du pays qui m'ont ramassé, et transporté dans une cave où ils m'ont soigné tant bien que mal. Ils risquaient gros : les Prussiens ne gaspillaient pas leur temps à instruire le procès de ceux qui étaient pris à cacher des francs-tireurs. Et il s'est écoulé pas mal de jours avant que le délire ne me quitte. Quand j'ai voulu savoir, ils n'ont rien pu me dire sauf que... sauf qu'ils n'avaient trouvé personne d'autre en vie, et qu'ils avaient enterré proprement les camarades, la même nuit, près des ruines de leur ferme.

Philo avalait les larmes qui tombaient aux coins de sa bouche.

Julia se mordit les lèvres, déchirée par un affreux sentiment de responsabilité dans l'injustice qui était faite à Philo. « Si c'était moi... », pensa-t-elle.

A chaque phrase de ce récit, elle eût crié comme une bête.

Personne, sauf un. Uniquement parce qu'avant de mourir, le serviteur avait mis en sûreté son maître. Comme si ce service-là aussi eût été compris dans celui pour lequel il recevait ses gages. « Oh ! Christ !... »

Mais Philo, elle, loin d'en ressentir un surcroît d'amertume, paraissait y puiser une consolation.

— Et mon petit, dites, Monsieur ? Comment c'est que c'est arrivé ? Vous y étiez, au moins, vous, avec son père ?

Julia était sortie rapidement, les laissant seuls ensemble.

Non, elle n'entendrait pas cela. Ou bien elle allait se mettre à sangloter, ou céder à cette envie qui la poignait de s'agenouiller devant sa servante. Et Philo en eût été choquée, désemparée, et sa peine alourdie.

A la place où Dieu a mis les maîtres, il fallait que se tînt Julia Vernet puisque c'était la sienne. Il n'eût pas été honnête, ni courageux, de dépouiller Philo de ce privilège de l'humilité, qui lui restait.

Mais, le soir, enfermée avec Rodolphe dans leur chambre où sa présence d'homme recréait le chaud désordre aboli pendant des mois, elle se faisait tout redire, jusqu'au moindre détail.

Il était d'ailleurs toujours prêt à revenir, avec quelle étrange facilité, sur cette période où, pourtant, les privations, la souffrance, le froid, la fatigue, le danger, la déroute, et la mort, avaient été ses compagnons quotidiens au même titre que les inconnus dont il citait les noms avec tendresse.

Et il semblait aussi que, dans cette existence vécue au coude à coude, fraternellement, Ernest avait trouvé la force de repartir du même cœur après avoir laissé son Eloi le crâne ouvert, sous deux pieds de terre, dans un coin du cimetière de Beaune-la-Rolande, roulé dans un mauvais drap qu'une vieille avait vendu à prix d'or à Rodolphe...

— Et cette famille qui vous a recueilli, mon cœur?

Tout pensif, Rodolphe se grattait machinalement la poitrine, repris par des souvenirs qui l'éloignaient de nouveau.

— La crème des braves gens, ces Louit... Vous les auriez aimés. Tout ce que nous pourrons faire pour eux ne paiera jamais ma dette. Ils avaient perdu à peu près tout ce qu'ils possédaient, mais ils auraient aussi bien donné le reste pour me tirer d'affaire. La fillette avait l'âge d'Amélia. Elle m'a veillé pendant des nuits. Ils s'étaient débrouillés, je ne sais comment, pour ramener du Mans un vieil officier de santé. Quelqu'un, celui-là aussi. Il circulait de nuit, équipé comme un bouseux, à la barbe des sentinelles, pour faire la tournée des blessés cachés un peu partout. Avec moi, il a eu du tintouin. Ah! c'est que j'ai bien failli passer l'arme à gauche. Vous pouvez remercier le ciel, ma mie. Il faut vraiment que le bon Dieu ait tenu sa main au-dessus de ma tête pour que je vous sois revenu.

Il n'eût eu nul besoin de le dire. A le voir si maigre, si hâve, avec ses yeux enfoncés, ses joues caves, et son torse où saillaient les côtes barré à droite d'une longue cicatrice violette encore toute boursouflée, Julia devinait de reste par où il avait dû passer.

Les vêtements qu'il avait remis flottaient sur lui. Et, souvent, malgré la douceur de ce début de printemps, la fièvre qui ne l'avait pas tout à fait quitté le faisait frissonner.

— Vains dieux! un joli mari que vous retrouvez, hein, ma pauvre chatte? s'efforçait-il de plaisanter, les premiers jours. Un homme qui tousse, qui crache, qui dort mal, et n'a de forces à rien faire ! Qu'attendez-vous pour me renvoyer là d'où je viens.

— J'y songeais, disait Julia, redressant les oreillers, sucrant un bol de lait, mesurant la cuillerée de potion calmante. Mais prenez toujours cela. Le docteur Lapierre a dit...

— Au diable le docteur Lapierre !

Il le disait en riant, mais, déjà, se voir considérer comme un malade était plus qu'il n'en pouvait admettre venant de sa femme. Il cognait du poing sur son thorax :

— Ne vous tracassez donc pas. Le coffre est solide. Laissez seulement que je sois complètement sorti de ma convalescence et vous verrez combien de temps il me faudra pour me refaire. Je vous promets de dévorer tout ce que vous mettrez dans mon assiette.

« Oui, mais quand ? » Il n'avait aucun appétit. Allarde cuisinait en vain les plats qui flattaient ses goûts ; et se plaignait :

— Je sais pas pourquoi je m'échine. Il aime plus rien.

A mesure que les jours s'écoulaient, il supportait de moins en moins sa déficience physique. Son caractère empirait. A présent, il se réfugiait dans un silence qui devenait hostile lorsque Julia s'efforçait de l'en faire sortir.

Les premières semaines après son retour, Amélia rappelée de la Visitation, et Henri de son collège, étaient ensuite demeurés à Mogador le temps que passât la violente épidémie de variole qui s'était déclarée à Avignon.

A force de câlineries, la jeune fille parvenait à faire avaler quelques bouchées à Rodolphe :

— Mangez votre tournedos, mon petit papa. Pour me faire plaisir, allons !

— Vous obéissiez, avec elle, dit Julia, lorsqu'elle eut essuyé plusieurs refus catégoriques après qu'Amélia eut regagné son couvent.

Elle parlait avec un sourire taquin qui tenait tout

entier dans un pli de sa bouche. Mais une mélancolie brouillait la clarté de ses prunelles et faisait imperceptiblement détonner sa voix.

La beauté de leur fille, ce miracle frais dont elle était si fière, avait frappé tous leurs amis. Les quelques mois qui venaient de se passer avaient fait de la fillette encore dégingandée cette svelte chato à la démarche légère, au teint de fruit, aux beaux cheveux châtain foncé. — « *Moins beaux que les vôtres, Maman chérie. J'aurais tant voulu avoir les mêmes !* » — aux longs yeux fendus en oblique comme ceux de sa mère, mais d'un brun presque noir, qui brillaient avec un doux velouté sombre, et exerçaient déjà leur pouvoir sur les hommes.

— Une enchanteresse, ma mie. Sacrédié ! il n'y a pas à dire, nous avons rudement bien travaillé. Les amoureux ne lui feront pas défaut. Avez-vous vu le jeune Sabatier ? Et le fils Béraud... et...

Amoureux, lui-même, n'eût-on pas cru qu'il l'était ? se disait Julia. La seule apparition de sa fille avait le don de changer son humeur. De la main d'Amélia, il acceptait les remèdes écœurants qu'il venait de repousser quelques instants auparavant. Il mangeait ce qu'elle lui servait. Il plaisantait et riait avec elle après être demeuré inabordable toute la matinée.

Pour Julia seule, les rebuffades, les exigences, les emportements, l'agressivité, ou les longues heures taciturnes.

Elle les endurait sans se plaindre, et se multipliait, refusant toute importance à sa propre fatigue, ou à sa peine, devant ce revenant qui ramenait avec lui un peu de l'enfer qu'il avait traversé.

Mais parfois, quand une douleur au cœur, aiguë comme un coup de stylet, lui coupait la respiration, l'obligeant à s'arrêter une seconde à mi-chemin dans l'escalier, elle se sentait envahie par un insupportable sentiment de déchéance.

Six mois qui transforment une enfant changent aussi une femme. Et l'angoisse, et les veilles, et le sel des larmes, creusent sans merci. Plus que n'avaient creusé dix années de quiétude.

Sur le visage que reflétaient les glaces, des rides naissaient autour des yeux et le long du nez ; des sillons marquaient un front naguère encore lisse.

Durant ces mois terribles, Julia n'avait eu de pensées que pour son mari, sans imaginer qu'il pût, au retour, la voir avec d'autres yeux.

L'expression éblouie qu'il avait eue pour détailler Amélia lui avait fait mesurer d'un seul coup tout ce qu'elle-même ne possédait plus.

« Mes quinze ans à moi. » Et ce jour, là-bas, à la Sarrazine, où, pour la première fois, elle avait vu surgir Rodolphe au tournant du mur des écuries, sur ce camargue blanc qu'il montait alors. « *Vous aimez les chevaux, dirait-on, Mademoiselle ?* » Après quatre lustres bien passés, elle l'entendait encore. Et elle retrouvait sa même soif d'une vie entière, intacte devant elle, pour la vivre avec lui.

Alors que Rodolphe...

« Mon Dieu ! » se disait-elle, « je suis folle. Vous me l'avez rendu et je suis là, à ratiociner avec mes regrets. Parce qu'il est si changé, et que j'ai des rides, et que le temps passe, et que celui de la passion est fini... »

Fini ? Un mois plus tard, elle se demandait comment elle avait pu se le figurer.

Rodolphe paraissait prendre à tâche de lui fournir tous les témoignages possibles de son retour à l'existence normale.

Il récupérait son poids, reprenait meilleure mine, tandis que son pouls se régularisait et que s'espaçaient ses insomnies ; recommençait à s'occuper du domaine comme par le passé, retrouvait son entrain, ses manières tendres et sa fougue de mari ; et jusqu'à sa combativité pour vitupérer « les communards assassins ». On le vit entreprendre le dressage d'un cheval qu'il venait d'acheter.

Bêtes et gens, la maisonnée se remettait au train du maître.

Constant s'arrêta, un après-midi, en allant à Arles. Un jeune homme d'une trentaine d'années à la physionomie avenante l'accompagnait, qu'il présenta à Rodolphe :

— Mon ami, Alphonse Daudet, ancien secrétaire du duc de Morny et auteur du « *Petit Chose* ». Il écrit en ce moment un livre dont l'action se situe par ici.

Rodolphe dit :

— Ah, bigre ! Je vous admire. Moi qui sue sang et eau à seulement écrire une lettre... Ainsi, vous avez travaillé avec Morny ? Racontez-moi un peu à quoi ressemblait l'homme.

Il lui prit le bras :

— Tenez, nous allons nous asseoir à l'ombre.

Et, se retournant vers sa femme et son beau-frère, poursuivit, sans lâcher son hôte :

— Viens-tu, Constant ? Ma mie, vous nous ferez porter de quoi nous rafraîchir sous le cèdre ?

Constant demeura en arrière avec sa sœur :

— Dis-moi donc, le voilà tout à fait remis. S'il reprend goût à la politique !... Quant à toi, je te trouve à ton avantage. Parole ! Tu t'es un peu étoffée, ces temps-ci, il me semble. Ce n'est pas dommage.

Julia disposait un napperon de dentelles et des verres sur un plateau. Elle dit vivement :

— Je crains qu'il n'ait un peu blessé ce M. Daudet. A la vérité, il n'a pas lu son livre. Mais un auteur...

Constant l'interrompit.

— Daudet ? Tu ne le connais guère si tu l'imagines... Il a bien trop d'esprit. Tiens, écoute-les plutôt.

Le grand rire de Rodolphe et celui de son hôte venaient jusqu'à eux.

Ils se regardèrent en souriant.

Julia appela :

— Pierroune ! Mets l'eau de la gargoulette dans la carafe et porte cela dehors, à Monsieur. Nous y allons.

Elle hésita, puis retint son frère par la manche :

— Attends, écoute un peu. Comment va-t-on, à la maison ? Les petits ?

— Ils poussent. Emilie a beaucoup grandi. Son frère est superbe. Il réclame toujours Frédéric.

Il jouait machinalement avec la chaîne passée dans une boutonnière de son gilet, et se demandait ce que sa sœur pouvait bien attendre.

— Ta blessure ? dit Julia.

— Bah ! Histoire ancienne. Sortons-nous ?

— Tout de suite.

Sans bouger, elle questionna de nouveau :

— Est-ce que Maman ne va pas venir me voir, un de ces jours ?

— Ma foi ! dit Constant, mieux vaudrait que ce fût toi. A présent que Rodolphe ne te donne plus de tracas...

Il tirait vers la porte, grillant manifestement d'aller palabrer avec son ami et son beau-frère.

Julia dit, très vite :

— Sais-tu que Delphine Jonquéras attend un autre enfant pour l'automne ?

— Pas possible ? — Constant s'était retourné d'un trait. — Tu en es sûre ? L'Enfant-du-Retour, alors ?

Cela parut l'amuser énormément.

— Que vois-tu là de si drôle ? demanda Julia qui scrutait sa physionomie.

Le ton de la question était acerbe.

— Eh bien mais... commença Constant, la figure épanouie... c'est qu'à son âge, tu m'avoueras...

— Nous étions au couvent ensemble, dit Julia, coupante comme une arête de glace.

Il ouvrit la bouche :

— C'est ce que...

Et la referma.

L'œil de sa sœur l'avertissait que le terrain recelait quelque embûche.

Résolument, il passa son bras sous le sien :

— Allons, viens.

Bien décidé à ne point s'aventurer davantage.

Julia se laissa entraîner sans mot dire.

Pour quiconque la connaissait aussi bien que s'en flattait Constant, son rire ne faisait aucun doute.

« Voyons, est-ce que par hasard... ? » Il jaugea la taille de sa sœur, d'un coup d'œil en biais. « Ah ! nom d'un chien ! » Et, de nouveau, retint une grimace réjouie.

« *A son âge.* » Les mots dansaient furieusement sous le crâne de Julia. « A son âge ! » C'était donc là ce que tout le monde allait dire.

⁂

— J'ai mon neveu, ressassait Allarde, depuis des semaines, il est beaucoup travailleur et beaucoup brave. Si Monsieur voulait l'engager, il aimerait de se placer à Mogador. Faudra bien quéqu'un pour faire le travail d'Ernest.

Il fallait quelqu'un, en effet.

Mais quel accueil réserverait Philo à celui qui prendrait la suite de son mari ?

Julia s'efforçait de le faire entendre à Rodolphe :

— C'est dur pour elle, mon cœur. Laissons passer un peu plus de temps. Nous ne pouvons pas, si vite, lui imposer la présence d'un autre.

Morose, il lui rétorquait :

— Si vous croyez que cela me fera plaisir, à moi.

Et, certes, Julia savait qu'il regrettait son compagnon d'armes, et leurs quinze années d'intimité bourrue et amicale de maître à serviteur. Mais, pour Philo, c'était bien autre chose, quoiqu'il pût en penser.

Cependant, elle-même sentait qu'une solution était nécessaire. Au fond, tergiverser ne servait à rien. Rodolphe se fatiguait plus vite qu'autrefois. Il ne pouvait être question pour lui de courses à cheval pour se rendre à Arles ou à Avignon par quelque temps que ce fût. La chaleur pesante de ces mois d'été l'éprouvait durement. A la mauvaise saison, il lui faudrait, à sa disposition, un nouveau cocher pour le mener en voiture.

— Eh bien ! donc, expliquez cela à Philo, puisque vous en êtes d'accord. Après tout, ma chère, c'est votre rôle.

Ce l'était, évidemment.

Quoi qu'il lui en coûtât, Julia finit par s'y résoudre.

Peut-être Philo s'était-elle fait les mêmes réflexions de son côté. Elle ne parut pas surprise.

— Sûr que Monsieur peut pas rester sans personne. Ça n'est point l'affaire d'un valet d'écurie de le conduire.

Elle rumina un moment, s'enquit :

— Quel âge il a, le neveu d'Allarde ? Vingt-quatre ans ? Ah !...

Et conclut après nouvelle réflexion :

— Ça pourrait faire.

Julia pensa que sa servante eût plus malaisément accepté l'intrusion d'un homme qui eût l'âge du sien.

Victor Allard entra à Mogador. Et, peu après lui, une fraîche fille de vingt ans engagée comme fille de cuisine pour remplacer la précédente qui se mariait à la ville.

Julia était dans le sixième mois de sa grossesse. La plus dure qu'elle eût jamais eu à supporter. Elle avait eu plusieurs syncopes qui donnaient du souci au docteur Lapierre. Il insistait afin qu'elle prît du repos :

— Faites au moins deux ou trois heures de chaise longue, chaque jour.

Elle s'impatientait.

— Eh ! Docteur, venez donc diriger la maison à ma place.

Pensait-il que ce fût le moment de se dorloter ? Un personnel nouveau à mettre au courant. Les vendanges proches. Des grossesses, elle en avait eu d'autres ; elle savait ce que c'était. Il fallait seulement un peu de courage pour surmonter les malaises inévitables. Quant à se prélasser des journées entières, comment eût-elle pu y songer ?

La maison était pleine de monde. Amélia et Henri, en vacances, recevaient chacun leurs amis. Jamais le parc n'avait retenti de tant d'appels et de rires.

Habituellement, Julia aimait cette jeunesse autour d'elle.

Mais, quelquefois, elle se sentait lasse à ne plus pouvoir se traîner. Son ventre lui pesait. Son cœur, gonflé, paraissait devenu soudain trop gros pour sa poitrine. L'air brûlant lui semblait se raréfier.

Amélia la rejoignait au fond de la bibliothèque ou dans le bureau où elle s'était réfugiée pour une minute. Dansante, riante ; une joie pour les yeux. La fraîcheur entrait avec elle dans la pièce.

— Maman, disait-elle, demain, nous voudrions aller en pique-nique aux Baux. Vérane n'y est jamais allée. Il faut lui faire voir cela. Pourra-t-on préparer quelque chose ? Nous serons dix. Les garçons viennent aussi.

« Quelque chose », pour ces appétits sans frein, cela voulait dire : un solide repas froid. Des piles de sandwiches à confectionner, de la volaille à faire rôtir, des omelettes à envelopper.

— Ne laissez pas Allarde faire les paniers, ni Berthe. La dernière fois, elles les ont très mal arrangés. La crème avait coulé sur la viande et le gâteau était tout écrasé.

— Vous emmenez Frédéric ?

— Non. Oh non ! Mamette chérie, ne lui dites rien, surtout ! Je vous en conjure. Il nous romprait la tête pour venir. Il est beaucoup trop jeune. Il agace tout le monde, vous comprenez ?

— Bien sûr.

Demain, Frédéric, laissé pour compte, réclamerait Henri à tous les échos avec des cris à fendre l'âme, ferait pleurer sa petite sœur, et mettrait les nerfs de la maisonnée à rude épreuve.

— Si encore y avait Estelle ! Et pourquoi vous avez pas dit à Vérane d'amener Estelle pour jouer avec moi ? Maman, dites... ?

Pour le consoler, il faudrait lui promettre de faire venir ses cousins. Julia enverrait chercher Edmond à la Sarrazine, écrirait à Tourvieille qu'on lui confiât Georges pour quelques jours.

Elle reçut la réponse d'Antoine : il lui expédiait bien volontiers Georges. Et non seulement lui, mais Raoul qui mourait d'envie de retrouver son grand camarade

Henri. Cela ferait du bien à Lucie de n'avoir plus à s'occuper que du petit Léon. Dieu seul savait à quel point trois garçons pouvaient parfois être impossibles. Lucie espérait qu'à Mogador, ils se tiendraient correctement. La pauvre avait tant besoin de repos depuis qu'elle se voyait encore une fois « des espoirs ».

« Ah ! bien », se dit Julia, à la lecture de cette lettre. « Que Lucie se repose donc ! » Elle en avait le droit, Lucie. Pour elle, un enfant de plus était encore dans l'ordre naturel, raisonnable, des choses. « Tandis que moi !... » On eût bien ri de voir Julia faire des embarras. En ce qui la concernait, l'ère était révolue des grossesses glorieuses.

Etait-ce donc ce qu'avait pensé Antoine, en écrivant, lui qui n'ignorait point l'état où se trouvait sa belle-sœur ? Ou bien ne fallait-il voir là qu'un effet de son inconscience ? « La monumentale inconscience des Vernet », remâchait Julia.

Quoi qu'il en fût, elle devrait faire face. Ne prêter le flanc à aucune critique, aucune raillerie. Ne se permettre aucune défaillance. Et d'abord, veiller à ce que les chambres fussent prêtes pour ses neveux.

Et Rodolphe que n'effleurait jamais la pensée des contingences choisissait le même jour pour ramener d'Arles Jonquéras et Sabatier, afin d'établir ensemble un programme de chasse.

— Vous nous ferez un petit dîner soigné, n'est-ce pas, ma mie ? Depuis le temps que nous ne les avons eus à notre table !...

Rodolphe, comme sa fille, usait d'euphémismes discrets. Dans sa bouche, « un petit dîner soigné » impliquait le grand menu, le branle-bas de la vaisselle de Sèvres, la nappe brodée et l'argenterie massive. Un surtout de table à commander au jardinier... :

— Mon Frédéric, tâche de trouver Juste, tu seras un gentil garçon. Dis-lui que j'ai besoin de le voir tout de suite.

Et Frédéric répondait avec beaucoup de complaisance :

— Oui, Mérette.

Et prenait sa course. Mais oubliait Juste avant le premier détour du parc.

Il fallait envoyer Pierroune.

— Non, pas Pierroune, elle mettrait une heure. Victor, voulez-vous y aller ?

Certains jours, Julia en avait des éblouissements de fatigue.

« Et Rodolphe qui est rentré tout fiévreux, l'autre soir. » Elle s'était rongée d'inquiétude pendant quarante-huit heures. « Maintenant, il dit que c'est passé. Je voudrais tant en être sûre. Tout de même, s'il se sentait mal, il ne songerait pas à aller chasser. » Bien qu'avec lui, on ne pût s'y fier.

Il apportait une sorte de rage à se prouver, en même temps qu'aux autres, que sa santé était redevenue telle qu'avant la guerre. Sa femme avait appris d'expérience que le prier de prendre quelques minimes précautions aboutissait seulement à lui faire commettre les pires imprudences. Comme par bravade. La moindre remarque, la plus petite allusion, sur ce sujet, l'irritaient et le rendaient hostile.

— Assez, je vous en prie. Je sais ce que j'ai à faire. Vous m'enfermeriez dans un cocon. A quarante-six ans passés, je puis encore me conduire.

A peine si, parfois, au cours de ces discussions, la vue de la taille déformée de sa femme et ses traits tirés l'émouvaient tout à coup assez pour le faire céder, momentanément.

Et certains soirs, ivre de lassitude, Julia, montée la première se coucher, revoyait derrière ses paupières cuisantes, de nouveau, partir ce train, et encore, et encore, qui avait emporté son Rodolphe. Et Ernest, et Eloi. Et...

« Et... Oh ! Christ ! » Quelles tenailles lui tordaient le cœur ? le lui tordaient, le lui... Recroquevillée de souffrance, hésitante au bord de la torture de respirer, elle rouvrait les yeux dans le noir de la chambre où la petite lumière de la veilleuse ressemblait à une étoile perdue, aussi morte que... « Eloi. Ernest. Rodolphe... Mais non ! » Rodolphe était vivant, lui.

Rodolphe était revenu. Rodolphe était là, en bas, sauvé. Occupé à discourir et à boire avec ses amis.

Elle se retrouvait bien éveillée avec la frayeur de se rendormir.

Pour échapper à ce cauchemar embusqué au fond du demi-sommeil, elle s'asseyait sur le lit, calée dans ses oreillers. Et, parmi la rumeur qui montait jusqu'à elle du rez-de-chaussée, — ou était-ce simplement le sang à ses oreilles ? — elle entendait toujours des coups de sifflet, et les cris d'adieux autour d'elle, et le crachotement poussif de la machine.

16

AU mois de février, Mogador célébra joyeusement les épousailles de Victor et de Berthe.

Julia qui appréciait le service de sa nouvelle fille de cuisine l'avait dotée d'un trousseau et d'une centaine d'écus.

Rodolphe, lui, outre son cadeau personnel à Victor, orchestra généreusement les réjouissances. Il y eut grande ripaille suivie d'un bal qu'il ouvrit avec la mariée rouge comme une crête de coq sous sa couronne de fleurs en cire.

Serviteurs, fermiers, baïle, tantes (1), bergers, valets d'écurie, charretiers, vachères, et jusqu'au dernier des garçons de labour, tous ceux qui vivaient sur le domaine et à l'entour y assistèrent. Ainsi, d'ailleurs, que les enfants des maîtres.

Qui voulut fit danser Amélia. Malgré ses quinze ans largement révolus, la jouvencelle s'amusait comme une petite fille, passant de l'un à l'autre de ces rudes cavaliers qu'un sourire ou un mot d'elle plongeaient dans la confusion et le ravissement. Elle n'en refusa aucun, ne manqua aucune danse.

— Vous pouvez croire qu'elle s'en donne, rapporta Rodolphe à sa femme qui, seule dans leur chambre, à l'écart de tout ce tapage, gardait en haut le dernier-né de la famille à peine âgé de quatre mois.

(1) *Tantes :* servantes de ferme.

Lui-même semblait passablement guilleret, observa Julia, en le regardant essuyer son front en sueur.

— Et les garçons ? questionna-t-elle. Se conduisent-ils d'une manière convenable ?

Rodolphe fit :

— Heu... oui. Tout à fait.

D'un air vague.

Au vrai, il avait laissé Henri légèrement éteint sous les effets combinés des tortillades (1), des fougasses (2), du nougat d'amandes, des choux à la crème de la pièce montée, et d'un petit vin cuit, doux comme du sirop, mais fort traître.

Quant à Frédéric, l'excitation qui l'avait empêché de manger et boire autant que ses aînés atteignait à présent son point culminant. A lui tout seul, il accumulait taquineries et niches, et tenait autant de place que ce coquin de Fantasti (3) lorsqu'il se déchaîne dans une demeure.

La plus petite, elle, tout ensommeillée qu'elle était, refusait avec des trépignements de se laisser porter dans son lit.

Lorsque Julia descendit, un peu plus tard, après avoir endormi son petit Hubert, les gens de la noce avaient juché Frédéric sur la table, et faisaient la farandole autour, en chantant :

« *Lagadigadèu ! la Tarasco, la Tarasco* (4) ! »

Et l'enfant se trémoussait et s'époumonait en solo, pour la joie de tous :

« *Leissas-la passa*
La vièiq masco,

(1) *Tortillades :* gâteaux faits d'une pâte à l'œuf, parfumés à l'anis, en forme de couronne.

(2) *Fougasses :* gâteaux à l'huile.

(3) *Le Fantasti :* l'Esprit fantastique, lutin familier.

(4) Chanson populaire provençale : *Lagadigadèu la Tarasque, la Tarasque...*

Leissas-la passa
Que vai dança (1) ! »

Aussi faux que son père, et avec aussi bonne conscience.

Appuyé contre le chambranle de la porte, les bras croisés, Rodolphe riait de bon cœur, en contemplant la scène.

— Comment voudriez-vous, après cela, que ce petit ne fût pas insupportable ?

Julia était obligée de se dresser sur ses pointes pour lui parler de tout près, au milieu du tumulte.

Agacée, elle nota une fois de plus cette faiblesse paternelle à l'égard du cadet.

« S'il avait gâté Henri de la sorte !... Dieu veuille que ce ne soit pas encore pis, pour le dernier. »

L'allégresse approchait de ce point extrême où, bientôt, vidée d'elle-même, elle n'aurait plus qu'à s'éteindre, subitement, comme retombe en une fugace pluie d'étincelles le jaillissement du bouquet d'un feu d'artifice.

— Encore un moment et ils vont aller mettre les novi (2) entre leurs draps, glissa Rodolphe à sa femme.

En attendant, le rythme de la farandole s'accélérait encore.

Victor — un Victor méconnaissable, si différent de celui de tous les jours qui semblait perpétuellement officier comme à l'église, dans l'exercice de ses fonctions — Victor, sa large face plus large encore que d'ordinaire, rouge et épanouie derrière la cravate de cérémonie qu'il n'avait pas défaite, menait la file, entraînant son épousée et, derrière, tout ce que l'assistance comptait de jeunes et vieux fous.

Julia vit passer dans la ronde la robe blanche d'Amélia et ses boucles châtaines tressautant autour du visage rieur, tout empourpré. La fillette sautait et

(1) « Laissez-la passer — la vieille sorcière — laissez-la passer — qu'elle va danser ! »

(2) *Les novi :* les nouveaux mariés.

chantait comme les autres, donnant la main à Romieu, le charretier et au fils du fermier de la Coupe d'Or que sa blessure au genou n'avait pas l'air de gêner beaucoup pour faire le branle.

Puis, ce fut Henri, encadré par Trestaillonne, l'aînée des filles du baïle, et Nore, sa jeune sœur.

Les pieds martelaient le carrelage.

« *Lagadigalèu ! la Tarasco de Castèu !* »

Les voix couvraient à présent celle du petit garçon. Il en paraissait tout déconfit. Sa mère le vit, seulet, sur sa table, les bras ballants, l'air d'un abandonné.

Le vieil Anselme, qui parlait avec les autres bergers, dans un coin de la salle, s'en aperçut aussi. Il le regarda un moment, puis, remettant au coin de sa bouche la pipe éteinte qu'il tenait, s'en vint près de Julia décrocher du mur, parmi la batterie de cuisine, deux couvercles de casserole en cuivre, et les fit passer à Frédéric.

— Vas-y, mon droulet (1).

Il se retourna vers la maîtresse et lui cria, en manière de justification :

— Les petits, c'est comme les hommes, ils ont besoin d'entendre leur bruit à eux, sans ça, ils sont perdus.

Probablement était-ce pour cela que chacun s'évertuait à en faire plus que les autres, se dit Julia, réfléchissant aux paroles de l'ancien.

« Le bruit, le peu de bruit que l'on fait, en passant dans ce monde. Mon propre bruit... »

En tout cas, le frénétique tintamarre que tirait Frédéric de ses couvercles entrechoqués semblait le transporter d'aise. De nouveau, il avait sa mine arrogante. Ses yeux gris clair comme ceux de sa mère étincelaient. Il dominait, il était roi.

« Jamais il ne s'endormira après cela », songea-t-elle.

— Le bougre ! lui lança Rodolphe à tue-tête, pour se faire entendre.

(1) *Droulet* : garçonnet.

Dans ses yeux à lui aussi brillait la même excitation joyeuse.

En face d'elle, au travers de la farandole, Julia aperçut soudain Philo assise près de la vieille Allarde.

Elle tenait Adrienne endormie sur ses genoux, au creux de ses jupes, et riotait en face du spectacle, sans y prendre part, avec ce froncement du nez et des lèvres qui lui donnait l'air de ruminer.

« Pour elle, cela s'explique », pensa Julia.

Mais elle-même, pourquoi se sentait-elle à ce point séparée, ce soir-là, de la joie commune, incapable de faire son propre bruit, et si seule au milieu de son silence ?

Eût-il pu lui expliquer cela, le vieil Anselme dont la sagesse ne dialoguait, la moitié de l'année durant, qu'avec les astres peuplant le ciel des solitudes alpestres où pâturait son troupeau ?

Quelle barrière avait-elle donc franchie ? quel pas irrévocable ? « Est-ce la vieillesse, déjà ? » se demanda-t-elle.

Un bref frisson la saisit.

Inconsciemment, elle serra le bras de Rodolphe.

Il pencha le col pour se rapprocher :

— Alors, ma chatte ?

Julia devina les syllabes plus qu'elle ne les entendit. Ses yeux inquiets se fixèrent sur les traits de Rodolphe.

Le temps les burinait sans qu'il en parût tellement vieilli, lui. Et ce n'était pas laid, au contraire, ces tempes grisonnantes. « Mais moi, comment suis-je ? Comment me voit-il ? »

Elle eût voulu se trouver seule, au même instant, devant un miroir.

La tension qui raidissait ses mâchoires lui donnait à son insu le masque douloureux du désir.

Rodolphe s'y trompa-t-il ? Ou, au contraire... ?

Dégageant son bras avec une curieuse douceur, il lui entoura l'épaule, et se pencha davantage pour lui chuchoter :

— Montons, voulez-vous ?

— Mais... commença Julia, luttant pour redevenir elle-même.

Le regard de Rodolphe ne contenait qu'une tendresse infinie.

Il l'interrompit fermement :

— Allons, ma mie ! Pour une fois, Philo se débrouillera bien avec les petits.

*
**

L'air était mou et pesant. Depuis des jours le labé (1) bousculait sans trêve les troupeaux de nuages bas, entre les rafales de pluie qui prolongeaient le mauvais temps de l'équinoxe, bien qu'on atteignît le milieu d'avril.

— On a l'impression de vivre dans une éponge, grommelait Rodolphe. Une terre pourrie. Un ciel pourri. A perte de vue, du gris et du noir. Rien ne germera, si cela continue. Une belle récolte de champignons qui se prépare, à défaut d'autres !

Sa femme lui trouvait mauvaise mine.

— Et comment voulez-vous... ? Avec les nuits que je passe... Comment diable dormir avec un temps pareil ? En plus de cela, vous me confinez au coin du feu. Pas de soleil. Pas d'exercice. Avec votre sollicitude, vous me faites mener une jolie existence.

Il ne la menait cependant pas telle que Julia l'eût souhaité. Et quand il fut allé davantage encore patauger sous les averses dans les terres où l'eau regorgeait, qu'y eût-il gagné, sinon une bronchite ?

Julia se retenait sans cesse de lui rappeler : « Le docteur a recommandé... »

La seule mention du médecin amenait automatiquement un vigoureux :

— Au diable !

C'était l'unique position adoptée par Rodolphe contre tout empiètement sur sa liberté.

— Biaisez. Ayez l'air de céder. Mais évitez-lui à tout prix les imprudences, répétait le docteur Lapierre.

(1) *Labé :* vent du sud-ouest.

— Mais pourquoi, docteur ? Qu'est-ce donc qui vous tracasse à son sujet ?

Le praticien prenait cette voix bourrue que Julia n'aimait guère :

— Rien. Rien de particulier. Mais il faut vous mettre dans la tête qu'il n'a plus sa belle résistance d'avant-guerre. Il serait sage de le surveiller de plus près. S'il voulait seulement passer à mon cabinet de temps à autre... !

Il considérait Julia qui ne disait mot. Et, méditant sur l'inutilité de sa suggestion, se reprochait de n'avoir fait qu'ajouter au faix qu'il la voyait porter.

— En tout cas, ménagez-vous, pour votre part. Le cœur n'est pas tellement brillant, ces temps-ci.

L'avis était tout aussi inutile, en ce qui la concernait. Julia savait mieux que personne quelle fréquence avaient atteint ses malaises. Mais le souci qu'elle se faisait ne dépendait point d'elle.

Cette douleur qui soudain la pliait en deux, brutalement, comme elle la connaissait : subite, imprévisible, atroce, et pourtant familière. Parfois, il semblait à Julia que son corps allait se déchirer, comme craque une robe trop mûre. « Se peut-il que le cœur s'use de la même manière ? Un cœur qui a beaucoup servi... »

— Encore ce cœur ? disait Rodolphe, à la fois tendre et impatienté, lorsqu'il la voyait s'immobiliser, blêmir, les narines pincées, la bouche entrouverte. Ma pauvre chatte...

Il détestait l'idée même de la maladie et en voulait à sa femme, inconsciemment, d'exciter en lui une compassion stérile qu'il ne savait comment lui manifester.

Cette oppression quasi continuelle. Ces suffocations. Elle aussi savait ce que c'était, bien qu'elle s'efforçât de les lui dissimuler. La nuit, quand cela commençait, elle demeurait à demi étendue, gagnant une minute après l'autre jusqu'à l'aube, afin de ne pas risquer un mouvement qui pût troubler le repos de Rodolphe assoupi près d'elle.

Lui n'avait pas la même discrétion. Ses mauvaises nuits, il les lui faisait partager, tout naturellement.

Que sa femme pût dormir, lorsqu'un état fébrile le tenait éveillé l'emplissait d'un ressentiment doublé d'un vague scandale. Il se mettait alors à tourner et retourner, faisait gémir les ressorts du sommier, bourrait son oreiller de coups de poing, se découvrait, tirait et repoussait alternativement les couvertures, soupirait, marmottait des jurons à mi-voix.

Julia l'écoutait, muette, anxieuse, priant pour qu'il retrouvât le sommeil.

Puis venait un moment où cela paraissait impossible de le laisser se débattre, seul, dans cette étouffante pénombre noire de l'alcôve, alors que tous ses soubresauts et ses soupirs appelaient à l'aide.

Bien qu'elle sût ce qui allait suivre, Julia se hasardait à questionner doucement :

— Puis-je faire quelque chose, mon cœur ? Voulez-vous un peu d'eau sucrée ? Ou bien...

C'était apparemment tout ce qu'il attendait pour trouver un exutoire à son exaspération.

— Au diable votre eau sucrée ! Que voulez-vous que j'en fasse ? Voilà des heures, entendez-vous ? des heures que je suis là, à suer comme un misérable, sans pouvoir fermer l'œil. Si vous étiez à ma place...

L'injustice d'un enfant.

Ce n'était pas cela qui faisait le plus mal à Julia. Mais de le sentir atteint, souffrant, lui si peu fait pour souffrir ; et humilié, et aigri contre elle du fond de son humiliation, incapable de supporter qu'elle assistât à cette souffrance, comme il venait d'être incapable de l'endurer seul.

— Vains dieux ! on étouffe, aussi, dans cette alcôve. Je vais aller ouvrir la fenêtre. J'ai besoin d'air.

Il n'en avait pas vraiment l'intention. La nuit mouillée, lourde, fade, visqueuse, de cet avril gâté ne lui eût apporté aucun soulagement, il le savait. Mais il se complaisait dans sa menace. Il en jouait méchamment, afin de punir Julia, comme il se fût vengé sur lui-même.

Cependant, parfois, lorsque, glacée, toute repliée

dans sa propre détresse, à la fin, elle se réfugiait de nouveau dans le mutisme et l'immobilité, il se rapprochait d'elle, humblement, lui jetait un bras autour de la taille, enfouissait la tête au creux de son épaule.

« Un enfant », se répétait-elle. « Un véritable enfant. »

— Julia... Tu m'en veux.

Elle n'avait pas la force de répondre. Le chagrin et l'amour emplissaient sa gorge d'une eau amère. Ses doigts caressaient les cheveux de Rodolphe, maternellement. Elle le sentait s'apaiser.

Il finissait par s'endormir contre elle.

Longtemps encore, elle demeurait éveillée, à respirer l'haleine épaisse de Rodolphe, avec le poids de cette tête qui écrasait son sein, gênait son souffle et lui ankylosait le bras et l'épaule.

Jamais elle ne l'avait aimé davantage.

Revinrent les longs jours craquelés de soleil, les nuits odorantes, les matins pleins d'oiseaux, le ciel d'été sans un nuage, le frémissement doré des blés, l'exhalaison des foins que l'on coupait par toutes les prairies.

L'armée des cigales attaquait déjà l'été tout neuf d'une scie minuscule qui semblait dérisoire pour ce long travail.

— C'est cette sacrée chaleur, se plaignait à présent Rodolphe qui ne retrouvait ni appétit ni sommeil.

Il recommençait à prendre cet aspect efflanqué que Julia avait eu tant de peine à lui faire perdre, l'année précédente, à son retour de la guerre. Sa figure s'émaciait. La saillie des pommettes s'accentuait, faisant par contraste apparaître le creux des orbites.

A leur arrivée en vacances, ses deux aînés en furent frappés.

— Je me demande si Maman s'aperçoit à quel point il a maigri, dit Amélia à son frère.

Le trot de leurs chevaux dominait seul parmi les myriades de bruits indiscernables dont est pétri le chaud silence de la terre étalée dans l'alanguissement de l'été.

Henri dit, d'un ton réfléchi :

— Elle aussi change.

Et Amélia :

— C'est vrai. Je trouve qu'elle a beaucoup vieilli depuis un an.

Tous deux ensemble hochèrent la tête.

Ils avaient treize et seize ans. La matinée avait leur âge. Le vieux monde avait leur âge. L'herbe sèche parfumée de tous les aromates de la garrigue, les ronciers pleins de mûres bonnes à cueillir, les massettes, et les glais défleuris au revers des fossés sans eau, les tamaris poussiéreux, les grands fenouils hérissés de meissounenco (1) blanches, les touffes de mourven (2), où mûrissaient les baies de genièvre, le lavandin violet, le romarin bleu, et les buissons de petit-chêne (3), leur appartenaient. Ils connaissaient par leur nom chaque mourre (4) de l'Alpille. Et la légère brise du matin que la chaleur montante absorbe si vite était le cadeau personnel que leur faisait ce jour d'été à peine commencé.

Leur tour venait. Il était là.

Ils se sentaient prêts. Raisonnables et sûrs d'eux-mêmes. Rien, sinon eux et la vie qu'ils allaient se tailler pour leur belle part à même une inépuisable provision d'années, n'était tout à fait vrai à leurs yeux. Pas même ce qui arrivait à leurs parents, malgré l'importance qu'ils se figuraient y attacher.

L'un suivant l'autre, ils firent près d'un kilomètre au grand trot sur une sente. Puis, parvenue sur la crête, Amélia dit, en regardant au loïn, alentour :

— Qui sait si Virginie Aillaud viendra, dimanche, au baptême de la petite Caroline.

Son frère lui lança un vif coup d'œil moqueur.

— Elle accompagnera sûrement ses frères.

(1) *Meissounenco :* minuscules escargots blancs. En français : hélices des moissons.

(2) *Mourven :* genévrier de Phénicie.

(3) *Petit-chêne :* chêne kermès.

(4) *Mourre :* sommet.

Amélia songea que la malice du sien commençait à devenir gênante. Elle eût aimé savoir d'où il tenait la certitude que Thomas Aillaud serait à Tourvieille. « Sans doute le cadet le lui a-t-il annoncé. »

Henri et le petit Aillaud étaient ensemble au collège.

Quoi qu'il en fût, la dignité interdisait de pousser l'enquête.

Elle lança son cheval sur la pente, et dévala vers une combe encore pleine d'ombres mauves qui verdoyait à leurs pieds, laissant Henri sur place.

— Attends un peu ! Eh ! là ! cria-t-il.

Le fracas des sabots se répercutait entre les roches. Un courlis qui chantait parmi les yeuses s'envola presque sous les pas de la monture d'Amélia, dans un grand frottement d'ailes.

La jupe brune de la jeune fille se gonflait au vent de la course.

Debout sur ses étriers, Henri se penchait sur l'encolure pour exhorter son cheval :

— Vas-y, garçon ! vas-y, dépasse-la !

Tout était dans l'ordre.

Rodolphe, cependant, prit sur lui pour diriger les vendanges, comme il avait dirigé les moissons ; ce que Trestaillon eût tout aussi bien pu faire à sa place.

Ses nuits continuaient d'être mauvaises. Il se levait avec une sensation de fatigue qui croissait durant toute la matinée, bien qu'il s'efforçât de s'absorber dans le travail pour la surmonter.

Dès après le repas de midi, une sorte de torpeur fiévreuse s'appesantissait sur lui.

« Mais qu'est-ce que j'ai ? Enfin, sacrédié ! je ne suis tout de même pas... » — il renâclait, même en pensée, devant le terme : malade — « ... pas moisi ! »

Malade ? Allons donc !

Sa femme lui parlait sans qu'il l'entendît.

« Malade ! » Il refusait l'hypothèse avec dégoût. Avec, aussi, un sentiment obscur qui ressemblait à de la frayeur. « Non, non et non ! Jamais de la vie ! » Pas lui.

Il se levait, cognait du poing sur la table :

— Allons-y, sacrédié !

Et fanfaronnait pour Julia :

— Le tout est de s'y remettre. Ma parole, je deviens rudement paresseux avec l'âge.

Elle le dévisageait avec acuité, avide de le croire.

— Il se fatigue plus qu'il ne devrait, Docteur, j'en suis sûre. Lorsqu'il ne se surveille pas, il a parfois un air harassé qui n'est pas naturel. Mais vous le connaissez. Si j'intervenais...

— J'essaierai, moi, décida le médecin.

Il essaya.

Rodolphe montra les dents et s'exprima sans ambages :

— Allez vous faire f... ! Quand j'aurai besoin de vos conseils, je vous l'enverrai dire, mon cher ami.

Il l'examina avec une méfiance sourcilleuse :

— Est-ce ma femme qui vous a chargé...

— De rien du tout, coupa rudement le docteur Lapierre, en reboutonnant sa redingote avec calme. Vous pensez bien que Mme Vernet vous connaît. Moi aussi, du reste. Mais c'est plus fort que moi : quand je vois quelqu'un sur le chemin de la cachexie, je considère comme étant de mon devoir pur et simple de l'informer qu'il devrait prendre garde.

Il prit ses gants, remit son haut-de-forme, et conclut tranquillement :

— Enfin, soit ! Vous ferez un mort aussi convenable qu'un autre. Pourquoi pas ? si vous y tenez.

Il vit un pli se creuser sur le front de son interlocuteur.

Rodolphe se mordait la lèvre avec une expression coléreuse et butée. Son regard se planta dans celui du médecin qui lui rendit la pareille.

— Sacr...

Etouffant le reste, il se décida tout d'un coup :

— C'est bon. Demain matin, je passerai chez vous vers huit heures.

Lui-même, à midi, le lendemain, annonça à sa femme :

— Je me suis fait examiner par le docteur. — On eût

dit qu'il avait accompli une prouesse, à en juger par son air glorieux. — Il m'a ausculté, re-ausculté, détaillé de pied en cap, sur toutes les coutures, pendant plus d'une heure. Tout va bien. Il m'a promis de m'envoyer quelques bricoles à prendre pour dormir. Ce sont les nerfs, paraît-il. Résultat de la guerre, et du choc de ma blessure. Mais à part ça...

Il se frappa sur la poitrine.

— ... Solide comme le Pont-Neuf. Au fond, j'aurais aussi bien fait d'aller le voir tout de suite.

Julia buvait ses paroles.

— Et, ces drogues, vous allez les avaler? questionna-t-elle, non sans une nuance d'incrédulité.

— Bien sûr, ma mie.

Du moment où il était reconnu en bonne santé, il pouvait consentir ce léger sacrifice.

L'automne qui commençait fut un bel automne. Rodolphe se sentait plus vaillant. Et Julia, par contrecoup, se portait mieux, elle aussi.

Profitant des dernières journées tièdes, elle laissait son dernier-né à la garde de Philo avec les deux autres petits et revêtait son amazone pour une bonne randonnée à cheval en compagnie de Rodolphe et d'Amélia.

Les années de couvent avaient pris fin aux vacances pour la jeune fille. Elle allait faire ses débuts dans le monde au cours de l'hiver, et ne cessait d'y penser.

Le sujet préoccupait d'ailleurs ses parents presque autant qu'elle.

— Tante Lucie dit que, cette saison, peut-être, le bal des d'Andigné aura lieu comme avant.

« Le bal des d'Andigné... » Pour cette enfant, ce n'était qu'une promesse de fête élégante et fastueuse, songeait Julia, tandis que se levaient dans sa mémoire de vieux souvenirs qui paraissaient appartenir à une autre femme dont nul ne savait plus grand-chose.

Une robe. Des visages. « Comme la mode a changé, depuis. » La mazourka en vogue à cette époque-là. Voyons... *Sol, mi, sol, la, do-la, do-la...* »

Son doigt errait machinalement, cherchant les notes, sur le piano laissé ouvert par la jeune fille.

« Crinoline... Chantilly noir sur blanc. Moustache finement cirée... Ce lieutenant qui me courtisait... Ah ! comment s'appelait-il donc ? »

Elle faillit le demander à Rodolphe.

« Et Féli, dans ce satin blanc brodé d'or. » Félicité qui, à présent, était grand-mère. « Le plus beau bal de la saison. *Un garçon, ma chère. Ils l'ont appelé Arthur. Cela a le chic anglais, n'est-il pas vrai ?* » Herminie, autrefois, eût pu épouser un lord. « *Herminie Béraud ? Quoi, vous l'avez connue ? Comme c'est drôle ! Saviez-vous qu'elle a vécu longtemps à Vienne ? On a chuchoté beaucoup de choses, à propos d'un archiduc. En tout cas, elle s'y trouvait quand la guerre a éclaté. Dieu sait ce qu'elle est devenue. Les Peyrissac en savent sans doute plus qu'ils ne le prétendent, mais...* »

Etrange que les détails qu'elle pût encore apprendre sur ses amies perdues lui vinssent de cette Dorothée qu'elle ne pouvait souffrir.

« Frivole, cancanière, malveillante, perfide dans ses relations avec les autres femmes. Et coquette ! Et dépensière. Et... » Constant ne semblait pas particulièrement heureux auprès d'elle, bien qu'il ne se plaignît jamais. Entre elle et Sophie, il devait pourtant connaître plus d'une difficulté.

« Quant à Mère... » Elle non plus ne disait jamais rien ; ne demandait, n'attendait rien de personne.

« Et que lui ai-je donné, moi, depuis des siècles ? » s'interrogea Julia. Quelques visites ? Quelques marques de tendresse ? A peine. « C'est vrai que j'étais plus démonstrative, autrefois. Mais Maman sait bien... »

Sait-on jamais ce qui va de soi ? Constance le savait-elle ?

On l'appelait à Mogador : « Mère, venez vite. J'ai besoin de vous. » Elle accourait.

Et les épreuves qu'avait traversées Julia ne lui avaient guère laissé le loisir de prêter grande attention aux soucis des autres.

— Oui, Mère, je ne dis pas. Mais Sophie a tout de

même eu plusieurs occasions sérieuses. Après tout, c'est bien sa faute si elle est encore fille.

Un moment vient où l'on juge sous un autre angle. Les déceptions sentimentales de Sophie n'avaient plus la même importance aux yeux de sa sœur.

— Pauvre Finou ! disait encore parfois Julia, un peu mécaniquement. Lorsqu'elle prenait le temps d'y songer.

Mais Sophie n'avait déjà presque plus l'air d'une jeune fille.

— Une jeune fille ! Vous nous la baillez belle, ma mie. Elle a tout à l'heure la trentaine, si je compte juste.

Rodolphe n'y mettait aucune animosité. Il rappelait une vérité première, sans plus.

« Les hommes n'ont pas de pitié », pensa Julia. Mais il fallait convenir aussi que Sophie, renfrognée, épaissie, de plus en plus réfugiée dans la gourmandise et le catéchisme aux marmots, n'avait plus beaucoup d'atouts dans son jeu pour leur plaire.

« Nous la garderons quelque temps chez nous après les Calendes », résolut-elle.

Cela lui mit la conscience en repos.

Décembre était là. Le ciel, opaque et bas, laissait prévoir de la neige.

A l'issue d'une partie de chasse, Rodolphe se mit à tousser. Foulards, briques chaudes, tisanes additionnées de rhum, n'y firent pas grand-chose. Le cortège revint des nuits blanches, des repas durant lesquels il fallait insister, argumenter, supplier, pour obtenir qu'il prît un peu de nourriture.

En quelques jours, sa femme le vit redevenir aussi hâve et aussi maigre qu'il l'avait été à son retour.

— Laissez-moi appeler le docteur, mon chéri, pour vous débarrasser de cette toux. Rappelez-vous comme il vous a remis d'aplomb, il y a quelques mois.

Rodolphe se le rappelait.

— J'ai pris mal, voilà tout, grogna-t-il pour la forme, avant de céder.

En présence de Julia, cette fois, le docteur Lapierre examina de nouveau avec minutie son difficile patient.

— Eh bien, questionna Rodolphe, presque agressivement, lorsqu'il eut terminé. Ce verdict ?

— Moins que rien. Un petit coup de froid. Je vais vous prescrire une potion pour arranger cela.

Rodolphe se tourna vers sa femme :

— Quand je vous le disais ! — il triomphait avec une mauvaise humeur rancunière. — S'il fallait vous en croire, l'on n'aurait plus qu'à commander ma caisse.

Julia ne répliqua rien. Elle sourit des lèvres.

Et suivit le médecin quand il prit congé.

— Je vous accompagne jusqu'en bas, Docteur.

Ils descendirent l'escalier côte à côte, en silence.

— Docteur, dit-elle tout à coup, lorsqu'ils furent sur le perron, il a de la fièvre presque constamment. J'en ai la certitude. Ses mains brûlent, la plupart du temps. Et il s'est plaint d'un point de côté et de douleurs d'estomac, à mon frère. Et cette toux qui augmente...

Elle parlait à voix basse, précipitée, l'œil fixé sur les fenêtres du premier étage.

Le médecin fit un geste vague de la main.

— Mais enfin, insista-t-elle — une vibration fêlait sa voix — il ne peut pas rester ainsi.

Il demeura muet quelques secondes, les yeux à terre, raclant le sol de la pointe de sa bottine. Puis, releva la tête.

Son menton tressautait spasmodiquement.

Le regard dont il enveloppa Julia la mit au bord du vertige.

— Voyez-vous, dit-il enfin, je ne puis pas grand-chose.

Elle le considéra avec ses yeux clairs qui devenaient énormes. Pétrifiée, incertaine de ce qu'elle devait comprendre, tandis qu'il la saluait rapidement et montait dans son cabriolet.

« Rodolphe... il ne peut pas... voyons... »

Une pensée à laquelle jamais elle n'avait voulu s'arrêter, une pensée déjà vieille qui tourbillonnait depuis des mois comme un busard au-dessus de sa proie, était là, en suspens, prête à fondre ; et, derrière elle... « Rodolphe, malade pour tout de bon... » ... derrière elle, qu'y avait-il encore, au plus noir de cette ombre informe ?

Elle eût souhaité remonter dans leur chambre, comme on se terre dans le plus sûr refuge ; se jeter à genoux devant le crucifix familier de l'alcôve, et prier, prier, prier encore, resserrer l'alliance avec lui ; pleurer aussi, et se démettre, lui offrir l'angoisse et la confiance mêlées. « Seigneur, vous qui savez... »

Mais Rodolphe s'y trouvait probablement encore. Et elle ne pouvait pas aller vers Rodolphe.

Le secours de cette épaule qui jamais ne lui avait manqué lui était interdit, cette fois. La menace qui les guettait, Julia devrait l'affronter seule, à l'insu de son mari. Séparée de lui, à ses côtés, plus qu'elle ne l'avait été durant les mois de guerre.

« Le pire », pensa-t-elle, « oh mon Dieu ! le pire est-il... ? On le croit derrière, et ce n'est pas vrai. » Les lèvres qui touchent une fois la lie connaissent-elles jamais le fond de l'amertume ?

Le lendemain après-midi, elle pénétrait dans le cabinet du docteur Lapierre.

Il ne parut pas surpris.

— Docteur, je suis venue pour vous...

Il l'interrompit doucement :

— Je pensais que vous viendriez. Asseyez-vous.

Jamais auparavant Julia n'était entrée dans cette pièce. Machinalement, elle promena les yeux autour d'elle, regardant sans les voir la tapisserie marron à volutes blanches, la grande table chargée de livres et de papiers, la lampe, l'écritoire où trempait une plume. Malgré le feu, une odeur d'humidité régnait.

Julia sentit l'oppression qu'elle connaissait bien envahir sa poitrine.

Les pieds de la table étaient incrustés de sabots en cuivre.

Elle ne pouvait détacher son regard de ces sabots. Il lui fallut faire un effort :

— Docteur...

Il s'était rassis derrière son bureau, le dos au jour. Et maniait sans raison un coupe-papier d'ivoire.

« Il va le casser », se dit-elle. Son esprit s'hypnotisait de nouveau sur cette idée sans importance.

— ... Je veux savoir ce qu'a mon mari.

— Oui. Evidemment.

Le médecin hocha la tête à plusieurs reprises.

Derrière lui, contre la vitre de la fenêtre, un sarment de bignone gris et sec battait au vent du dehors.

— Ce coup de baïonnette qu'il a reçu a touché le poumon. Oui. Plus qu'on n'eût pu le penser.

Julia chercha sa respiration.

— Voulez-vous dire que...

« *Poitrinaire. Phtisie... s'en va de la poitrine.* » Les mots fatidiques en pareille conjoncture fulguraient sous son front.

— ... que c'est grave ? acheva-t-elle, dans un sursaut de volonté pour empêcher sa mâchoire de trembler.

Rigide dans son fauteuil, le dos droit, toute petite, avec ses mains gantées serrées sur le réticule, au creux de sa jupe, elle offrait à son interlocuteur une image désolante de fragilité et de courage intraitable.

Le docteur Lapierre pesa encore un coup les circonstances. Aussi bien n'avait-il cessé de les débattre depuis la veille.

« La veille ? En réalité, depuis trois mois. Depuis... »

Il revoyait Rodolphe Vernet assis dans ce même fauteuil qu'emplissait sa carrure. Jovial, déchargé d'un poids. « *Sacré docteur ! hein ?* Sale métier, parfois. Un couple uni. Comment s'en tirerait-elle, cette petite créature qui n'avait plus guère de santé ? Cinq enfants. Ce grand domaine à mener. »

Eût-il mieux valu se taire ? Attendre encore ? La responsabilité à prendre. Le coup à lui assener. Un cas de conscience.

Le regard de Julia, fixé sur lui, était aride et glacé. La clarté sans couleur de cet après-midi d'hiver s'y reflétait seule.

« S'il y a des mesures à envisager. Pour prévoir... On

sait ce que c'est que les familles. Pauvre femme. » Et ce regard...

Elle avait droit à la vérité.

Et le silence aussi était une façon de la lui faire entendre. En la dévisageant, il découvrit que ce pouvait être la pire.

— C'est grave, oui, Madame. Un abcès s'est formé...

Julia mordait sauvagement l'intérieur de ses joues. Un goût de sang emplit sa bouche. Elle l'avala.

— Est-ce... guérissable ?

— Non.

Elle ne dit rien, mais haleta.

Le médecin ajouta très vite :

— Mais cela peut durer plusieurs mois.

« Tenir. Tenir à tout prix », s'éperonnait-elle.

Le tic-tac de la pendule s'empara du silence et l'emplit.

Enfin, Julia interrogea, la voix sifflante :

— Je suppose que vous êtes certain de ne pas vous tromper ? Mais peut-être un consultant ?...

Le docteur Lapierre ne se formalisa pas. Il se représentait le cœur de cette femme, son cœur anatomique, avec son système de veines et d'artères dont il connaissait la marche, et l'état.

— Si vous voulez. Malheureusement, depuis que j'ai examiné M. Vernet, ma conviction est faite. Et j'ai lu tout ce qu'on peut lire, exposé le cas à de savants confrères de Montpellier. Hélas !... Le diagnostic n'est pas difficile. Un enfant le ferait. Il y a des signes à l'auscultation qui ne laissent aucun doute. Le mal est en pleine évolution. L'expectoration aussi, voyez-vous... Quant au pronostic...

Il se retranchait derrière la facilité qu'offre le froid jargon technique.

— Oui... disait mécaniquement Julia. Oui...

Elle était sur le quai de la gare, et Rodolphe s'éloignait encore une fois.

17

« QU'IL ignore, surtout. Le plus longtemps possible. Ce peu qui nous reste, qu'il en profite. »

Julia était sortie du cabinet du médecin agrippée de toutes ses forces à cette seule pensée.

Les premiers temps, il sembla que ce fût impossible de mettre les gestes quotidiens par-dessus le secret qui allait tout détruire. Le sentiment de cette absurdité la prenait à la gorge.

Chaque mot, chaque démarche de Rodolphe revêtait à ses yeux la solennité affreuse du définitif.

Ce corps en sueur allongé toutes les nuits à côté d'elle continuait d'être, pourtant. Elle écoutait son souffle bruyant avec l'horrible angoisse de ne plus l'entendre, tout à coup. Elle allongeait la main pour le toucher. Et cette moiteur, cette odeur fade, un peu douceâtre, de l'haleine, mêlée à celle, plus âcre, de la transpiration, c'était de la vie encore.

Julia ne cessait de penser à ce que signifiait la mort ; à la façon dont elle s'y prendrait pour venir à bout de cette vie à laquelle tenait indissolublement la sienne.

En vain. La notion n'entrait pas dans son cerveau.

Elle avait vu mourir son premier-né, et cette chose atroce était cependant encore imaginable. Mais Rodolphe... Il y avait en elle une impossibilité animale à se représenter sa disparition. Ce sont les autres qui meurent. Nul ne conçoit sa propre mort. Et celle-là était la sienne.

Elle était, d'abord, une part de Rodolphe, aussi vulnérable que la chair, aussi exposée, qui refusait d'assumer cette horreur.

En même temps, bizarrement, ce qu'elle était seule à savoir, déjà la retranchait de lui.

Elle le regardait agir, du matin au soir, comme à travers une vitre, « comme... » — l'image qui se présenta lui glaça le cœur — « comme un défunt sur son lit d'apparat regarde s'agiter les autres ».

Et les enfants vaquaient à leurs jeux, à leurs plaisirs, à leurs travaux accoutumés.

La vie paraissait ne s'être arrêtée que pour elle.

« Oh mon Dieu ! ne ferez-vous rien pour ceux qui s'aiment ? » Suffisait-il qu'Il leur eût permis de s'aimer ?

Mais Dieu a son éternité et que sait-Il du temps misérable des hommes ? Jour et nuit, elle priait, au plus bas de la détresse : « Laissez-le-moi. Encore un peu. Tout a été si court. Oh Dieu ! si court ! »

La solitude du désespoir la desséchait.

Rodolphe finit par la voir telle qu'elle était : pâlie, amenuisée, les joues et les orbites creuses.

Il en conçut une commisération protectrice qui lui procura, par contraste, un regain de vigueur.

— Ménagez-vous, ma mie. Qu'en dit le docteur ? Vous avez une fichue mine, ces jours-ci.

Le temps, sec et glacé, semblait lui convenir.

Il chaussait ses bottes, décrochait son fusil, et sifflait *Vénus* et *Vulcain*.

Des deux, à coup sûr, cet hiver-là, ce fut Julia qui donna de l'inquiétude à tout le clan réuni à Mogador pour les fêtes.

Puis, insensiblement, la peur creusa sa place au milieu des autres habitudes. Julia s'aperçut que tout continuait sans changement apparent.

« Cela peut durer des mois », avait dit le docteur.

Non pas des mois, mais des années, peut-être. Rodolphe avait une telle vitalité. A plusieurs reprises, pendant ces phases de répit qui se prolongeaient, Julia crut au miracle.

Des semaines entières durant, il lui arriva d'oublier la condamnation prononcée. Elle voyait Rodolphe reprendre du poids, en même temps qu'il retrouvait quelque chose de cette exubérance qui, jadis, semblait jaillir de lui comme une source de vie joyeuse et chaude.

Il tenait alors table ouverte, escortait sa fille aînée au bal, y passait la nuit, dansait même. Ou bien il s'en allait à des parties de chasse, partait pour Tourvieille, accompagnait Constant chez son beau-père à Remoulins, suivait les courses par toute la région, avec ses amis, laissant sa femme à Mogador.

Julia ne songeait pas à s'opposer à ces équipées bien qu'elle vécût durant ces absences dans la terreur de la menace qui pouvait brusquement se matérialiser et le terrasser loin d'elle.

— C'est d'une imprudence insensée, se gendarmait le docteur Lapierre. Vous devriez...

Elle le rabrouait durement :

— Je devrais quoi ? Le garrotter dans son lit ? Me suspendre à ses basques ? Afin d'obtenir qu'il demeure confiné ici ? Vous savez pourtant dans quelle humeur le met l'obligation de garder la chambre. Ne voyez-vous pas que la claustration lui est plus néfaste encore ? Non, certes, je ne le contraindrai pas. Qu'il vive au moins à son gré, puisqu'il n'y a plus rien à faire.

Mogador, elle le comprenait, n'était que trop devenu pour lui une sorte de prison où le piégeait la maladie. A présent, il ne souhaitait plus que s'en évader, comme si l'eût attendu ailleurs, avec sa robustesse intacte et sa gaieté, son insouciance, l'insatiable appétit de vivre qu'il s'effrayait, certains jours, au plus inavoué de lui-même, de voir le quitter.

— Il y a un Concours Hippique à Marseille, au Parc Borély, le dimanche de la Trinité. J'irai avec votre frère et Marquet-Rageac.

Julia trouvait un sourire à plaquer sur son visage.

— Allez-y, mon cœur, et amusez-vous.

Sur le domaine, l'on cueillait la feuille. Les foins étaient commencés. Le soufrage se poursuivait dans les vignes. Il fallait prévoir l'arrachage des racines de paluds dans les champs de garance.

— Trestaillon sait ce qu'il doit faire. Il a mes instructions en détail.

— Ne vous inquiétez pas.

Au vrai, il ne s'inquiétait guère.

— Je sais que vous vous débrouillez.

La valise faite, tandis que Victor conduisait son maître à la gare de Tarascon, Julia revêtait sa vieille amazone et partait faire la tournée des terres pour surveiller l'ouvrage en train.

Elle maintenait *Léda* au pas, le plus souvent, afin de ménager son cœur.

« *Vous feriez mieux de cesser complètement...* » au diable le docteur et son inhumaine sagesse.

Elle aurait le temps de se reposer quand les récoltes seraient vendues, quand les enfants seraient tous élevés, quand...

— Et moi, Maman, vous verrez, dans quelque temps, quand je pourrai vous seconder. Si Père voulait, dès à présent...

Henri eût volontiers quitté le collège où il faisait cependant honorablement figure.

Et certes, se disait Julia, ce serait un réconfort que de l'avoir auprès de soi, ce grand garçon déjà presque aussi grand que son père à qui il ressemblait trait pour trait.

— C'est votre préféré, hein ? la taquinait Rodolphe, les jours où il se sentait dispos. Allons, vous pouvez bien l'avouer ?

Julia s'en défendait : elle n'avait pas de préféré. « Non, pas plus Henri que mon petit Hubert, ou ce trève (1) de Frédéric ou Adrienne, la pauvrette... »

Quoi qu'elle en eût, ses nerfs se rétractaient légèrement à la seule évocation de cette enfant placide, lente, lourde, de caractère indécis, qui se tenait à cheval comme un ballot de farine et ne montait d'ailleurs qu'à contrecœur.

(1) Un *trève* est un follet qui danse sur le Rhône.

— Quelqu'un qui n'aime pas les chevaux, cela ne s'est jamais vu dans la famille. Il faut qu'elle tienne cela de sa grand' Vernet que personne, à ma connaissance, n'a jamais vue en selle.

Amélia qui, elle, montait « comme un ange » au dire de Rodolphe, riait et défendait nonchalamment sa jeune sœur :

— Ce sera une bonne ménagère, en tout cas, Maman. Et une bonne mère aussi. Voyez-la s'occuper d'Hubert.

— Oui.

Devant le manque d'enthousiasme dont témoignait le « oui » de sa maîtresse, Philo, elle aussi, plaçait son mot.

— Mademoiselle Adrienne, c'est la plus bravette (1).

Mais tout le monde savait que, comme son maître, c'était d'Amélia que la servante raffolait.

Elle la servait comme elle eût servi une princesse. Il devenait parfaitement vain de la charger d'une besogne déterminée, fût-elle urgente, dès l'instant où la jeune fille mettait le pied dans la maison.

— Philo, tu peux venir ?

— Tout de suite, ma beauté fine.

— Philo, viens me délacer, veux-tu ? — Philo, ôte-moi mes bottes. — Philo, viens me recoiffer. — Philo, ne le dis pas à Maman : je vais sûrement rencontrer M. Lageard à la soirée de Vérane Jonquéras. Il faudra que tu me repasses ma robe de grenadine.

Philo quittait tout sur-le-champ pour accourir à l'appel de sa jeune maîtresse, tirait la robe de la penderie, prenait les brosses, recueillait les confidences.

— Tu sais, je crois bien qu'il m'aime.

— Pardi !

Qui donc eût pu apercevoir Amélia Vernet, cette merveille des merveilles, sans en perdre le boire et le manger ?

(1) *Bravette* : gentille.

— … Mais vous, ma perle ?

— Moi ? Que tu es niaise !

Amélia éclatait de rire, en cascade.

La brosse en suspens, Philo écoutait ce rire, avec un ravissement bourru, elle qui, de sa vie, n'avait su tirer pareille musique de son gosier.

— Si tu savais comme c'est amusant de rendre amoureux fou un homme important, et puis de le voir se morfondre ! Celui-là, je m'étais juré de le mettre à mes pieds. Tu vois, c'est fait.

Philo ressemblait de plus en plus à un gros lapin grignotant de l'herbe lorsqu'elle remuait la bouche et le nez de cette manière.

— Madame dit que vous finirez par rester fille, comme votre tante Sophie, à force de vous moquer des messieurs.

La perspective ne fit naître qu'un sourire éclatant d'assurance aux lèvres d'Amélia.

— Ne t'inquiète donc pas. J'épouserai qui je voudrai quand je voudrai.

Elle savoura cette certitude comme un bonbon, puis continua :

— Ce que je puis t'affirmer, c'est que mon mari ne sera ni Thomas Aillaud, ni Jules Marquet-Rageac, ni Alphonse du Roveret, ni M. Isnard, ni le frère de Vérane. Ceux-là sont tout juste bons à me débiter des choses agréables à entendre, à me mettre le pied à l'étrier, ou à me faire danser, à tourner les pages quand je suis au piano, à ramasser mon éventail. Mais, pour époux… — elle souleva sa chevelure à deux mains sur sa nuque et se contempla dans le miroir avec langueur — … je n'en veux pas d'autre que celui dont je pourrai dire au premier regard, comme Juliette : « *Si ce jeune homme est marié, mon lit nuptial sera mon tombeau.* »

Philo, estomaquée, réfléchit un moment au sens de ces paroles.

— Ah ben… ah ben alors ! exhala-t-elle enfin. Et qui ça est, celle-là ?

— Peu importe. Tu ne la connais pas.

La romantique Amélia ne s'en consumait point pour

autant, d'ailleurs, dans l'attente du Roméo de ses vœux.

De la coupe pleine qui s'offrait à sa soif, elle comptait bien épuiser tous les sucs.

— Papa, quand me mènerez-vous visiter Marseille ? demandait-elle inlassablement, à chaque retour de Rodolphe.

— Un de ces jours. Nous verrons cela, promettait-il, prudent, avec un coup d'œil du côté de sa femme.

Puis, il distribuait les cadeaux qu'il rapportait aux siens.

Une petite montre incrustée d'émail fit pousser des exclamations de joie à la jeune fille.

Le petit Hubert demeurait coi, hésitant entre le rire et les larmes, devant le faciès ricanant d'un singe noir de taille impressionnante. Frédéric avait couru montrer sa carabine au Janet de Trestaillon qui avait son âge. Adrienne était déjà plongée dans son livre d'images.

Et Julia laissait Rodolphe épingler lui-même, maladroitement, la grosse broche d'émail vert et d'or entourée de perles qu'il lui avait choisie.

— Elle vous plaît, ma mie, au moins ? Vous voyez, j'ai pensé à vous. La prochaine fois, il vous faudra venir. Nous pourrions emmener Amélia. Et Henri, s'il termine bien son année.

— Nous pourrions, oui. Pourquoi pas ?

Elle se laissait entraîner à faire des projets.

Juin était là. L'air était d'une douceur sans pareille. Le parc entier avait l'odeur des roses.

Il semblait à Julia que jamais saison n'avait été aussi belle depuis les lointains étés des fiançailles. Ce bonheur menacé par une terrible échéance avait déjà la perfection pathétique qu'acquièrent les vieux souvenirs polis par le regret au fond de la mémoire.

L'angoisse amère de l'attente qu'elle vivait s'estompait un instant au rappel d'une autre attente faite d'espoir.

— Vous rappelez-vous, mon cœur ? Le vieux verger de la Gloriette. Et cet habit bleu de roi que vous portiez.

— C'est vrai. Et votre robe blanche qui tenait toute raide, autour de vous. Crédié ! je vous revois comme si c'était hier.

« C'était hier, vraiment », pensa Julia. « Nos belles années. Nous étions heureux. Et nous ne le savions pas. »

— Et ces abricots muscats, dites, ma mie ! Je n'en ai jamais plus mangé d'aussi parfumés. Et ces figues...

Il rêva un instant, et conclut de façon imprévue :

— Cet imbécile de Peyrissac !... Au fait, il doit frétiller d'aise depuis que Broglie et ses estafiers ont pris le pouvoir. Mais patience ! Henri V n'est pas encore là ! Les bons cousins Orléans ont leur mot à dire.

Julia sourit, non sans mélancolie, à voir ses vieux démons le reprendre.

Elle dit seulement :

— N'allez pas tenir des propos comme ceux-là devant Constant, je vous en conjure.

— Non, non, ma chatte. Vous pensez bien !

Mais la discussion en perspective rallumait une lueur batailleuse dans ses yeux.

« Bon », se dit sa femme. « De toute façon, avec Constant, rien à craindre. Il sait demeurer calme. Et s'arrêter à temps. »

— Au mois de septembre, reprit Rodolphe, au fil de ses pensées, quand le dernier de ces damnés Prussiens aura délogé, nous pourrions donner une soirée. Hein ? Pour marquer l'événement.

« Une soirée ? Et avec quoi, Seigneur ? »

— Vous savez très bien que nous n'avons pas un sou vaillant.

L'année précédente, en dépit de ses remontrances, tout l'argent disponible était passé à l'Emprunt. — « *Allons donc, Julia ! nous n'allons pas lésiner quand il s'agit de nous débarrasser de cette engeance !* » Ils n'avaient pas lésiné. Et, les vendanges ayant été mauvaises, Julia avait bouclé ses comptes de justesse. Rodolphe ne s'en souvenait plus, naturellement.

— Nous vivons au jour le jour, ou peu s'en faut,

depuis le mois de novembre dernier et il nous faudra tenir encore jusqu'à la vente du blé ou des cocons.

— Sacrédié ! grogna Rodolphe. Quel éteignoir ! Vous finirez par rendre des points à ma mère.

Son humeur changeait si vite, à présent. Julia n'en voulut qu'à elle-même, bien que la comparaison l'eût atteinte.

Qu'importait l'argent, en effet ? Après tout, s'il la voulait, sa fête, ce grand enfant vieilli... De quoi lui servirait la sagesse, au rendez-vous qui le guettait ? Il avait raison. L'on s'arracherait le cœur, mais l'on réserve quelques piécettes. Ladre, égoïste qu'elle était.

Impulsivement, elle lança sur la travailleuse la guimpe qu'elle brodait pour Amélia et s'approcha de lui.

— Ecoutez...

Il passait le revers de la main sur son front :

— Bon Dieu ! je sue encore.

Julia se mordit les lèvres. Maintenant, c'était trop tard pour y revenir. Il eût abhorré l'hypothèse d'une concession arrachée à la pitié de sa femme.

« Peut-être même est-ce la contrariété ?... » se demanda-t-elle. Le médecin avait bien recommandé de les lui éviter.

La toux le secouait, à présent.

Julia se contraignit à ne rien dire. A mesure que la quinte se prolongeait, elle enfonçait ses ongles dans ses paumes avec un désespoir accru.

« *En septembre.* Oh ! Christ ! »

Où serait-il, en septembre ?

L'année se termina cependant. Rodolphe durait, s'affaiblissant par paliers.

Aux périodes de rémission succédaient, amenées par la moindre fatigue, des pointes de forte fièvre. Ses quintes se multipliaient.

A présent, l'on faisait quotidiennement une lessive à part pour ses mouchoirs dont l'odeur était écœurante.

Dans son lit, des sueurs profuses le tenaient éveillé jusqu'à l'aube.

Sa taille se voûtait. Sa poitrine se creusait.

Peu à peu, l'indifférence le gagnait pour tout ce qui l'avait autrefois passionné. Julia le voyait s'enfoncer dans une somnolence morne où, déjà, il paraissait hors d'atteinte.

Les chiens mendiaient en vain son attention. *Vénus* la plus caressante, qui avait été sa favorite, le contemplait tristement de ses yeux tendres.

Depuis plusieurs mois, il ne sortait plus à cheval et laissait Amélia monter *Emir* à sa place.

— Je vous le tiens en bonne condition, Papa. Le jour où vous voudrez le prendre...

— Oui, va... Va.

Même Amélia n'obtenait pas toujours un sourire en échange de ses cajoleries.

Lorsque, au mois de janvier 74, le gouvernement désigna les membres de la commission municipale d'Avignon, certains de ses amis revinrent à l'Hôtel de Ville.

Il dit en l'apprenant :

— Il faudra que j'envoie mes félicitations à Béchet, Amic et Gabriel Verdet.

Puis il oublia de le faire.

Il n'était plus question de chasse. Encore moins de déplacements.

Julia pensa que le moment était venu de mettre sa belle-mère et Antoine au courant de la vérité.

Tous ceux de Tourvieille étaient là, prolongeant leur séjour habituel à sa prière.

Au tapage de Frédéric, d'Hubert et d'Adrienne, les trois garçons de Lucie joignaient le leur. Et même Caroline, leur petite sœur, tenait déjà sa partie.

— Les enfants ne vous dérangent pas ? demandait souvent Lucie à son beau-frère.

Rodolphe répondait à peine.

— Non, non.

Il semblait que la sollicitude qu'on lui témoignait le dérangeât bien davantage.

Depuis que les grands froids étaient venus, il se tenait au coin du feu, la journée entière ; les pieds sur les chenets, taciturne, suivant des yeux le jeu des flammes dans le brasier où il ajoutait une bûche après l'autre.

Le spectacle de cette atonie était un crève-cœur pour Julia.

Elle attendit le dernier soir avant le départ de ses hôtes pour aborder l'entretien avec Elodie.

Invité par Constant, Antoine avait passé la journée à la chasse. Il venait de rentrer.

— J'ai les affections de tous ceux de la Sarrazine à vous transmettre. Madame votre mère m'a chargé...

Julia eût été incapable de répéter un mot de ce qu'il lui avait dit. Elle pensait sans arrêt à la révélation qu'elle allait devoir leur faire. « Tout à l'heure... tout à l'heure... » Cela sonnait sur une seule note dans sa tête, avec la lenteur et la régularité implacables d'un glas. Quand ils sauraient, eux aussi, ce serait comme si la mort avait accompli un pas de plus à la rencontre de Rodolphe.

Et comment le leur apprendre ?

Le repas se déroulait. Il se termina. Vint la veillée. Rodolphe monta. Puis Lucie se leva pour aller voir ses enfants.

Le moment était arrivé.

— Il faut que je vous parle, ma mère... Non, non, demeurez ! ajouta-t-elle précipitamment à l'adresse de son beau-frère qui esquissait un mouvement de retraite.

— Ah ! bon.

Il se rassit, plus étonné qu'intéressé.

Julia frotta ses paumes moites contre sa jupe. Le contact de ses cuisses sous le tissu la fit frémir. Elle avait horreur et honte, ce soir-là, de se sentir tout à coup tellement vivante.

Elodie Vernet attendait, droite sur le bord de son siège, comme toujours.

Antoine, lui, massif, alourdi, épaissi, couperosé, se prélassait dans une bergère, les jambes écartées, avec ce laisser-aller animal qui rappelait celui de Rodolphe. Julia dut se détourner de lui pour ne point perdre le reste de son courage.

— C'est au sujet de mon fils, je suppose ? entama Elodie.

Elle attendit encore un instant ; puis, devant le hochement de tête de sa bru, continua :

— Il est malade, cela se voit.

Fit une nouvelle pause, l'œil fixé sur Julia. Et dit enfin, d'une drôle de voix qui montait en s'éraillant pour se casser sur la dernière note :

— Allons, ma chère, parlez.

Les yeux d'Antoine allaient de l'une à l'autre :

— Mais... comment ?...

Sans regarder de son côté, Julia dit ce qu'elle devait dire.

Lorsqu'elle eut terminé seulement, elle l'entendit renifler et, jetant un coup d'œil vers lui, s'aperçut qu'il pleurait, derrière ses doigts écartés où roulaient les larmes.

Mme Vernet avait les yeux secs.

— C'est dur, dit-elle, simplement, après un silence.

— Oui, dit Julia.

Pour la première fois de sa vie, elle se sentait singulièrement proche de cette femme.

Sa belle-mère l'évalua d'un regard.

— Vous n'êtes pas bien drue, vous non plus. Pensez-vous pouvoir tenir ?

— Je suis plus forte que l'année dernière.

Leurs yeux se rencontrèrent. Ils étaient pleins de compréhension.

Une même impatience les fit tourner la tête au bruit d'un reniflement.

— Antoine ! Tiens-toi, je te prie.

— Je vous demande pardon, balbutia Antoine.

Il se leva, se frotta la figure dans son mouchoir et quitta la pièce.

Julia se sentit moins crispée après son départ.

— Dites-moi, ma petite...

Malgré soi, elle remarqua le terme. Sa belle-mère en usait pour la première fois à son égard.

— ... que puis-je faire ?

— Rien. Je vous remercie. Rentrez au mas comme il

était convenu. Il ne faut pas que Rodolphe se doute. Je vous alerterais immédiatement, si... si quelque chose...

— Bien.

Elodie Vernet ferma les yeux une seconde. Puis se leva à son tour.

— Votre ménage a été heureux, n'est-il pas vrai ? depuis... voyons... tantôt dix-neuf ans, il me semble.

— Oui, parvint à répondre Julia. Un oui rauque.

« Si elle se met à me jeter de l'eau bénite, je ne... »

Mais la vieille dame n'en dit pas davantage, et se contenta d'appuyer sa main, pesamment, sur l'épaule de sa bru.

Parvenue près de la porte, elle s'arrêta :

— Vous ne pouvez pas tout lui épargner, non plus. Il a droit à sa mort chrétienne. Avez-vous pensé à cela ?

— J'y ai pensé, oui. J'y veillerai. Mais je veux lui laisser le plus possible... Sa voix s'étrangla.

— Oui, oui ! dit en hâte Elodie. C'est bien, ma fille.

Et, de nouveau, avant de sortir, Julia sentit la lourde main presser son épaule.

Ce soir-là, elle fut bien près d'aimer la mère de Rodolphe.

Avec le printemps, cependant, une amélioration inespérée se produisit.

Elle s'affirma, s'accentua. Et Julia qui avait pensé perdre son mari au mois de mars en remercia la charité divine.

— Cette effroyable crise de vomissements au milieu de laquelle il a failli passer l'a beaucoup soulagé, en fin de compte, dit-elle au docteur Lapierre. Voyez : depuis, il n'a presque plus de température.

« Mon Dieu, vous pouvez tout ! » Pourquoi la prière fervente n'eût-elle pas obtenu, finalement, la grâce de Rodolphe ? Tremblante d'espoir, elle dévisageait le médecin.

Mais il se contenta de hocher la tête selon sa coutume.

— Oui. C'est toujours ainsi, la vomique vous emporte ou vous soulage. Toutes ces saletés qu'il a évacuées l'étouffaient. Maintenant, avec un peu de chance, il va durer encore un bout de temps.

Julia comprima sous ses mains convenablement croisées ce cœur ridicule qui battait la charge pour une espérance fantôme. Et, se redressant, rejeta sa tête en arrière :

— Très bien, Docteur. Je prendrai ce que Dieu me donne.

Il la jaugea : avec quoi diantre tenait-elle debout, religion à part ! L'amour, c'est entendu. Mais qu'en reste-t-il au juste, auprès d'un mourant à l'haleine fétide qui crache du pus à pleins mouchoirs et n'a que de mauvaises paroles ?

La femme du docteur s'entendait comme personne à tenir son ménage, à tarabuster sa petite chambrière, et confectionner des carrés au crochet ; et sans doute avait-elle toute prête la méthode la plus rationnelle pour l'assister, au cas vraisemblable où il trépasserait le premier. A cette pensée, il réprima une grimace.

Et questionna :

— Puis-je vous examiner ?

— Je ne crois pas que cela en vaille la peine, dit sèchement Julia. Je me porte parfaitement, ces temps-ci.

Le mieux persistait pour Rodolphe.

A plusieurs reprises, on le vit surveiller la moisson, discuter avec les fermiers, sortir.

Il se rendit à Tarascon, à la Sarrazine, poussa même jusqu'à Tourvieille où Antoine n'en crut pas ses yeux, en le voyant descendre de voiture à l'improviste, devant l'abreuvoir où il faisait boire son cheval.

Le soleil blanc de juillet faisait craquer les pierres, la chaleur montait du sol comme une brume. Les roubines étaient à sec.

Cependant, ce temps écrasant ne semblait pas incommoder Rodolphe.

Julia, elle, était exténuée. Elle-même souffrait de brèves mais fréquentes crises de suffocations.

Elle accueillit volontiers l'occasion de se reposer un

peu en envoyant les enfants à Maillane pour la Saint-Eloi.

— Maman, nous irons chez l'oncle Constant pour voir la procession ? On attelle sa mule blanche à la « carreto ramado ».

Frédéric ne cessait d'en parler depuis des semaines. C'était l'avant-dernière année où il pourrait la voir courir, la charrette de verdure tirée par ses quarante paires de mules houssées, empanachées, brodées, surbrodées, miroitantes de mille soleils, au son du tambour et du fifre, parmi les sonnailles, les claquements de fouet, et les clameurs de joie de la foule.

— Une fois que je serai au collège, ça sera fini d'y aller, disait-il, plaintivement, anticipant sur sa nostalgie.

Son père hocha la tête à cette plaidoirie.

— C'est vrai, ça. Tu as raison, mon garçon, va la voir passer, ta charrette ramée.

Ensuite, il y eut les fêtes d'Avignon.

Le dimanche de Notre-Dame-du-Carmel, les enfants partirent pour aller voir passer la cavalcade.

Julia et Rodolphe demeurèrent seuls à Mogador.

Il s'enquit indolemment, en buvant son café :

— En quel honneur, ces fêtes ?

Sa femme lui tendit *le Méridional* et *l'Etoile de Vaucluse*.

— Lisez. Il y a tout le programme. On commémore le cinq centième anniversaire de la mort de Pétrarque. Le cours Bonaparte va prendre son nom.

Aussitôt, elle se reprocha sa sottise.

Mais Rodolphe ne parut pas se soucier de ce changement.

— Vous auriez dû aller avec eux, continua-t-elle, très vite.

— Bah !

Il laissa tomber les journaux.

— ... Maintenant que vous voilà sorti d'affaire, enchaîna Julia, s'efforçant à la gaieté.

Il la considéra fixement, avec une expression durcie jusqu'à la haine.

— Je suis foutu. Je le sais depuis belle lurette. Et vous le savez aussi bien que moi. Parlons d'autre chose.

Elle en perdit le souffle, et dut s'accrocher au bord du guéridon.

Heureusement, Rodolphe ne la regardait pas.

Cette tentation de crier son nom, de s'abattre contre lui, de l'entourer de ses bras, était desséchante comme la soif.

Elle avala une salive qui avait le goût du sel et des larmes. Et parvint à dire, avec une dureté calquée sur celle de Rodolphe :

— Parlons d'autre chose, en effet. Vous êtes par trop stupide.

Il ricana.

Mais Julia surprit une lueur incertaine dans son regard posé sur elle à la dérobée.

Il en était donc là.

Le lendemain, elle retint à part le docteur Lapierre après sa visite.

— Lui avez-vous dit quoi que ce soit qui ait pu lui laisser deviner ?

— Non. Pourquoi ?

Elle lui répéta les paroles de Rodolphe.

Le médecin réfléchit.

— Il lui était difficile de ne pas se rendre compte, à la longue. Je suppose bien qu'il a dû longtemps refuser l'évidence, mais...

Julia se cabra :

— Mon mari n'a jamais passé pour un lâche, Docteur !

— Non, non, Madame ! Ce n'est point ce que j'ai voulu dire.

Les gens étaient toujours prêts à interpréter de travers. Et cette femme en particulier, qui promenait perpétuellement son orgueil comme un molosse au bout d'une chaîne.

— C'était encore une façon de se battre, pour lui. Comprenez-moi, Madame : il faut une terrible volonté de vivre pour résister comme il le fait. Vous souvenez-vous ? je vous avais laissé espérer quelques mois. Il va bientôt y avoir deux ans de cela.

Etait-ce vivre ? Julia ne voulait pas se le demander.

Et si maintenant l'espoir de guérir s'éteignait en Rodolphe...

Elle songea que, l'année précédente encore, il eût peut-être alors été capable d'on ne savait quelle gribouillerie tragique.

A présent, cette force-là aussi devait l'avoir quitté. Il regardait en face l'humiliation que continuerait de lui imposer la déchéance qu'était cette interminable agonie ; et sa rancœur impuissante n'était déjà plus de la rage.

Par quel long chemin harassant était-il donc passé, seul, à son insu à elle ? Le cœur lui manquait à l'imaginer.

« Moi qui ne songe qu'à le garder. Peut-être qu'... »

Le médecin se levait pour prendre congé.

Julia s'aperçut qu'elle avait oublié sa présence.

— Et, dites-moi, Docteur... — parce que la question lui faisait honte, elle la posa en serrant les lèvres sur les syllabes — ... combien pensez-vous que cela puisse durer encore ?

Il fit un geste d'ignorance.

— Avec cette constitution de fer... Qui le sait ? Peut-être deux, trois mois. Peut-être six. Peut-être...

Et, de nouveau, revint l'hiver.

Et, de nouveau, la fièvre avec tout son cortège, pour Rodolphe.

Il n'était plus question de fêtes ni de dîners.

Vers le temps de l'Avent, Julia vit son mari si mal qu'elle fut sur le point de rappeler Henri de son collège et Amélia de Tarascon où elle séjournait chez les Marquet-Rageac.

Bien qu'il allât mieux, le matin suivant, elle hésitait à se séparer de Frédéric et d'Adrienne, invités à une réunion d'enfants dans le voisinage.

Ce fut Rodolphe qui trancha :

— Sacrédié ! laissez-les aller, qu'ils en profitent !

Pour ce que cela dure... De quoi avez-vous peur ? de me voir claquer pendant leur absence ? Et après ?... Allez, allez, fouette cocher ! à Barbegal ! Est-ce que la perspective de ma mort doit les empêcher de vivre ? C'en est fini pour nous, pas pour eux.

Il rumina une seconde, et lança à Julia un regard chargé de rancune :

— Pour nous... ? Pour moi, oui !

Elle frémit intérieurement, et ne répliqua rien.

Cette cruauté, on n'avait pas même le droit de lui en tenir rigueur. Et ses retours, ses élans de tendresse se faisaient de moins en moins fréquents. Il ne parlait plus ; recevait les baisers des siens avec indifférence. Econduits, l'un après l'autre, ses plus vieux amis renonçaient à venir le voir. Constant lui-même n'était plus guère admis auprès de lui. A peine tolérait-il les visites de son frère.

Cette semaine où il se trouva presque continuellement en tête à tête avec Julia fut la plus pénible.

Une nuit, en particulier, fut mauvaise.

Julia s'était relevée à plusieurs reprises pour le changer, pour lui chercher d'autres mouchoirs, pour le faire boire.

La pièce, où il ne supportait pas de feu, était glaciale.

A l'aube, transie, elle passa son manteau par-dessus ses vêtements de nuit.

Elle refermait la penderie lorsqu'un fracas accompagné d'un bris de verre la fit se précipiter dans la chambre.

En voulant atteindre la pile de mouchoirs propres, Rodolphe, d'un revers de main malheureux, venait de balayer le dessus de la table de nuit. Bouteilles de potion, tasse, cuillères, jonchaient le sol où s'élargissait une flaque sirupeuse parmi les débris.

Julia s'accroupit pour les ramasser et éponger la peau de chèvre.

— Laissez ça, haleta Rodolphe, au milieu d'une quinte. Philo fera le ménage.

Elle dit doucement, sans se redresser :

— Cela n'a pas d'importance. Je puis aussi bien le faire.

Ses nattes traînaient par terre. Elle les ramena contre elle, et continua :

— Arrêtez ! cria Rodolphe.

Il toussa ; et se remit à crier :

— Arrêtez, nom de Dieu ! quand je vous le dis !

Elle se releva, effrayée.

— Mon chéri, qu'y a-t-il ?

Il était appuyé sur ses poings, le torse à moitié hors du lit, hoquetant, les prunelles révulsées. La toux lui arrachait des larmes.

— Assez de « mon chéri » ! Assez de prévenances ! Assez de tout ça ! exhala-t-il, syllabe par syllabe. Je ne puis plus le supporter ! Le spectacle que vous me donnez depuis des mois ! Votre patience, votre douceur. Vous qui n'êtes ni patiente ni douce. Une vraie sœur de charité. — Hachés, au hasard de la quinte, les mots s'entrecoupaient, se bousculaient, avec une violence rocailleuse — Je vous dis que je ne peux plus le supporter. Je ferai n'importe quoi ! mais sortez de vos gonds, défendez-vous, cessez de me répondre : « oui, mon cœur » quoi que je dise ou que je fasse. Dites-le-moi, ce que vous pensez : que je suis une brute. Et ne loque, une répugnante loque. Que ma pourriture empoisonne l'air autour de moi, que je vous dégoûte, que...

— Rodolphe !

Avec un cri étranglé, elle se jeta sur lui, insoucieuse de la fétidité de son haleine.

— Rodolphe ! Tais-toi ! Tu ne...

A son tour, il l'interrompit, en la repoussant :

— Non, bon Dieu ! je ne veux pas me taire. Je ne veux pas qu'on me sucre la pipule. Assez d'hypocrisies ! S'il me faut crever, que ce soit du moins en homme, et non par surprise, au milieu d'un tas de chatteries auxquelles ni vous ni moi ne tenons. Je vous répète que...

Brusquement, il suffoqua, gémit malgré lui, puis se tordit en hurlant dans un paroxysme de souffrance. Et, soudain, un flot de pus fusa de sa bouche et de ses narines, éclaboussant Julia.

En un éclair, elle pensa, terrifiée : « C'est la fin. Oh ! mon Dieu, pas ainsi ! il n'est pas prêt. Laissez-lui le temps... » Cependant, elle empoignait la cuvette, revenait à Rodolphe, le soutenait, l'assistait de son mieux :

— Ce n'est rien. Cela vous soulage.

« Mon Dieu, Jésus, Sainte Mère... » Elle les appelait tous à l'aide. Elle réclamait leur secours, comme un dû.

Et peut-être fut-ce cette foi exigeante, finalement, qui obtint du Ciel un nouveau délai.

Rodolphe, épuisé, retrouvait peu à peu son souffle. Ses yeux ne chaviraient plus. Ses traits se recomposaient. Il revenait du côté des vivants, et l'angoisse du passage entrevu s'effaçait de son visage, bien qu'il conservât quelque chose de hagard.

Julia l'essuya, bien doucement. Essuya ensuite ses tresses, sa manche, et le devant de son manteau.

Rodolphe la regardait faire.

— Je vais réveiller Philo pour avoir de l'eau chaude, dit-elle.

Il ne répondit rien, se laissa nettoyer, changer, avec une passivité totale.

La servante quitta la chambre, emportant la chemise, les linges, les draps souillés, et la cuvette.

De nouveau, tous deux se retrouvaient seuls. Et, à présent, l'alerte passée, le son affreux des reproches de Rodolphe revenait comme un bourdon dans la tête de Julia.

Changée, nettoyée, elle aussi, elle rentra, et remonta dans le lit enjambant par-dessus son mari pour regagner sa place.

La tête à demi renversée, soutenu par les oreillers, il ne bougeait plus.

— Rodolphe ?

Elle n'obtint pas de réponse. Seul se devinait le contour du visage.

« Mon Dieu ! » Reprise par l'épouvante, elle avança une main. La poitrine de Rodolphe était chaude. Le cœur battait.

— Vous ne toussez plus, dit-elle encore, hasardant une lente caresse timide.

Sous ses doigts, elle sentait alterner les creux et les saillies des côtes.

L' « odeur », cette odeur fade, douceâtre, nauséeuse, flottait encore, malgré l'eau de Cologne prodiguée.

Julia se rapprocha davantage, rapprocha ses lèvres du visage immobile sur lequel l'ombre anticipait.

La joue qu'elle effleura était mouillée.

Un bref soupir lui échappa.

Se redressant sur les genoux, elle enlaça Rodolphe, colla sa figure contre la sienne.

— Vous savez bien que vous êtes ce que j'ai de plus cher au monde. Mon amour, dites-moi que vous le savez.

La main droite de Rodolphe se posa sur sa nuque.

Au bout d'un silence, il dit :

— Oui, je le sais.

Et, très bas, ajouta :

— C'est bien pour ça que c'est si dur.

Ce fut à Julia de rester muette.

Elle souffrait avec lui, et, malgré tout, intérieurement, se répétait les mots qu'il venait de prononcer. Elle savait qu'elle se les rappellerait, plus tard, quand la peine serait trop lourde, quand Rodolphe redeviendrait acerbe, exigeant, haineux, frénétique. Et plus tard encore, quand elle n'aurait plus rien à faire, sinon se souvenir.

Elle serrait cette miette, plus précieuse que toutes les moissons de bonheur engrangées durant vingt années.

L'ombre de l'homme qu'il avait été. Et cependant, rongé de fièvre, dévoré par la cachexie, brisé par la toux, Rodolphe résistait toujours.

— Je ne le trouve pas tellement plus mal en point qu'à la Noël dernière, avait dit sa mère, en arrivant à Mogador. Nous n'espérions pourtant pas, alors, être de nouveau réunis autour de lui pour ces fêtes.

Le changement qu'elle dut constater au bout de peu

de temps dans le caractère de son fils l'impressionna davantage.

— En somme, à ce que je vois, six jours sur sept, il est inabordable. Il faut convenir que sa femme a un certain mérite, dit-elle à Antoine.

— Et, vous le savez, ce n'est point là un mince éloge, dans sa bouche, commenta celui-ci, en rapportant cette opinion à Julia.

Elle ne répliqua rien. Les éloges de Mme Vernet mère venaient trop tard. A présent, pour elle, les préoccupations de la vie quotidienne se centraient sur l'essentiel : les enfants et Mogador. Pour le reste, son existence n'appartenait plus qu'à Rodolphe. Elle n'avait plus rien à en distraire.

Parfois, il lui semblait que, par quelque alchimie mystérieuse, son mari s'assimilait ses forces à elle, et s'en nourrissait.

Ainsi, d'un jour à l'autre, avait-elle l'impression de le porter quelques pas plus loin au-dessus de l'abîme ouvert. C'était là qu'elle puisait son courage.

Pendant ce temps, ceux de la Sarrazine comme ceux de Tourvieille comptaient désormais avec l'événement de cette mort en perspective, au milieu de tous leurs projets d'avenir. Ils s'habituaient à cette pensée, tandis que Julia en venait à oublier d'y croire.

Et, finalement, la mort tomba ailleurs, avec une brutalité déconcertante qui les laissa tous stupéfaits avant même qu'ils eussent eu le temps d'en éprouver du chagrin.

Rodolphe était dans une période d'accalmie. Il put figurer parmi la parenté dans le cortège de cette jolie Dorothée Angellier que l'on menait en terre.

En quelques heures, une vie s'était échangée pour une autre, à la Sarrazine. Tandis qu'on dressait le lit de parade de la jeune femme, Constance avait transporté dans sa propre chambre la berce où une petite fille pleurait.

— Pauvre Dorothée, dit Rodolphe, au retour de l'enterrement. Elle a été vite pliée. Un rude coup pour votre frère. Le malheureux !...

Il rumina un moment, et soupira :

— Du diable si j'avais pensé la voir partir avant moi !

Ni l'un ni l'autre ne l'eût avoué, mais tous deux puisaient dans l'imprévu de cette disparition une sorte de réconfort.

Julia s'en voulut qui, déjà, ne se rappelait qu'avec gêne les sentiments qu'elle avait nourris envers sa belle-sœur.

« Mais, après tout », se dit-elle, « Dieu décide. »

Et, malgré le respect dû aux défunts, elle ne pouvait s'empêcher de penser que la jeune morte n'avait point été une épouse sans reproche, et pas davantage une mère attentive. Elle ne ferait guère faute aux siens. Constant lui-même semblait moins accablé par le coup que par les circonstances dans lesquelles il le frappait :

— C'est ma faute. C'est moi qui ai tenu à ce qu'elle eût un autre enfant. Elle n'en voulait pas. Je le lui ai imposé. Sans moi, elle vivrait encore.

Mais qui eût pu lui en faire grief ?

— Ecoute donc, mon ami, tu n'as rien à te reprocher. Des enfants, la femme est faite pour en avoir. Ton beau-père...

Le vieux M. Eysséric le pensait aussi. Comme tout le monde. Sa Dorothée avait été la dernière de sept.

— Et d'ailleurs, elle en avait déjà eu deux, sans mal. Deux enfants, cela ne fait point nombre. Vois, ta sœur m'en a bien donné six ; Antoine en a quatre. Tu ne pouvais savoir...

A prodiguer raisonnements et consolations à Constant, Rodolphe s'était tout à coup senti vivant jusqu'à la pointe des cheveux et des ongles.

La plus atteinte, à Mogador, fut Amélia.

Non qu'elle eût jamais éprouvé de sympathie particulière pour cette tante qui sortait trop volontiers de son rôle, et ne songeait qu'à concurrencer les jeunes filles en usant déloyalement des atouts que lui conférait l'état de femme mariée.

Mais le temps de deuil à observer ouvrait devant elle, à ce moment précis, des perspectives désolantes.

Ce point de vue parut par trop égoïste à Julia ; elle s'en montra choquée.

— Tu prends l'existence trop à la légère, ma pauvre chérie. Est-ce donc une telle privation que de renoncer à quelques bals ? Songe que tu pourrais être mariée et...

Sa fille l'interrompit avec véhémence :

— Je sais. Mais comment me marierai-je, à présent ? Justement... Oh, Mérette !

Elle releva son visage qu'elle gardait enfoui dans le creux de son bras, et interrogea sa mère d'un regard suppliant.

— Je devais... aller à Arles... la semaine prochaine... vous savez bien... et... maintenant...

A travers les mots heurtés, Julia s'efforçait de saisir le sens de cette plainte.

— Tu n'y songes pas, dit-elle, doucement. Dans les premiers jours d'un deuil, l'on ne...

Un véritable cri lui coupa la parole :

— Enterrez-moi aussi, alors ! Cela revient au même.

Julia retint le sourire qui lui venait, et s'approcha de sa fille prostrée à sa table de toilette dans un pathétique désordre de brosses, de colifichets, et de flacons.

— Que non, mon petit cœur !

Il fallait avoir dix-neuf ans pour le croire.

« La mort... » Elle ressentit un frémissement intérieur. La mort n'était pas ce cavalier noir dont le cheval piaffe avec noblesse, mais une chose laide, ménagère, capable d'entrer dans le quotidien et d'y accomplir son travail avec des mains sales. La mort est sordide. La mort tousse et crache. La mort a une odeur. Dans quel rêve vivait-elle, cette enfant, depuis des mois, pour l'ignorer encore ?

« Ton père est très malade. » Mais à quoi bon le lui dire ? Rodolphe avait raison : leur tour à eux était passé. « Cela passe si vite. Qu'elle ne pleure pas à l'avance. »

Amélia sanglotait.

« Je ne pense pas assez à elle. Si maintenant même ce

qui tombe sous le sens ne m'est pas tout de suite venu à l'idée... »

Elle enroula sur son doigt l'une des boucles châtaines de la jeune fille.

— Dis-moi, mon trésor, qui pensais-tu rencontrer chez les Jonquéras ?

— Bon Dieu, jura Rodolphe, sans phrases, le même soir, lorsque, la jeune fille s'étant éclipsée, Julia eut entrepris de lui raconter leur conversation de la matinée.

« Amélia ! » Son Amélia. Sa chatouno. Amoureuse d'un homme.

Julia qui l'observait vit sa figure s'étirer.

Au bout d'un silence assez long, il dit avec effort :

— Eh bien ! cela devait arriver. Et qui est ce garçon ? Un bon parti, j'espère ? Sa famille... ?

Julia dit d'un ton neutre :

— Nous le saurons par les Jonquéras. De toute façon, puisqu'ils le reçoivent en familier, nous pouvons être tranquilles. Amélia me dit qu'ils construisent des bateaux et des dragues. Ils ont leurs chantiers à Arles même, au bord du Rhône.

Rodolphe répéta :

— Des dragues... des dragues...

Puis tomba dans une méditation morose.

Julia avait repris son ouvrage, et attendait la suite, en cousant.

— J'avais espéré mieux pour ma fille, grogna-t-il enfin.

Il se leva, fit quelques pas jusqu'à la fenêtre dont Victor avait fermé les rideaux de damas avant le dîner ; revint jusqu'à son fauteuil près de la cheminée ; lança un coup de pied au garde-feu ; cracha dans les cendres ; et se retourna brusquement vers sa femme qui n'avait pas bougé.

— Pas vous ?

La question était rogue, presque agressive.

Julia posa de nouveau son ouvrage sur ses genoux, et leva vers Rodolphe ses prunelles gris pâle où jouait tout au fond un reflet ; peut-être seulement celui des flammes.

— Oh ! moi... — Elle lui sourit : — Je me rappelle, quand vous êtes venu à la Sarrazine pour la première fois...

Sa voix avait une inflexion caressante.

— ... Tout de suite, je me suis dit que ce serait vous, ou personne d'autre. Et peu m'importait alors, je vous l'assure, que vous fussiez l'héritier de Mogador, ou bien un gueux sans sou ni maille.

Elle le surveillait.

Mais il se tenait en dehors du rond clair de la lampe ; et déceler l'expression de son visage n'était pas facile.

— Au fait, continua-t-elle, qu'a dit votre mère lors qu'elle a su que vous me prendriez sans dot ?

— Rien, ma mie. Pas un mot. Mais...

Il s'appuya contre la tablette de la cheminée, et soudain, dans la lumière, Julia lui vit un air farceur qui la reporta aux temps heureux de l'avant-guerre.

— ... Mais, pour ne rien vous cacher (je puis aussi bien vous le dire, c'est si vieux), entre nous, elle a fait une belle paire de brègues (1).

Julia écarquilla les narines ironiquement.

— Je m'en doute.

Il lui rendit son sourire, avec la même malice.

Entre eux se tissait un accord parfait. Leur silence fut plein comme une coupe, et ils y burent ensemble, savourant encore une fois la joie grave de s'être choisis est accordés.

« Et ceux qui s'aiment assez fort », découvrit Julia dans une illumination, « il n'y a rien, jamais, qui les sépare. »

Elle n'ajouta rien à son plaidoyer, laissant à Rodolphe le soin de conclure ; et se contenta de le suivre des yeux furtivement lorsqu'il reprit sa promenade à travers la pièce.

Quelques minutes se passèrent.

(1) *Faire les brègues :* faire une lippe dégoûtée, fâchée.

Enfin, il revint se planter devant elle, et, rien qu'à sa façon de la regarder, elle sut ce qu'il allait dire.

— Très bien, alors. Marions-les. Et rondement.

Cette hâte subite lui donna envie de rire.

Puis elle se souvint que le temps pressait Rodolphe et le poussait par les épaules.

La halte merveilleuse s'achevait. Entre eux, de nouveau, se glissait la mort.

— J'écrirai dès demain à Delphine Jonquéras. C'est la première chose à faire, dit-elle.

Pascal Ladevèze et ses parents vinrent à Mogador trois semaines plus tard pour formuler la demande.

Cet Arlésien au visage sec, front un peu bas, nez droit, œil très bleu entre les cils noirs, brun comme un campagnard, de taille moyenne mais solidement bâti, plut à Rodolphe par son air sans détours.

— Ce garçon est racé comme un taurillon de Camargue, déclara-t-il à Julia, à l'issue de cette visite.

Elle comprit ce qu'il voulait dire, mais loucha avec inquiétude du côté d'Amélia. Leurs points de vue sur le sujet ne devaient pas se traduire de la même manière. Heureusement, Amélia n'était pas à la conversation.

Rodolphe reprit de l'entremets que l'on repassait, et, distraitement, se remit à manger, pour l'étonnement joyeux de sa femme.

— En somme, ces gens ont l'air très convenable. Ils n'ont pas soulevé la moindre chicane sur le chiffre et les modalités du paiement de la dot. Ils semblent être largement à leur aise. J'aurais plaisir à visiter leurs chantiers. Ce ne serait pas désagréable non plus de passer quelques jours sur leur bateau comme ils nous y invitent. Qu'en pensez-vous ? Descendre le Rhône jusqu'à la mer. Cet été... Il doit faire bon sur l'eau, à respirer la petite brise du fleuve. Au fond, des navigateurs, cela manquait dans la famille. Je suis curieux de connaître l'aîné. Il doit en avoir vu des choses. La Chine, hein ? ce n'est pas là, au coin. J'espère qu'il sera ici pour le mariage.

Depuis des siècles, il n'en avait pas exprimé aussi

long d'affilée, et avec cet enthousiasme, remarqua Julia.

Elle-même songeait que Mme Ladevèze était une personne avec qui les rapports devaient être aisés.

— Amélia aura une belle-mère charmante, dit-elle.

Philo, qui desservait au ralenti pour suivre de près cet échange d'impressions, approuva du chef pour elle seule, et coula un regard attendri vers sa favorite.

L'intéressée, elle, ne disait rien, ne paraissait pas même entendre. Le bonheur la rendait grave et secrète, tout à coup.

Les fiançailles eurent lieu peu après, à la fin mai, avec toute la discrétion que requérait le deuil des Angellier et des Vernet.

Le repas n'en réunit pas moins une trentaine de convives à la table des grandes personnes, dans la salle à manger de Mogador.

Rodolphe s'y comporta aussi vaillamment que jamais, en maître de maison zélé, devant la famille ébahie par une telle résurrection.

En face de lui, Julia rayonnait malgré la sévérité de sa robe noire strictement conforme aux usages prescrits.

Le mariage fut fixé à l'automne.

— A quoi bon lanterner, avait dit Rodolphe. Tenons-nous-en aux délais de rigueur. Nous mettrons cela, si vous le voulez, à la fin des vendanges. Je veux danser à leurs noces.

Il eût fallu alors en avancer la date.

Quelques jours après les accordailles, en effet, la fièvre le reprit, la toux recommença, avec les nuits blanches ; et les crachats, et les vomissements.

Il traîna encore durant tout le mois de juin, s'alimentant à peine, décharné, sombre, enfermé de plus en plus dans sa souffrance au milieu des siens. Il trouvait à présent une sorte de jouissance affreuse à évoquer la mort entre sa femme et lui.

— Ma parole ! je pue déjà le cadavre. Bouchez-vous

donc le nez, si vous en avez envie. Je le ferais, à votre place.

Quant aux enfants, il les écartait le plus possible de sa présence.

— Inutile qu'ils voient leur père dans cet état.

— Cette fois, hélas ! dit le docteur Lapierre avec une grimace chagrine, il n'ira plus bien loin. Je crois qu'il vaut mieux le préparer.

Il y avait eu tant d'alertes que Julia ne pouvait s'y résoudre, malgré les signes qui se multipliaient.

— Voulez-vous que je m'en charge ? offrit le médecin.

Elle se redressa sans même en avoir conscience, avec le réflexe des vieux chevaux de parade.

— Merci, Docteur. C'est à moi de le faire. Puisqu'il le faut... Je trouverai un moyen.

Seule, elle dut appuyer son dos contre la rampe de l'escalier. « Rodolphe, oh ! Rodolphe ! »

Une démarche de plus vers ce qui, d'un moment à l'autre, viendrait à bout de lui.

Elle tentait sans y parvenir d'imaginer la minute où s'éteindrait le souffle douloureux qui sortait bruyamment du corps miné ; et l'existence, ensuite, qu'elle devrait accepter de vivre, dépouillée de la joie, démembrée, incomplète.

Elle se vit de loin dans la glace du vestibule, « je suis vieille », découvrit-elle, avec une espèce de soulagement. La mélancolie de vieillir l'avait quittée. Elle se souvint que ses cheveux grisonnaient dans l'épaisseur. Cela commençait à se voir. « Bientôt... Le repos, la tâche achevée. »

Amélia mariée et heureuse. Henri, qui venait d'atteindre ses seize ans. — « Le pauvre enfant, il a eu un triste anniversaire. » — Mais Frédéric, mais Adrienne... ? Et Hubert... ? » Le plus petit n'avait que quatre ans. « Ah ! Christ ! »

Calculer ainsi ne servait à rien, se raisonna-t-elle, avec lassitude.

Elle se dirigea vers l'office, et dit à Victor d'aller jusqu'à Fontfresque prier le curé de venir le lendemain.

« Et sa mère, et Antoine… » Cette lettre aussi, qu'elle allait devoir écrire.

Ses jambes étaient de plomb.

En haut, Rodolphe commençait une quinte.

Elle se hâta péniblement.

L'espoir qu'elle s'obstinait à tirer à sa suite devenait un fardeau trop lourd pour sa fatigue. « De plomb. » Cela lui rappelait une devinette que Frédéric posait à tout le monde, triomphant avec arrogance lorsqu'on se prêtait à la mystification. « *Qu'est-ce qui pèse le plus, un kilo de plomb ou un kilo de plume ?* et un kilo d'espoir, ou un kilo de plomb ? »

« Dépose-le, débarrasse-toi. Puisque, aussi bien… » chuchotait une voix insidieuse.

Mais non. Rien ne le lui arracherait. Elle était prête à tout, mais non pas à donner, de soi-même, permission à Dieu d'en terminer avec leur couple.

Cette nuit-là, qui fut relativement calme, elle crut devenir folle, hantée par l'image du trou creusé à ses pieds sur lequel bientôt l'on rejetterait la terre avec un peu d'eau bénite.

L'atmosphère de la chambre était étouffante. Des draps montait une odeur aigre.

Elle essuya son cou et son front ruisselants d'une sueur d'angoisse.

Par la fenêtre grande ouverte sur le parc, laiteuse de clair de lune et toute parfumée de roses, la douce nuit de juin essayait vainement d'entrer.

Finis, les mois de juin, finie la douceur, finis le parfum, le soleil, la lumière de l'existence.

Et pourtant, il devrait y avoir un cri, sûrement, eût-elle possédé assez de puissance pour l'inventer, un cri capable d'atteindre le ciel, de paralyser la main de Dieu même.

Mais toutes ces années avaient accompli en elle un lent travail d'usure et de délitement. Et c'était elle, maintenant, elle-même, qui se laissait arracher Rodolphe, c'était sa propre faiblesse, uniquement. Elle se voyait dans le noir, elle voyait une vieille femme qui disait : « Je suis lasse, lasse… » et qui s'étendait pour dormir, avec les bras allongés le long du corps, les mains ouvertes, au cœur d'une nuit très obscure. Un grand lit de nuit, de fraîcheur, et de silence, où l'on se reposait de l'espérance en oubliant jusqu'au nom de la mort.

Rodolphe commença à tousser à côté d'elle, avant même d'être sorti de ce mauvais sommeil bruyant dans lequel il tombait après une crise.

« Sa quinte de trois heures. »

La solitude tombait sur le cœur de Julia goutte à goutte. Trois heures de la nuit des vivants : le moment où l'angoisse est maîtresse pour ceux qui veillent ; où la peur rampe au pied du lit, et l'oreille perçoit les frôlements avec lesquels elle se glisse dans la ruelle de l'alcôve. « Mon amour que je n'ai pas su défendre comme je l'aurais dû. Et tout est de ma faute. Et je meurs, clouée à ta mort, déchirée, écartelée, saignante, comme Lui sur sa croix. Mon amour que j'appelle, mon amour, ne m'entends-tu pas, même à présent où tu le peux encore ? Mon amour, mon amour, mon... »

Rodolphe cria d'une voix graillonneuse de toux :

— Les mouchoirs propres ! Julia ! réveillez-vous, sacrédié ! Les mouchoirs, qu'en avez-vous fait ? Ils ne sont pas à leur place.

Ils y étaient, sous le livre qu'il avait déposé dessus par mégarde, avant d'éteindre la lampe à son chevet.

— Les voici. Voulez-vous la cuvette, ou...

— Au diable votre cuvette ! Foutez-moi la paix.

Et, un moment plus tard, dans la pénombre des courtines, il chercha sa main à tâtons, et la serra convulsivement dans la sienne qui brûlait.

— Mon amour, souffla-t-elle.

— Ma mie.

Il mourut deux jours après.

TROISIEME PARTIE

1

QUAND la grille de Mogador se fut refermée sur la dernière voiture, dans le silence revenu, Julia respira, comme elle respirait jadis, à la fin d'une fête, en se retrouvant seule avec Rodolphe.

Subitement, cette réminiscence lui arracha les larmes qu'elle s'était retenue de verser jusqu'alors.

« — *Que voulez-vous, ma pauvre amie ? au moins, il ne souffre plus.* » et : « — *Dans l'état où il se trouvait réduit, la mort est une délivrance.* » et : « — *Il a fait une bonne fin, ce doit être un réconfort pour vous.* » En fait de consolations, les gens ne lui avaient rien épargné.

Elle les avait vus défiler en foule, armés de l'une ou l'autre de ces phrases toutes prêtes qu'ils lui assenaient, dûment enveloppées de pitié.

« Leur détestable pitié. » Julia en eût vomi.

Ensuite, leur devoir de condoléances accompli, ils prenaient congé, le mari et la femme ensemble, et rentraient chez eux pour continuer d'être deux, jour après jour, devant la tâche de vivre.

Des consolations, Julia n'avait que faire. Dans sa tête tournoyaient encore, comme des mouches noires, les derniers gestes où s'était manifesté l'amour de Rodolphe, les dernières phrases qu'il avait dites sans penser, peut-être, que la mort leur imprimerait ce caractère d'un legs ultime.

Et certes, elle savait, elle, qu'il n'était pas parti rassasié, mais le cœur lourd d'un regret que l'absolution du prêtre et la promesse d'une autre vie n'avaient pas réussi à lui ôter.

Résigné, par force ; et non point détaché : « *C'est tout de même bête, hein, ma mie ?* » Et l'amertume de ce sourire. Et cette longue pression de main silencieuse. Et le regard qu'il avait eu pour elle, quelques instants à peine avant la fin.

— Où qu'il soit, et même si Notre-Seigneur l'avait admis tout de suite à Sa Droite, tant qu'il ne m'aura pas auprès de lui, jamais il ne sera comblé, j'en suis sûre. N'essayez pas de me persuader du contraire, dit-elle au curé de Fontfresque venu la voir quelques jours après.

Le vieux prêtre hocha pensivement la tête.

— Pourquoi le ferais-je, ma fille ? C'est là le mystère de l'unité du couple. Comment, en effet, une moitié d'âme ne ressentirait-elle pas la privation de son autre moitié ? Laissez à votre mari cette part ; et assumez le reste. Vous demeurez afin de mettre en ordre ses affaires, de payer les dettes qu'il a laissées en souffrance. Songez-y. Pour toutes les insuffisances passées de M. Vernet, ce sont vos peines et vos prières qui serviront de monnaie, désormais. A vous de gagner, pour lui comme pour vous, cette vie éternelle dont la générosité divine veut bien lui faire l'avance. Lui qui était, de vous deux, le plus exposé aux tentations et aux défaillances, le voici à l'abri. A l'abri, mais en votre dépendance ; et plus que jamais il a besoin de vous.

Julia demeurait silencieuse. La pensée qu'elle pût encore quelque chose pour Rodolphe lui était comme une veilleuse allumée soudain au bout d'un long couloir de ténèbres, comme une fenêtre éclairée dans la campagne nocturne à l'heure où l'on ne trouve plus son chemin.

A présent, lui paraissait moins redoutable le parcours qui lui restait à faire avec ses seules forces avant que l'éternité ne lui rendît Rodolphe.

Elle considéra avec gratitude le vieux prêtre et, pour répondre à son sourire grave, trouva, elle aussi, un sourire.

— Le fardeau que Dieu a mis sur vos épaules, Il vous

l'a imposé en connaissance de cause. Vous êtes orgueilleuse, ma chère fille, nous le savons l'un et l'autre, n'est-il pas vrai ? Et il y a beaucoup à reprendre en vous. Mais vous n'avez jamais craint la peine ni les responsabilités.

Julia acquiesça du menton.

Elle voyait sa vie à venir, et la joie était derrière elle. Mais la joie... Depuis plusieurs années, ne l'avait-elle pas déjà quittée ? Et l'on peut vivre quand même. Ce n'est point la joie qui importe, mais la paix. Cette paix qui naît mystérieusement lorsque l'on est passé par le pire, et que l'on en a fini avec l'espoir.

« Plus jamais je ne tremblerai pour lui. Plus jamais je n'aurai mal de le voir souffrir. Plus jamais sa toux ne me déchirera la poitrine. Plus jamais. »

Il s'en était allé, au milieu d'une crise atroce, convulsé, râlant, étouffé par le pus qu'il vomissait. Et, plusieurs heures après, tout à coup, Julia l'avait retrouvé rajeuni, les traits détendus, allongé dans son bel habit, avec ce visage heureux, d'avant la maladie, d'avant la guerre. Sorti de cet enfer qu'il avait mis trois ans à traverser.

— Il aimait tant la vie, si vous saviez.

— Je sais, dit le prêtre. Mais il est plus vivant que jamais.

Débarrassé d'un corps douloureux qui traînait avec soi l'odeur de pourriture du néant. « *Vous voilà chez vous, ma mie.* » Julia le revit avec intensité, tel qu'elle ne l'avait plus revu depuis bien longtemps. Le Rodolphe du matin de leurs noces.

Et les larmes qui lui montaient aux yeux étaient sans âcreté. Le présent rejoignait vite le passé.

« Patience ! un jour... » rêva-t-elle, avec le même gonflement de cœur, le même désir émerveillé et pur de naguère.

« Naguère. » Elle se souvint qu'il y avait vingt années.

— Je l'ai attendu longtemps, mon Père, dit-elle. Et maintenant, voilà que je vais recommencer.

Il la regarda : calme, redressée, presque imposante malgré sa petite taille et son aspect fragile.

— Nul ne fait jamais rien d'autre qu'attendre, ici-bas. Mais peu de gens en ont conscience.

Il était vieux et las, et se savait malade. Et cette femme encore jeune paraissait usée, elle aussi, plus qu'on ne l'est généralement à son âge. « Qui de nous sera appelé d'abord ? » se demanda-t-il.

Tout était déjà pesé, décidé, et la mort de chacun en même temps que sa naissance. Il n'y avait qu'à se laisser mener. Il devina, avant de le ressentir, qu'allait renaître cette morsure de feu tapie au fond de lui, dans ses entrailles, et bénit Dieu pour sa mort. « Notre petite sœur miséricordieuse. »

Restaient, jusque-là, les bigotes qui viennent à Vêpres et tiennent Notre-Seigneur et son église pour leur propriété privée ; et les péchés rances, les confessions dévidées à l'aune, la terne et utile besogne ménagère qui est celle de Marthe et du prêtre de paroisse. Et la fente du clocher à faire réparer.

« Pour le clocher... » Il eût fallu en parler à Mme Vernet. Un gros souci, ce clocher. Mais... « Cela peut encore bien attendre une quinzaine. La prochaine fois que je la verrai... »

D'ailleurs, la douleur approchait. Il la sentait venir, et savait qu'elle allait irradier comme un soleil de pointes, jusqu'aux creux de ses vertèbres.

Le voyant se lever, Julia se leva.

— Revenez bientôt, monsieur le Curé.

Il tint à dire :

— Je ne vous ai pas encore demandé ce que font les enfants. Comment vont-ils.

— Henri et Frédéric sont partis à cheval dans les terres. Adrienne est là ; elle s'amuse derrière les lauriers-tins avec son jeune frère. Vous allez les voir. Quant à Amélia... Je l'ai confiée pour quelques jours à la famille de son fiancé. Je sais que c'est un peu tôt pour les convenances. Mais elle a éprouvé un gros choc. Elle adorait son père, vous le savez. Et lui... Il n'aurait pas supporté de la voir malheureuse. Il haïssait les contraintes du deuil, et n'attachait aucune importance aux usages. C'est en pensant à cela que je me suis décidée. Tant pis si l'on me blâme. Et pour Henri, je ne le renverrai pas au Collège d'ici la rentrée. Lui aussi a besoin de se remettre.

Le vieux prêtre hocha de nouveau la tête, tout en s'épongeant. La douleur, à présent, le faisait suer à grosses gouttes.

— Vous avez chaud, remarqua Julia. Il est vrai que nous voici en été.

Elle-même, boutonnée jusqu'au cou dans sa robe noire, ne semblait pas s'en être encore avisée.

— Puis-je vous offrir...

— Rien du tout, je vous en prie ! refusa-t-il, vivement. Vous savez que ma santé... D'ailleurs, je m'en vais.

Julia fit un geste de regret.

— Attendez, j'appelle les petits.

Tandis qu'elle s'approchait de la fenêtre du fond, il se prit à songer de nouveau à cette mort qu'il faut mériter.

— Adrienne, Hubert ! rentrez un instant, dire bonjour à M. le Curé.

La voix résonnait avec netteté dans la torpeur de l'après-midi torride. C'était comme un filet d'eau froide, pensa l'abbé Tassin.

Il se dit qu'il aimait beaucoup Mme Vernet.

⁂

Arriva un message de Tourvieille. Non point de Lucie ou d'Antoine, comme à l'ordinaire, mais d'Elodie Vernet.

La vieille dame annonçait son intention de venir voir sa bru au sujet des mesures à prendre pour l'administration du domaine.

Julia lut et relut cette lettre, en examina les termes, s'interrogeant sur le sens de pareille initiative.

Depuis la maladie de son mari, elle avait eu la haute main sur Mogador. Au prix d'un surcroît d'efforts, bien épaulée par Trestaillon, elle était parvenue à obtenir des résultats équivalents à ceux d'avant-guerre. Les fermages rentraient. Les vignes avaient peu à peu remplacé la garance. Les récoltes se vendaient un prix convenable.

Nulle mesure n'était à prendre que Julia n'eût déjà prise, en accord avec Me Daubenois, le notaire, sitôt après l'ouverture du testament de Rodolphe.

Au jour dit, elle prévint les garçons, à l'issue du petit déjeuner :

— Ne vous éloignez pas, ce matin. Votre grand' Vernet arrivera sans doute vers les dix heures.

La figure de Frédéric s'allongea. Il lança une œillade expressive à son frère.

Henri non plus n'avait pas l'air particulièrement ravi.

Julia le nota sans déplaisir, mais n'en insista pas moins.

— Je tiens à ce que vous soyez là pour l'accueillir. Est-ce bien entendu.

— Oui, Mère, dit Henri.

Moins stoïque, son cadet quitta la table en marmonnant des réflexions qui semblaient avoir pour thème la chance de leur sœur aînée.

— Amélia se distrait, elle, pendant ce temps. Moi j'y serais bien allé voir les bateaux à sa place.

Les manières de Frédéric appelaient à coup sûr une réprimande. Henri, qui le poussait vers la porte à grand renfort de bourrades pour l'y soustraire, s'étonna de voir que leur mère ne paraissait point songer à le tancer.

Julia était trop absorbée par le problème que venait tardivement de lui faire entrevoir les récriminations de Frédéric.

Comment n'y avait-elle pas pensé ? Il eût été facile d'envoyer chercher la jeune fille. Nul doute que cette éclipse ne provoquât des questions et des commentaires.

Elle en éprouva, d'avance, un agacement mélangé de regret sincère. Dans son esprit, l'absence de Rodolphe lui créait l'obligation de se substituer à lui, que ce fût pour gérer Mogador ou pour rendre à sa vieille mère le tribut d'égards auquel il l'avait accoutumée. Bien résolue à ne déplaire en rien à Elodie Vernet, et à supporter patiemment ses observations, elle avait simplement oublié ce malheureux séjour d'Amélia chez les Ladevèze.

« Tant pis », pensa-t-elle, lorsqu'elle fut lasse de se le reprocher. « Je m'en expliquerai de mon mieux. Et si elle se formalise, je tâcherai de supporter ses hauts cris sans rien dire. »

Le grand portrait de Rodolphe, au mur, la considérait avec une expression de tendresse pensive. Il semblait satisfait.

Julia s'absorba un moment dans sa contemplation et sentit qu'elle y puisait du courage.

Deux heures plus tard, comme elle était occupée à l'office, gardant l'oreille aux aguets, elle perçut le cri des roues sur le gravier de l'allée.

Traversant vivement le hall, elle vérifia d'un coup d'œil dans la glace la correction austère de sa mise, se saisit au passage des deux petits que Philo lui amenait, et, cuirassée de bonne volonté raisonnée, descendit les marches du perron, tenant Hubert par la main et poussant Adrienne devant elle.

Un coup d'œil circulaire la fit se mordre les lèvres : pas d'Henri ni de Frédéric. « Oh ! Christ ! Où vont-ils être passés ? Si jamais ils... Ah ! tout de même ! »

Précédés d'un martèlement de pas précipités, les garçons débouchèrent d'entre les lauriers-tins, au coin de la maison. Ils accouraient à toutes jambes, essoufflés, rouges, la cravate flottant au vent de leur course.

Henri, le premier, atteignit la voiture, comme elle s'arrêtait sur le terre-plein devant la façade. Juste à temps pour ouvrir la portière.

Julia se rasséréna. Allons, tout irait bien.

Les embrassades à peine finies :

— Je ne vois point l'aînée, dit Mme Vernet douairière, du ton exact qu'avait prévu sa bru.

— Elle n'est pas à la maison, ces jours-ci, ma mère. Je...

— Vraiment ! Vous l'avez envoyée à la Sarrazine ?

Julia fut tentée d'acquiescer. C'eût été si simple.

« Je ne vais tout de même pas me mettre à mentir comme une gamine », se gourmanda-t-elle. « Et d'abord... »

Le simple bon sens le déconseillait. « Tôt ou tard, elle sera renseignée. Même en Camargue, les potins circulent. N'importe quelle vieille fée de ses relations se fera un plaisir de le lui apprendre. Ainsi... »

— Non, ma mère, dit-elle. Pas à la Sarrazine. A Arles, chez les Ladevèze.

Elle vit le sang affluer au-dessus du col baleiné de sa belle-mère, et envahir les grosses joues de cire qui tremblotaient.

— Vous dites ? Chez... Quoi ! sous le même toit que son futur ?

— Non, non, rassurez-vous. Pascal Ladevèze a pris une chambre à l'*Hôtel du Forum*.

Mme Vernet l'écoutait à peine.

— Deux semaines après la mort de mon fils. Quand on pense !...

Lentement, lourdement, elle montait les marches en s'aidant de la balustrade, et Julia, qui la suivait avec les petits, apparut par comparaison encore plus petite à ses deux fils fermant le cortège non sans une impatience mal dissimulée.

— ... Tout Arles doit en jaser. Je crois que vous êtes folle, ma bru. — Le souffle poussif faisait siffler la fin de chaque phrase. — Mais enfin, pouvez-vous m'expliquer à quel mobile... ?

« Du calme », se répétait Julia. « Du calme. Quoi qu'elle dise. »

Une nouvelle escarmouche eut lieu après le repas.

— Je n'ai jamais compris que vous suiviez cette mode ridicule de servir le café au salon. Chez moi, je l'ai toujours vu prendre à table. Maintenant, il est vrai, c'est l'Angleterre qui donne le ton. Les coutumes de nos ancêtres ne sont plus assez bonnes, sans doute.

Franchi le pas périlleux des explications au sujet d'Amélia, le déjeuner s'était déroulé sans anicroches.

Julia avait repris haleine.

— Rodolphe le préférait ainsi, dit-elle, doucement.

Cette place vide, à table, en face de la sienne, et là, à présent, le fauteuil attitré du maître de maison, n'avaient-ils donc qu'à ses yeux seuls leur éloquence douloureuse ?

Les garçons discutaient dans un coin. Elle entendait vaguement qu'il s'agissait de lignes et de cannes à pêche.

Puis, Frédéric se glissa hors du salon, et sifflota sans retenue dès qu'il fut dans le vestibule.

Pourtant, il avait tendrement aimé son père.

« Quinze jours », pensa Julia. « Quinze jours pour l'enterrer. » Plus profondément dans la mémoire des siens que dans la fosse sur laquelle on avait fait couler la terre. « Mais le temps des enfants et le nôtre ne sont pas les mêmes. »

Prise d'une brusque détresse, elle vint s'asseoir auprès du canapé qu'occupait sa belle-mère.

La vieille dame tournait le sucre dans sa tasse, avant de boire par petites gorgées.

Le mouvement de la cuillère avait ce même air gourmé qui distinguait ses moindres gestes, du plus loin que pouvait se souvenir Julia.

Et cependant, les rides et les plis surajoutés sur ce masque où la vie semblait s'être figée en faisaient quelque chose de très vieux qui, fugitivement, pouvait presque devenir pitoyable.

« Votre fils... » Julia ouvrit la bouche pour lui dire un mot, n'importe lequel, qui les eût réunies.

— Mère...

— Vous trouvez le temps de lire ? dit Mme Vernet en posant sa tasse.

— Qui ? Moi ?

Julia suivit la direction de son regard.

— C'est moi, Grand-mère, dit Henri, du fond de la pièce.

— Ah ! c'est toi ?... Et que lis-tu ? — Elodie chaussa ses besicles. — Apporte-moi cela, je te prie.

Il obéit, sans trop de zèle.

La vieille dame ouvrit le premier volume au hasard.

— De la poésie ? — Elle braqua sur son petit-fils un œil de mépris grossi par les verres. — Tu ferais mieux de t'instruire des questions agricoles.

— L'un n'empêche pas l'autre, dit Henri.

Julia contempla son fils. Il tenait tête sans impudence. Elle admira sa fermeté et sa gentillesse. « Qu'il est beau ! Si Rodolphe pouvait le voir en ce moment... »

« *Je suis le ténébreux, le veuf, l'inconsolé,*
Le Prince d'Aquitaine à la tour abolie... »

lisait, non sans effarement, Elodie Vernet, à la page où le livre s'était ouvert de lui-même.

Elle dévisagea fixement le jeune homme, puis reporta l'éclat de ses lunettes sur sa lecture, avec la lippe que Rodolphe avait héritée d'elle :

« *Ma seule étoile est morte. Et mon luth constellé*
Porte le soleil noir... »

— Le soleil noir ! Je vous demande un peu !

Parcourut encore deux ou trois lignes, referma le volume, et ouvrit l'autre.

Julia qui suivait le manège la vit sursauter :

— Ah ça ! mais... Baudelaire ? N'est-ce pas ce monsieur qui a été condamné, mis à l'index ? Voyons je ne me trompe pas. Mais oui : *Les Fleurs du Mal.* Je me rappelle. Tous les journaux ont relaté ce scandale. Ce devait être quelques années avant la guerre.

Elle se retourna vers Henri :

— Malheureux ? Et tu oses lire des saletés pareilles ! Et les laisser traîner, encore ! Et vous, ma bru, vous tolérez...

« Oh, Christ ! Oh, Christ ! » implorait sans transition Julia, muette, après avoir voué au diable la mémoire d'éléphant de sa belle-mère.

Le jeune homme, consterné, les regardait tour à tour.

— Vertu de ma vie ! Est-ce ainsi que tout va dans cette maison depuis que le père manque ?

— Permettez... dit Julia, blême.

La vieille dame ne l'entendit même pas. Elle braquait de nouveau ses batteries contre son petit-fils.

— Toi, où as-tu pris ce... cette ordure ?

— On me l'a prêté, dit Henri, aussi pâle, aussi contracté que sa mère. Et cela n'est rien de ce que vous dites.

— Tais-toi. Comment oses-tu ? Et si ta sœur, ou Frédéric... continua Mme Vernet, picorant rageusement d'une page à l'autre de quoi nourrir son indignation.

Elle revint à Julia :

— Ecoutez-moi ce titre : « *Le Vin de l'Assassin.* » De quoi être édifiée !

Julia secoua la tête et jeta un regard chargé de reproches à son fils.

— Ta grand-mère a raison. Remporte ce livre dans ta chambre. Tu me feras le plaisir de l'y laisser.

— Et... c'est tout ce que vous trouvez à dire ! laissa tomber de haut Elodie Vernet lorsque le jeune homme eut quitté la pièce.

Julia soutint l'assaut sans broncher :

— Que voulez-vous donc ? demanda-t-elle, avec une certaine sécheresse qui commençait à percer malgré ses résolutions. Il va sur ses dix-sept ans, ne l'oubliez pas. Et qui l'empêcherait de lire les mêmes ouvrages en cachette ? J'aurai avec lui une conversation à ce sujet. Mais, croyez-moi, je connais mon Henri. Le mal que l'on porte en soi est le seul à craindre. Avec lui, il n'y a point lieu de s'inquiéter.

La vieille dame se leva tout d'une pièce :

— C'est bon. Je n'approuve pas et n'approuverai jamais la manière dont vous éduquez les enfants de mon fils. Mais, pour l'instant, mieux vaut briser sur ce chapitre. Je monte faire ma sieste. A quatre heures, je vous retrouverai ici même. Ou plutôt : dans le bureau. Pour les questions que je dois aborder avec vous, nous aurons besoin d'avoir des livres de comptes à portée.

Julia eut une crispation des mâchoires.

— Croyez-vous. Je ne vois pas bien...

Sa belle-mère lui coupa la parole avec raideur :

— A tout à l'heure. Je vais me reposer.

Après le départ d'Elodie Vernet, Julia demeura un long moment immobile, travaillant à rassembler les bribes émiettées de son bon vouloir.

Le pas de son fils sonnait dans l'escalier.

Elle ouvrit la porte, et l'arrêta au passage.

— Entre ici. Et dis-moi : qui t'a prêté ces livres ?

— Je les ai pris dans la bibliothèque de l'oncle Constant.

— Hm... oui ? dit Julia.

Mieux valait qu'il n'eût pas servi ce supplément d'information à sa grand'.

— Ton oncle te l'avait-il permis ? ou bien... ?

— Il m'a dit que je pouvais tout lire, et que je n'avais qu'à choisir.

Les réponses d'Henri étaient toujours nettes, grâce à Dieu ! songea Julia.

Il ajouta :

— Maman chérie, vous savez, je regrette bien de les avoir laissés ici. Je ne pensais pas vous causer des ennuis.

— Des ennuis... ?

Elle le regarda ironiquement. « Pauvre agneau. Des ennuis de ce genre... » Au fond d'elle-même, maintenant, elle se sentait plutôt portée à sourire en évoquant la fureur vengeresse de la vieille Mme Vernet.

Deux heures plus tard, elle attendit sa belle-mère dans le bureau.

Elodie y pénétra sur le dernier tintement de la pendule, et Julia se demanda si elle avait guetté l'instant précis derrière la porte pour opérer son entrée.

« Avec elle, tout est possible dans cet ordre d'idées », pensa-t-elle, avant de s'apercevoir que, déjà, son esprit s'égarait du côté de la malveillance. Un instant, elle en fut confuse. « Ah ! et puis, après tout, est-ce ma faute si je n'ai jamais pu la souffrir ? »

Mais cela non plus n'était pas une excuse, lui

chuchotait sa conscience. Et moins encore cette colère sourde montée en elle apparemment contre moi-même, et tout de suite déviée sur cette présence pesante qui en était l'origine véritable.

Mme Vernet mère s'installait dans le fauteuil que lui avait avancé sa bru, prenait son temps, prenait ses aises.

Julia s'efforça d'être juste :

« Un jour, peut-être, moi aussi, quand j'aurai atteint septante-huit ans comme elle... » La perspective lui fit horreur. Encore presque autant de vie qu'elle n'en avait derrière elle. Et Rodolphe qui n'était plus là... « Non, non, le Ciel me tiendra quitte avant ! Avec mon cœur malade... Non, grâce à Dieu ! pas moi. »

Subitement résolue à en terminer du moins avec quelque chose, elle contourna le bureau pour aller s'asseoir à la place qu'avait toujours occupée quiconque gouvernait Mogador.

Cela, Elodie Vernet le savait aussi bien qu'elle. En y pensant, Julia mit ses deux mains à plat devant soi, écarta les coudes, et s'appuya de toute la longueur de ses avant-bras sur le tapis vert maculé d'encre.

Beaucoup de ces taches provenaient de Rodolphe. Elle-même en avait fait quelques-unes. D'autres, d'un noir blanchi, devaient dater de l'époque du colonel. Et cette petite, là, juste dans le coin, sa belle-mère l'avait faite devant elle, vingt années auparavant, un après-midi où elle l'initiait à la tenue des livres.

Elodie demeurait silencieuse.

Peut-être, à elle aussi, ces taches suggéraient-elles des réminiscences ?

Après tout, la première, elle avait commandé à Mogador. Et si la nostalgie qui l'avait ramenée à Tourvieille n'avait été que celle de sa jeunesse révolue, peut-être, à présent, regrettait-elle aussi douloureusement cette maison où son fils aîné avait vécu la sienne, bien avant d'y amener une autre femme. A présent que c'en était fini de lui.

Vingt années. « Deux jeunes époux. Et puis, Cyprien est venu. Et puis... » Julia sentit ce nœud qu'elle connaissait bien se resserrer dans sa gorge. « Si l'on savait, mon Dieu ! si seulement l'on savait tout de suite comme c'est court ! »

Rodolphe fût-il revenu, elle n'eût plus laissé se perdre un moment. A chacun d'eux, elle eût accordé tout son prix ; à chaque regard, à chaque mot, toute leur force, tout leur poids d'amour. « J'aurais pu m'enfuir avec lui, ce jour où il est entré dans le potager, au couvent. Et plus tard encore, à la Gloriette. » S'il s'était trouvé quelqu'un alors pour lui expliquer la vanité de toutes les barrières humaines artificiellement élevées, en face de ce peu de temps qui nous est imparti avant la mort. Mais elle ne l'eût pas voulu croire.

« *Toute la vie devant soi.* Et ce n'est rien, au bout du compte. L'on se retrouve si tôt les mains vides. Bientôt, Amélia. Et après elle, les quatre autres. »

« Il faut que ce mariage ait lieu aussitôt que possible », résolut-elle. L'enfant, elle, aurait du moins toute sa part de bonheur.

— Ma mère...

Arraché à ses ruminations, Elodie leva le menton.

— Ma mère, à quand pensez-vous que nous puissions fixer la date, pour Amélia ? Les noces étaient prévues pour octobre, vous le savez, mais, à présent, est-ce...

— A présent, il faut attendre au moins une année, trancha Elodie, péremptoire.

— Une année !

Julia soupira.

— Au moins. C'est le minimum de ce qu'exige la décence. L'on doit bien cela à un père. — La vieille Elodie toisa sa belle-fille : — Etes-vous donc si pressée de vous débarrasser d'elle ?

— Non, oh non ! Mais...

Julia n'en dit pas plus long. A quoi bon tenter de se faire comprendre ? Elle pensa qu'à sa manière, Constance, elle aussi, s'insurgerait contre un défi trop flagrant aux usages. Et sans doute aussi les Ladevèze.

Les paroles du curé lui revinrent à la pensée. « Ils

attendent tous, et ils ne le savent pas. » Et la mort survient, et ce sont ceux qui restent qu'elle dépouille.

Elle regarda sa belle-mère en face. Celle-là n'avait jamais rien possédé, quoi qu'elle en pensât.

« Moi, j'ai eu l'amour. Moi, je... »

En était-elle moins pauvre, à présent ? Ou au contraire... ?

— Eh bien ! ma fille, dit Elodie Vernet, si nous en arrivions à nos affaires ? Comme vous le disait ma lettre, je suis venue afin de vous parler de Mogador.

— Je vous écoute.

L'esprit de Julia cessa d'errer, pour s'emplir pêle-mêle des images du paysage familier. Les champs de blé, les olivettes où chaque arbre avait sa physionomie particulière, les rangées de vignes, les tournesols pliant le col sous la chaleur de juillet et le poids de la fleur, les mûriers dont la feuille avait si bien donné, cette année ; le boqueteau de pins sur la colline, l'eau claire du barrage, les roseaux autour de l'étang tout piqueté de bulles, au coucher du soleil, sous les essaims d'arabis.

— ... Bien que je discerne mal votre propos, poursuivit-elle. Désirez-vous me poser des questions ?

Elodie Vernet s'exprima sans ambages, selon son ordinaire :

— Je désire examiner les chiffres de l'année en cours, et voir avec vous où nous en sommes.

— Vous... ?

Julia regarda sa belle-mère comme si l'hypothèse d'une plaisanterie de sa part eût été imaginable.

— Je ne vois pas en quoi cela vous... vous intéresse, acheva-t-elle, après une brève hésitation, remplaçant par un autre le terme plus catégorique qu'elle avait eu à fleur des lèvres.

Elodie fronça ses sourcils épais.

— Mogador est le bien des Vernet, il me semble.

— Qui en doute ?

Leurs regards s'affrontaient.

— Fort bien. Alors, ma chère, mettez un peu plus de bonne volonté à me comprendre. Vous avez parfaitement soigné mon fils, vous l'avez assisté jusqu'au bout avec un grand courage, je me plais à le reconnaître. Et j'ai compati à votre épreuve, davantage peut-être que vous ne le pensez. Je crois savoir aussi que vous êtes parvenue à maintenir la propriété jusqu'ici. Mais il va de soi que Mogador est un héritage de famille. D'autre part, l'importance de l'exploitation nécessite des capacités que l'on ne peut exiger d'une femme seule, surtout avec une aussi petite santé que la vôtre. Pour toutes ces raisons, j'estime de mon devoir de vous assister de mon expérience jusqu'à ce qu'Henri ait atteint l'âge de suppléer son père.

Le nez de Julia frémissait.

— Je vous remercie, parvint-elle à dire. Mais vous vous trompez. Je puis très bien suffire à la tâche. J'y suis parvenue, en effet, durant ces deux dernières années, tout en m'occupant de Rodolphe. A plus forte raison, suis-je maintenant capable de continuer.

— Ce n'est pas mon opinion, dit Elodie, minérale.

Les prunelles pâles de sa bru étincelèrent de cet éclat glacé qui, chez elle, ne promettait jamais rien de bon.

— Je le regrette.

Julia attendit une seconde, guettant une réaction de Mme Vernet, puis se résolut à préciser :

— ... Mais rien ne m'oblige à en tenir compte.

La vieille dame sursauta et, la considérant, attendit la suite, muette d'incrédulité.

Julia s'expliquait posément :

— Conformément aux volontés écrites de mon mari, j'ai été nommée tutrice de mes enfants...

— Des siens, laissa tomber Elodie.

— Des nôtres. Et, à ce titre, la gestion du domaine me revient. Vous avez pu l'entendre comme moi quand Maître Daubenois nous a donné lecture du testament. Je m'étonne qu'Antoine...

— Il s'agit de l'intérêt de mes petits-enfants, coupa encore Mme Vernet douairière, avec l'obstination d'un dogue.

Julia réprima de justesse un petit rire désagréable, mais ne put se tenir d'ironiser :

— J'ignorais qu'il vous préoccupât à ce point. Vous

n'avez jamais paru faire un tel cas d'aucun d'eux. Je trouve naturel, notez-le bien, que, vivant à Tourvieille, vous réserviez pour leurs cousins le plus clair de vos gâteries, mais...

Elodie se dressa hors de son fauteuil sans la laisser achever.

— Je vous ai toujours connue pour une petite pecque vaniteuse et suffisante, mais je ne vous aurais pas crue si bassement jalouse...

— Jalouse !... — Julia se leva à son tour d'une détente. — Jalouse de qui ? de quoi ? De la part d'Antoine ? Vous voulez rire ! Mais regardez plutôt ce que nous avons fait, mon mari et moi, ensemble, de ce Mogador que vous prétendez venir m'enlever !

— Il n'est pas question... tenta de placer Elodie.

Mais sa bru n'écoutait plus rien.

— ... Qu'a-t-il de commun avec le mas que vous avez quitté ? Allez voir les terres. Savez-vous seulement qu'elles ont plus que doublé en étendue ? Que nous avons l'eau du barrage, même dans les années sèches ? Que toutes les vignes ont été replantées ? Renseignez-vous. Regardez. Il y a les fermes, aussi. Et le parc : la roseraie, les parterres, les serres, les sous-bois, remis en état. Et l'allée d'honneur. Et la grande pelouse. Et... faites donc le compte de ce qui est notre œuvre. Ce domaine, je l'ai épousé en même temps que Rodolphe. Et croyez-vous qu'à ce moment-là, je ne l'aie pas comparé amèrement à ma Sarrazine ? Tel qu'il est maintenant, j'y suis chez moi. Et je ne suis pas disposée à laisser qui que ce soit venir m'y disputer l'autorité. Je connais mes devoirs à votre égard ma mère. Peu importe l'opinion que vous avez de moi. Elle ne m'étonne ni me blesse. Vous n'aviez nul besoin de me rappeler que Mogador appartient aux Vernet. Je suis une Vernet tout autant que vous l'êtes. A ce titre, vous y serez toujours bien accueillie. Mais n'attendez pas que je suive vos directives quand je ne vous les aurai pas demandées. Encore moins que je vous soumette, comme une domestique, mon livre de comptes à éplucher.

Elle termina court. Le souffle, sinon la véhémence, lui manquait.

Sa belle-mère laissait peser sur elle un regard écrasant.

— Personne ne m'a jamais parlé sur ce ton, ma bru. Je ne vous fournirai pas l'occasion de recommencer, vous pouvez me croire.

Pareille au char de Jaggernaut, elle s'ébranla dans la direction de la porte.

Julia comprima de la main la violence des battements de son cœur, afin de pouvoir parler. Elle en souffrait, mais le sentait à peine.

— Ecoutez-moi, ma mère...

A mi-chemin, la vieille dame s'arrêta et se retourna. Aux yeux de sa bru, elle paraissait tenir toute la pièce.

— Je... je ne voudrais pour rien au monde vous avoir fâchée. Il ne me semblait pas que mes paroles eussent trahi ma pensée. Ai-je été blessante ? Ce n'était pas mon intention, croyez-moi. Je regrette de tout cœur que vous m'y ayez contrainte.

« Quand le diable y serait », pensa-t-elle, adoptant sans y prendre garde la vieille locution de Rodolphe, « je ne peux pourtant pas lui dire autre chose ! »

Elodie Vernet avança une lèvre bourbonienne.

— Si ce sont là toutes vos excuses, vous avez une curieuse façon de les présenter.

Devant le geste d'impuissance navrée qu'esquissait Julia, elle trancha :

— Occupez-vous de faire atteler ma voiture, et envoyez-moi votre chambrière.

— Vous partez ?

— A l'instant. Dépêchez-vous je vous prie. Il se fait tard, et le trajet est long d'ici chez moi.

Julia articula, non sans effort :

— Je ne puis que vous répéter mes regrets. Croyez bien que, pour ma part, je ne saurais vouloir offenser la mère de...

— C'est bon. Nous nous sommes dit tout ce que nous avions à nous dire. Dorénavant, agissez comme vous l'entendrez, dans les limites de vos droits. Je vous avertis que j'enverrai mon fils se renseigner exactement à cet égard. Peut-être aurons-nous tout de même notre mot à dire.

Elle foudroya sa bru du regard.

Celle-ci prit le parti de se taire, et s'y appliqua avec dignité.

Henri et Frédéric, tenant leurs chevaux par la bride, palabraient avec le palefrenier devant les écuries, quand Victor survint à la recherche du cocher de la vieille Mme Vernet.

Confiant leurs montures au garçon, ils se précipitèrent, curieux d'apprendre ce qui se passait.

L'homme grommelait.

— On devait s'en aller demain matin de bonne heure. Si c'est pas malheureux ! Ça fait beaucoup, pour les bêtes, tout ce trimballo dans la même journée.

— Vous partirez tout de même à la fraîcheur, le réconforta Victor, avec la politesse légèrement empesée qui le caractérisait en toute circonstance.

Les deux garçons s'entre-regardèrent. Puis s'esquivèrent pour tenir conseil à l'écart.

Frédéric dit, sentencieux :

— Si la grand' s'en va si vite, c'est qu'il y a eu du grabuge, pour sûr.

Henri hocha le menton.

— En tout cas, nous, ça n'est pas notre affaire, continua son cadet. On ne nous a rien dit. Filons vite.

Sans attendre, il courut vers son cheval.

Henri était demeuré immobile, pensif.

— Ecoute, lui cria-t-il. Tu n'as pas besoin de rester. Va-t'en vite, si ça te chante. Moi, je rentre. Maman aura peut-être besoin de moi.

Frédéric était déjà en selle. Il poussa son cheval vers lui.

— Es-tu fou ? Pour quoi faire ?

Il n'y avait rien qu'il aimât davantage qu'une bonne poursuite frénétiquement menée par Henri jusqu'à l'Alpille, dans la terre sèche ou la pierraille d'où montait l'odeur du thym et de l'aspic écrasés. Et pas de filles. « Les filles, cela encombre. » Personne en tiers. Toute la campagne jusqu'à l'horizon, rien qu'à eux deux.

— Oh, dis ! Sens donc ce petit souffle d'air qui se lève. Il va faire bon galoper.

Henri fut héroïque :

— Amuse-toi bien. Allez ! à ce soir.

Il cria au valet d'écurie :

— Tu peux desseller *Athos*. Je ne sors pas.

— Ça va bien, grogna Frédéric, sautant à terre. Si c'est comme ça, moi non plus.

Il allongea le pas pour rattraper son aîné.

— Tu es bête, dit Henri. Ce n'était pas la peine.

Mais il lui passa un bras autour de l'épaule.

— Ben, et toi ?

— Moi, ce n'est pas pareil. Je suis plus âgé. Et puis...

Il laissa sa phrase en suspens. « Peut-être est-ce de ma faute. » Peut-être la grand' avait-elle recommencé à tracasser leur mère au sujet de ces poèmes. Il se sentait bourrelé d'inquiétudes touchant sa responsabilité.

Respectueux des pensées de son frère, Frédéric se contentait de passer sa propre déception sur les cailloux de l'allée qu'il chassait devant lui d'un pied rageur. En même temps, il sentait croître l'admiration que lui inspirait Henri.

Ils rencontrèrent Julia dans le vestibule.

— Votre grand-mère est forcée de repartir tout de suite.

— C'est pour ça que... commença Frédéric.

Subrepticement envoyé, un maître coup de coude dans les côtes le fit étrangler.

La berline vint avec opportunité se ranger devant le perron, à point nommé pour détourner l'attention de leur mère.

Frédéric qui, les yeux larmoyants, retrouvait à grand-peine sa respiration, remarqua pour lui-même que le cocher de la grand' avait « fait vinaigre » tout en ronchonnant.

Les adieux d'Elodie Vernet à ses petits-enfants furent tels qu'à l'accoutumée.

Tandis qu'elle embrassait Adrienne et serrait le petit Hubert contre sa poitrine, aussi majestueuse que jamais, les deux plus grands échangèrent un coup d'œil perplexe.

Ils remarquèrent néanmoins que leur mère ne recevait pas sa part rituelle dans cette distribution de baisers.

Lorsque le tourbillon de poussière soulevé par l'attelage fut retombé, la berline avait déjà franchi la grille.

Julia qui était demeurée impassible rentra, mécontente d'elle-même, et cependant soulagée.

Son fils aîné la suivit timidement.

— Maman...

— Oui ?

La voyant distraite, il hésitait.

Enfin, il rassembla son audace :

— Maman chérie, je voulais vous demander : est-ce à cause de moi que... ?

— Que quoi ? s'étonna Julia, tombant de la lune.

L'expression contrite d'Henri la mit au fait.

— Oh, non ! sois tranquille. Non, mon chéri.

Penché, tellement plus grand qu'elle, avec cette gaucherie, et ce sourire tendre, comme il ressemblait à Rodolphe.

— Si l'on vous tracasse, vous savez, Maman, je suis là.

— Je sais, dit Julia, avec la même gravité.

Henri lui offrit son bras comme il l'avait souvent vu faire à son père.

Elle ressentait une douceur qui lui donnait envie de pleurer.

Le lendemain matin, vers huit heures, le galop d'un cheval attira Julia à la fenêtre.

Antoine mettait pied à terre devant la maison.

« Très bien », pensa-t-elle, « au moins je vais savoir. » Depuis la veille, elle avait passé en revue toutes les suppositions sur la part revenant à Antoine dans la démarche de sa mère, et en avait perdu le sommeil de sa nuit.

— Julia, qu'est-il arrivé ? clama-t-il, en se précipitant vers elle aussitôt qu'il la vit apparaître sur le seuil. Quelle diable d'histoire est-ce là ? Ma mère est rentrée hier soir, à une heure incroyable. Nous allions nous coucher. Je n'ai pu tirer d'elle qu'une chose, c'est que vous vous êtes brouillées. Elle crachait du feu. Lucie n'en a pas dormi, ni moi non plus.

Il ne semblait pas se présenter en vengeur de la dynastie. Julia respira mieux.

Elle lui résuma brièvement la discussion, sans se permettre aucun commentaire.

Antoine parut interdit.

— Nom d'un chien ! c'est pis que je ne l'avais supposé.

Julia le vit rougir, pâlir, puis se guinder :

— Je suis désolé, Julia, ma chère. Je... je me sens honteux. Je vous en prie, n'allez surtout pas croire que Lucie et moi y soyons pour quelque chose. Vous connaissez ma mère. L'âge ne lui a pas fait perdre le goût de tout régenter. Et, en effet, il avait bien été question, l'autre jour, à table, de vous apporter, le cas échéant, toute l'aide possible. Mais qui eût pu prévoir que ma mère vous traduirait de cette manière notre bonne volonté, notre affection, notre...

Elle eut pitié, à le voir s'empêtrer dans ce flux de justifications. Attendrie, elle posa sa main sur la main velue de son beau-frère, avec une douceur inhabituelle.

— Cela suffit, mon ami. N'en parlons plus. Employez-vous seulement, si vous le pouvez, à calmer votre mère. Elle me voit plus mauvaise que je ne suis, et je ne voudrais pas qu'elle en vînt à vous faire douter de mes sentiments d'affection envers vous tous.

Il se récria :

— Quelle idée ! Du diable si jamais... !

Et la prit par les épaules :

— Allons, allons, petite ! Pas d'histoires entre nous, hein ?

Julia eut un sourire tout clair.

C'en était déjà fini des tournures choisies et de l'attitude digne. Elle retrouvait avec bonheur l'Antoine de tous les jours, rond, rougeaud, entré prématurément dans l'âge mûr depuis son retour de la guerre. Un bon propriétaire de Camargue, avec son sans-façon, son parler rude, sa ceinture tintante de pièces d'or, et sa grosse chaîne de montre à breloques.

— Non, dit-elle chaleureusement. Bien sûr.

Antoine fit un « ouf ! » d'envergure.

Puis, l'ayant embrassée, remarqua en riant :

— Tout de même, vous auriez pu me faire asseoir.

Et se laissa incontinent choir dans un fauteuil.

— Il fait bougrement chaud, déjà de bon matin. Quelle lune (1) il va tomber, tout à l'heure. J'aimerais bien me rafraîchir.

Julia le considérait comme elle eût considéré un objet perdu pour la récupération duquel elle eût fait brûler un gros cierge.

— Et déjeuner aussi, je pense ?

— Hé, ma foi !...

Elle l'emmena dans la salle à manger, le fit servir, lui emplit son assiette, lui versa à boire, comme elle l'avait fait matin après matin, longtemps, pour Rodolphe.

— Que deviennent les enfants ?

— Bah ! dit Antoine, sans en perdre un coup de dents, ils bayent aux corneilles, ils se chicanent, ils rendent chèvre (2) leur pauvre mère. Je présume que c'est pareil ici ? Ce matin, je me suis sauvé par-derrière, comme un voleur : s'ils avaient su que je venais, Raoul et Georges n'auraient pu se tenir de me suivre.

Nulle trace, en lui, de réticence, ou de gêne. A coup sûr, quoi qu'elle imaginât de ridicule, Elodie Vernet n'en avait rien dit à son fils.

« *Ma mère est ce qu'elle est. Mais au moins n'a-t-elle aucune mesquinerie.* » Rodolphe le répétait volontiers.

(1) Expression courante pour désigner ironiquement le soleil. Equivaut à : « Quelle chaleur il va faire ! »

(2) « Rendre chèvre » : expression locale familière. Cf. en français : « Faire tourner en bourrique. »

Une fois de plus, Julia ressentit la pointe d'un remords à l'égard de la vieille dame ; et se hâta de l'étouffer. « Bien sûr. Les gens ne sont jamais aussi méchants ni aussi bons qu'on les imagine. »

Antoine liquidait le dernier morceau de l'omelette :

— Fameuse ! A la maison, on ne me les fait jamais comme je voudrais.

2

REGARDER vivre Amélia était comme boire une gorgée d'eau fraîche lorsqu'on a soif, se disait Julia. Ou bien encore comme respirer la brise qui se lève parfois au soir d'une torride journée d'août. « Et les forces reviennent, et... oui, l'allégresse même. La joie n'est donc jamais tout à fait perdue ? » La contemplation de ce visage la lui restituait un instant dans toute sa pureté. Et Rodolphe était vivant devant elle, l'espace d'un éclair, en cette fille ravissante que leur amour avait créée.

— Elle est belle, qué (1), notre demoisellette ? disait le petit peuple de Mogador, non sans fierté.

Tout le monde adorait Amélia, sur les terres, et au village.

Non qu'elle fût pourvue de toutes les perfections. Il s'en fallait de beaucoup :

— ... Têtue, autoritaire...

— Bien entendu, Mamette, comment voudriez-vous... ? glissait-elle malicieusement, au milieu de l'énumération à laquelle se livrait sa mère.

— ... Coquette, continuait Julia, imperturbable. Egoïste, ainsi que tous les enfants gâtés. D'ailleurs, c'est de notre faute.

Ç'avait été surtout de celle de Rodolphe qui n'avait jamais su dire « non » à un désir exprimé par sa fille.

(1) *Qué ?* : n'est-ce pas ?

— ... Romanesque comme l'on n'a pas idée de l'être...

Les longs yeux brun foncé se pailletaient de mille petites lumières de gaieté. Hypocritement, Amélia abaissait ses paupières aux cils très longs et très épais, sûre de l'effet qu'elle produisait ; sûre aussi que sa mère n'était dupe que dans la mesure où l'exigeait la complicité inavouable qui les unissait.

Elle avait pour elle, outre sa beauté, une grâce rieuse, qui tempérait la fierté volontiers arrogante de son allure ; et le don rayonnant d'apparaître aux yeux de chacun telle qu'il la voulait.

— Une comédienne. Au fond, voilà ce que tu es, disait Julia, lorsqu'elle éprouvait la nécessité de tempérer l'atmosphère d'encens qui montait autour de la jeune fille.

— Mais non, Maman. J'apporte aux gens ce qu'ils souhaitent, tout simplement. N'est-ce pas une charité ? Mon plaisir, c'est qu'on m'aime. Et, du reste, ne vous figurez pas que je triche. Je crois toujours aux choses quand je les fais.

— Tout juste le temps de les faire.

— Pas forcément. Et puis, quelle importance ?

Julia enveloppa sa fille d'un coup d'œil ironique :

— Toute la vie durant, tu seras Atala, Virginie, Clorinde, Marie Stuart, ou la princesse de Trébizonde, selon l'humeur du moment. Mais quand es-tu Amélia Vernet ? Je crains que monsieur Ladevèze n'en vienne un jour à se demander s'il ne s'est point trompé sur la femme qu'il épouse.

Amélia sourit d'un air secret :

— Pour cela... Soyez sans inquiétude, Maman chérie.

Elle fit quelques pas comme pour sortir. Puis, se retourna, et, regardant sa mère bien en face, lui lança :

— De ma grand' Angellier ou de Papa, lequel a su le mieux qui vous étiez ?

« Probablement personne », pensa Julia. L'amour, même celui du couple, ne possède pas toutes les clés, ne lève pas toutes les barrières. Sans doute la mort est-elle le passage nécessaire. Ou sinon, que resterait-il à désirer ? Et que serait Dieu, s'il n'était la Promesse ?

Mais Amélia ne s'en apercevrait que trop vite toute seule. Et peut-être alors ferait-il moins bon la regarder.

« Ses yeux ont la forme des miens. Mais leur couleur leur vient de Rodolphe. Cette vie chaude des prunelles. Et ce teint, sa délicatesse nuancée, son velouté : fleur et fruit à la fois. Mes cheveux étaient plus beaux. Mais ces reflets dorés dans la masse des siens... Comparée à elle, moi j'étais maigre, chétive, anguleuse, rabougrie, toute en arêtes. A côté de sa plénitude... Et ce buste, et ces jambes de Diane. Moi, je n'ai jamais eu assez de taille pour faire réellement une belle cavalière. Amélia dans son amazone noire, montée sur *Emir*... » La vision avait de quoi réjouir encore l'ombre de Rodolphe. Julia se l'imaginait, aux balcons du ciel, penché pour mieux voir, exultant et prenant le Seigneur à témoin avec sa familiarité habituelle.

Six mois après sa mort, elle découvrait enfin que seuls meurent véritablement ceux qui cessent d'habiter le cœur des vivants, ceux que la tendresse des leurs abandonne.

Les enfants l'y avaient aidée.

Ayant très tôt repoussé leur chagrin, tout le long de la journée, avec un naturel ingénu, ils disaient : « — Papa rirait bien si on lui racontait ça... Si Papa voyait ses chiens aussi sales... Papa aurait sûrement fait une belle chasse, aujourd'hui : c'est un temps pour la passée au canard... Papa m'a toujours dit et répété qu'un vrai cavalier doit veiller lui-même... Papa n'aurait pas voulu que son garçon... »

En vérité, Rodolphe n'avait point quitté son domaine.

Même Hubert, le plus jeune, qui avait eu si peu de temps pour le connaître, apprenait de ses frères et sœurs qu'être né fils de Rodolphe Vernet était un honneur et un privilège.

Déjà, Frédéric parlait de mettre l'enfant en selle.

— Non. L'été prochain, quand Henri sera revenu définitivement, nous verrons cela.

— Mais Maman, en attendant, je peux bien profiter de ces trois jours pour commencer à lui apprendre.

Arrivé du collège pour passer les vacances du mardi-gras à Mogador, il bouleversait la maison habituée maintenant à plus de calme, en l'absence des garçons.

— Maman, dites... !

— Non.

Julia se méfiait. Son Frédéric n'était point la patience incarnée. Les leçons qu'il prétendait donner à Adrienne offraient déjà suffisamment prétexte à cris et disputes.

— Mais elle, c'est un vrai sac de pommes de terre.

Dans sa cruauté, l'appréciation n'en était pas moins exacte. Chaque mouvement de sa monture au trot ensachait un peu plus la pauvre Adrienne.

— Hubert, ce n'est pas pareil, insistait Frédéric, inlassable. Vous le verriez, quand Meïa le prend sur le pommeau de la selle. Il n'a pas peur, lui, c'est moi qui vous le dis.

— Je l'espère.

Il suffisait qu'il y eût dans la maison cette fillette avec laquelle Julia ne se reconnaissait rien de commun. « Une vraie Richard-Lacroix, celle-là. J'avais dû offenser le ciel, le jour où Rodolphe me l'a faite. »

Afin de se punir de ses mauvaises pensées, elle redoublait de longanimité envers Adrienne. Quitte à se décharger de l'enfant, lorsqu'elle se sentait mise à trop rude épreuve.

Vers la fin de la matinée, cela se produisait souvent. Arrêtant alors la leçon, elle fermait livres et cahiers avec brusquerie, et s'en allait réclamer à l'office :

— Philo ? Où est Philo ?

Toute la domesticité s'affairait autour de Berthe qui avait pris la succession de la vieille Allarde depuis près d'une année, devant le fourneau. Victor chargeait son plateau de la vaisselle du déjeuner. La fille de cuisine préparait la salade. Pierroune, installée à la table devant la fenêtre, mouillait le linge en vue du repassage de l'après-midi.

Mais Philo n'y était pas.

— Mademoiselle Amélia est rentrée de sa promenade ?

— Oui, Madame.

Inutile de questionner plus avant.

« Après tout, se dit Julia, mieux vaut que je m'habitue dès à présent à me passer d'elle. »

Amélia lui avait arraché la promesse que sa nourrice la suivrait après son mariage, afin de lui tenir sa maison.

— Vous comprenez, Mamette chérie, je ne veux pas avoir à me tourmenter avec ces questions-là. Les menus et le torchonnage n'ont rien à voir avec l'amour ; et...

— Crois-tu ? Peut-être ton mari ne sera-t-il pas toujours de cet avis.

Julia regarda de biais cette écervelée, puis haussa les épaules :

— Enfin, je t'en ai suffisamment appris pour que tu sois capable de te tirer d'affaire en cas de nécessité.

— Mais Philo...

— Philo peut tomber malade. Elle peut... Je ne sais pas, moi. Seigneur ! quand auras-tu les pieds par terre ?

Aux câlineries de sa fille, elle opposait une indifférence railleuse qui n'impressionnait guère Amélia, cela n'était que trop visible.

Naguère, la même tactique mettait Rodolphe mal à l'aise. Il tournait alors autour de sa femme, penaud, empressé, maladroit : « Ma chatte ! »

Personne ne dirait plus : « Ma chatte », à Julia. De tout le temps qui lui restait à vivre, qu'il se comptât par mois, par années, ou par décennies, jamais plus elle ne sentirait à ses côtés cette force, et cette faiblesse, du compagnon perdu. Son repos, son allégement, jamais plus elle ne les trouverait ailleurs que dans la prière. Et cependant, il lui fallait continuer.

Parfois, au milieu de sa longue journée, quand le souci de Mogador lui laissait un répit, elle pénétrait dans le salon et s'asseyait un moment, seule, en face du portrait de Rodolphe qui occupait le panneau près de la cheminée.

Le jour frisant approfondissait les ombres et accentuait le relief des traits. Julia se perdait dans sa contemplation.

Cette face de moribond qu'elle avait eue devant les yeux, les dernières années, s'estompait dans sa mémoire.

Etrangement, elle remontait le cours du temps. Le Rodolphe qu'elle revoyait à présent était celui-là même que lui restituait le portrait : une carrure de lutteur, un visage lisse, plein, coloré, riant, et pétri de vie, où se lisait l'aptitude au bonheur qui reparaissait en sa fille.

Julia se plaisait à l'imaginer redevenu, dans son éternité, tel qu'à cet âge de sa belle trentaine pour lequel il semblait fait.

C'était ce Rodolphe, entre tous les Rodolphe qu'il avait été, qui se tiendrait un jour derrière la porte du sommeil le plus profond, quand se tairait enfin aux oreilles humaines le petit tapement du cœur à bout de course. Il serait là, tout joyeux, aux aguets, pour l'accueillir dans son nouveau domaine. « *Vous voici chez vous, ma mie.* » Et tout recommencerait.

Tout, mais non la vieillesse qu'ils n'avaient pas vécue. Cela, ce doux royaume de neige, sa gravité où l'on entre ensemble quand, déjà, la tâche est finie, les enfants mariés, avec la bonne fatigue salutaire qui s'appesantit, également répartie, sur les épaules d'un vieux couple achevant sa journée après l'avoir bien employée, cela, dont on les avait frustrés, rien ne le leur rendrait.

Julia voyait l'aridité du chemin qui lui restait à parcourir, et son désert. Elle l'évaluait : c'était le prix qu'elle aurait à payer ; et elle sentait sa lassitude. « Mon Dieu, donnez-moi la force. »

Tout au fond de soi, elle savait qu'elle la trouverait. Durant leur vie passée, combien de fois avait-elle dû régler des factures au nom de Rodolphe ? et calculer, et peiner, et se débattre dans les difficultés, afin d'y parvenir ?

De nouveau, elle regarda le portrait. Il avait jusqu'à ce pli léger de la lèvre qui semblait prête à se retrousser sur une malice.

« N'importe, cela aura valu la peine », se dit-elle. Heureuse, certes, elle l'avait été.

Furtivement, comme pour la fortifier, de cette manière timide qui avait toujours été celle de Constance, l'image de sa mère traversa ses pensées.

« L'existence qu'elle a menée auprès de Père. » Julia frémit à l'idée que la sienne eût pu être semblable.

D'une visite à l'autre, elle retrouvait à la Sarrazine cette vieille femme un peu plus éteinte, un peu plus voûtée des épaules, et comme ratatinée.

— Venez chez moi, Maman.

Constance hocha le menton, et eut des larmes aux yeux, quand sa fille aînée lui fit cette invite. Mais, aussitôt, elle feignit de ne pas comprendre.

— Un de ces jours, oui, je te le promets. Tu auras ma visite.

— Je veux dire : pour tout de bon. Vous y installer. Si ma sœur vous tarabuste...

— Oh ! ma chérie, ce n'est pas à ce point.

Elle se plaignait de Sophie, mais Julia savait d'avance l'inutilité de sa proposition. Jamais sa mère ne se résoudrait à quitter la Sarrazine. Cela était compréhensible. Sa maison.

— Cependant, Mère...

— Je me suis trop attachée aux petits, vois-tu. Ces trois orphelins. Pauvrets ! Et Sophie n'est pas toujours aussi désagréable. Elle a ses mauvais moments. Mais c'est qu'aussi, moi, je ne suis plus bonne à grand-chose. Elle a tous les tracas.

— Les tracas ! Allons donc ! Constant en prend sa belle part, j'imagine.

— Oui. Oh, oui... ! Bien sûr. Néanmoins...

Néanmoins Sophie avait hérité le caractère chagrin des Angellier. C'était cela qu'il eût fallu dire. Elle aimait à faire profiter chacun de ses ennuis, songeait Julia. Et il était facile de se représenter la tyrannie maussade qu'elle devait se plaire à exercer sur son entourage.

Encore Constant avait-il assez de ressources pour se

défendre, et vigoureusement. « Mais Mère ? Mais les deux petites ? »

— Elle adore Blanche, dit Mme Angellier, avec le désir évident de réparer dans l'esprit de Julia le tort qu'elle se reprochait déjà d'avoir porté à sa cadette.

— Vraiment ? C'est fort bien.

Et qui donc n'eût adoré Blanche, ce bébé délicieux ? Mais sans doute les sept ans ingrats d'Emilie qui avaient tant besoin de compréhension souffraient-ils bien davantage d'être privés de mère.

Quant à Edmond, pour être fixée, il suffisait à Julia d'évoquer l'empressement avec lequel il avait pris le chemin du collège, contrairement à ses cousins, et aux enfants d'Antoine.

— Il s'entend si bien avec eux tous, dit encore Constance. Et surtout avec Frédéric.

Julia enveloppa sa mère d'un regard qui contenait une tendresse infinie :

— C'est vrai, Maman.

Elle réfléchit rapidement, et décida :

— Il faudra qu'Emilie et lui viennent passer leurs vacances à Mogador, cet été.

Constance protesta faiblement :

— Cela te donnerait trop de peine.

Mais Julia sentait bien qu'elle était contente.

— Vous viendrez m'aider, Maman.

Cette fois, elle la vit rougir de plaisir.

Aux vacances, les noces d'Amélia seraient imminentes. Quelle que fût la simplicité imposée par le deuil, Mogador n'en serait pas moins du haut en bas dans l'effervescence et les apprêts de toutes sortes. « Deux enfants de plus au milieu de tout ce remue-ménage... »

Bah ! la joie de sa mère et celle de ces petits valaient bien un surcroît d'occupations.

« Tant que j'ai Philo, d'ailleurs... »

Julia ne se séparerait point sans chagrin de sa servante.

A peine concevait-elle la vie quotidienne sans la présence à ses côtés de ce dévouement bougon.

L'attachement qui unissait ces deux femmes, nul, à part elles deux, ne savait de quelles veilles, de quels espoirs, de quelles angoisses, de quels chagrins partagés il était fait. Durant vingt ans, elles ne s'étaient point séparées. Elles avaient tremblé et pleuré ensemble, elles savaient se taire ensemble.

Quand Philo aurait quitté Mogador, il ne resterait à Julia plus personne pour la comprendre.

Mais puisque Amélia y tenait.

— Tu es sûre que tu ne regretteras pas ?

Philo fit « non » de la tête, incapable qu'elle était, au moment même, d'articuler un mot.

— Puisque la petite a besoin de moi... finit-elle par dire, sous le regard scrutateur de sa maîtresse.

« Et Adrienne ? Et Hubert ? » Eux aussi eussent eu besoin d'elle. Julia s'abstint cependant de le lui faire remarquer.

Pour Philo, Amélia avait toujours été la prunelle de ses yeux. A sa suite, cette femme déjà vieille, qui, à présent, se hasardait rarement plus loin que l'église de Fontfresque ou le cimetière, quitterait la demeure et l'horizon familiers. Elle abandonnerait de son plein gré l'amitié de sa maîtresse, celle des murs qui avaient vu passer tant d'événements de son existence ; et le voisinage de ce petit rectangle de terre où tenaient ses trois fils rassemblés à présent, grâce à Rodolphe.

Et Philo avait raison, au bout du compte, elle montrait la voie à suivre, en se dépouillant d'un seul coup, sans marchander, pour l'enfant qu'elle avait élevée.

Julia sourit.

— Tu viendras bien me voir de temps à autre ? Elle t'amènera quand tu voudras. Avec toi auprès d'elle, je suis tranquille.

Une fille nouvelle à dresser : « Pourvu qu'elle soit dégourdie, et de bonne volonté... » Qu'importaient la précision du service, le style ? « D'ici à ce qu'il y ait de nouveau réception ou bal à Mogador... » Pour Julia, tout cela était fini. Plus tard, lorsque Henri serait devenu le maître, il ferait à son gré.

— Mamette chérie, si vous vouliez être encore plus gentille...

Amélia connaissait son affaire lorsqu'il s'agissait de quémander. Ses bras devenait des liens souples et tièdes, obstinément enveloppants. Sa voix prenait une sorte d'accent roucoulant.

Elle frotta câlinement son nez contre la joue de sa mère :

— ... Vous me laisseriez emmener *Emir,* quand je m'en irai.

— Le cheval de ton père !

— Mamette...

Et pourquoi non ? Rodolphe l'avait si peu monté, le beau cheval noir. Et quand bien même... ?

Philo lui avait-elle en vain donné l'exemple ?

— C'est bon, tu pourras le prendre.

Sous les baisers dont la couvrait la jeune fille, elle ajouta, ironique :

— Que te faut-il encore ? Veux-tu la maison ?

— Oh ! si je pouvais la transporter à Arles ! dit Amélia, ingénument.

— Et nous tous avec ? demanda Julia, la lèvre railleuse. Cela ferait vraiment beaucoup de monde autour d'une lune de miel.

Cependant, la date se rapprochait.

— Plus que cinq... Plus que quatre...

Les fiancés comptaient à présent par semaines.

Les cadeaux commencèrent à affluer, plus nombreux chaque jour.

Les enfants brassaient à cœur joie papiers, copeaux, et ficelles ; regardaient tout, touchaient à tout, malgré les protestations d'Amélia qui se fût passée de leur assistance.

Cela devenait impossible de les tenir en main, parmi tout ce désordre. Renforcés de leurs cousins Angellier, ils se rendaient parfaitement insupportables.

Pascal Ladevèze, pour sa part, rongeait son frein pour demeurer calme, lorsque, dans un bosquet à l'écart, seul avec Amélia, à l'instant même où leurs effusions prenaient un tour particulièrement tendre, ils voyaient surgir d'entre les massifs l'infernale bande poussant des rugissements de Sioux.

— Oh ! Frédéric, pour l'amour du ciel ! Tu es odieux.

Ordinairement, l'agacement d'Amélia se fût traduit par des gestes qui se passaient de discours. Mais la présence de son fiancé la retenait de calotter son frère. Et Frédéric s'en était vite aperçu.

— Oui, ma sœurette chérie, oui, mon ange.

Assuré de l'impunité, il la narguait sans vergogne, exploitant la situation avec l'audace d'un chef-né.

Pascal et Amélia, continuellement traqués, en venaient à se demander si leurs persécuteurs n'étaient pas doués d'ubiquité.

— Ils sont diaboliques, Mère, je vous l'assure.

Julia riait.

— Allons donc ! Tu n'as aucune patience.

La jeune fille dit d'un ton piqué :

— C'est possible. En tout cas, si vous le permettez, j'aimerais aller passer quelques jours chez Vérane, la semaine prochaine. A Arles, du moins, j'aurai la paix.

— Encore ?

Elle y était sans cesse. Tantôt chez les parents de son fiancé, tantôt chez les Jonquéras dont la fille aînée était son amie la plus intime. Ainsi voyait-elle quotidiennement Pascal.

— Mais Maman...

— Soit, dit Julia.

A quoi bon retenir l'enfant contre son gré, si, d'elle-même, elle ne sentait pas que, pour ces derniers temps, sa mère eût aimé la garder un peu auprès d'elle ?

Mogador n'était pas bien gai, malgré la vie bruyante qu'y apportaient les plus jeunes.

Ivre de sa liberté nouvellement conquise, ayant enfermé dans un tiroir le diplôme frais-cueilli, au retour de Nîmes où il était allé le quérir, Henri courait les terres en compagnie du baïle, trinquait avec les fermiers, participait à toutes leurs tâches pour s'initier à son futur rôle.

La rumeur publique insinuait aussi qu'il courtisait volontiers les jolies chato, dans la campagne, au hasard de rencontres plus ou moins provoquées.

Quoi qu'il en fût, la maison ne le voyait guère qu'aux repas.

Août visqueux de chaleur, était plein de soleil et de mouches. Tout le jour, l'on cherchait en vain l'air respirable.

« C'est cette température », se disait Julia lorsqu'elle se sentait par trop oppressée.

Après les noces, quand tout serait rentré dans l'ordre, il serait temps de consulter le médecin, si cela durait encore.

Pour le moment, il y avait trop à faire.

Peu à peu, néanmoins, tout se faisait : le trousseau était prêt, les enfants habillés, l'argenterie vérifiée, le personnel d'appoint arrêté, la maison sur pied, de fond en comble.

Les meubles que Julia était allée choisir à Marseille avec sa fille venaient d'être livrés à Arles. Pascal et sa mère en surveillaient la mise en place dans la maison que le jeune couple devait habiter sur les Lices.

Le jeune homme comblait sa fiancée de fleurs et de présents. La corbeille de noces, à en juger par la bague de fiançailles, promettait d'être somptueuse.

Le frère aîné de Pascal, qui annonçait son retour, s'était fait précéder de pièces de soieries exotiques et de porcelaines chinoises dont la finesse avait arraché des exclamations à Amélia.

Mme Ladevèze n'avait rien de trop beau pour parer cette jolie fille que son Pascal traitait comme une reine. Elle ouvrait ses armoires, ses coffrets à bijoux :

— Tenez, ma chérie, si vous voulez me faire plaisir, vous porterez cette parure. Les grenats vous vont si bien. Ah ! j'ai retrouvé aussi mes malines anciennes. Je les fais remettre en état pour vous.

De leur côté, Constance et Julia se dépouillaient avec le même enthousiasme. Et la grand' Vernet, lorsque sa petite-fille était venue à Tourvieille présenter officiellement son fiancé et ses futurs beaux-parents, lui avait fait cadeau d'une épingle d'émeraude et d'une bague marquise en brillants tirées des écrins de l'héritage Richard-Lacroix.

Julia souriait au bonheur de sa fille.

Tout ce qu'elle-même n'avait pas eu, Amélia, du moins, l'aurait. Portée par la complicité attendrie de tous, l'enfant semblait ne plus fouler la terre.

La robe de mariée avait été commandée chez la première couturière d'Avignon.

Julia accompagna sa fille pour l'ultime essayage.

— Eh bien ! je crois que cela ira, dit-elle, simplement, à la vue d'Amélia drapée dans ce satin blanc irisé dont la traîne que l'on avait doublée de mousseline s'ordonnait avec raideur en plis majestueux.

Son cœur éclatait d'orgueil et de tendresse.

Pendant que trois ouvrières s'affairaient autour de la jeune fille, elle fit des yeux le tour du salon et avisa sur un mannequin une robe noire gansée et boutonnée de crêpe.

— Un grand deuil ?

Cela arrivait donc à d'autres ?

La « première » leva la tête :

— Madame ?

Suivit la direction de son regard :

— Ça ? Oh ! je crois bien !

Les épingles qu'elle avait à la bouche lui donnaient une élocution curieusement chuintante.

— C'est pour Mme Peyrissac.

— Mme Peyrissac ? Elle a perdu quelqu'un ?

— Dieu juste ! Madame... Vous ne lisez donc pas les journaux ?

Julia n'en avait lu aucun depuis plus d'une semaine. Ils devaient s'empiler, intacts, entourés de leurs bandes, sur le plateau de l'entrée, ou celui du salon. A moins qu'Henri n'eût fait main basse dessus pour y jeter un coup d'œil.

— Non. Mais quoi ? Dites vite.

— Vous savez bien, cette catastrophe de chemin de fer, près de Lyon ? Son fils, son petit-fils et sa bru sont parmi les victimes.

— Ils sont morts ?

Julia se laissa aller dans son fauteuil, sans souffle.

« Son fils, sa... Oh, Christ ! Christ tout-puissant ! Féli... pauvre Féli ! Un fils unique, et... » Félicité dont toute l'existence, large et heureuse, semblait jadis atteindre à une sorte de perfection.

Les yeux de Julia se brouillaient.

Elle dit, pour elle-même :

— Tout perdre ainsi d'un seul coup...

Puis se souvint : « Tout perdre, non. » Félicité avait Arsène.

En un éclair, elle pensa : « Et moi, si j'avais eu le choix... ? Pour garder Rodolphe ? » La sauvage réponse qui s'esquissait lui fit peur.

Elle rouvrit les yeux, une légère sueur aux tempes, et vit avec honte Amélia, radieuse, dans la lumière que renvoyaient sur elle tous les miroirs de la pièce.

L'essayeuse rectifiait une couture. Elle posa la dernière épingle :

— Là. Et comme ça, Mademoiselle, qu'en pensez-vous ?

Tandis qu'Amélia tournait lentement, les yeux fixés sur son reflet le plus proche, elle ajouta, s'adressant à Mme Vernet :

— Il ne reste plus qu'une petite fille. On l'avait confiée à Mme Peyrissac parce qu'elle était trop jeune pour voyager. C'est elle qui va l'élever. Du côté des Romanin, la branche est éteinte, maintenant ; il n'y a plus personne. Ces vieilles familles qui disparaissent, c'est triste, pas vrai, Madame ?

Le retour fut silencieux.

— Tu te souviens d'Octave Peyrissac, certainement, avait dit Julia à sa fille.

Amélia s'en souvenait, oui :

— Les pauvres gens. C'est affreux, Maman.

Sa compassion demeurait tout impersonnelle. Au bout d'un instant, elle avait autre chose en tête.

Julia se renfonça dans le coin de la voiture et ne dit plus rien. Elle pensait à son amie d'autrefois. Au souvenir de Félicité était lié celui de la joie, des robes vaporeuses, de ce goût de fruit, de cette couleur d'été unique qu'avait eu la vie ; de cette jeunesse d'alors, si perdue, qui paraissait avoir été celle du monde, et non pas seulement celle de Julia.

« Pauvre, pauvre Féli : *Mon fils me suffit.* » Julia se rappelait le lui avoir entendu dire, un jour, à Mogador, avec cette expression de défi léger, plein de rire, qui lui allait si bien. Oui, pauvre Féli.

La vue des enfants lui fit chaud au cœur.

Ils avaient dû guetter la voiture. Dès qu'elle se fut engagée dans la grande allée, ils surgirent de derrière les massifs, avec des clameurs.

— Haut les mains ! Faites descendre les voyageurs ! Livrez-nous l'argent fédéral ! vociférait Frédéric, menaçant d'un pistolet à amorces le paisible Victor juché sur son siège.

Ils avaient lu les bons auteurs, et attaquaient la diligence dans les règles.

Amélia avait mis la tête à la portière.

— Ciel ! les Indiens. Nous sommes perdues ! cria-t-elle, à tout hasard, entrant dans le jeu avec délices.

Le lendemain, comme elle se préparait à partir pour Arles, où elle était attendue chez les Jonquéras, la jeune fille reçut une lettre de Pascal.

— Son frère est arrivé, annonça-t-elle à Julia, après l'avoir lue. Mais Mme Ladevèze est souffrante. Une insolation. Cela l'a prise hier, au retour de Marseille où elle était allée attendre le bateau.

Elle réfléchit, la lèvre mordue.

— Est-ce long à guérir, une insolation ?

Julia ne put s'empêcher de rire.

— Pas assez, certainement, pour te donner de l'inquiétude quant à la date du mariage.

Amélia rougit.

— Vous me trouvez égoïste, Maman ? Et vous aussi, Mamé, ajouta-t-elle, rencontrant le regard de Constance.

Elle n'obtint pas de réponse de sa grand-mère, et dut se contenter du sourire sarcastique de Julia.

— Dès cet après-midi, en arrivant, que Vérane veuille ou non m'accompagner, j'irai lui faire une longue visite, décida-t-elle.

— Tu feras bien, dit Julia, cependant que Constance approuvait du chef.

Amélia rentra trois jours plus tard, navrée. Mme Ladevèze n'allait pas mieux, bien au contraire.

— Elle a une très forte fièvre, et de terribles maux de tête. Je suis allée lui tenir compagnie quotidiennement. Mais, ce matin, elle n'a pu me recevoir, tant elle souffrait.

Le courrier suivant n'apporta rien de Pascal. Amélia devint nerveuse, et la journée lui parut interminable.

Enfin, elle reçut une lettre qu'elle décacheta fébrilement.

Julia qui se trouvait là cherchait à déchiffrer à mesure les nouvelles sur les traits de sa fille. Elle s'affola de la voir soudain devenir si pâle.

— Ma chérie ! Qu'y a-t-il ?

— Maman ! Oh, Maman...

Amélia paraissait osciller sur place, et la feuille tremblait au bout de ses doigts.

— ... C'est la variole. L'éruption s'est déclarée hier. Pascal dit qu'il n'ose venir de peur d'apporter la contagion. Oh, Maman... !

Elle s'abattit en larmes sur l'épaule de sa mère, si soudainement que Julia, plus petite d'une bonne tête, crut plier sous le choc.

— Maman ! s'il faut retarder encore...

— Allons, dit Julia, rudement, ne fais pas la sotte. Un délai de quelques jours n'est rien. Tu ferais mieux de penser à ta belle-mère et de prier pour une prompte guérison.

Ainsi remise sur pied, Amélia rassembla toute sa dignité pour effectuer une sortie honorable devant sa mère et sa grand-mère ; et s'en fut baigner ses yeux d'eau fraîche.

Au bout d'un moment, elles la virent redescendre vêtue de son amazone.

— Maman, je vais jusqu'à Fontfresque, mettre un cierge à l'église.

— Nous irons aussi, cet après-midi, Mamé et moi.

Rapidement, bien qu'au gré d'Amélia qui comptait chaque heure cette attente fût interminable, les nouvelles devinrent meilleures. Au bout de peu de temps, Mme Ladevèze parut hors de danger. La fièvre était presque tombée depuis le début de l'éruption, les pustules n'étaient pas très nombreuses et ne semblaient pas devoir suppurer.

La lettre de Pascal, beaucoup plus optimiste que les précédentes, criait la passion et le regret de devoir se tenir éloigné de sa fiancée.

— Tu vois bien, dit Julia.

A la fin de la semaine, Amélia s'alitait soudain à son tour.

Sans perdre un instant, avant même que le docteur Lapierre n'eût formulé son diagnostic, Julia fit emplir une malle d'effets, et expédia tous les enfants à la Sarrazine sous la garde de Constance.

Henri lui-même dut céder à la volonté de sa mère, et les suivre, quoi qu'il en eût.

A Mogador, dans la maison tout à coup silencieuse, Julia se retrouva seule avec Philo au chevet de sa fille.

Dans une chambre aux fenêtres fermées sur le mois d'août incandescent qui s'achevait, Amélia gémissait, en proie à des maux de tête violents. La sueur ruisselait de son dos douloureux parcouru de frissons.

— Qu'est-ce que j'ai, Maman, dites, au moins, ce n'est pas... ?

Elle n'osait pas prononcer le mot.

— Reste tranquille, dit Julia, presque durement.

La terreur qu'elle lisait sur cette physionomie gonflée, écarlate, l'eût fait crier comme une bête.

Elle serra les poings.

— On le verrait, n'est-ce pas, si c'était « cela » ?

On le vit, vingt-quatre heures plus tard.

L'éruption débuta par la face et se propagea avec une rapidité foudroyante par tout le corps de la jeune fille.

L'intérieur de sa bouche, son nez, sa gorge, se tapissèrent de papules qui éclatèrent, formant autant de petites ulcérations.

Julia et Philo baignaient avec de l'eau bouillie et des infusions de mauve ses paupières irritées.

— Mère ! Mère ! Je ne veux pas être défigurée ! Je ne veux pas, entendez-vous ? Au secours, Maman ! faites quelque chose ! Je ne veux pas, Maman... !

Les cris se répercutaient par toute la maison. Berthe les entendait de sa cuisine, ou croyait les entendre encore, machinalement aux aguets derrière les portes qu'elle tenait closes. Ils lui vrillaient le crâne, ils lui faisaient mal.

— Quand on pense... Et Madame, la pauvre, quel carcan (1) elle passe, disait-elle à Victor.

Chaque jour, ils transmettaient les nouvelles à Henri qui venait de la Sarrazine s'informer de sa sœur.

Julia avait donné l'ordre formel qu'on ne laissât point le jeune homme passer le seuil. Elle-même se refusait à le voir. Il devait se contenter, comme ses oncles, comme Pascal Ladevèze, de parler à Victor ou à Berthe.

Eux seuls demeuraient à leur poste. Pierroune et la fille de cuisine s'étaient sauvées chez les fermiers. Julia n'avait retenu personne.

L'eût-il fallu, elle savait que Philo à ses côtés eût pu suffire à tout.

Afin de remercier Victor et Berthe, elle était descendue quelques instants, prenant garde de se tenir à bonne distance.

Mais elle n'eût pas songé à remercier Philo, non plus qu'à lui éviter les risques de la contagion.

Muettes, s'épaulant mutuellement par leur seule présence, elles tendaient ensemble toutes leurs forces, tout leur acharnement, dans la lutte engagée.

Et déjà, Julia, pour sa part, luttait sans espoir, devant cette face horriblement tuméfiée où les boutons devenaient des pustules, sachant que le temps de la vie

(1) Expression familière. Equivalent de : « Quel calvaire. »

brillante, de la beauté et de son merveilleux pouvoir, étaient révolus pour sa fille.

— Un miroir, Philo, donne-moi un miroir, te dis-je ! Je veux me voir. Philo, je t'en conjure ! apporte-m'en un.

Tremblante, désespérée, Philo essuyait ses tempes moites et regardait sa maîtresse d'un air suppliant.

Elles furent presque soulagées lorsque, la fièvre montant toujours, Amélia demeura à peu près constamment en proie au délire.

Le docteur Lapierre amena des confrères. Un médecin d'Avignon, un autre, un professeur de Montpellier, se succédèrent auprès de la jeune fille inconsciente.

Les bains froids que lui donnaient Julia et Philo sur leurs conseils, et le xylol administré à fortes doses, demeurèrent sans résultats.

Elle divaguait, tantôt avec des cris affreux, des soupirs, des plaintes, et tantôt doucement, menant de longs dialogues inintelligibles avec son fiancé qu'elle croyait voir auprès d'elle.

Quittant le chevet de Mme Ladevèze qui commençait sa convalescence, Pascal, fou d'angoisse, était accouru à Mogador aussitôt prévenu. Il implorait vainement qu'on lui permît d'approcher la malade.

Cédant aux instances de Berthe qui ne savait plus comment repousser ces prières répétées, Julia descendit de nouveau pour lui parler.

— Par pitié, Madame, rien qu'un instant. Qu'elle me sente là, tout près. Qu'elle sache que je l'aime, malade ou non. Que...

— Non.

Comment eût-il réagi au spectacle monstrueux qu'offrait à présent Amélia, à l'odeur infecte que dégageait ce visage et ce corps qui n'étaient plus qu'une plaie suppurante, malgré les lavages, les pulvérisations de sublimé, et les feuilles d'eucalyptus que l'on faisait bouillir constamment dans la pièce ?

— Non, Pascal, croyez-moi, pas maintenant.

Elle semblait ne plus tenir debout qu'avec peine. Aussi bien, les heures de sommeil qu'elle s'était accordées en huit jours, additionnées, n'eussent pas fait la moitié d'une nuit pleine.

Mais Pascal, la voyant se dresser devant lui comme un obstacle inébranlable, se sentait prêt à la haïr.

Julia perçut cette haine sur le point de s'extérioriser dans quelque geste de fou.

« Et c'est pourtant à cause de ces gens... » Le regard qu'elle appuya sur Pascal était lourd d'une ironie déchirante. « Qu'il souffre donc, lui aussi ! » pensa-t-elle, férocement. Puis, aussitôt, elle fut prise de remords :

— Il faut attendre l'effet du traitement. On lui donne du xylol. Patientez.

Elle lui parlait comme à un enfant. Et lui, maintenant, désarmé, mettait, comme un enfant, toute sa confiance en elle.

Il obtint la permission de rester à Mogador. Et vécut quatre jours durant dans l'attente, allant, venant, sans sortir de la maison, aux aguets, accrochant Philo, ou Victor, ou les médecins, au passage, afin d'obtenir quelques mots encourageants.

Berthe l'avait pris en pitié. Elle lui cuisinait inutilement des repas savoureux auxquels il touchait à peine.

La nuit, lorsque Julia, ayant affaire hors de la chambre, sortait un instant, elle l'entendait marcher dans le vestibule ou encore elle le trouvait errant dans le couloir ouvrant la porte.

— Pascal..., murmura un soir Amélia, sortie du délire.

— Il est là, en bas. Il attend, depuis plusieurs jours. Veux-tu que je le fasse monter ?

Malgré sa faiblesse, Amélia eut un retrait de tout le corps. Ses yeux fibrillés, rougis, luisant de fièvre entre le suintement des paupières, s'emplirent de panique.

— Non ! Non ! Oh, Maman... !

Elle passa ses doigts avec un sanglot étranglé sur la purulence de ce qui avait été la chair lisse et veloutée de sa joue.

— Dites-lui que je l'aime. Mais... Oh, non ! je ne

veux pas qu'il me voie... promettez-moi... Oh, Maman ! Oh, Maman... !

Julia se pencha sur sa fille :

— Bien sûr, mon trésor. Calme-toi. Il te retrouvera quand tu seras guérie, parvint-elle à dire.

« Guérie. » Elle avait dans la tête comme une petite chanson, sans merci ni trêve, les paroles que le grand médecin avait prononcées le jour même. « Variole confluente... forme extrêmement grave. »

Dans la nuit, Amélia eut plusieurs hémorragies.

Au matin, quand la lumière du jour remplaçant la clarté fumeuse de la grasse lampe Carcel pénétra jusqu'au fond de l'alcôve, Julia et Philo penchées sur la jeune fille s'aperçurent que ses pauvres lèvres tumescentes et sa langue devenaient noires.

Sans arrêt, sur un ton de litanie, Amélia priait qu'on lui donnât à boire. Mais elle parvenait difficilement à ingurgiter une gorgée.

Une nouvelle hémorragie nasale l'étouffa à demi durant un long moment.

Son cœur battait par à-coups, avec violence, puis semblait près de s'arrêter. Son pouls s'en allait.

— Préparez du café très fort, vite, ordonna le docteur Lapierre, dès son arrivée. Pendant ce temps, je lui ferai une injection d'éther.

Philo descendit à la cuisine, et Julia mit de l'eau à bouillir pour la seringue, tandis qu'il poursuivait son examen sans un mot.

Après la piqûre, il donna ses instructions pour la journée en quelques phrases brèves.

Julia connaissait cette figure fermée, cette voix blanche, neutre, et cette façon d'éviter son regard.

— Et le xylol, Docteur ? questionna-t-elle, une sueur à l'intérieur de ses paumes serrées.

Il eut une légère hésitation avant de répondre :

— Continuez. Si vous pouvez le lui faire prendre sans trop de difficultés.

— Sinon ?

Les prunelles glacées qui se fixaient sur lui le brûlaient. Il fit de la main un geste vague.

— Sinon… n'insistez pas.

Julia ne dit rien.

Durant quelques secondes d'un temps inévaluable, elle se laissa aller de tout son poids contre le montant de l'alcôve auquel elle s'adossait. Un tournoiement de lunes vertes et rouges vrillait vertigineusement ses yeux grands ouverts.

Puis, elle se mit en marche comme un somnambule, pour escorter le docteur.

Sur le palier, il rassembla son courage.

— Madame, il serait sage de faire demander les sacrements au plus tôt. Je…

Julia lui saisit le poignet avec la force inattendue d'une tenaille, et gronda à voix basse :

— Pas si fort, pour Dieu ! Son fiancé… !

Le médecin la dévisagea, interdit.

Pascal montait les marches quatre à quatre.

— J'ai entendu, haleta-t-il.

L'aspect de sa physionomie leur fit peur.

Julia effleura son bras.

— Mon ami…

Sans lui prêter attention, il agrippa le médecin par les revers de sa redingote.

— Alors ? Plus d'espoir ? Répondez !

Les syllabes s'accrochaient à son gosier.

— Taisez-vous, ordonna le docteur Lapierre d'un ton rauque.

« Cette petite Amélia que j'ai vue naître… » Que savait-il d'elle, de son enfance choyée, de sa grâce de fillette et d'adolescente, ce garçon qui ne pouvait supporter la pensée de sa mort imminente ?

Il dit cependant, moins brutalement :

— Il y a toujours de l'espoir.

Julia releva la tête, et, de nouveau, il sentit sur lui avec acuité la brûlure de ses yeux secs aux pupilles dilatées.

« Quel espoir ? » Elle n'imaginait plus ce que le mot pouvait vouloir dire.

Le médecin s'éloigna de Mogador, pressant son cheval. Son départ ressemblait à une fuite.

— Sacristi ! soupira-t-il, rentré chez lui, en se mettant à table pour déjeuner, quand je me représente cette petite, là-bas, en train d'agoniser, je voudrais n'avoir jamais ouvert un bouquin de médecine.

— Tâchez de songer à autre chose, mon bon ami, soupira Mme Lapierre. Elle ajouta : — Il fait bien chaud, aujourd'hui.

Le médecin épongea son front sans répondre.

« Songer à autre chose ! » En eût-il été capable que tout se liguait pour l'en empêcher. De Fontfresque à Barbegal, et jusqu'aux mas les plus éloignés du côté de Saint-Rémy ou de Peyrolières, partout où il passait, à chaque pas, on l'arrêtait pour lui demander des nouvelles de la damisello de Mogador. Au village, l'église était illuminée comme aux jours de fête, de tous les cierges qu'avaient mis les gens. Pas un ménager, pas un fermier, pas un laboureur, si pauvre fût-il, dont la femme ne fût venue porter le sien avec une prière.

Mais à Mogador, c'était le silence, sous l'éclat blanc du ciel en fusion dont la lumière appesantie écrasait les arbres et les pierres.

Dans la demeure déserte où l'on ne faisait guère que chuchoter, vers les cinq heures de l'après-midi retentit tout à coup la sonnette. Son bruit habituel prit les proportions d'un vacarme, succédant à la torpeur de plomb de toutes ces journées.

La porte était entrouverte dans l'attente du prêtre. Victor, indigné, parut sur le seuil pour trouver devant lui un voiturier qui lui tendait un immense carton.

— Voilà. Paraît qu'y faut le défaire tout de suite.

Là-haut, dans la chambre, Julia dit à Philo :

— Va voir ce que c'est.

Et :

— Qu'est-ce que c'était ? murmura tout à coup la voix éteinte, méconnaissable d'Amélia, lorsque la servante revint, un moment après.

— C'est la robe de noces qu'on apporte, ma perle, souffla Philo. — Elle se tourna vers sa maîtresse qui paraissait changée en statue : — Berthe l'a étendue sur le canapé dans le salon, bien comme il faut, pour que les plis ne cassent pas.

— Il faudra... retarder..., articula encore Amélia.

Julia sentit monter une boule de larmes dans sa gorge, et la refoula sauvagement : « J'aurai le temps, après. »

Le curé vint, une heure plus tard, portant les Saintes Huiles, seul, sans enfants de chœur ni sonnette. Il se glissa comme un voleur jusqu'à la chambre de la mourante. Avant sa venue, déjà, Amélia était entrée dans le coma.

Dans le salon, le visage enfoui parmi la houle brillante du satin, Pascal Ladevèze priait, sanglotait, suppliait et blasphémait tour à tour.

Il n'entendit pas partir le prêtre, et pas davantage revenir le médecin.

A la fin de la nuit, il dormait, saoul de fatigue, de désespoir et d'espoir alternés, quand Philo descendit chercher la robe pour habiller sa jeune maîtresse.

Là-haut, essuyant maladroitement du doigt le coin de ses paupières, le docteur Lapierre disait à Julia :

— Il faut l'enterrer très vite. Aujourd'hui même. Et, dès ce soir, brûler du soufre dans cette pièce. Par précaution, mieux vaut brûler aussi ses vêtements, et tout ce qu'elle a pu toucher. C'est cruel, je le sais, mais vous devez maintenant songer à ceux qui vous restent. Il sera bon de tout désinfecter. Vos propres effets, ceux de votre servante...

Multiplier les conseils paraissait le raffermir dans son personnage, pensa Julia, non sans cruauté.

Elle-même se sentait à cet instant incroyablement lucide, et comme insensibilisée.

Sans répondre, elle acquiesça du menton.

Ce médecin qui pouvait encore croire à l'efficacité de sa science. Il lui faisait pitié. « Dieu, Dieu seul décide. Et lorsqu'il referme le piège... Cyprien... Rodolphe... » La partie est toujours jouée d'avance. Toute la vie qu'il faut continuer de vivre ne sert à rien sinon à vous l'apprendre.

Mais elle devait dire quelque chose :

— Merci d'être resté jusqu'au bout, Docteur.

Ce fut lui, cette fois, qui ne répondit pas.

Le soleil se levait. Une lueur rose embrasa les interstices de persiennes.

— Il va encore faire une de ces journées, grommela le docteur, en rassemblant ses affaires. Tenez tout calfeutré ici.

Il prit son chapeau, et ajouta entre ses dents :

— De toute manière, dans quelques heures ce sera irrespirable.

Julia se répétait : « Mon enfant est morte. Morte. Morte. » Sans y trouver de signification.

Même la chambre ne se ressemblait plus. Refoulés par les pots de tisane, les cuvettes, les fioles, et tous les témoins de la maladie, les objets familiers qui matérialisaient la présence de la jeune fille avaient presque tous disparu.

Elle s'approcha de la commode et s'empara machinalement d'un flacon de cristal demeuré à demi dissimulé derrière la statuette de la Vierge ; le déboucha, sans trop savoir ce qu'elle faisait, l'approcha de ses narines... Cela sentait Amélia. « *Je t'ai déjà dit de ne pas tant te parfumer. Ce n'est pas convenable pour une jeune fille.* »

Elle regarda le médecin sans le voir, et dit, de la voix unie dont on formule une simple remarque :

— Aujourd'hui, nous sommes juste à huit jours des noces.

Plein d'inquiétude, il la dévisagea. Devenait-elle folle ? Ou quoi donc ?

— Madame...

Le tumulte venu du rez-de-chaussée lui coupa la parole.

— Pascal Ladevèze ! souffla Julia.

Elle posa le flacon d'une main tremblante et marcha vers la porte, tandis que l'escalier s'emplissait d'un bruit de pas précipités butant contre les degrés.

Le jeune homme se tenait au mur, dans le couloir. Il paraissait hébété.

— Ce n'est pas vrai ? Elle n'est pas... ? Je dormais. Dites-moi que..., balbutia-t-il.

Julia le contemplait avec angoisse.

Qu'espérait-il ? Que ce fût un rêve ? Un de ces rêves affreux que l'on fait au petit matin, une seconde avant de se réveiller. Elle aussi luttait contre la tentation d'y croire.

Il s'accrocha pesamment à son épaule :

— Je vous en supplie, dites-moi...

Puis cria brusquement :

— Je veux la voir ! Entendez-vous ! Je veux la voir !

Le médecin s'approcha.

— Voyons, Monsieur, du courage. N'ajoutez pas au fardeau de Mme Vernet.

— Laissez, Docteur, dit Julia, sèchement.

Puis elle s'adressa au jeune homme, avec toute la douceur qu'elle put mettre dans sa voix :

— Pascal, croyez-moi, mieux vaut que vous n'entriez pas.

Philo arrivait, trébuchant à chaque pas, aveuglée par les larmes, la robe de noces sur les bras ; et, derrière elle, Berthe, sanglotante.

Il repoussa Julia avec une violence telle qu'elle faillit en perdre l'équilibre et, bousculant servantes et médecin groupés devant la porte, se rua comme un fou à travers la chambre jusqu'à l'alcôve.

— Amél...

Son cri demeura inachevé. Il oscilla et s'affaissa à la renverse. Ni le docteur ni Julia n'arrivèrent à temps pour prévenir sa chute.

Il y eut un court instant de silence, tandis que le médecin se penchait sur le corps du jeune homme.

Puis, Julia prit le commandement :

— Docteur, pouvez-vous le soigner ailleurs ? Chez moi, si vous voulez. Berthe va vous aider à le transporter. Tous mes médicaments pour le cœur sont dans la pharmacie de mon cabinet de toilette.

— Je vais appeler Victor, dit Berthe. Il est monté voilà une heure s'allonger tout habillé pour dormir un peu.

A eux trois, ils emportèrent Pascal, tandis que Julia et Philo revêtaient la morte de la robe blanche, et cachaient sous un voile le visage épouvantable qui noircissait déjà sous le suintement des pustules.

Lorsqu'elles eurent terminé, Julia congédia sa servante.

— Laisse-moi un moment seule avec elle. Ensuite, tu reviendras, si tu veux.

Le médecin était parti après être venu lui dire que Pascal Ladevèze se remettait de sa syncope, et qu'il venait de prendre un calmant.

La matinée s'avançait. Le soleil devait brasiller, au-dehors. Dans la pièce où régnait une température de four, l'odeur devenait atroce.

Julia finit par se résoudre à quitter le chevet de la morte.

A travers les vitres closes lui parvenait le son du glas. Le curé allait arriver, sans doute.

Elle traversa le palier pour passer dans sa chambre.

Pascal ne s'y trouvait plus.

« Il a dû retourner au salon », se dit-elle.

Avant de le rejoindre, elle fit sa toilette. Puis descendit.

Mais le salon était vide. Berthe y avait mis de l'ordre et tiré les volets à demi. Tout était comme de coutume.

Dans un désir inconscient de respirer un peu d'air frais, Julia s'approcha de la fenêtre.

Le parc avait son odeur de tous les matins de ce long été : verte et un peu poussiéreuse. « Juste n'a pas assez arrosé », se dit-elle.

L'existence était toute pareille. Les dahlias pourpre sombre plantés le long du mur atteignaient le rebord de la fenêtre. Elle en fit la remarque. Une journée magnifique allait s'épanouir. « Amélia devrait faire sortir un peu *Emir* », se surprit-elle à penser. Amélia... Où était Amélia. Impossible d'identifier l'enfant folle de féerique avec l'amas de pourriture qui commençait à se liquéfier là-haut. Mais où était-elle ?

La maison avait le silence sonore du vide ; et Julia elle aussi se sentait toute creuse.

Victor entra, portant le courrier de la journée.

Sur le plateau où il le déposa, il y en avait déjà un monceau accumulé depuis une semaine.

— M. Henri et M. Angellier sont venus, tout à l'heure.

— Vous leur avez dit… ?

Victor hocha la tête.

Julia attendit.

Il se décida à ajouter :

— M. Henri voulait entrer à toute force. M. Angellier l'a retenu. Il lui a dit : « Pense aux enfants, là-bas. Tu n'as pas le droit de leur faire courir ce risque. Allons, viens, mon petit. » Il pleurait, lui aussi.

— C'est bien, Victor, dit Julia, d'une voix étranglée.

Elle n'eût pu en écouter davantage.

Un moment, elle demeura silencieuse, luttant pour rassembler sa maîtrise de soi. Puis se retourna à demi pour questionner :

— Où est M. Ladevèze ?

Victor eut l'air surpris.

— Il n'est plus dans la chambre de Madame ? Alors ça…

— Cherchez-le, dit Julia, sans bouger de sa place près de la fenêtre.

Au bout de dix minutes, elle vit revenir Victor, effaré.

Le jardinier avait aperçu le jeune homme, nu-tête, défait, marchant dans la direction des écuries.

— Juste m'a dit : « Le jeune monsieur avait l'air de quelqu'un qui n'a plus ses idées. » C'est vrai qu'aussi, un malheur comme ça…

— Allez voir s'il a pris son cheval.

Après que Victor fut ressorti, Julia s'inquiéta un instant au sujet de Pascal.

Mais elle n'en pouvait plus. Ce que deviendrait Pascal Ladevèze était affaire à Dieu, comme le reste. Qu'Il achevât son ouvrage à sa guise. « Peut-être ce garçon est-il allé se réfugier chez lui, après tout. » Il y avait eu un temps, pour elle aussi, où ce lui eût encore été possible de le faire. Ensuite vient un autre temps, où l'on ne le peut plus.

D'un geste inconscient, elle prit une enveloppe sur le plateau, et l'ouvrit.

Puis une autre. Puis, d'autres.

Félicitations et marques de sympathie émues arrivaient pêle-mêle. Pour les noces et pour la maladie.

Julia laissa les cartes glisser de ses genoux.

La douleur remuait doucement et s'annonçait, comme un enfant au ventre de sa mère.

« Rodolphe... » gémit-elle, en pensée.

« Rodolphe, parti après Cyprien. Et maintenant... »

Elle épiait le long hurlement silencieux qui allait naître au plus profond de ses entrailles.

*
**

— D'abord, c'est Henri qui l'a défendu. Alors, vous avez bien compris, hein ? Le premier qui parle d'*elle* devant Maman, c'est à moi qu'il aura affaire, conclut Frédéric.

Il promena un regard autoritaire sur sa jeune sœur et son petit frère, vêtus de noir de la tête aux pieds, comme lui-même.

— Toi, Hubert, ouvre la bouche, seulement, pour voir. Je t'écorche, entends-tu ?

Le petit hocha le menton, avala sa salive, et dit :

— Oui.

Il éprouvait envers Frédéric la même admiration que dédiait celui-ci à leur aîné.

Frédéric se tourna vers Adrienne :

— Fais attention, toi aussi. Ou sans ça, gare à tes tresses.

La fillette le considéra, l'œil craintif, la bouche entrouverte.

— Et à Philo, on peut en parler ?

— Jamais de la vie. C'est la même chose.

— Et à toi, dis ?

— A moi... ? oui. Si tu veux, consentit Frédéric d'un air viril, après avoir pesé les choses.

Mais il dut planter là, tout de go, les deux plus jeunes. Des picotements significatifs lui montaient aux narines, à l'évocation de leur sœur. S'y mélangeait d'ailleurs, pour l'attendrir sur soi, le sentiment émouvant de son propre héroïsme.

Redressant ses épaules, il s'en fut jusqu'au tournant de l'allée où il tomba sur sa grand' Angellier qui lui renouvela ses recommandations sur le même thème.

— Oui, Mamé... Oui, Mamé..., disait-il poliment, non sans impatience.

Les grandes personnes ne comprenaient jamais quand vous aviez besoin qu'on vous laissât tranquille.

Finalement, il s'échappa pour s'en aller pleurer à son aise dans le secret du sous-bois.

Déjà hors de vue, il entendait encore la voix de Constance :

— Ne t'éloigne pas, Frédéric. La voiture va être là d'un moment à l'autre.

« Oui ! oui ! oui ! » pensa-t-il. Son amertume et sa peine s'exaspéraient. « La voiture... » Que ne pouvait-elle partir sans lui ? Trois semaines durant, il avait été heureux, malgré tout, à la Sarrazine, dès qu'il oubliait de penser à Amélia. Et l'oubli n'était pas tellement difficile dans cette maison et ce jardin étrangers, avec Edmond pour compagnon, et le jeu inventé qu'ils poursuivaient du réveil à la nuit, d'un jour à l'autre.

Henri, Mamé, oncle Constant, tante Sophie, avaient les yeux rouges et ne parlaient guère. Leur présence matérialisait pour un moment tout ce qui, là-bas, était advenu de terrible et d'inconcevable. Mais on ne les voyait qu'aux repas.

Et, pour les enfants de Mogador, pour Frédéric, surtout, le chagrin alternait avec la fierté de porter devant leurs cousins Angellier cette auréole dont les nimbait la mort dramatique de leur sœur.

Envieux, Edmond essayait bien de rétablir l'égalité entre eux :

— Moi aussi, quand ma mère est morte...

Mais ce n'était pas comparable.

Frédéric n'éprouvait aucun mal à le lui faire sentir.

— ... Rappelez-vous aussi que votre maman vient d'être souffrante, dit encore Constance, comme ils montaient en voiture. Elle souhaite vous avoir auprès d'elle, mais ne la fatiguez pas trop.

Ils l'écoutaient, à la fois tendus et maussades, en présence de toute la maisonnée rassemblée pour assister à leur départ.

Leur maison à eux, comme leur mère, leur apparaissait tout à coup dans une perspective inconnue, assez inquiétante.

— Ne vous faites aucun souci, Mamé, dit Henri, cessant de controverser à l'écart avec l'oncle Constant.

Le voyant prendre la situation en main, les trois autres respirèrent et lancèrent un coup d'œil reconnaissant à leur oncle qui abondait dans le même sens :

— Mais oui, Mère, il est entendu qu'ils seront très sages. Tous me l'ont promis.

Tant de sagesse que l'on exigeait d'eux subitement leur tombait dessus comme un couvercle de fonte.

Le trajet changea le cours de leurs idées.

Cependant, à mesure qu'ils approchaient de Mogador, l'appréhension leur remontait dans la gorge.

Peu à peu, le silence s'établit dans la voiture.

L'aîné, accoté dans le coin, ne disait mot. Frédéric lançait de temps à autre sur sa figure contractée un coup d'œil anxieux.

Avec une impatience inusitée, Adrienne bouscula Hubert qui se carrait devant la portière, masquant le paysage. Le petit en demeura tout pantois jusqu'à l'arrivée.

La grille était grande ouverte à leur intention.

Jamais les cinq cents mètres de l'allée d'honneur ne leur avaient paru si courts à franchir.

Adrienne croisait et décroisait en soupirant ses doigts gantés de filoselle noire. Et Frédéric, à présent, se mordait l'intérieur des joues au spectacle d'Henri froissant nerveusement sa cravate de deuil.

Sur le perron, appuyée au bras de Philo, Julia attendait ses enfants, toute petite, toute noire.

Si petite, si noire, qu'ils ne découvrirent pas tout de

suite qu'elle demeurait, à peine un peu plus maigre et un peu plus pâle, identique à elle-même, telle qu'ils l'avaient toujours vue, dès avant la disparition de leur père, depuis celle de leur tante Dorothée, dans sa robe de deuil d'une coupe stricte.

Sans attendre que la voiture se fût complètement arrêtée, Henri sauta à terre, courut à elle, et la serra contre lui.

— Mère ! Mère chérie...

— Mon grand garçon, articula-t-elle, relevant la tête pour le contempler.

Au travers des larmes qui l'aveuglaient, elle croyait reconnaître Rodolphe.

— Maman, comment vous sentez-vous ?

— Bien, très bien. Ne te tourmente pas. Je suis tout à fait rétablie, tu vois, dit-elle, en l'écartant doucement. Laisse-moi plutôt...

Elle se pencha vers Hubert qui déboulait dans ses jupes :

— Mon trésor !

L'embrassa. Embrassa Adrienne. Embrassa Frédéric.

— Mes chéris, comme vous êtes beaux. Je crois que vous avez encore grandi. Oui, même toi, mon Henri. Mon Dieu ! Adrienne, ma pauvrette, comment a-t-on pu t'affubler de la sorte ? Qu'est-ce que ce costume que l'on t'a mis ?

— C'est tante Sophie qui me l'a fait, s'écria l'enfant, sur un ton rancunier. Je suis bien contente que vous le trouviez laid. Moi aussi. Je ne voulais pas le mettre. Mais tante Sophie a dit que, quand on perd sa...

L'œil meurtrier de Frédéric la transperça. Elle demeura sur place, bouche bée, incapable de finir sa phrase, regardant sa mère avec la crainte vague de la voir tomber raide, devant elle, aussi morte qu'Amélia elle-même. Et soudain, éclatant en sanglots convulsifs, se précipita, le nez contre la robe maternelle.

— Fais donc taire cette petite dinde ! glissa Henri à Philo, tout en l'embrassant.

Il était consterné.

Julia serrait les lèvres.

C'était celle-ci qui lui restait : « pleurnicharde, molle, sans grâce... » Puis, une épouvante la saisit : « Mon Dieu ! Seigneur Jésus ! pardonnez-moi, oubliez ce que je viens de penser. Je ne sais plus ce que je... »

Et, se baissant sous le regard inquiet de son fils aîné et de sa servante, elle pressa contre elle la petite fille hoquetante :

— Là ! là ! Allons, mon bécasson, ne pleure plus. Je te ferai un autre costume.

Adrienne s'apaisa, non sans jeter des regards furtifs vers son frère. Il était clair que Frédéric ne la tiendrait point quitte. Déjà, elle croyait sentir sa poigne vigoureuse lui décoller la peau du crâne.

— Entrez vite, dit Julia, s'efforçant à l'entrain. Berthe a préparé une charlotte aux poires pour votre goûter.

Henri s'abstint de révéler que leur grand' les avait déjà bourrés avant leur départ de la Sarrazine.

— Appuyez-vous sur moi, Maman.

Les enfants les entourèrent allégrement. Le plus petit que Philo avait pris sur son bras se passait la langue sur les babines.

Aux premiers pas dans le vestibule, néanmoins, ils reniflèrent, surpris.

— Qu'est-ce que ça sent ? questionna Frédéric, le nez fureteur.

— Ce n'est rien. On a fait brûler du soufre, articula Julia.

Le regard d'Henri fit rentrer dans le néant la nouvelle question prête à éclore sur les lèvres de son cadet. Puis, il se reporta vers Julia.

De nouveau, elle avait pâli. Faudrait-il donc que, désormais, chaque parole... ?

Son cœur s'emballait. Elle vit tournoyer les murs autour d'elle. « Pas ici, Seigneur ! Pas devant les petits ! »

— Attends une seconde, souffla-t-elle, la main sur sa poitrine pour en contenir le halètement.

— Oui, Maman, murmura Henri, anxieux.

Il la sentait peser davantage à son bras.

Sur les quelques mètres qui les séparaient de la salle à manger, il éprouva la sensation de la traîner. Puis, elle se ressaisit. Il la sentit se redresser.

— Maman chérie.

Julia leva la tête vers lui, et trouva un sourire à lui offrir.

— Maman..., répéta-t-il.

Il aimait son courage. Mais ce n'était pas permis de le lui dire.

Les places étaient les mêmes, autour de la table. Victor avait seulement augmenté l'écart entre les couverts, du côté où Amélia ne s'assiérait plus.

Comme il en avait pris l'habitude après la mort de leur père, il se tenait debout, derrière la chaise de sa maîtresse, l'air pénétré de ses fonctions ; et inspectait les enfants attablés avec, sur sa grosse figure, une expression satisfaite.

Berthe, sur le seuil de l'office, s'efforçait discrètement, elle aussi, de leur faire fête autant qu'il était possible.

— Je ne veux pas que leur retour soit triste, avait dit Julia.

Elle se tourna vers Henri, assis près d'elle :

— C'est bon de vous voir là.

— C'est bon aussi de vous retrouver, Mère.

Un courant de tendresse passait entre eux.

Elle le regarda longuement, sans mot dire.

Henri rougissait d'émotion sous la clarté de ce regard.

— As-tu faim ? questionna-t-elle.

Il se demandait comment il pourrait avaler une bouchée, mais n'en fit pas moins un signe affirmatif.

Le regard de sa mère paraissait tout comprendre. Henri eut l'impression qu'elle le remerciait.

Puis, se détournant, elle regarda ses autres enfants

attaquer chacun sa part de charlotte à mesure que Victor posait leur assiette servie devant eux.

Avec une sorte d'étonnement, elle écoutait la salle à manger s'emplir de nouveau du joyeux bruit des cuillères heurtant la porcelaine.

3

DES mois, des années plus tard, lorsque Julia se remémorait l'étrange désert de soif grise et de fièvre où elle s'était égarée derrière le cercueil hâtivement refermé sur ce qui restait d'Amélia, elle entendait de nouveau monter, insolite, ce concert de vaisselle qui l'avait ramenée de si loin au milieu des vivants où l'attendaient des enfants à débarbouiller, à moucher, à tancer, à vêtir.

Il y avait toujours des raisons pour vous interdire de vous abandonner, sans que l'on sût au juste si c'était là une grâce, ou tout le contraire.

« Renoncer, se démettre, enfin. » Le vieux désir desséchant lui revenait au plus bas de sa lassitude d'être.

Quatre paires d'yeux attachées sur elle, yeux gris de Frédéric, de tous le plus à sa ressemblance, yeux marron foncé des trois autres, l'en empêchaient.

Et il fallait sans trêve s'occuper de la rentrée au collège, de la première communion pour Frédéric, du catéchisme pour Adrienne, des vêtements d'hiver ou d'été... « Si elle n'était pas allée faire ces visites à Mme Ladevèze, je l'aurais encore. Le grain de sable qui perd tout, sans retour ; et celui, plus petit encore, qui vous sauve. Qui vous sauve ? Ou... ? » Que sait-on de ce qui viendra ensuite ?

— Mère, Trestaillon demande s'il peut engager une

autre colle (1), même au prix fort. Il craint que les pluies ne nous gagnent avant que l'on n'ait vendangé tous les ceps.

Une grâce aussi, ce temps qui marche, bon ou mauvais ; et vole, plus rapide encore lorsque rien n'arrive, ou presque. Rien, sinon la brève exactitude des tâches qui se suivent, et la fidélité des saisons à donner leur fleur, leur fruit, leur feuillage roux, et leur neige. Tandis que les questions posées demeurent sans réponse, déjà périmées.

Un an passe vite alors. Et deux, et cinq, encore davantage. Et sept...

« Sept ans ? Non, ce n'est pas possible. Sept ans, déjà, depuis... » s'étonna brusquement Julia, le jour où une bronchite, la retenant alitée, loin de ses soucis habituels, lui laissa le loisir d'en faire la découverte.

« Voyons, comment se fait-il ?... Qu'y a-t-il eu ? »

Il fallait bien qu'il y eût eu quelque chose : sept ans. Peut-on remplir sept ans avec le seul déroulement d'une existence quotidienne ?

C'étaient toujours des ordres à donner, toujours les mêmes, dans les mêmes circonstances dont la ronde continuait de tourner.

Les mêmes travaux. Les mêmes difficultés. Les mêmes réprimandes à une fille de cuisine ou à une chambrière dont le nom seul avait changé ; et quelquefois Julia se trompait encore et appelait Pierroune.

Toujours des lingeries à tailler et à coudre, des notes de couturière ou de modiste à solder, un trousseau à préparer ; mais, à présent, c'était pour Adrienne, que son frère aîné escortait dans le monde depuis qu'elle était sortie du couvent.

Et une première communion à laquelle il fallait penser ; mais c'était celle d'Hubert. Frédéric était maintenant un jeune homme : à son tour, il avait fait le voyage de Nîmes pour en revenir bachelier. Bientôt, il partirait pour accomplir son volontariat. Henri, lui, au

(1) *Colle :* équipe de vendangeurs.

moins, en avait été dispensé, en sa qualité de « soutien de famille ».

Sept années calmes, jalonnées de peines et de satisfactions mesurées.

Parfois, Julia se disait qu'elle était quitte, désormais, et bien quitte, envers Dieu, pour la belle joie qu'Il lui avait autrefois donnée en lui permettant de vivre auprès de l'homme de son choix. A chacun, Il ne réclamait pas la même dîme. La sienne avait été lourde et cruelle entre toutes.

Ses cheveux qu'elle coiffait toujours en bandeaux tirés, à la mode de sa jeunesse, comme si l'on n'eût point inventé, depuis, ce chignon pointu juché sur le sommet de la tête, ses cheveux étaient gris. Et ils tombaient sous le peigne. Leur longueur, maintenant, ne dépassait guère sa ceinture.

Adrienne était assez vaine des siens. « Et Dieu sait pourtant, qu'ils n'ont rien d'extraordinaire », songeait Julia.

— Ma pauvre, à ton âge, je marchais sur les miens lorsqu'il m'arrivait de descendre l'escalier sans être coiffée, le matin, à la Sarrazine. Et souvent, je me prenais le bout de la natte dans mes mules.

Adrienne la considérait de son œil doux et se contentait de dire placidement :

— Vraiment, Mère ?

« Bien entendu, elle ne me croit pas. » C'était visible. « Et après tout, les siens sont encore ce qu'elle a de mieux. »

Henri lui reprochait parfois :

— Vous n'avez aucune indulgence pour Adrienne, Mère. Pourquoi ? De nous tous, c'est elle qui a le moins de défense.

On ne dissimulait pas grand-chose à Henri.

Non, elle n'avait pas d'indulgence. Elle le savait.

Mais la jolie belle, la piaffante, la moqueuse qui avait eu bec et ongles, la cavalière des beaux matins, l'infante de son royaume, elle l'avait perdue.

Restait cette fille aux dix-sept ans insipides, sans éclat, sans vivacité, incapable de contredire personne, toujours confinée dans la lecture et les travaux à l'aiguille ; cette endormie que même les plus mordants sarcasmes n'incitaient jamais à la révolte.

Te souviens-tu, quand elle te commandait quelque corvée, comme elle savait s'y prendre ? Ces façons câlines et autoritaires qu'elle avait... Et toi, pour n'importe quelle sottise, tu étais toujours disposée à lui prêter main-forte. Te souviens-tu du jour où...

On pouvait toujours le demander à Philo. « Ma beauté fine, mon bijou, ma merveille, ma perle, ma cardeline... » Les mêmes litanies, tour à tour chacune d'elles les avait égrenées.

Mais Philo avait affaire partout, ce matin-là, pour la remplacer. Et Julia qui eût souhaité l'avoir près de soi demeurait seule, dans son lit, étayée par deux oreillers, toussant et suffoquant alternativement, tandis que la maison, autour de la pièce close, faisait son bruit familier de grande ruche, et paraissait se passer aisément de la maîtresse.

Déjà, Henri, de plus en plus, prenait sur lui, comme autrefois son père, la direction du domaine. Et mieux que Rodolphe, il savait restreindre la part de soucis financiers qui avait toujours incombé à Julia.

Avec lui, même dans les mauvaises années, il n'était plus question de train à réduire, d'expédients à trouver. Et l'argent était toujours prêt pour solder les marchés.

N'était-ce pas saugrenu, se demandait Julia, d'éprouver précisément ces bouffées de nostalgie en se remémorant certaines difficultés, certaines scènes furieuses qui, jadis, les avaient opposés, Rodolphe et elle ?

« Mais c'est lui qui me manque, et non pas... »

C'était lui, évidemment, mais aussi leurs batailles.

« Balivernes ! » L'on ne s'avoue point de tels enfantillages.

— Henri est si raisonnable, disait-elle à Constant.

Dans la transparence de ses prunelles luisait une tendre fierté.

— Et si affectueux, si plein d'attentions. Mon grand fils...

Constant souriait, comme souriaient Antoine et

Lucie. Et, aussi bien, le curé de Fontfresque, et les quelques rares amis qu'elle continuait à voir de temps à autre.

— Chère madame, quand vous parlez de votre aîné, vous ressemblez à une jeune fille, lui disait parfois le prêtre.

— Est-ce un reproche, monsieur le Curé ?

— Que non pas, certes !

« Un homme agréable, ce curé. Et un bon commensal. » Julia le recevait volontiers, bien qu'il ne fît pas oublier son prédécesseur, le vieil abbé Tassin, que toute la paroisse, maire républicain en tête, avait accompagné au cimetière, plusieurs années auparavant.

— A vous de jouer, monsieur le Curé.

— Voilà, madame.

Il avançait une pièce sur l'échiquier où tous deux disputaient leur partie, les soirs où il dînait à Mogador.

— Et il est bien vrai que M. Henri est un beau jeune homme, des plus accomplis.

— N'est-ce pas... ? Votre reine, là ! Et maintenant, échec au roi.

Résigné, il assistait à la déroute brusquée que le fou noir de Mme Vernet opérait inopinément dans son jeu. Sa partenaire aimait gagner. Elle méditait ses coups autant qu'il le fallait pour triompher finalement avec un petit rire.

— Le pauvre curé ! il n'est pas de force, s'égayait-elle auprès d'Henri, lorsque l'hôte avait pris congé. Qu'il joue mal ! Plus mal encore que ton père. Et Dieu sait... !

N'importe, dans son lit, à présent, elle eût volontiers entamé une partie.

Elle bâillait, désemparée de n'avoir tout à coup plus rien à faire d'autre que subir cette bronchite pas bien méchante, en vérité ; assez cependant pour l'emprisonner dans un lieu curieusement solitaire où la lumière n'éclairait que son passé.

« Si j'essayais de me lever... ? » Après tout, pourquoi non ? « *Il faut vous ménager, Maman chérie.* » Henri serait désolé, s'il la trouvait debout, en rentrant.

Elle s'imaginait l'entendre : « *Maman, ce n'est pas bien Vous m'aviez promis...* »

Il ne lui restait donc plus qu'à compter et recompter ses souvenirs, comme les avares font des piles et des rouleaux avec leur trésor. Et non seulement les louis, mais les sous et les centimes qui parfont la somme, pesés au trébuchet des jours disparus.

« C'est bien en 77... mais oui, je me rappelle... qu'Honoré a vendu le Grand Frigolet. Ils n'y venaient jamais, depuis la mort de tante Nancy, et sans doute, en effet, le baïle devait s'emplir les poches... » Mais qu'était devenu tout ce qui s'y rattachait ? Où avait fui le fantôme de Julia Angellier chassé des bords de la roubine par des étrangers ?

Il n'y avait plus de Julia Angellier. Mais la vieille Julia Vernet pensait désespérément à cette jolie fille que son amoureux avait un jour embrassée, là-bas, il y avait si longtemps ; et elle se rappelait encore l'odeur des foins, les fleurs de glais, la couleur de l'eau, et tout ce ciel autour du visage qu'elle avait vu penché sur elle, en rouvrant les yeux. « Rodolphe, mon amour... »

Recommencerons-nous jamais ? Existe-t-il, au bout du long chemin de larmes, l'été unique de nos vingt ans retrouvés ? Rodolphe, à présent, savait la réponse, mais, pour tout leur amour, il ne reviendrait pas la lui donner. « Mon Dieu, ce n'est pas assez que de supporter, et de croire, si la force vient à manquer pour espérer. »

Elle avala un goût amer.

« Le jour où Mère nous a quittés... » Ce jour-là, l'affreuse absurdité de la mort avait clos un autre domaine.

La Sarrazine sans Constance n'était plus peuplée désormais que des rêves vaniteux de cette morte étrangère qui l'avait transformée.

Là où se trouvait à présent une petite Julia en robe de broderie blanche, la tête protégée par son bourrelet de paille, jouant dans la vieille allée de jadis, la jeune femme au doux visage était allée la rejoindre. Et peut-être, là-bas, assise à l'ombre des lauriers-tins en berceau, souriait-elle enfin, sans cette mélancolie que ses enfants lui avaient toujours connue.

Mais la maison comme le jardin s'étaient fait une nouvelle physionomie. Julia ne s'y trouvait plus chez elle.

Son ancienne chambre était occupée par Edmond. Naturellement, il l'avait transformée en repaire de brigands, comme font tous les garçons.

Et Sophie, après les obsèques de leur mère, avait décidé :

— Je vais m'installer dans la chambre de Maman. C'est la meilleure pièce. Il serait stupide de la laisser inhabitée.

Quant au rez-de-chaussée, Constant l'avait fait aménager lorsqu'il avait hérité de son beau-père, pour recevoir les collections et les livres du vieux M. Eysséric. De la disposition des pièces qu'avait connue Julia, il ne demeurait pas grand-chose.

— Viens nous voir, disait toujours Constant.

Il avait encore insisté, quelques jours auparavant, en venant prendre des nouvelles de sa sœur, à Mogador.

Elle demeurait évasive :

— Quand je serai mieux, peut-être à la belle saison. Tu sais que je ne me déplace plus guère. En attendant, Sophie et toi, amenez-moi donc les enfants pour les Calendes. Nous aurons aussi ceux de Tourvieille.

Immanquablement, lorsqu'elle l'invitait ainsi, à la fin de chaque année, Constant se récriait :

— Ma pauvre sœur, fatiguée comme tu l'es, que vas-tu faire de tout ce monde ?

Mais il acceptait volontiers. Julia le savait.

Elle se rappela tout d'un coup qu'elle n'avait pas encore écrit au mas. Antoine et Lucie devaient s'étonner.

« Il faudra que je dise à Adrienne de le faire. »

La perspective de toute sa parenté rassemblée autour d'elle lui fit un moment oublier cette longue matinée solitaire dans ses draps de malade.

« D'ici la Noël, du reste, j'ai mille fois le temps d'être

rétablie. » Et, de toute manière, elle n'avait pas l'intention de priver les siens de cette réunion.

Tous l'attendaient. Elle-même n'eût pas songé à mettre en balance la peine et le plaisir qu'elle lui procurerait.

Depuis que Mme Vernet douairière, parvenue à l'âge confortable de quatre-vingt-deux ans, avait définitivement rejoint les Richard-Lacroix dans leur caveau de famille, les visites des Camarguais à Mogador étaient plus fréquentes.

Bien que la mort d'Amélia eût rapproché Julia de sa belle-mère, l'antagonisme était désormais trop profondément ancré pour que s'établît entre elles autre chose qu'une paix méfiante.

Et certes la vieille Elodie n'avait pas été pleurée également par ses deux brus.

Les marques décentes de regret qu'avait inspirées cette disparition à Julia ne devaient rien qu'à son attachement sincère pour Antoine.

Lucie, au contraire, paraissait en avoir éprouvé un chagrin véritable. « Dieu seul sait pourquoi », estimait sa belle-sœur.

« Cette Lucie... » C'était elle, cependant, qui naïvement, quelques mois plus tard, avait remarqué avec un soupir, comme si la coquetterie eût encore été compatible avec la tournure qu'elle avait à présent :

— Cela fait tantôt quatre ans et demi, comptez ! (depuis que nous avons perdu le pauvre Rodolphe) que nous n'avons plus quitté le grand deuil, dans la famille.

Julia, elle, ne le quitterait plus jamais. « *Le pauvre Rodolphe.* » L'expression l'avait mise hors d'elle. Rodolphe non plus n'eût point supporté cette façon geignarde de parler de lui.

Elle aimait mieux penser que la mort était venue lui apporter une grâce, le mettre à l'abri, en attendant que vînt le temps de le rejoindre, selon la promesse de l'abbé Tassin. Le penser de toute la force de sa foi. Ou comment eût-elle pu continuer d'exister, si elle cessait de le croire, ne fût-ce qu'une minute ?

Rodolphe, ce vif-argent, amoureux comme aux premiers jours. Amélia dans sa beauté retrouvée. Et Cyprien qui resterait pour l'éternité son petit garçon à elle. Telle était la justice qui, à la fin, lui serait faite.

Doucement, elle tourna autour de son doigt l'alliance de Rodolphe que retenait à peine, tout épais qu'il fût, son propre anneau passé par-dessus.

Cette bague, il l'avait portée pour l'amour d'elle, tous les jours de leur vie depuis celui où ils s'étaient épousés.

La cinquantaine approchait pour Julia, et son cœur, usé sur la dure meule des jours, faisait mal sa besogne. Artères et veines se sclérosaient. La bronchite devenait chronique. Elle l'acceptait. Tout était bien. « Quand la joie était finie... »

De nouveau, Mogador avait un maître. « Et la terre est ce qui importe. »

Bientôt, à coup sûr, Henri se marierait. « Séduisant comme il l'est, il n'aura qu'à choisir. Elles le veulent toutes. » Il prendrait une fille, et la ferait reine, à Mogador. Alors, le pouvoir que Julia détenait encore passerait en d'autres mains.

Elle essayait, ce matin-là, de pardonner d'avance à cettre intruse qui la déposséderait. « L'on se croit détaché, et puis... »

Du moins persisterait, elle en avait la certitude, cette entente profonde entre son fils et elle-même. Henri, elle le connaissait aussi bien qu'elle avait autrefois connu son propre frère.

« Et c'est vrai qu'il tient aussi de Constant. » Il n'y avait qu'à voir comme tous deux s'accordaient.

« Le jour où nous avons fêté sa majorité, ce sont les livres offerts par Constant qu'il a le plus appréciés. Et leur voyage à Paris, pour l'Exposition de 78... »

Elle se rappela les récits enthousiastes du jeune homme de dix-neuf ans qu'il était alors. Elle les avait écoutés sans rien dire. « *Oncle Constant a dit... oncle Constant m'a mené voir...* En 67, Rodolphe et moi... » Leur voyage. Leur Exposition. A eux.

Mais elle était heureuse qu'Henri eût pris tant de plaisir.

Ses suffocations la reprenaient. Elle ferma les yeux, lutta, avec des halètements.

Philo survint et lui fit avaler sa potion.

La crise se passa peu à peu. Seule de nouveau, Julia retrouvait le fil de ses pensées comme celui d'une bobine qu'elle eût déposée à côté de soi. Elle se remit à le dévider.

« Ce voyage... » Après cinq ans passés, Henri en parlait encore. « Et le drame qu'il a fait quand son frère lui a pris dans son tiroir ces vues stéréoscopiques de l'Exposition... »

La malchance avait voulu qu'Hubert laissât tomber la boîte. La correction qu'il avait reçue devant toute la maisonnée était hors de proportion avec le bris de quelques plaques, de l'avis unanime. Mais Julia elle-même, cette fois-là, n'avait pu faire entendre raison à Henri, ni lui retirer des mains un Hubert aux oreilles écarlates qui poussait des hurlements de goret.

Elle sourit à cette évocation.

Les colères d'Henri étaient rares, Dieu merci. Mais, déchaînées, elles rappelaient celles de son père. Peut-être même étaient-elles pires. De vrais cyclones. De l'une d'entre elles, au moins, Hubert à coup sûr garderait longtemps la mémoire.

« Et lorsqu'a paru le décret sur les Congrégations... » L'interdit lancé contre l'enseignement catholique, atteignant son ancien collège, avait porté un coup brutal à la ferveur républicaine du jeune homme. Julia, qui méprisait « la politique », l'avait vu, non sans ironie, entrer dans une fureur noire et crier à la trahison.

Frédéric avait alors à faire une dernière année d'études chez les Pères. Tous deux avaient jeté feu et flamme et mis la maison en révolution durant une semaine.

Puis, par bravade, avec toute la jeunesse des environs, ils étaient allés s'enfermer dans l'abbaye de Frigolet devant laquelle les troupes du gouvernement prétendaient venir mettre le siège.

Julia n'avait pas beaucoup aimé cela. Mais le moyen

de les retenir ? Une armée en grand arroi de bataille campée sous les murs du monastère. Et tant de belles chato accourues de partout à la ronde pour encourager en chantant les défenseurs de la Foi. Huit jours durant, les garçons s'étaient pris pour les chevaliers d'une nouvelle Croisade.

Après quoi, ils étaient rentrés tout glorieux d'avoir ainsi « *ridiculisé la clique ministérielle et ses suppôts à gages* ».

Néanmoins, les moines étaient partis. Tout comme les Jésuites. Et Frédéric avait dû achever ses humanités avec des maîtres laïques.

Heureusement, cela n'avait pas duré. Deux ans plus tard, les bons Pères enseignaient de nouveau dans leur collège. C'était au tour d'Hubert d'y être interne, à présent. Il y était entré l'année précédente et ne donnait d'ailleurs pas plus de satisfactions à ses professeurs qu'il n'en avait donné au curé de Fontfresque. Le plus clair de son activité consistait à élever des magnans dans son pupitre, et à dévorer tous les livres qui lui tombaient sous la main, sauf, précisément, ceux qui traitaient du programme de sa classe.

— Ne vous fâchez pas, Mérette. J'en saurai toujours assez pour seconder mes frères à Mogador. Deux bacheliers dans la maison c'est déjà d'un joli rendement pour la famille.

— Et quand tu auras l'âge du service, tu cireras les bottes des officiers ou tu panseras leurs chevaux, imbécile ? lui représentait Frédéric qui, s'apprêtant à partir pour la caserne, avait tendance à considérer toutes les questions sous l'angle militaire. Cela te plaît d'en prendre pour cinq ans, à ce régime ?

— Ah bah ! on verra. D'ici là...

Hubert se souciait bien d'envisager une perspective encore si lointaine pour lui.

« Trois garçons. Qui, tous trois, entendent passer leur vie sur le domaine. » Une fois de plus, Julia examina le problème.

Mogador pouvait y suffire. Là n'était pas la question. Jamais l'exploitation n'avait été aussi prospère. Les difficultés viendraient plutôt des femmes qu'ils prendraient.

Elle tenta de se les représenter mariés, pères de famille. Trois femmes. « Seigneur ! ce sera difficile s'il faut arbitrer entre tous. Surtout si... »

Elle interrompit ses réflexions et prêta l'oreille. Des pas gravissaient l'escalier qu'elle eût reconnus entre mille, tout comme jadis elle reconnaissait ceux de Rodolphe, se trouvât-il même au milieu d'un groupe.

Les yeux fixés sur la porte, elle attendit, aux aguets.

Henri entra et vint vers elle.

— Eh bien, Maman, avez-vous été sage, ce matin ?

Les narines de Julia se retroussèrent.

— Comme les anges, dit-elle.

Il lui sourit :

— J'en doute.

— Demande à Philo. D'ailleurs, t'imagines-tu que je tienne à demeurer plus longtemps qu'il ne faut sur ce grabat ?

Henri avait pris ses mains et les embrassait.

Elle le laissa faire. La tendresse et la fierté faisaient battre plus vite son cœur incorrigible. « Mon grand garçon. Mon beau garçon à moi... » Un Rodolphe aux traits plus soigneusement dessinés, aux membres plus fins. Moins musclé, moins puissant, mais solide, pourtant. Une sorte de chaude sympathie émanait de lui à laquelle chacun, songeait Julia, devait être sensible. Et cela encore, il le tenait de son père. « Mon Rodolphe... » Dans sa pensée, elle les confondait souvent.

— Quoi de neuf ? demanda-t-elle, pour juguler cette émotion dont elle n'était plus maîtresse. Comment se comporte ton nouveau baïle ?

Le jeune homme attira une chaise à soi et s'installa à califourchon au chevet du lit.

— Fort bien, jusqu'ici. Du reste, Trestaillon me l'avait dit : « Ça n'est pas parce que c'est mon gendre, mais, croyez-moi, monsieur Henri, vous pouvez le prendre en confiance. » Et c'est vrai, je crois que nous aurons en lui un homme capable, lorsqu'il sera tout à fait au courant de ce qu'il doit faire.

Julia remarqua :

— Trestaillonne est une travailleuse. Le père ne l'aurait pas donnée au premier venu.

Elle remonta d'un coup de reins sur ses oreillers et reprit, surveillant son fils du coin de l'œil :

— La cadette est appétissante. Tu le sais d'ailleurs mieux que quiconque, m'a-t-on dit ?

Il rougit jusqu'aux cheveux, haussa les sourcils et, rageur, lança d'un trait :

— « On vous a dit ? » Qui « on » ? C'est ridicule. Le diable emporte Frédéric ! Si vous l'écoutez Mère, vous n'avez pas fini. L'animal ! Ne peut-il s'en tenir à ses propres afaires ? Il a pourtant de quoi s'occuper.

Le début de la diatribe avait agréablement émoustillé Julia. Pour le coup, elle dressa l'oreille.

Dans son énervement, Henri faisait craquer sa chaise.

Sa mère ne songea pas à lui en faire grief.

— Lui ? Frédéric ?... Allons donc ! Tu ne vas pas me faire croire..., dit-elle, hypocritement.

Le jeune homme se montait.

— Vous faire croire ? Ah ! ça... Mère ! Mais comment le voyez-vous donc ? — Le sourire incrédule de Julia le poussa dans ses retranchements. — Voulez-vous que je vous dise : il n'avait pas treize ans, votre petit saint, quand je l'ai pincé, un jour, à la Sarrazine, en train de... de chiffonner sa cousine Emilie.

Cela fit comme un « plouf » avec des ondes de silence.

— Emilie ? Par exemple ! exhala Julia.

Au bout d'un instant de réflexion, elle ajouta :

— Quelle idée ! Emilie, ce petit pruneau...

Henri demeura bouche bée. Ce n'était pas à cette réaction qu'il s'était attendu.

— Et alors ? réclama Julia. Ensuite ?

— Ensuite ?...

— Oui, s'impatienta-t-elle. J'entends : que s'est-il passé ? Leur as-tu donné ta bénédiction, ou quoi ?...

— Oh ! Mère.

Henri était au comble de la gêne. Il revoyait la petite,

guimpe défaite, chapeau de travers, et Frédéric cramoisi tout autant qu'elle, les yeux à terre, soudain fort empêtré de ses deux mains. Mais à présent, Emilie devenait une jeune fille, et... La curiosité de sa mère lui parut soudain assez déplacée. Il se maudit de l'avoir provoquée.

Son regard implorait Julia d'en rester là. Mais elle ignora cette prière muette. « Frédéric, avec Emilie... » C'était si drôle.

— Parle donc, sapristi !

Il se décida :

— Eh bien, elle s'est enfuie. Et j'ai lavé la tête à Frédéric. Il m'a promis de la laisser tranquille.

— Hm... oui, apprécia Julia, déçue. Mais à part cela ? Dis-moi un peu : actuellement ?...

Le jeune homme fit un geste vague. Visiblement, il regrettait de tout son cœur d'être allé déterrer les secrets fraternels, si vieux fussent-ils.

— Ma foi... Il va sur ses vingt ans, Mère.

— Oui.

Et les jolies filles n'étaient certes pas ce qui manquait dans les environs.

Elle adressa à Henri une grimace moqueuse :

— Peu importe, d'ailleurs. Je n'ai jamais souhaité voir l'un de mes garçons se faire séminariste, sais-tu bien ?

Henri ne broncha pas.

— Mais tu t'es trompé, au sujet de ton frère, poursuivit-elle, d'un air innocent. C'est de Philo que je tiens ta petite histoire avec la Nore. La fille de cuisine vous a aperçus, dimanche, dans l'olivette.

« Touché, cette fois. » Elle s'amusait vraiment.

Les mâchoires du jeune homme se contractèrent. Comment n'y avait-il pas pensé ? Bon pour les femmes, ce genre de commérages, en effet. Il était taquin, Frédéric, assurément, mais incapable d'un pareil tour. Leur entente était trop parfaite. Frédéric ? Ah ! bien oui ! il se fût fait lapider, Frédéric, plutôt que de lâcher une parole de trop sur son aîné. « Et c'est moi qui lui ai manqué, moi. Et sur un faux soupçon, encore. Doublement manqué. »

Tout malheureux, il leva les yeux vers sa mère.

Triomphante au sein de ses oreillers, Julia lui dédiait son sourire de chatte.

— Maman, vous êtes un vrai démon. M'amener à vous raconter ces bêtises ! Si jamais Frédéric apprend...

— Ah bah ! Qu'est-ce que cela fait ? Tout cela reste entre nous deux, tu le sais.

— Oui, bien sûr, admit-il, à moitié rasséréné.

Et Frédéric qui, juste à ce moment, devait être dans les roseaux derrière la cabane du pêcheur, avec la Miette du fermier de Saint-Ange. Le matin même, le cadet l'avait mis dans la confidence de leur rendez-vous.

Une question de Julia le tira de ses pensées :

— Mais, au fait : il n'est pas rentré avec toi ?

« Ah ! nom d'un chien ! »

Fort mal à l'aise de nouveau, il bafouilla :

— Heu... non. C'est-à-dire. Je n'en sais rien. Nous n'étions pas ensemble.

— Tiens ? dit Julia.

« Nom d'un chien de nom d'un chien !... » Mère était infaillible, pour flairer une piste. L'admiration et la contrariété se mêlaient dans le coup d'œil de biais qu'il lui lança.

Elle attendait. En vain, dut-elle reconnaître en le regardant. De toute évidence, il n'en dirait pas davantage.

La vieille pointe familière lui vrilla brusquement le creux de la poitrine.

— Approche-toi, réclama-t-elle.

Henri se leva et obéit.

Julia lui caressa la manche.

A ce moment, elle souffrait. Son fils lui donnait à respirer sur lui, avec son odeur de sueur légère, de cuir et de cheval, l'air froid et ensoleillé, le dehors, l'espace, la vie sans frein, la jeunesse. Tout ce qu'elle n'aurait plus jamais.

Et y avait-il autre chose encore, qu'il eût pu, mais ne voulait point partager avec elle ?

— Elle n'est pas mal tournée, cette Nore, avança-t-elle, avec la fausse indifférence mal feinte dont, jeune femme, elle avait parfois usé vis-à-vis de Rodolphe.

— Je vous assure, Mère ! protesta Henri.

Sa figure s'était fermée. Un soupçon d'impatience se décelait dans sa voix.

Julia mesura sa maladresse.

— Oui, oui. Certainement. Je te crois. Et puis quelle importance, mon chéri ?

— Aucune, Maman.

Toute la défensive du jeune homme céda d'un seul coup. Il passa un bras autour des épaules de sa mère. Dieu ! comme elle était frêle. Et maigre. Il en eut le cœur serré.

— Soyez certaine que, le jour où j'aimerai pour de bon, vous le saurez la première.

Dans les prunelles pâles de Julia s'alluma le reflet d'une lumière intérieure, sous le regard dont son fils l'enveloppait.

— Je l'espère, mon Henri.

Il lui rendait... — Ah ! savait-il bien ce qu'il lui rendait ? —... la certitude qu'elle tenait encore sa place dans le cœur d'un homme jeune « et si beau, si charmant... », solidement bâti, débordant de force et de vie, comme celui qu'elle avait aimé.

4

COTE à côte sur le banc, vautrés plutôt qu'assis à l'ombre du cèdre, les mains dans les poches et la tête enfoncée dans les épaules, Henri et Frédéric devisaient béatement.

Juin éclatait autour d'eux dans l'air parfaitement bleu. La lumière brillante et pure faisait luire jusqu'au moindre brin d'herbe de la pelouse. Il semblait inimaginable qu'à proximité, le choléra pût dévaster Provence et Comtat au point que l'on eût dû établir la quarantaine autour de certaines villes.

Frédéric but une gorgée d'apéritif et fit la grimace. L'absinthe à l'eau bouillie n'était pas fameuse.

— Tant de précautions ! grogna-t-il. Et pourquoi ? Il n'y a pas un seul cas au village. D'ailleurs, le choléra... ce sont ceux qui en ont peur qui l'attrapent. Le jour où l'on verra un Vernet trépasser d'une colique...

Henri laissa passer un temps. Puis, il remarqua :

— Une chance, en tout cas, que tu aies eu cette permission au bon moment. Maman n'aurait plus vécu si tu étais resté consigné là-bas, avec les autres.

Frédéric soupira de bien-être et allongea ses jambes parallèlement à celles de son frère.

— Ça, tu peux le dire.

Dans les ruelles tortueuses et sombres d'Avignon, d'Arles, de Tarascon, les gens se vidaient de leurs entrailles, chacun chez soi, en famille. Ils mouraient dru, que ce fût du choléra ou de la peur.

Mais le léger vent qui passait ce matin-là sur Mogador avait l'odeur des roses tièdes.

Et ce grand garçon de vingt ans jouissait voluptueusement du laisser-aller fort peu militaire de sa tenue et du supplément de permission imprévu que lui offraient les événements. Il se sentait aussi joyeux que son jeune frère, lâché hors du collège pour la même raison, six semaines avant la date des vacances.

— J'ai l'impression que je fais un plantié.

Henri hocha la tête, un vague sourire aux lèvres.

L'idée d'un plantié n'évoquait plus même pour lui le souvenir de Fulcran.

Des passereaux donnaient un concert dans la ramille haute du plus proche platane.

La tête renversée, Frédéric regardait le ciel libre entre les branches. Il sentait à côté de lui le silence de son frère comme une richesse en réserve. Et, tout à coup, celui du parc se décomposa en une infinité de bruits aussi vieux que son enfance. Il entendit de nouveau, avec une oreille neuve, la risée de brise entre les feuilles, le cri des paons, le « ploc » des poissons montant à la surface du miroir d'eau ; il perçut la resse incessante des cigales.

« Un midi du début de l'été, ah ! bon Dieu !... » Eût-il jamais su que c'était si précieux, sans son passage à la caserne ? « Ce soleil... Et cette terre, bon Dieu ! cette terre ! » Toute cette terre offerte aux regards qui appartenait aux Vernet.

Un chant délirant s'élevait et résonnait comme l'orgue d'une cathédrale, à l'intérieur de cette puissante cage d'os où son cœur était logé à l'aise.

Dans sa joie, il cogna des deux poings sur son torse durci, bombé, sous la chemise de fine toile à plastron plissé qu'il avait tirée de la commode, ce matin-là, pour la mettre avec sa culotte d'uniforme.

Henri tourna la tête vers lui et dit, comme si c'eût été la suite de leur conversation :

— Sais-tu que Raoul est tombé amoureux ?

— Raoul ?... — Arrêtant son manège, Frédéric

demanda paresseusement : — Ah oui ? Tiens, tiens. Alors, il a changé de maîtresse ?

— Amoureux, je te dis.

— Amoureux ? Eh bien quoi, « amoureux » ? Comment cela ?

Il fixait un œil languissant sur son frère.

Henri précisa, impatienté :

— Amoureux. Pour de vrai. D'une jeune fille.

— Non ?... Ça alors !

Frédéric remonta d'un coup de reins contre le dossier et se frappa sur les cuisses avec toute l'arrogance qu'autorisait le port de la tenue de sous-officier de hussards.

— Elle est bien bonne !... Et qui est la demoiselle ? questionna-t-il, lorsqu'il eut fini de s'esclaffer.

Cette hilarité paraissait déplaire à Henri.

— Laure Cabanis, une Arlésienne, annonça-t-il brièvement.

Frédéric plissa les paupières.

— Cabanis ?... Attends donc. Mais je la connais. Je l'ai vue chez Estelle. Une jolie rousse, avec une peau ! et des yeux !... C'est ça, hein ?

— Oui, dit Henri, encore plus laconique.

Frédéric fit claquer sa langue.

— Mon colon ! une belle pièce. Mais dis donc, cela pourrait le mener loin.

— Jusqu'au mariage, ni plus ni moins, dit Henri d'un ton froid.

— Bouh !... laissa tomber le maréchal des logis-chef Vernet.

Suivit le commentaire dûment développé :

— Quel âne, ce Raoul ! Comme s'il n'avait pas le temps de faire la bêtise irréparable ! A-t-on idée ? Caussade et moi nous donnons jusqu'à quarante ans pour...

Henri explosa :

— Oh ! écoute, la ferme, avec ton Caussade ! Tu ne t'entends pas : Caussade, et encore Caussade, du matin au soir. Et finis de poser au soudard tombeur de filles, veux-tu ?

— Bon, bon, grogna Frédéric, mortifié. Quelle humeur, mon ami ! Si ce sont les amours de Raoul qui te...

— Ça va ! jeta Henri.

Complètement désarçonné, son cadet le contempla avec de grands yeux.

— Bon, répéta-t-il enfin.

La nervosité de son frère lui paraissait totalement inexplicable. « A moins que... »

Il hasarda avec prudence :

— Et toi, comment la trouves-tu, cette Laure ?

La réponse vint sans se faire attendre, directe, franche, paisible, ne laissant place à aucun doute.

— Très bien. Mais elle n'est pas mon type.

— Non, pour ça non, dit Frédéric avec conviction.

Au fait, quel était donc le type de son frère ?

Dans le silence qui suivit, il se posa la question.

Le blé de lune qu'ils avaient l'un et l'autre glané çà et là depuis de multiples saisons, souvent de conserve, avec une ardeur qui se souciait à peine d'un choix, ne permettait point de s'en faire une idée bien définie.

Blond ou brun, potelé ou maigre, vif ou langoureux, aguichant ou timide, blanc et rose comme un flocon d'amandier ou doré comme un pain rond, tout ce qui portait coiffe de batiste et cotillons découvrant la cheville de façon suffisamment avenante leur avait paru digne de figurer à leur tableau de chasse. Il seyait mal à Henri de l'oublier vertueusement.

Une voix insidieuse en Frédéric emprunta soudain les intonations de son ami Caussade.

« *Que tu le veuilles ou non, ton Henri ne vaut pas plus cher que les autres. Tout aussi bien, il te laissera choir à l'occasion.* »

« Mais non, bon Dieu, non ! Pas Henri. »

Il guetta du coin de l'œil le profil net. Envia une fois de plus à son frère cette autorité tranquille qui n'avait nul besoin de recourir à l'insolence pour s'imposer ; et cette ressemblance que l'on retrouvait, si frappante, sur le grand portrait du salon. « *Tu as cependant bien les traits de ton père. Son nez, sa bouche, ses dents aussi —*

quoique... les siennes étaient mieux rangées. — Et, malgré tout, l'expression est différente. On ne peut pas dire que tu le rappelles véritablement », concluait toujours Mère, lorsqu'elle se mettait à détailler son fils cadet. « *Tandis qu'Henri, lui, a le même regard, en plus* », achevait-elle.

Etouffant ses regrets, il avisa son chien aplati devant lui comme une peau vide et lui repoussa le museau d'un petit coup de pied amical.

David ouvrit un œil, cligna vers son maître, remua les oreilles qu'il portait longues et coquettement pendantes ; puis se mussa plus profondément la truffe entre les pattes pour se rendormir.

Lui non plus ne ressemblait guère à *Vulcain,* son père.

« ... *Pas mon type.* » Et Angèle, l'était-elle ? En tout cas, pouvoir afficher comme maîtresse en titre l'ingénue de la troupe dramatique d'Avignon, cela vous posait un homme. « Une fille adorable, avec cela. » Frédéric se passa la langue sur les lèvres. « Et un fin morceau. »

— Que devient ton bel ange ?

Henri parut revenir de loin.

— Mon... ? Ah ! oui, tu veux dire... ? Ma foi ! la chère âme a quitté Avignon, la saison finie, juste avant que l'épidémie ne se déclarât. Sa représentation à bénéfice a été un triomphe. Nous nous sommes fait des adieux fort touchants. Et j'ai déjà reçu deux lettres. Il est possible qu'elle soit engagée de nouveau, l'hiver prochain.

Son manque de chaleur ne paraissait nullement affecté.

— Et la petite Catou ?

— Je la vois de temps à autre, dit Henri, sur le même ton.

— Si bien que tu vis en ermite ?

— Presque.

La grimace qu'il fit à son frère, il la tenait aussi de Rodolphe. Mais, cette fois, Frédéric était bien trop perplexe pour s'en aviser. Que pouvait bien signifier pareil détachement chez le bouillant Henri toujours prêt, généralement, à faire flèche sur n'importe quelle cible ?

Il se le demandait encore quand la cloche du déjeuner interrompit ses cogitations.

Adrienne sortit sur le perron, la main en visière sur son front et, les apercevant, s'enquit :

— Hubert n'est pas avec vous ?

— Surtout, motus au sujet de Raoul, recommanda Henri, entre haut et bas, à Frédéric qui se levait pour la rejoindre. Il ne veut à aucun prix que cela se sache.

Il eût pu épargner ses paroles, lui fit remarquer son frère, vexé.

Le même soir, le bruit se répandit dans Fontfresque que le choléra venait de faire son apparition à Barbegal, le village voisin. Partout alentour, l'épidémie faisait rage. Les listes de décès s'allongeaient. L'on apprit que les portefaix d'Avignon avaient offert leur concours pour frictionner les cholériques. Les journaux prodiguaient les conseils de prudence. Et Julia, suivant minutieusement leurs instructions, faisait poser des grillages fins aux fenêtres ; confectionnait des moustiquaires et obligeait chacun à dormir dessous ; achetait des pilules anticholériques ; supprimait les apéritifs et les liqueurs. Fruits crus et salades, tout ce que les garçons aimaient à trouver sur la table, par ces chaleurs, disparurent des menus.

Ils maugréaient. Mais leur mère n'en persistait pas moins à mettre la maisonnée en état de siège.

Trouver dans tous les coins des soucoupes pleines de formol n'était pas non plus spécialement appétissant. Ils se vengèrent par l'ironie. La chasse aux mouches devint entre eux un thème de plaisanterie inépuisable.

Cependant, la campagne sentait la terre sèche, la résine surchauffée, le thym nouveau. Et, malgré leurs récriminations, ils goûtaient de nombreux moments de plaisir, à l'ombre précaire des buissons de kermès, ou sous un pin, avec des jeunesses qui trouvaient entre leurs bras le meilleur refuge contre la menace du choléra.

Enfin, vers la mi-juillet, la violence du fléau s'épuisa. L'on enterra les derniers morts, les quarantaines furent levées. Frédéric rejoignit le 3e Hussards.

La vie normale reprenait. Ceux qui avaient échappé à la contagion se comptèrent, se congratulèrent, et découvrirent qu'après tout, ils étaient de beaucoup le plus grand nombre, juste à temps pour éviter de se croire des héros ; ce qui, finalement, les incita à parler d'autre chose.

Quelques jours plus tard, sans qu'il fût possible de démêler avec précision par quel canal était arrivée la nouvelle, — Adrienne, peut-être, l'avait rapportée de la première réunion donnée à Tarascon ; à moins que Delphine Jonquéras venue en visite avec sa fille cadette ne l'eût d'abord glissée à Julia ; ou que... — les roseaux de l'étang, tels ceux du roi Midas, allaient murmurant : « Raoul est amoureux » aux tamaris de la roubine. Et la plus chétive pousse de gazon pouvait en fournir l'assurance aux chênes centenaires qui entouraient la montagnette.

Là-dessus, un beau dimanche où la famille au complet était réunie à la maison, Mogador vit débarquer Antoine et Lucie venus tout exprès pour informer Julia de l'événement et en conférer avec elle.

— Vous pensez bien que je n'ai point fait à votre oncle l'impolitesse de lui laisser entendre que je le savais déjà, confia-t-elle après leur départ à ses enfants avides d'entendre le récit de l'entretien.

— Pardi ! Et alors, Mère ! Ensuite ? Racontez.

Ils étaient tous autour d'elle, Adrienne dans sa robe à strapontin, — « Que cette mode est stupide ! Peut-on se vêtir de la sorte ? » — Frédéric avec sa culotte garance et ses houseaux vernis — « *Autant user les effets du gouvernement, n'est-il pas vrai, Mère, puisque, de toute façon, c'est notre bourse qui les paye ?* » « Oui-da ! surtout quand ils servent d'appeau pour la chasse aux oiselles. » — et Henri en tenue de cheval, élégant à son ordinaire. Comme autrefois, lorsqu'ils se groupaient pour lui réclamer une histoire. Aussi pressants. Aussi passionnés. Et jusqu'à Hubert « de-quoi-je-me-mêle ? » qui, maintenant, se joignait à eux.

Elle leur rit au nez.

— La suite, vous la saurez dans quelque temps. Patientez, à moins que, d'ici là, ajouta-t-elle, se tournant vers Henri, tu ne l'apprennes d'Estelle.

« D'Estelle ? Henri... ? Et pourquoi diable... ? » se demanda Frédéric. Il regarda son frère qui n'avait pas bronché et paraissait tout aussi intrigué que les autres. Non, sûrement, il avait mal compris et Mère s'était adressée à Adrienne.

*
**

L'armée renvoya Frédéric dans ses foyers à point nommé pour qu'il pût être présent aux noces de son cousin.

Julia délégua ses quatre enfants pour l'y représenter. Elle souffrait depuis le début de l'hiver de ses maux habituels.

Prévus désormais, les accès de suffocations cardiaques, la bronchite devenue chronique, auxquels, cet hiver-là, était venu s'ajouter de l'asthme, entraient insensiblement dans le rythme régulier, normal, de son existence, aux yeux des siens. Ils disaient « les crises de Maman ». Et Julia s'accoutumait à vivre recluse durant des semaines, à l'abri du moindre courant d'air, entre son lit et son fauteuil, toussant, étouffant, en proie aux insomnies, avec, comme aux dernières années de Rodolphe, un arsenal de potions opiacées, de flacons de valériane, de tisanes, à portée de la main, et, sur sa table de nuit, des bols à demi vides et des cuillères poisseuses.

Non pas résignée, mais résolue à traiter du moins d'égal à égal avec la maladie.

— Acceptez humblement, ma chère fille, lui conseillait le curé lorsqu'il venait la voir.

Accepter, certes. Puisqu'il n'y avait point d'autre alternative. Mais humblement, c'était autre chose.

— Que voulez-vous ? je ne suis pas née humble, et ne le deviendrai jamais.

A ses yeux, avec l'humilité eût commencé la déchéance. Dieu ne réclame pas l'impossible : l'ayant mise à la tête de Mogador, ce royaume à gouverner ferme, Il devait bien savoir ce qu'Il pouvait attendre d'elle.

— ... Et il faut bien aussi faire un peu confiance au ciel. Voyons, monsieur le Curé, ne serait-ce pas le pire orgueil de croire que je puis suffire à faire mon salut, moi toute seule ?

Comme jadis le docteur Lapierre, et davantage encore, le prêtre se laissait décontenancer par les boutades de Mme Vernet.

— Il faut avouer, Docteur, qu'elle est quelquefois... comment dirais-je ?... un peu...

— ... Terrible, monsieur le Curé. Absolument terrible. J'ai mis plus de vingt ans à m'y faire. Encore n'y suis-je pas complètement parvenu.

Là-dessus, tous deux tombaient d'accord. Puis, gênés, ils passaient en revue ce qu'ils savaient de sa générosité, de sa droiture, de son courage, de... Et, tout en célébrant ses louanges, chacun d'eux revoyait ce froncement des narines, ce pli de la lèvre, qui accompagnaient les phrases dont on ne savait exactement dans quel esprit elles étaient dites ; et leur souvenir vous mettait de nouveau mal à l'aise, plusieurs heures, ou plusieurs jours après.

L'opinion du médecin était nette :

— Une dame, et une vraie.

Mais il eût été fâché qu'il s'en trouvât beaucoup du même modèle dans sa clientèle.

Et les pénitentes ordinaires que le curé confessait dans son église lui rendaient la tâche infiniment plus aisée, bien qu'il goûtât fort la libéralité de l'accueil et l'excellence de la chère que lui offrait Mogador.

— Mais Mlle Adrienne est une bien bonne personne.

— Et une sainte fille.

Sur Adrienne, pas une voix, de Frontfresque à Barbegal et, bien au-delà, dans toute la contrée, ne se fût élevée pour dire autre chose. L'on ajoutait généralement :

— L'homme qui la prendra ne sera pas à plaindre.

Mais les prétendants, comme eût dit autrefois son grand-père Angellier, ne faisaient pas la farandole. Le fait était que nul ne l'avait encore demandée, bien qu'elle fût sur le point d'atteindre ses dix-neuf ans.

« Pas jolie ; mais enfin... » se disait Julia, lorsqu'elle examinait les données du problème. Grande, suffisamment élancée bien qu'un peu lourde dans sa démarche. Des traits passables. Des dents saines. « Quant au teint, évidemment... Elle n'en a jamais eu. Pas plus que de piquant. Ni de vivacité dans l'œil. Et encore moins dans les manières. Mais tout de même... » De beaux cheveux, un air de santé. « Si elle savait se mettre un peu en valeur... Moi, avec cette couleur d'yeux impossible, et ma taille... Et Herminie n'a jamais été une beauté, elle non plus. Ni Delphine. » Celle-là, quel parti elle avait su tirer d'une demi-laideur ! Les garçons disaient toujours en parlant d'elle : « A vingt ans, elle devait être bigrement jolie. » « Jolie ? Allons donc ! Séduisante, oui. Mais jolie... » Pas plus que Vérane, son aînée, qui, elle aussi, avait eu, de leur aveu, « un sacré chien », avant que les maternités ne l'eussent prématurément épaissie. Et, certes, c'était du côté maternel que tirait la cadette, cette petite Estelle si ravissante...

— Dis-moi, Estelle est invitée au mariage ? Au fait, bien entendu. Suis-je sotte ?

Estelle, tout l'essaim des filles Aillaud. Les jeunes Marquet-Rageac. Cette Laure Cabanis, incontestablement fort belle... « Ma pauvre Adrienne, quelle figure va-t-elle faire, là au milieu ? »

— Montre-moi donc à quoi tu ressembles dans ta toilette neuve.

Adrienne qui brodait, assise au chevet de sa mère, leva les yeux.

— Qui ? Moi ? Vous voulez que... ?

— Que tu la passes devant moi. Va la chercher.

— Mais, Maman, elle est déjà pliée dans la malle.

— Eh bien ! sors-la.

« Oh, Christ ! » on l'eût piquée avec sa propre aiguille. L'impatience procura une quinte de toux à Julia.

— Et ne lantiverne pas ! cria-t-elle, du fond de son mouchoir, voyant la jeune fille se diriger vers la porte d'un pas trop lent à son gré.

Adrienne revint suivie de Philo qui se mit en devoir de lui servir de camériste.

— Voilà, Mère.

— Hm ! oui... Tourne un peu. Oui. Enfin... dit Julia, sans grand enthousiasme. Quelle diable de couleur es-tu allée chercher là ? Ce beigeasse, avec ces dentelles...

— Mais, Mère, c'est chamois...

— Chamois, chamois... Et après ? Est-ce qu'on met du chamois à ton âge ? Et ce décolleté d'enfant de Marie ! Oui, oui, tu en es une, c'est entendu, et à Dieu ne plaise que... Ce n'est pas ce que j'ai voulu dire. Je l'ai été avant toi. Et prieuresse de Sainte Agathe (1), même. Mais enfin, tu as tout de même une gorge convenable ! Ou alors, boutonne-toi jusqu'au menton. Mais ces demi-mesures !... Approche. Mais approche donc !

Adrienne obéit à contrecœur.

— Philo ! viens ici avec des épingles, ordonna Julia. Une ici, tiens. Une là. Et là. Bon. Tu n'as qu'à me retailler cette encolure sur deux bons centimètres tout le tour. Et reposer la dentelle avec moins de fronces. Vois-tu ?

— Oui, Madame.

Adrienne ne soufflait mot.

— Il faudrait quelque chose pour réveiller tout cela. Va me chercher mon coffret à bijoux. Du vert conviendrait. Dommage que tu ne puisses porter mes émeraudes. Tiens, essaie ce collier de tourmalines. Voyons ? Oui, il ira. Avec les pendants d'oreilles. Fais

(1) Titre que portaient les jeunes filles de Maillane dévouées à l'autel de la sainte patronne du village, durant trois ans.

voir. Oui. Va te regarder dans la glace. C'est tout de même mieux, il me semble ?

— Oui, Mère. Puis-je me déshabiller, maintenant ?

Julia dévisagea fixement sa progéniture. Puis renonça :

— Oui, va.

Et haussa les épaules en voyant l'empressement mal dissimulé que mettait la jeune fille à quitter la pièce.

— Bien entendu, elle la portera telle qu'elle est.

Philo qui était du même avis préféra disparaître elle aussi.

Une colère douloureuse s'emparait de Julia.

— La jeunesse ! gronda-t-elle à haute voix, pour elle seule. Avoir la jeunesse et ne pas savoir s'en servir !... Oh, Christ ! si je pouvais redevenir... Une heure seulement... Oh ! Rodolphe, Rodolphe !...

Elle crispait ses doigts sur sa poitrine où le misérable souffle de vie qui lui restait se débattait à l'étroit. Et les larmes de regret et d'impuissance qui lui venaient au coin des paupières se confondirent avec celles que lui arrachait la toux.

— Et les tourmalines, au moins, les as-tu mises ? demanda-t-elle quand les jeunes gens, à leur retour, vinrent l'embrasser et lui faire le récit de la fête.

Adrienne rougit.

— Je les avais oubliées ici.

Julia ne fit aucun commentaire ; et se contenta d'offrir à Dieu la croix que lui faisait porter une fille pareille.

— T'es-tu amusée, seulement ? As-tu dansé ? Qui avais-tu pour cavalier ? Comment dis-tu ? Philippe de Barcarin ? Qui sont ces Barcarin ? Un gros mas ? Fiélouse ? Oui, cela me dit quelque chose. Et lui, comment est-il ? Agréable ? Avez-vous un peu causé ?

Mitraillée de questions, Adrienne se laissait arracher les réponses comme à regret.

Heureusement pour elle, les garçons brûlaient de placer leur mot :

— Moi, Mère, lança Hubert, le premier, j'avais Charlotte de Barcarin. Elle est jolie.

Un jeune coq de treize ans. Julia le considéra avec plaisir. Celui-là avait le sang vif. Un Vernet de bonne race.

Et Frédéric ? Et Henri ?

Henri avait eu Paméla Cabanis, une cousine de la mariée.

— Charmante, oui.

Et Edmond Angellier, la plus jeune des Aillaud. Et Léon, la petite Blanchette, — et ils avaient l'air d'être rudement d'accord — Et Georges, Estelle. Et Caroline...

— Ah ? C'est Georges qui... ?

Les prunelles aiguës de Julia se posèrent un instant sur son fils aîné.

Frédéric et Hubert continuaient leur compte rendu, se coupant mutuellement la parole.

⁂

Henri menait son train de vie accoutumé. Du matin au soir à cheval, il parcourait le domaine avec Frédéric, révélant à son frère le pacte d'amour qui unit l'homme à la terre. Aussi bien le cadet se mettait-il volontiers à son école, joyeux de tout partager avec lui.

Ils arrêtaient leurs chevaux en terrain découvert, au milieu des sillons nouvellement tracés, ou des vignes que l'on avait achevé de replanter deux ans auparavant. Disséminés dans cette étendue, les bâtiments des trois fermes dépendant de Mogador se détachaient sur la mosaïque brune et verte étirée jusqu'aux confins de l'horizon que dentelaient les mourres bleuâtres de l'Alpille.

Là-bas, au levant, la ligne sombre de l'allée des pins et celle, fine et claire, des tamaris, bornaient leur héritage. Derrière eux, les frondaisons du parc moutonnaient jusqu'à rejoindre le ponant, limitées par la route qui menait à Fontfresque. Et, loin, au fond, par-delà les champs et les olivettes, ce haut panache verdoyant qui devenait presque noir dans le soleil, indiquait l'emplacement du barrage et de l'étang invisibles, tapis dans le creux d'herbe, d'où semblait monter une buée.

— Quand Maman et Père se sont épousés, elle me l'a raconté, seule dépendait du domaine la ferme qu'occupe à présent Ranguis. Le petit pont sur la roubine, c'est Père qui l'a fait construire. Quant à la maison, c'était une vilaine bâtisse humide, triste, sans aucune vue, enfermée dans une masse de vieux arbres qui ne laissaient pas entrer le jour. Représente-toi tout ce qu'ils ont fait, peu à peu. L'argent qu'il a fallu, et la peine.

Dans la bouche d'Henri, l'histoire de Mogador devenait une épopée. Frédéric l'écoutait en hochant la tête, avec une gravité qui touchait au recueillement.

— Et ils nous ont eus, tous les six.

Leur aîné à tous, Cyprien, Frédéric ne l'avait pas connu, et Henri à peine. Et sept années, estompant les détails atroces, avaient revêtu le drame d'Amélia de la couleur des légendes. Mais les deux jeunes gens avaient profondément conscience de cette entité qu'ils formaient, tous ensemble, vivants ou morts, à jamais dressés, épaule contre épaule, debout sur le fief de leur race que le vieux colonel Vernet avait choisi d'appeler Mogador. Suzerains à la fois et hommes liges, nœuds et maillons d'une chaîne forgée pour durer jusqu'à la fin des temps.

— Hubert devient un fameux cavalier, dit Frédéric, comme en écho à la pensée de son frère.

Henri sourit.

— Aux vacances, je lui donnerai à dresser le poulain nouveau-né. Nous verrons comment il s'en tire.

Le benjamin pouvait rentrer dans le cercle. Pour lui aussi, tracée d'avance, la place était prête.

De sa fenêtre, Julia voyait les deux cavaliers longer la pelouse entre les noisetiers. Les branches accrochaient leurs longues silhouettes, frôlant les feutres gris taupe, à larges bords, qu'ils portaient à la mode gardiane, comme leurs cousins de Camargue.

Une question ne la laissait pas en paix. « L'aime-t-il vraiment ? ou bien me trompé-je ? »

A voir Henri deviser ainsi, tranquillement, avec son cadet, il était difficile de le dire.

« Cette petite Estelle... » La perspective n'était pas déplaisante de l'avoir pour bru. « Qui eût dit, au temps où Delphine portait mes billets à Rodolphe, qu'un jour nos enfants... ? Mais qu'attendent-ils ? »

Connaissait-elle si mal son fils, qu'elle pût s'imaginer à tort... ? Mais peut-être, après tout, Henri ne savait-il pas lire en lui-même ?

Elle se promettait de lui en parler. Mais, devant lui, une pudeur impossible à vaincre la retenait à l'instant d'aborder le sujet ; de nouveau, louvoyant, elle se mettait à épier les signes d'une certitude qui se dérobait.

Tout le long du printemps et de l'été, elle recula ainsi devant la conversation dont elle imaginait sans cesse le dialogue, la méditant, la préparant, la fouillant dans le sens de tous les développements possibles, envisagés l'un après l'autre.

Pour deux jeunes gens épris, ce n'étaient point cependant les occasions qui manquaient, cette année-là, de se rencontrer et de s'éclaircir sur leurs sentiments. Après les noces de Raoul Vernet, il y eut la soirée des Aillaud, puis celles des Cabanis, des Jonquéras, des Sabatier. Les enfants étaient toujours sur la route vers Arles. Julia évoquait tristement le souvenir de cette saison déjà lointaine où, de même, sa dauphine, son oiseau de paradis, courait là-bas se prendre au piège du destin.

— Savez-vous avec qui j'ai longuement causé, hier soir, à ce bal, Mère ? Avec Mme Ladevèze.

— Ah !

Celui de vos enfants qui vous aime et vous comprend le mieux peut donc aussi vous infliger de telles blessures ?

— Elle accompagnait son fils aîné et sa bru. Sauveur Ladevèze s'est fixé ici, depuis son mariage. C'est Pascal qui voyage, à présent. Ils ont reçu une carte de Pondichéry, la semaine dernière.

Henri semblait attendre un commentaire. Après une pause, il se résolut à continuer :

— Mme Ladevèze a beaucoup vieilli.

Attendit encore. Et reprit :

— Elle m'a chargé de vous transmettre ses amitiés, avec ses vœux de meilleure santé. Elle serait heureuse de vous revoir et viendrait volontiers vous rendre visite si elle était certaine de ne point vous déranger.

Pour toute réponse, Julia détourna légèrement la tête.

« Non ! non ! » Elle ne haïssait pas Mme Ladevèze, « mon Dieu, je vous le jure. » Mais elle n'eût pu se retrouver face à face avec elle. « Ma petite, ma belle petite qui était vivante de toute une longue vie devant elle. » Et cette femme l'avait laissée descendre à sa place dans le trou noir, sous la terre.

— Maman, dit Henri, de sa voix persuasive, ce n'est pas sa faute, et la rancœur ne vous fait aucun bien.

Elle demeurait muette, rétractée jusqu'au frisson à fleur de peau ; et l'image la torturait de nouveau de ce sur quoi le menuisier avait cloué précipitamment le couvercle. Henri ne l'avait pas vu. Sans cela, il n'eût pas...

— Mère chérie... Ecoutez... Elle aussi a pleuré ma sœur. Et Pascal, le malheureux... Pensez au tourment qu'elle a enduré pendant ces quelques jours où il avait disparu, après. Vous savez qu'on a longtemps craint qu'il ne s'en remît pas.

Mais il s'en était remis. « Oh !... » gémit-elle intérieurement, « je sais que je suis injuste. J'en ai honte. Ne m'en veuillez pas, mon Dieu ! Mais ce n'est pas possible, oh ! non. » A cette seule pensée, elle haletait. « Non, pas possible. »

Elle noua ses mains contre son cœur. Dessous, il tressautait misérablement, comme un gibier forcé au gîte se débat, aux prises avec les chiens.

— Tu ne peux pas comprendre. Je ne veux aucun

mal aux Ladevèze. Simplement, je préfère ne plus entendre parler d'eux.

Avec un effort pour sourire, elle demanda :

— Raconte-moi plutôt comment s'est passé ce bal.

— Bah ! comme d'habitude.

Faute d'en apprendre davantage, Julia finit un jour par se rabattre sur Frédéric. Elle prit un biais pour en venir à ses fins.

— Il me semble que vous n'êtes guère allés à Avignon, ton frère et toi, cette année. L'Opéra n'offre-t-il plus d'intérêt ?

Etonné, Frédéric lui jeta un rapide coup d'œil, et dit, impudemment :

— Ma foi, Mère... à la longue, on se lasse un peu du répertoire, vous savez.

Sa mère sourit et lui renvoya du tac au tac :

— Je sais que tes goûts personnels ne te portent point vers le théâtre.

Tous les environs, et Julia grâce aux bavardages, savaient depuis plusieurs mois que le cadet des Vernet croquait gaiement sa part du revenu familial en compagnie d'une cocodette parmi les plus huppées de Tarascon. Elle l'acceptait avec philosophie. Autant que les frasques de ses fils revêtissent un certain lustre.

— Et à ce propos, Maman, je voulais vous dire : j'ai fait quelques petites dettes au polignac, ces temps-ci.

— Au polignac ? Vraiment ?

Frédéric soutint le regard maternel avec une malice imperturbable qui faisait de Julia sa complice.

Elle ouvrit son secrétaire.

— Combien ?

Le chiffre la fit s'immobiliser.

« Avant la guerre, on eût pu acquérir un bout de terrain avec pareille somme. Et jamais Rodolphe... » Mais le monde avait changé. La valeur de l'argent n'était plus la même. Et, après tout, les garçons le gagnaient.

Avec un soupir imperceptible, elle plongea la main

dans le tiroir et prit un rouleau méticuleusement enveloppé de papier de soie.

— Tu joues gros jeu, mon garçon ! Enfin...

Frédéric ramassa les louis d'un geste désinvolte. Puis, se penchant, entoura d'un bras la taille de sa mère.

— Maman, je vous adore.

Elle aimait cette familiarité tendre, un peu cavalière, avec laquelle la traitaient ses deux aînés.

— Tu m'étouffes, grand niais, protesta-t-elle pour la forme, tandis qu'il l'embrassait. Mais lâche-moi donc !

Frédéric obéit sans trop de hâte.

— Regarde plutôt comment tu m'as mise. — Tout en se rajustant, elle reprit : — Je te conseille d'espacer un peu tes visites... au cercle. Ou bien ne compte pas sur moi pour régler tes différences, le mois prochain.

Il eut un rire muet.

— Compris. Au fait, Maman, s'il vous plaît, ne parlez pas de ce petit emprunt devant Henri.

— Pourquoi cela ? Est-ce que par hasard... — Ses narines frémissaient — ... tu l'aurais déjà mis à contribution ?

— Heu... émit Frédéric, en guise de réponse.

Du bout des doigts, elle lui lança une manière de petite gifle :

— Gredin, va !

Frédéric se lissa la moustache avec coquetterie.

Sa mère le contemplait, fondante d'indulgence, telle une chatte se jouant avec son petit à coups de patte.

— Ecoute-moi, dit-elle, soudain. Ton frère me donne du souci. Il faut que tu me dises où il en est au juste de cette histoire avec Estelle.

Frédéric béa.

— Avec Estelle ? répéta-t-il, avec la fidélité d'un écho, sous le coup de cette entrée en matière brusquée.

— Avec Estelle, oui, parfaitement, lui martela Julia, tout de suite impatientée. Et ne fais pas l'étonné. Tu es au courant, j'en suis certaine. Et ne louche pas ainsi sur ta fortune comme si c'étaient les trente deniers. Si je te questionne, ce n'est point par simple curiosité, mais pour le bien d'Henri, fais-moi la grâce de le croire.

Dans sa préoccupation, en effet, Frédéric considérait fixement le petit tas d'or brillant au creux de sa paume ouverte et l'éparpillait d'un pouce distrait.

— Alors, vous aussi, vous pensez vraiment qu'il y a quelque chose. Je me demandais...

Julia prit sa respiration avec force.

— Ne va pas me raconter que tu ne sais rien.

— Rien de rien, affirma Frédéric, avec un accent qui emportait la conviction. Parole, Mère ! — Il fourra les pièces dans son gousset. — Voilà plus d'un an que je me pose la question. Je pensais que, si quelqu'un était au courant, ce devait être vous.

Ils s'entre-regardèrent comme l'eussent pu faire deux augures réduits à lire la solution de leurs propres difficultés dans le sang des poulets égorgés.

— Enfin, tout de même, reprit Julia, avec humeur, tu l'accompagnes partout, tu es là quand il la rencontre, tu es son confident. Ne prétends pas le contraire.

Frédéric écarta les bras et les laissa retomber dans un grand geste d'impuissance.

— Je ne prétends rien. En général, c'est parfaitement vrai. Seulement, il se trouve qu'Henri ne m'a fait là-dessus aucune confidence ; qu'il ignore mes allusions (et Dieu sait si j'ai pu en faire, sans compter Georges qui ne met pas beaucoup de formes aux siennes ! A la fin, c'est nous qui n'avons pas l'air malin). Et du côté d'Estelle, c'est pareil. Elle danse avec lui comme avec n'importe qui, et tient sa cour au milieu de ses soupirants attitrés. Henri ne se mêle pas à eux. Il ne cherche jamais à s'isoler avec elle.

Il prit sa mère à témoin, d'un regard navré :

— Non, voyez-vous, le seul indice sérieux, outre qu'il a toujours un prétexte tout prêt pour filer dans la direction d'Arles, c'est que...

Il hésitait à poursuivre, et cherchait un moyen décent d'exprimer sa pensée.

— ... C'est qu'il ne va plus au théâtre, compléta Julia, froidement.

— Voilà !

Il réfléchit et ajouta :

— Il y a aussi qu'il détourne la conversation lorsqu'on la met sur Estelle. Et qu'il est souvent préoccupé.

Julia pianotait avec ses ongles sur le buvard posé devant elle.

Chacun se plongea dans une méditation.

Au bout d'un moment :

— Assez ! assez ! mais arrête donc ! grinça Julia, comme Frédéric faisait machinalement tinter les louis dans le fond de sa poche.

Ahuri, il la regarda.

— Pardonnez-moi, Maman, mais je...

— Oui, oui, très bien, l'interrompit-elle, l'esprit ailleurs, confuse de sa nervosité. Très bien.

Frédéric attendait.

Après un nouveau silence, elle mit fin abruptement à l'entretien :

— C'est tout ce que j'avais à te dire.

Déçu, il tourna les talons et soigna le style dégagé de sa sortie. En pure perte : sa mère n'y fit aucune attention.

Accoudée au bord de la table, le menton entre ses poings, elle retournait une fois de plus le problème. « Cela ne peut plus durer », décida-t-elle enfin. Je lui parlerai ce soir même.

Au nom d'Estelle, Henri avait tout d'abord paru surpris, et gêné. Il laissa sa mère achever son exposé ; puis demeura muet, un moment encore. Enfin, comme Julia désespérait du résultat de ses exhortations, brusquement, il convint d'une voix sourde :

— C'est vrai, Maman. Je crois bien que vous avez raison.

— Tu « crois » ? dit Julia, avec précaution. Comment cela ?

Que pouvait-il vouloir dire ? L'on aime ou l'on n'aime pas. C'est tout simple. Elle avait l'impression d'avancer en terrain mouvant.

— Eh bien... il n'y a personne qui me plaise autant. A la vérité, c'est comme si elle était la seule jeune fille. Lorsqu'elle est quelque part, je ne vois pas même les autres ; et lorsqu'elle n'y est pas, je trouve la soirée mortelle. Pourtant, nous n'avons pas un goût commun, pas une idée ; les gens avec qui elle se plaît me déplaisent ou m'ennuient. Et malgré cela, voyez-vous, la perspective seule de la rencontrer, si banale qu'en soit l'occasion, me... Ah ! Mère, comment vous expliquer cela ? Depuis des mois, je vais d'un extrême à l'autre, je ne sais que penser. J'ai beau m'interroger. Par moments, il me semble que c'est de l'aversion que j'éprouve à son égard. Et, d'autres fois, je me complais à l'imaginer auprès de moi, je rêve que je l'ai ici, à Mogador, pour toute la vie.

Il s'était assis par terre aux pieds de sa mère, la tête dans le giron de Julia, comme au temps de son enfance. Et Julia, comme alors, lui caressait le front d'un mouvement de va-et-vient lent et doux, tandis qu'il parlait à présent, intarissablement, disant tout ce qu'il n'eût jamais cru penser. Les doigts de Julia appelaient sous leur caresse, pêle-mêle avec les raisons cent fois ressassées, le flot obscur des réticences que l'on ne s'avoue pas, des sentiments auxquels l'on n'ose croire. Tout ce qui demeure enfoui au plus profond de l'amour-propre, sous la pudeur, l'orgueil, la circonspection, la défiance de soi, la crainte de l'erreur et celle du ridicule, chez un garçon qui en est à sa trente-sixième amourette et à sa première passion, montait à la surface.

De tout cela qu'elle devinait aussi, Julia, attentive, cherchait à tirer une conclusion pratique, lorsque Henri la lui fournit en répétant, comme honteux :

— Finalement, cela doit en effet signifier que je l'aime.

Comme sa mère gardait à son tour le silence, il questionna :

— Qu'en dites-vous, Maman ?

— Il n'y a aucun doute, assura-t-elle, avec le ton exact — grave, persuasif, apaisant — que prennent les mères pour parler à leurs tout petits.

Henri leva les yeux vers elle. La confiance et

l'adoration qu'elle y lut lui ôtèrent soudain des épaules le poids de vingt années.

— Tu sais, la femme adopte les habitudes et les amitiés de l'homme qu'elle épouse, murmura-t-elle. Penses-tu que ton père et moi étions taillés sur le même patron ?

Il hocha le menton.

Un long moment, ils demeurèrent unis dans un silence qui rendait toute parole superflue.

La lampe posée à côté de Julia délimitait autour d'eux un îlot blond, laissant le reste de la vaste pièce dans la pénombre. A peine se devinaient, dans l'alcôve, les blancheurs du lit grand ouvert où Julia avait mis ses enfants au monde, où son mari était mort, où elle-même mourrait sans doute. Dans cette chambre tenait toute son existence depuis qu'elle était entrée à Mogador. Là, elle rechargeait ses forces.

La maison se taisait, glissant vers le sommeil.

Des moucherons entraient, nés des ténèbres piquetées d'or de la nuit d'été, grésillaient à l'intérieur du globe de la lampe, et tombaient en poussière sur le marbre du guéridon.

— Maman, prononça enfin le jeune homme.

— Mon petit ?

Au son de la voix d'Henri, elle comprenait qu'il avait pris sa décision.

— Vous devriez donner une soirée. En ce moment où vous êtes valide, ce serait bien, avant que les vendanges ne commencent.

Une soirée, une vraie, il n'y en avait plus eu à Mogador depuis des siècles. « La dernière... » — Julia s'attarda à l'évoquer — « C'était peu après son retour de la guerre. En 72. Oui, c'est bien cela. Mon Dieu ! en 72... » Treize ans passés. Comment était-ce possible ? « Il avait fait resserrer son frac aux coutures. *Regardez-moi, ma mie. N'ai-je pas l'air d'un jeune homme ?* » Cette voix soudain ressuscitée, avec l'intonation précise. Une fenêtre ouverte dans l'interminable muraille des jours gris. Et là, tout à coup, si proche qu'on pourrait le toucher, ce vert inimitable, et ce soleil brûlant des paradis anciens.

Henri respectait la rêverie de sa mère, attendant patiemment, malgré l'impatience qui l'avait pris, la réponse escomptée.

Elle abaissa son regard vers lui, et se troubla en rencontrant le sien, si semblable à celui de Rodolphe.

Puis, se reprit.

— Soit. Tu me donneras ta liste d'invitations.

— Maman chérie !

Il lui embrassa les mains et se leva d'un bond.

— Bien entendu, tout ceci reste entre vous et moi.

— Bien entendu.

Une jalousie légère la poussa à demander :

— Frédéric ne sait rien ?

— Rien du tout. Gardez-moi le secret, je vous en prie.

Ainsi donc, c'était vrai. « Moi seule. » Elle était heureuse, heureuse...

— Promis. Il sera temps de le mettre au courant ! lorsque...

Elle n'acheva pas.

De nouveau, ils se regardèrent et se sourirent.

⁂

Estelle était bien jolie, ce soir-là. En accueillant les Jonquéras, Julia examina la jeune fille à la dérobée, et le remarqua. Quel couple ils allaient faire, Henri et elle.

Peu avant minuit, elle ne put se tenir d'attirer son fils dans l'embrasure d'une porte pour lui chuchoter :

— Eh bien ? Lui as-tu parlé ?

— Pas encore. Après le souper, je l'emmènerai à l'écart, dans le parc. Oh ! Mère.

Joyeux, ému et si beau dans son habit de soirée, au regard de sa mère.

Frédéric s'approchait.

Julia glissa rapidement à Henri, avec l'émoi d'une jeune fille :

— Viens me retrouver dans ma chambre dès que tout le monde sera parti.

L'œil inquisiteur de Frédéric se braquait sur eux. Ils se séparèrent.

Depuis que cette soirée avait été décidée, Julia le sentait attaché sur elle comme un reproche permanent. « Tant pis, à présent... »

Le lendemain, il apprendrait tout, au déjeuner. Et, l'après-midi même, Victor attellerait pour mener sa maîtresse et son jeune maître à Arles. A cette perspective, Julia retrouvait en elle l'émotion du jour lointain où elle avait quitté Rodolphe à l'entrée de Maillane prêt à venir faire sa demande le lendemain.

Elle pensa à la dot et s'en voulut d'y penser. Qu'importait le chiffre ? « Les Jonquéras vivent sur un grand pied, mais Vérane n'a pas reçu grand-chose lors de son mariage, si l'on en croit les on-dit. » Malgré soi, elle y revenait. « Baste ! baste ! » se gourmanda-t-elle. Mogador pouvait suffire à nourrir une bouche de plus, « et beaucoup d'autres, s'il plaît à Dieu de nous les envoyer ». D'ailleurs, ce n'était pas le moment de se mettre martel en tête.

Elle se mordait l'intérieur des joues, dans son excitation. Et ne perdit pas même la face quand Frédéric vint la trouver, l'air à la fois inquiet et vexé.

— Je me demande où sont passés Henri et Estelle. On ne peut tout de même pas attendre la nuit entière pour commencer le cotillon.

Elle dit allégrement :

— Quelle affaire ! Commencez donc sans eux.

Et ignora la mine longue d'une aune de son fils cadet.

— Tu n'as qu'à le conduire, avec qui tu voudras.

Peu après, elle aperçut Henri et Estelle se donnant la main dans le galop.

Dieu merci, à présent, la fin n'allait pas tarder. Elle trépignait presque, malgré la dignité qu'elle conservait, assise très droite dans son fauteuil, la traîne de sa robe de soie noire ramenée sur ses pieds. Seule, la cadence rapide de son éventail pailleté de jais trahissait un soupçon d'impatience, tandis qu'elle souriait avec urbanité à ses hôtes, et inclinait la tête alternativement vers ses voisins de droite et de gauche, incapable d'écouter ce qu'ils lui disaient.

La chambre brillamment éclairée conservait encore un aspect de fête inusité, lorsque Henri entra chez sa mère.

— Alors ? lança-t-elle, joyeusement, accourant vers lui.

Il s'adossa contre la porte qu'il venait de repousser et ferma les yeux un instant avant de répondre.

— Voilà, c'est réglé. Elle ne veut pas de moi, Mère.

— Elle ne... Que dis-tu ?

Le visage de Julia se pétrifia. Ses prunelles dilatées fixées sur celles du jeune homme s'emplirent d'une sorte d'incompréhension. On eût dit qu'elle doutait du sens des mots qu'elle venait d'entendre.

Elle s'accrocha aux revers de l'habit de son fils :

— Mais... comment... ? Vous dansiez ensemble, tout à l'heure, bégaya-t-elle, avec l'espoir confus de le voir soudain se mettre à rire en la serrant contre lui.

Mais il n'en fit rien.

La tête levée, elle le dévisageait de tout près avec une avidité anxieuse et, sous son regard, l'amertume, l'humiliation, le chagrin, paraissaient sourdre sur les traits d'Henri marqués d'un vieillissement subit.

Il dit d'un ton las :

— Parfait ! Si vous, Maman, n'avez rien vu, c'est que je suis parvenu à conserver un maintien honorable. Il ne m'eût plus manqué que de faire pitié.

— Mon petit ! jeta Julia, dans un sursaut douloureux.

« Faire pitié, Henri Vernet ! Mon fils ? »

A son insu, elle se mit à déchiqueter les festons de la précieuse écharpe de blonde noire que plusieurs générations s'étaient transmise intacte dans sa famille.

Pas un instant elle n'avait prévu que la jeune fille choisie par son Henri pût faire fi de ce choix.

— Mais pourquoi ? Quelle raison t'a-t-elle donnée ?

Henri eut un triste petit ricanement et détourna la tête :

— La plus simple : tout bonnement, elle ne m'aime pas. Ou plutôt — et c'est bien pis parce que c'est sans remède — : elle m'aime « comme un grand frère ». C'est ainsi qu'elle s'est exprimée. Un grand frère qu'elle a toujours vu dans ce rôle. Et ce qu'elle attend de l'amour, c'est...

— Oui, murmura Julia, je vois.

Inutile qu'Henri le lui expliquât avec ces mots dont chaque syllabe s'éraillait en passant entre ses dents. Et, pour un peu, elle en eût crié.

« Une découverte éblouissante. L'inconnu que, du premier instant, l'on est prête à suivre au bout du monde. La petite péronnelle !... Mais non : toutes les jeunes filles l'attendent. Et quelquefois, cela arrive. » Il en avait été ainsi pour Julia. Pour tout le mal qu'allait souffrir son fils, elle pourrait détester Estelle, certes ; mais quel droit eût-elle eu de la blâmer ?

Cependant, ses jambes tremblaient. Elle alla jusqu'à son fauteuil et s'y laissa tomber.

« Moi, si Rodolphe ne m'avait pas voulue... »

En même temps, elle s'entendit qui disait :

— Tu en trouveras cent pour la remplacer.

Mais laquelle saurait effacer l'empreinte de ce premier amour lentement venu à maturité, dont la puissance pouvait se mesurer, à cette heure, sur la figure ravagée d'Henri ?

— Oui, Mère, admit-il, avec effort.

Mais, comme elle l'appelait auprès d'elle d'un geste de la main, il dit brusquement, sans bouger :

— N'en parlons plus, voulez-vous ? Plus jamais. Je préfère. Et maintenant, permettez-moi de vous souhaiter le bonsoir.

« L'orgueil... » Leur terrible orgueil à tous. Julia en eût gémi.

— Bonsoir, mon Henri, articula-t-elle, s'efforçant de réprimer cette faiblesse qui la prenait.

Elle eût donné n'importe quoi pour qu'il lui fût permis de prendre son fils entre ses bras, de le bercer, le consoler, le mettre à l'abri. Mais cette peine-ci était une peine d'homme, et Julia ne pouvait plus rien pour lui. Il le lui faisait sentir, tout aimant qu'il fût. Dans la joie seulement, il eût eu besoin d'elle. « La joie se partage, et tout ce qui vous élève au-dessus de vous-même ; mais pas le chagrin, ni la honte, pareille à celle des réprouvés, qui pèse sur les malheureux. » Ou bien Henri ne fût pas né de Julia Angellier, ni de Rodolphe.

— Bonsoir, Maman, répéta-t-il.

Sa voix rauque cherchait à retrouver la tendre intonation coutumière.

Mais leur baiser de chaque soir paraissait être au-dessus de ses forces.

Cette fois, Julia ne répondit pas.

Evitant de le regarder, les mains crispées sur les accoudoirs du voltaire, elle l'aidait encore de toutes ses forces tendues, par son silence : le seul bien que son garçon voulût accepter d'elle.

Et ne se retourna vers la porte que lorsqu'elle l'eut entendue se refermer.

5

PEU après, l'on annonçait les fiançailles d'Estelle avec un cousin éloigné appartenant à la branche aixoise des Jonquéras.

« Un jeune homme de grand avenir, richement pourvu, et fort bel homme », entonna la renommée avec orchestration de cuivres.

Adrienne rentra éblouie d'Arles où l'on ne parlait que de la nouvelle.

— Ils se sont rencontrés à Aix, l'an passé, chez la grand-tante d'Estelle. Vous savez, durant ce séjour qu'elle a tant prolongé ? Et, depuis lors...

Les bruits de couverts et d'assiettes, et les va-et-vient de Philo qui servait, ce soir-là, meublaient assez congrûment l'atmosphère de ce début de repas pour que la jeune fille ne s'aperçût point, tout d'abord, du manque d'écho autour de son récit.

Frédéric, le nez dans sa cuillère, louchait désespérément à chaque gorgée vers son frère aîné qui, après être demeuré immobile quelques secondes durant, venait de se remettre à manger, un peu plus lentement que d'habitude, comme si ce potage à l'oseille lui eût laissé des fils dans la gorge.

Les yeux fixés sur son assiette, il semblait s'abstraire du bavardage inaccoutumé d'Adrienne.

— On dit que les Jonquéras vont donner un grand bal pour fêter les fiançailles. Estelle a bien de la chance. Son futur a devant soi une carrière magnifique, paraît-il. Il vient d'être nommé consul à Alexandrie. C'est une nomination qu'il attendait pour faire sa demande. Estelle va…

— Mange, au lieu de tant parler, coupa Julia, avec sécheresse. Ta soupe sera froide et tu vas faire attendre tout le monde.

Comme Adrienne se taisait, décontenancée, Henri s'interposa :

— Pourquoi ne pas la laisser raconter, Mère ? Nous ne sommes pas pressés.

La cuillère de Frédéric resta en suspens à mi-chemin.

Un souffle froid passait au-dessus de la table.

Julia dit, sans regarder son fils :

— Fort bien. Continue, Adrienne.

L'injonction, et le ton sur lequel elle était formulée, achevèrent de démoraliser la jeune fille.

— C'est que… balbutia-t-elle, ce sont là tous les détails que l'on m'a donnés.

Perçevant la tension, elle se remémorait soudain les rumeurs vagues qui avaient couru depuis un an autour d'Henri et d'Estelle. Tout naturellement lui revinrent à l'esprit, du même coup, les arguments probants qu'elle ne manquait jamais d'opposer, dans leur cercle d'amis, à tous ceux qui, faute d'oser aborder le sujet auprès de sa mère, la harcelaient d'insinuations.

« *Eux ? Mais vous voulez rire. Voyons, Henri l'a connue tout enfant. Il était déjà presque un jeune homme que Frédéric, elle, et moi, nous amusions ensemble.* » Une fois, elle s'en souvenait, Mère avait puni Frédéric parce qu'il s'était battu avec Estelle. Et Henri, le voyant furieux, lui avait dit : « C'est bien fait. Cela t'apprendra à jouer avec cette gamine. »

« *Jamais Henri… L'on a vite fait d'imaginer… Croyez-moi, je connais mon frère. D'ailleurs, si ce bruit avait le moindre fondement, je le saurais, vous pensez bien.* »

A présent, elle n'en était plus aussi certaine.

Elle se rassura pourtant, lorsqu'elle l'entendit lancer avec entrain :

— Voilà donc des réjouissances en perspective.

Julia, elle, enfonçait ses ongles dans l'épaisseur que lui offraient la nappe et son molleton, et s'obstinait à éviter le regard d'Henri.

— N'est-ce pas, Mère ? insista-t-il. Vous allez encore avoir à payer des factures de couturières. Il faudra une nouvelle toilette à ma sœur.

Il en faisait trop. Julia était-elle seule à sentir combien cela sonnait faux ? Elle risqua un coup d'œil vers son fils cadet et le vit aux aguets. Le silence qu'il observait eût suffi, du reste, à trahir son malaise.

Et Adrienne elle-même... Il était bien temps. « La sotte ! »

Les prunelles pâles de Julia se plantèrent méchamment dans celles de la jeune fille. Leur éclat blessait.

— Une nouvelle toilette ? Mais certainement. L'occasion en vaut la peine.

Tandis que Philo changeait son assiette, elle ajouta, sarcastique :

— Que dirais-tu de la prendre beige... ou plutôt : chamois, pour changer ?

Adrienne eût souhaité disparaître à cent pieds sous terre.

— As-tu réellement l'intention d'assister à ce bal ? attaqua Julia, dès qu'Henri l'eut rejointe dans le petit bureau.

L'invitation, arrivée au courrier de ce matin-là, pour la soirée de fiançailles avait défrayé de nouveau la conversation durant tout le déjeuner. Et Henri avait évoqué la nécessité de se commander un autre gilet de soie blanche.

Cependant, Julia s'inquiétait depuis quelque temps, voyant de jour en jour s'accentuer ce cerne autour des paupières de son fils, et ce creux, sous ses pommettes.

Philo, obscurément en alerte dans l'espèce d'adoration qu'elle avait reportée sur Henri depuis la disparition d'Amélia, se faisait du mauvais sang, elle aussi.

— Il a pas bien bonne figure, en ce moment, monsieur Henri. Vous trouvez pas, Madame ?

Julia se mordait les lèvres sans répondre.

« *Nous n'en parlerons jamais plus, Maman.* » Depuis lors, elle s'était retenue ; et ce n'est pas facile de se retenir, songeait-elle, à cette minute où la question avait jailli de ses lèvres avant qu'elle ne l'eût voulu. « Non, pas facile », quand, chaque nuit, il vous faut épier : les pas dans la chambre du dessus, la porte qui crie, des frôlements sur le palier, qui descendent, se rapprochent... — « Vient-il ici ?... oui... non. » — de nouveau les marches qui craquent, l'huis qui grince. — « Il est sorti. Mon Dieu, où va-t-il ? » — Et les heures que jette la pendule ; et le clair de lune qui se déplace insensiblement sur la pelouse. — « Le gravier... on dirait que... est-ce lui ? Non. Pas encore. » — Cette rage du temps qui feint de se traîner et tout à coup se précipite à coups pressés. Et cette humidité de l'automne qui ramène les maux physiques avec lesquels il faut aussi compter, comme si ce n'était pas assez... Cette quinte interminable, cet air qui manque à la respiration, ce... — « Ah ! cette fois... Oui, oui, c'est bien lui. Enfin. Merci, Seigneur ! Il est rentré. Il est là. » — Ce spasme douloureux du cœur qui n'en peut plus de battre. « Oh ! Christ, la fatigue que c'est de toujours aimer, de toujours craindre. » A présent, elle n'était tranquille que lorsqu'elle le savait en ville, occupé à courir les filles ou à perdre de l'argent au cercle, en compagnie de Frédéric. « Mon petit, mon fils... » Que la fille d'une autre eût ce pouvoir exorbitant de le rendre malheureux... !

— A ce bal ? Mais bien entendu, Mère. Je ne vois pas comment je pourrais y manquer.

Sans vouloir tenir compte de la froideur d'Henri, avec une sorte de timidité qui, cependant, ne lui ressemblait guère, elle suggéra :

— Tu pourrais... que sais-je ?... être en voyage ?... à Paris ?

— Non, Mère.

Jamais auparavant Henri ne lui avait parlé avec cette dureté coupante. Il avait fallu la crise qu'il traversait obstinément seul. Et sans doute n'eût-il pu se départir de ce ton, avec elle qui savait, sans que risquât de se défaire aussitôt tout l'appareil de sa blessure.

Ce n'était pas à Henri qu'elle en voulait. Dans son déchirement de le voir souffrir, elle était prête à tout admettre. Mais : « Cette petite guenippe, cette... elle est jolie, soit. Et après ? Frivole, sotte... » Sinon, eût-elle jamais préféré un autre à Henri ? Tant de filles n'eussent rêvé que d'être à sa place. « La petite Marquet-Rageac, s'il voulait d'elle... Cela saute aux yeux qu'elle en est coiffée. »

Henri s'était éloigné vers la fenêtre, au fond de la pièce, comme pour s'isoler de sa mère ; et regardait au-dehors où ne se passait rien.

La vue de son dos alourdi fit mal à Julia.

— Tu n'as pas beaucoup dormi, la nuit dernière.

Qui donc, en vous, prononce ainsi à votre place les mots que vous ne voudriez dire, à aucun prix ?

Il revint jusqu'au bureau en trois enjambées furieuses.

— Ecoutez, Maman...

Se planta devant elle, la considéra. Et se radoucit :

— J'ai fait tout simplement un tour dans le parc. Souvent, quand je n'ai pas sommeil, l'envie me prend de marcher. Vous ai-je réveillée ? J'en suis navré.

Julia évalua ce qu'elle devait à sa compassion, et en ressentit comme une nausée.

— Mais non. C'est par hasard que je t'ai entendu. Tu sais que je ne dors guère lorsqu'il fait lourd comme cette nuit.

La vanité de ces protestations. Pour lequel des deux la gêne était-elle pire ? Le regard d'Henri, à son insu, peut-être, contenait une adjuration éperdue. Aussi bien Julia éprouvait-elle avec acuité le remords d'avoir rompu ce silence qu'il exigeait autour de sa peine.

Elle avala, non sans effort, la boule qui persistait à lui remonter dans le gosier, ouvrit le registre à sa portée, chercha nerveusement la page et prit sa plume :

— Dis-moi, hier, j'ai établi le compte pour la paie des vendangeurs sur les indications que m'a fournies Ranguis. Veux-tu que nous les revoyions ?

Henri parut soulagé.

— Tout de suite, Maman.

Il fit le tour du bureau pour venir se pencher derrière sa mère ; et, au bout d'un instant, lui posa sa main sur l'épaule, d'un geste appuyé.

Julia se raidit pour ne rien lui manifester de sa tendresse. Ce simple contact — « Mon grand garçon » — faisait refluer le sang vers son cœur.

Mais la douceur qu'elle en éprouvait avait un triste goût d'amertume.

Au moins pouvait-on se dire malgré tout, songea-t-elle, que l'orgueil d'Henri, cet orgueil intraitable qui l'emprisonnait dans sa solitude, lui apportait aussi l'appui dont il avait tant besoin pour sauver la face.

Et, en effet, il ne manqua ni le bal des fiançailles, ni aucune des soirées qui se multiplièrent au cours de l'hiver ; et tint brillamment sa place parmi toute la jeunesse élégante des environs conviée aux noces d'Estelle, au mois d'avril suivant.

Rassuré depuis longtemps, Frédéric s'y amusa, pour sa part, sans arrière-pensée.

— Vous savez, Maman, je suis certain qu'Henri a vraiment eu un petit sentiment pour elle, l'année dernière. Rien de sérieux, heureusement.

Julia ne répliqua rien. Le défaut de perspicacité dont témoignait son fils cadet en cette matière était, au moins en ce qui le concernait, un heureux symptôme.

Quand le temps manque pour approfondir les questions, l'on croit volontiers ce que l'on a besoin de croire. Et Frédéric, pris dans un tourbillon d'amusements, avait besoin de croire que l'existence, telle qu'elle se présentait, apportait autant de satisfactions à son frère qu'à lui-même, sans quoi son plaisir en eût été gâché.

— Une sacrée chance, de si bien faire la paire, nous deux, dis, grand ?

Le « grand » accusait à présent sous la toise trois bons centimètres de moins que lui-même. Mais la vénération fraternelle qui s'exprimait ainsi ne se mesurait pas à la taille.

Une bourrade était toute la réponse d'Henri. Elle dissimulait un sentiment de honte, bien qu'elle contentât Frédéric.

Dans cette amitié où le cadet, cependant assez peu prodigue de soi, ne réservait rien, l'aîné se sentait débiteur.

Mais il y a des aveux impossibles à faire, Frédéric l'apprendrait à son tour ; à son tour il se tairait, si jamais... songeait Henri. « Mais non : cela n'arrive pas tous les jours, Dieu merci ! Il suffit d'un pour la famille ! » Que, du moins, le supplice qu'il endurait achetât pour Frédéric et ce gamin d'Hubert le droit d'en être exempts toute leur vie.

Il revoyait leur cousin Raoul épanoui dans le bonheur auprès de sa jeune femme, tel qu'il l'avait eu sous les yeux, dix jours durant, à la Noël. « Mais moi... » Revoyait Estelle, au matin de ses épousailles, plus éblouissante que jamais dans les voiles blancs, quittant l'hôtel Jonquéras au bras de son père pour aller jurer amour et fidélité à un autre. Avoir dû supporter cela. Et se taire, faire bon visage, sourire, la féliciter, serrer la main de son mari.

« Estelle » La première et la dernière pensée quotidiennes. A chaque aube, il s'éveillait avec ce nom aux lèvres ainsi qu'un gémissement mal retenu. Et même dans son sommeil il devait l'appeler encore. C'était elle, ce rêve gris, nébuleux, oppressant, où il s'acharnait en une poursuite indéfinie toujours vaine.

Souffrir à en suffoquer d'angoisse pour une petite fille indifférente qui, là-bas, à six lieues — quarante minutes de galop — devait sourire à un autre en dormant. « Un autre ! » Et, parfois, se relever, se vêtir, talonné par la douleur, dans une folie de fuite, pour aller le crier au-dehors, ce nom, en pleins champs ; s'en délivrer dans la nuit vide. Vide, vide, inexorablement. La nuit où l'on marche seul en se répétant qu'un autre marchera à côté d'elle, qu'un autre l'aura dans ses bras. Et les mots dont elle s'est servie pour dire « non » flamboient à l'intérieur de la tête dans un bourdonnement de sang. « Estelle... »

Savait-il lui-même combien il l'aimait avant d'apprendre qu'il ne l'obtiendrait jamais ?

Durant la journée, il parvenait à tenir, à donner le change. « Sauf à Mère. Mais Mère... » La présence des siens, celle des tiers, le stimulaient.

Mais ces nuits, où il se retrouvait sans spectateurs, seul en face de soi-même, avec cette privation à supporter, comme une fièvre de soif qui lui donnait le délire. « Ces nuits... » Il regardait le souvenir de l'une d'entre elles où il s'était laissé aller à hurler dans le désert des champs, prostré à même le sol, le visage contre la terre fraîche des sillons labourés d'où montait une légère odeur de pourriture pareille à celle de l'automne ; et tout était déjà passé, pour lui, et il entrait avant son temps dans cette arrière-saison interminable qui lui restait à vivre.

Comment eût-il pu confier cela à Frédéric ? Lui parler cette langue étrangère ?

Cependant, depuis qu'Estelle, mariée, avait quitté Arles pour l'Egypte, mystérieusement, devant l'irrémédiable accompli, sans qu'il s'en aperçût, au paroxysme de sa détresse, peu à peu succédait l'apaisement.

Désormais, il pouvait aller où que ce fût, il ne la rencontrerait plus. Elle n'entrerait plus dans un bal pour faire battre son cœur plus vite. Il n'entendrait plus son rire. Il ne se répéterait plus, dans Arles, à chaque tournant de rue : « Je vais peut-être la rencontrer. » Il pourrait retourner à Tourvieille sans calculer les possibilités de l'y trouver auprès de Laure. Nul ne lui dirait plus à l'improviste, sans y attacher d'importance : « J'ai vu Estelle. Elle portait une robe... elle était avec... elle m'a paru... » Quel repos, tout à coup, que d'en être sûr.

La réalité de cette absence pesant sur son désespoir l'avait vidé de sa violence. Il ne le savait pas encore, et, déjà, il était guéri.

Julia, elle, ne l'ignora pas longtemps. A voir son

entrain forcené de la saison précédente se calmer, perdre cette frénésie ostentatoire qu'il y avait mise ; ses prévenances redevenir telles que par le passé, ses dépenses prendre une allure plus raisonnable, elle comprit qu'il retrouvait sa paix intérieure avec son rythme de vie accoutumé.

La rumeur publique attribuait pour maîtresse à Henri une jeune modiste de Tarascon. La sagesse récente que manifestait cette liaison sans prestige parut à sa mère du meilleur augure après le train tapageur qu'il avait mis son point d'honneur à mener pendant six mois.

Julia était d'ailleurs prête à accueillir favorablement toutes les diversions, quelles qu'elles fussent, pourvu qu'Henri y prît une once d'intérêt.

Elle qui écartait toujours les discussions politiques se réjouissait maintenant de l'entendre discourir à perte de vue, avec Frédéric, à propos du nouveau ministère. Bien qu'elle abhorrât la seule pensée de la guerre, elle écoutait sans sourciller leurs déclarations revanchardes qui l'eussent fait frémir d'exaspération en temps ordinaire.

Lorsque les deux apôtres, parvenus au sommet de l'excitation patriotique et guerrière, manifestèrent leur intention de « monter à Paris » pour assister à la revue du Quatorze Juillet, loin d'élever la moindre difficulté, elle encouragea leur projet, et remplit généreusement la bourse de son fils cadet, toujours à court.

Le blé s'était mal vendu. Mais qu'importait ?

— Amusez-vous, et ne vous inquiétez pas du reste.

Les garçons se le tinrent pour dit.

Partis conservateurs, ils revinrent boulangistes, et, dans l'ardeur de leur prosélytisme, ne se gênèrent pas pour le trompeter autour d'eux.

La chose s'ébruita rapidement dans Fontfresque. Le curé, aux cent coups, endossa sa soutane des dimanches et vint trouver Julia.

Elle ne fit qu'en rire.

— Allons donc ! monsieur le Curé, riez-en aussi. Quelle importance ? Cela les amusera bien six mois.

Avez-vous jamais vu, sous la république, un ministère durer davantage ?

Tandis que son hôte s'épongeait le front et trempait ses lèvres dans le verre de carthagène qu'elle venait de lui servir, elle se prit à rêver un instant. Et ajouta :

— C'est, paraît-il, un cavalier magnifique, ce Boulanger.

Le prêtre s'en fut, consterné par cette façon d'envisager la question. Et remua tout le long du chemin des réflexions pessimistes, sous la voûte des platanes où l'ombre cuisait à l'étouffée entre le ciel et les champs d'alentour grésillants de chaleur.

Ces gens de Mogador... Deux jeunes messieurs éduqués chrétiennement qui, déjà, ne se faisaient point faute de mener joyeuse existence, et, à présent, se proclamaient du camp des persécuteurs de l'Eglise. Et leur mère... — une femme de devoir, pourtant, la pierre angulaire de la paroisse — s'en souciait comme d'une guigne. « *Un cavalier magnifique.* Bon Jésus, je vous demande un peu... ! » Il branla la tête et s'avoua non sans mélancolie que mener les enfants de Dieu dans les voies du salut était parfois une tâche harassante, et bien vaine. Mme Vernet, le jour prochain fût-il celui du Jugement, serait encore capable de se laisser distraire du sien pour apprécier en connaisseur la chevauchée de l'Apocalypse, lorsqu'elle la verrait monter de l'abîme.

La transpiration collait les vêtements sur son corps, et il ne rapportait qu'amertume et déception de sa visite.

Julia ne se trompait point, cependant. Il ne fallut pas six mois, mais, tout au plus, quelques semaines pour que ses fils, indignés contre le décret qui exilait le duc d'Aumale après l'avoir chassé de l'armée, revinssent sur leurs positions.

— Le duc d'Aumale, tout de même, Maman, c'est de l'histoire de France, et de la belle ! la prenait à témoin Henri, avec la même fougue qui n'avait fait que changer d'objet.

Elle approuvait du menton.

Aumale, le héros de son enfance, si blond sur cette image d'Epinal au mur de l'épicier de Maillane.

Qu'est-ce donc que le temps ? Un nom faisait se lever tout un monde de souvenirs et de perceptions. La grosse figure de Pollonie sous le bonnet blanc, le tablier en pisé de l'épicière, l'odeur de la boutique. Constance, sous son grand chapeau cabriolet à plumes, douce, jeune, jolie, élégante, tenant par la main ses deux enfants...

— Vous ne m'écoutez pas, Maman. A quoi pensez-vous ?

Elle releva la tête et contempla longuement Henri.

— Mais si, je t'écoute.

Son fils à elle avait vingt-sept ans. Et le duc d'Aumale était un vieil homme.

***

Les vendanges non plus ne furent pas fameuses. Par cet été pluvieux, soufrage et sulfatage répétés n'avaient pu être efficaces. Et à présent, dans toute la région, le phylloxera se mettait de la partie. Il fallait traiter chaque plant atteint par des injections de sulfure, au pal.

— Encore, Maman, ne nous plaignons pas. Ces plants américains que Père avait fait mettre résistent remarquablement. Si vous voyiez à côté, chez les Raynal. C'est pitoyable. Heureusement qu'ils ne font pas que le vin.

— Et l'autre jour, renchérissait Frédéric, en passant à Barbegal, nous nous sommes arrêtés à la Canterelle : Alphonse du Roveret parle de tout arracher, ni plus ni moins. Il envisage d'essayer la culture maraîchère. Nous n'en sommes pas là. Il n'y a guère que la vigne des Quatre-Chemins qui soit très atteinte. Au plan Roussi, le rendement a été presque normal. Et ici, au moins, nous n'avons pas eu à souffrir des inondations. Tandis que dans le Gard... Allez, Henri a raison, nous avons encore de la chance, croyez-moi.

Les écouter, les contempler, était en tout cas d'un réconfort puissant. Quant à les en croire...

Julia, dubitative, hochait le menton. Les chiffres étaient là, sous ses yeux. Et ils n'étaient pas brillants, pour l'ensemble de la campagne. Quel que fût leur optimisme, était-ce bien le moment d'engager du personnel ? Ce Tonin... ?

— C'est toujours le moment quand l'occasion se présente d'attacher au domaine quelqu'un de capable et d'honnête qui ne rechigne jamais à la besogne. Un jour ou l'autre, vous vous féliciterez que nous l'ayons sous la main. Voyons, Maman, n'allez pas me dire que les gages que je paie à Tonin vont consommer notre ruine, lui rétorqua Henri.

Julia le dévisagea avec ironie, et s'attendrit malgré soi.

Gentil, souriant, et péremptoire. Et plus têtu que son père. De jour en jour elle voyait s'accentuer leur ressemblance. On eût dit, songea-t-elle, que l'épreuve subie récemment avait achevé de le mûrir. Ou bien était-ce elle qui le découvrait avec des yeux neufs, tout à coup ?

Son menton durci, son regard bien posé, cette carrure encore élargie, son air d'assurance... Inutile désormais de chercher cet indéfinissable reste d'adolescence qui avait longtemps persisté à transparaître sur l'homme qu'Henri était devenu.

Et la maisonnée entière subissait avec allégresse le joug de cette force masculine qui, de nouveau, régnait sur Mogador. De Philo à la fille de cuisine, tout le personnel était à sa dévotion. Victor eût-il voulu émettre le moindre commentaire touchant les ordres de M. Henri que la coalition des femmes, la sienne comprise, lui eût vertement imposé silence. La longue régence de Julia avait eu beau s'exercer sans défaillance, la nostalgie d'un véritable maître devait avoir couvé tout ce temps ; elle s'en apercevait à présent, en voyant l'empressement que suscitait en s'affirmant l'autorité d'Henri tourner au fanatisme.

Cependant, sur tout ce qui concernait l'administration du domaine, le pouvoir échappait aux mains de Julia.

Elle en prit brutalement conscience après qu'une rechute de bronchite, qu'était venue compliquer l'inévitable crise d'asthme, l'eut clouée dans son lit, quelques jours durant, vers le temps de l'Avent.

Le premier matin où elle put quitter sa chambre pour descendre, attirée par la voix de ses fils, elle entra dans le petit bureau, et trouva Frédéric installé à sa place.

— J'ai arrêté les comptes définitifs, Maman. Voulez-vous voir ? Ce n'est pas aussi mauvais que nous ne l'avions craint.

Il lui tendit le grand livre, mais ne parut pas songer à lui rendre la place.

La discussion, interrompue par l'entrée de leur mère et l'échange de tendresses qui s'en était suivi, reprit entre les deux frères.

Julia écoutait sans mot dire, le cœur étreint d'une sensation de dénuement.

Ils n'avaient plus besoin d'elle, cela sautait aux yeux.

Lorsqu'elle toussa et dit :

— Quelle tabagie !

Ils éteignirent l'un son cigare, l'autre sa pipe.

Comme ils écoutèrent son avis, l'air attentif, lorsqu'elle prit la parole.

« Par pure gentillesse », pensa Julia.

Mais elle sentait bien qu'ils estimaient à présent en savoir autant qu'elle.

La pièce sentait l'homme, et le chien crotté. « *David...!* »

— Pourquoi l'a-t-on laissé entrer ?

David s'épuçait sans pudeur sur le parquet, la cuisse haut levée, fort du droit que crée la coutume.

— Qui donc ? s'étonna Henri.

Il suivit la direction du regard de sa mère.

— Ah ! oui. Il vous gêne ? Fais-le sortir, Frédéric.

Frédéric se leva, nonchalant :

— Allons, mon vieux, hors d'ici. C'est vrai que tu pues, ce matin, malheureux !

Les autres jours, sentait-il la rose ? se demanda Julia,

horripilée, sans faire part à ses fils de ses doutes à ce sujet.

— Maman, si vous voulez que j'ouvre un peu la fenêtre... ? s'empressait Henri.

Eût-elle réclamé sa place qu'ils la lui eussent rendue sans barguigner, elle en était certaine. A son entrée, ils s'étaient précipités pour lui avancer le fauteuil le plus confortable. Mais...

S'imposer ? se cramponner aux basques des garçons ? Pour tenter de se persuader encore un peu de temps qu'elle était toujours indispensable ? « Bah... ! »

Toute sa fierté disait : « Non ». Cent fois, mille fois non.

Mais le renoncement était un parti amer à prendre. Elle tergiversa un moment encore, promenant ses regards autour d'elle sur cette pièce qu'elle n'avait plus songé à regarder depuis un quart de siècle. La vieille tapisserie marron que l'humidité décollait dans le coin, près de la fenêtre. L'ancien sofa du salon qu'on avait posé là, en attendant, à l'époque des embellissements, faute de savoir où le mettre : — « On verra, on trouvera un autre endroit », avait dit Rodolphe. Et, trente ans après, il y était encore. — Le râtelier de pipes. Les registres alignés, un par année, sur l'étagère. Et tout ce qui se trouvait sur le bureau : le classeur, l'encrier de verre, le plumier, la boule irisée sur le tas de papiers, le buvard, avec ses taches familières qu'elle voyait aujourd'hui à l'envers. Inconsciemment, elle s'attardait au jeu puéril de les reconnaître : celles qu'elle avait faites ; celles qui dataient d'avant son temps. Il y en avait une toute fraîche que Frédéric venait d'ajouter.

Un parti amer à prendre, pour Julia Vernet plus que pour quiconque.

— Et pourquoi pas l'œillette ? Moi, je serais d'avis d'essayer. Quand Père a mis de la vigne à la place des garances... exposait le cadet, d'un ton persuasif, à son frère.

En tout cas, Mogador était en bonnes mains.

Henri se retourna comme elle atteignait la porte.

— Vous nous laissez, Maman ?

Et le dernier qui grandissait, impatient de devenir lui aussi un homme, s'apprêtait à rejoindre ses aînés. Il y aurait bien juste la place pour eux trois dans cette petite pièce.

Julia affermit ses épaules, assura sa voix.

— J'ai affaire à l'office.

Elle referma la porte, lentement, doucement.

Derrière elle, les voix avaient déjà repris leur dialogue.

Adrienne surgit du fond du vestibule.

— Maman, où étiez-vous ? Je vous cherchais. Il est temps que vous preniez votre potion. Voulez-vous que je vous l'apporte dans la salle à manger ? Comment vous sentez-vous ? Pas trop lasse ? Venez vous asseoir devant le feu.

Le bras de sa fille se glissa sous le sien. Elle se laissa entraîner. Cette sollicitude qui l'agaçait le plus souvent, ce matin-là lui était douce.

Pour la première fois, elle se surprit à penser avec appréhension : « Le jour où Adrienne ne sera plus ici... » Adrienne qu'elle rabrouait, raillait, bousculait, à longueur de journée ; sur qui elle passait son humeur. Adrienne, dévouée, ponctuelle, dont l'inépuisable patience l'impatientait, quand elle eût dû la désarmer. Adrienne, jamais lasse de prodiguer son temps, ses soins, et son affection, à qui en avait besoin.

Agenouillée près de sa mère, la jeune fille s'efforçait de remettre en place une bûche tombée en dehors des chenets. Le feu allumait des éclairs de cuivre rutilants sur le chignon châtain faiblement doré.

Julia posa sa main sur ce dos courbé, sans mot dire.

— Maman, vous voulez quelque chose ?

— Non, rien.

« Ce que je voudrais, c'est un mari pour elle, et des enfants. Que celle-ci soit heureuse, mon Dieu ! » pria-t-elle, intérieurement. Elle s'évertuait à le demander de toutes ses forces, afin d'étouffer en elle ce sentiment égoïste qui, elle le découvrait à l'instant, lui faisait redouter le départ d'Adrienne. « Et c'est vrai qu'elle est faite plus que quiconque pour devenir une mère de famille. »

Parmi tous ces amis des garçons, qui fréquentaient Mogador, n'y aurait-il personne pour s'en apercevoir ? Quelqu'un qui fût capable de passer sur un regard assez terne, un teint brouillé, un manque de goût et d'élégance, une maladresse à se mettre en valeur, une timidité décourageante, au premier abord, pour comprendre quelle compagne prévenante et sûre elle pourrait être ?

« Il existe pourtant aussi des hommes placides, dépourvus de brillant, mauvais cavaliers et mauvais danseurs. » Mais peut-être recherchaient-ils leur contraire ?

— As-tu pensé à ta robe de soirée pour cette saison ?

— Pas encore, Mère. — Adrienne se redressa posément, s'essuya les mains avec son mouchoir. Ses gestes avaient cette méticulosité qui rendait Julia nerveuse : — J'attendais que vous soyez tout à fait remise pour demander à Henri s'il veut m'accompagner à Avignon. Tante Sophie a dû y mener Emilie, et je n'ose la...

Sa mère l'interrompit avec décision.

— Je t'y accompagnerai moi-même, la semaine prochaine. Il y a une éternité que je n'ai pris l'air du dehors. Cela me fera du bien. D'ailleurs, tu n'as rien à gagner à suivre les conseils de ta tante. A voir comment elle et cette pauvre Emilie sont fagotées !... Non, non, je tiens à ce que tu sois à ton avantage, et j'y veillerai. Nous allons te transformer, tu vas voir. Cet hiver, il faut que l'on te remarque.

— Oh ! Maman... émit faiblement Adrienne.

La perspective ne semblait nullement la transporter d'enthousiasme. A l'encontre du regard de sa mère, luisant d'excitation, le sien ne reflétait qu'une inquiétude assez vive.

Quelle qu'eût été, au départ, sa bonne volonté, Julia l'épuisa vite, à tenter de la mettre en pratique.

— Autant essayer de donner forme à une cuillerée de mélasse, déclara-t-elle crûment à Henri qui, descendant de chez lui comme elle atteignait le palier, l'avait suivie dans sa chambre, et s'informait du résultat de son expédition.

— Allons, Maman, allons !... Vous êtes d'une cruauté, lorsqu'il s'agit de ma sœur, dit-il, non sans un sourire.

— D'une cruauté ! J'aurais voulu t'y voir.

Elle déposa sur le lit son bonnet de veuve garni du long voile qu'elle conservait depuis la mort de Rodolphe, et se retourna, les narines écarquillées de colère.

— Tout l'après-midi, elle m'a fait subir le carcan : « *Non, pas cela. Ni cela. Ni... Je n'oserais pas le mettre. Je ne puis porter cette façon. Le vert est trop voyant. Le bleu ne me va pas... Le blanc ne me plaît pas !...* » Ah ! quelle comédie, quand j'y pense ! Veux-tu que je te dise ? Le rêve de ta chère sœur consiste à ressembler à une institutrice de bonne maison.

Un coup d'œil de défi ponctua cette appréciation. Julia attendit une réplique qui se garda de venir. Et conclut alors :

— Fort bien, je ne m'en mêle plus. Qu'elle joue les *Jane Eyre* à son aise. Nous verrons si elle déniche un lord Rochester.

Henri siffla d'admiration :

— Phû-û ! Mère !... Je ne vous savais pas si versée dans la littérature anglaise.

— C'est elle qui m'en a fait la lecture, la quinzaine passée, quand je gardais la chambre, confessa Julia, non sans un reste de mauvaise humeur, avant d'aborder sans transition un autre sujet :

— A part cela, nous sommes allés voir Hubert au collège. Pour apprendre qu'il avait failli être renvoyé, il n'y a pas trois semaines. — Son œil perçant guettait la réaction d'Henri. — Eh bien ! mon ami, cela ne semble pas te surprendre beaucoup. — Elle planta son regard dans celui du jeune homme : — Tu le savais. Avoue.

— Heu..., fit Henri.

— Tu ferais mieux d'en convenir, lui assena-t-elle, triomphante, le Père Préfet m'a tout raconté. — Une petite lueur couvait dans ses prunelles pâles. — Ainsi, la révélation des débordements de ton frère eût pu me tuer.

Il était visible qu'Henri eût préféré de beaucoup être ailleurs. Sa mère exploita sans pudeur l'avantage qu'elle venait de prendre :

— C'est donc en exécutant des variations pathétiques sur le thème de ma santé que Frédéric et toi avez extorqué aux bons Pères la grâce de ce petit animal ?

Henri se sentait de plus en plus gêné.

— Eh bien, Mère, après tout, vous étiez réellement malade, et...

— ... Et je tiens à voir Hubert terminer correctement ses classes, nous sommes d'accord, coupa-t-elle, au grand soulagement de son fils. Mais je n'aime pas beaucoup avoir passé pour agonisante. De quoi ai-je eu l'air, cet après-midi ?

Henri ne répliqua rien devant cette mauvaise foi flagrante. Toute la maison savait qu'elle-même usait et abusait précisément du même genre de prétexte pour couper court aux corvées mondaines qui l'excédaient. Adrienne, là-dessus, en eût eu long à dire. Et Hubert, puisqu'il était question de lui, Hubert, justement, n'avait-il pas bénéficié vingt fois de ce demi-mensonge qui obtenait pour lui des sorties supplémentaires ? « Nous autres, nous venions à la maison une fois par trimestre. Mais lui... » Le petit, le dernier-né. C'était à qui le gâterait. Mère n'était pas la seule, évidemment. Tout de même, en l'occurrence, Frédéric et lui avaient agi pour le mieux. Un peu d'exagération ne méritait pas...

Les pensées de Julia suivaient en silence un cours parallèle.

— C'est égal, maugréa-t-elle, tout à coup, j'aurais bien voulu lire ce qu'il écrivait à sa petite repasseuse.

Tiré des siennes, son fils aîné la regarda de côté :

— Comment ? vous n'êtes point parvenue à le lui arracher ?

— Comment veux-tu..., commença-t-elle.

Puis, le voyant s'esclaffer, elle se mit à rire.

L'hiver qui commençait promettait peu de grandes réunions. Par toute la Provence, il ne se trouvait guère, cette année-là, de propriétaires en mesure d'assumer la dépense qu'elles entraînaient.

Dans cette carence générale de la bonne société, les deux frères Vernet n'en firent pas moins joyeux usage de leurs loisirs.

— Vous sortez, ce soir ? s'enquérait Julia, pour la forme, lorsqu'elle les voyait se dresser en même temps, leur café à peine avalé, après s'être consultés du regard.

— ... n'heure ou deux... Tarascon... 'tit tour au cercle..., marmonnait Frédéric en la cajolant au passage. Pour rien au monde, il n'eût renoncé à cet euphémisme devenu classique, qui amenait immanquablement un retroussis de gaieté aux coins du nez de Julia.

Ils redescendaient de chez eux à grand bruit. — Ecoute la cavalerie qui descend, disait Julia à sa fille, — et faisaient leur entrée au salon pour dire bonsoir à leur mère avant de partir. Astiqués de la tête aux pieds. Beaux comme des astres.

— Amusez-vous ! leur criait-elle, lorsqu'ils quittaient la pièce après avoir chatouillé Adrienne au passage, brouillé les marques de son livre, ou planté une aiguille à tricoter dans son chignon, toutes taquineries qu'elle supportait avec stoïcisme.

— Merci, Maman.

Pour inutile que fût la recommandation, ils l'enregistraient avec reconnaissance. On pouvait compter sur Mère pour la largeur d'esprit. Jamais elle ne se fût plainte de leurs absences.

L'huis retombé, tant que leurs pas s'éloignant dans la direction des écuries faisaient encore crier le gravier, Julia écoutait.

Revenant ensuite à Adrienne qui attendait, le livre ouvert posé sur ses genoux, elle ordonnait :

— Continue.

Non qu'elle prêtât véritablement attention à ce que lui lisait la jeune fille. Mais le ronron de cette voix montant sur les pétillements du feu berçait le plus souvent ses propres songeries. Et, de temps à autre, relevant la tête au bout d'un paragraphe, Adrienne s'étonnait de voir sur les traits de sa mère une expression qui ne correspondait guère aux péripéties de l'histoire.

— Cela ne vous ennuie pas, Mère ?

— Non, non... Au fait, as-tu songé à écrire à Tourvieille et à la Sarrazine ?

Question presque inutile. Adrienne songeait toujours à tout. On ne pouvait lui dénier cette qualité.

— Très bien. Continue.

Noël approchait. Julia se remit à évoquer le plaisir qu'elle prendrait à voir réuni tout son monde autour d'elle : un plaisir sans mélange. De leur séjour à tous, elle-même, désormais, n'avait plus que l'agrément. A sa fille le souci, la peine, les responsabilités. Au tour d'Adrienne de se démener de l'aurore à la nuit. Douze personnes à héberger. A elle de préparer les chambres, de veiller à ce que chacun eût bien tout ce qu'il désirait, de tenir de longs conciliabules avec Berthe. A Julia, l'on soumettait seulement les menus élaborés pour qu'elle en fît la critique.

Elle imagina les soirées à venir dans cette même pièce où elle demeurait si souvent seule avec Adrienne. Le brouhaha. Les conversations. Et les joyeuses tablées aux repas.

Hubert serait là, en vacances. Et Constant, Sophie... Et ce bon Antoine, et Lucie, la chère créature, pomponnée à la dernière mode, corsetée au dernier cran, farcie de bijoux autant que la dinde de truffes, toujours aussi bavarde, et bonne comme le pain. Et cette délicieuse peste de Caroline, sa nièce favorite. Et la petite Blanche. Et Emilie, et la femme de Raoul. Et tous les garçons.

Cette jeunesse Angellier et Vernet s'accordait si bien.

« Si Père revenait... »

Dût l'ombre d'Alfred Angellier en perdre tout repos, il n'était pas désagréable de se représenter Caroline Vernet faisant un beau jour son entrée au bras d'Edmond, à la Sarrazine. Et Julia se flattait de savoir reconnaître quel sentiment peut se dissimuler derrière les moqueries presque agressives que multiplie aux dépens d'un jeune homme une fillette sur le point de devenir une jeune fille.

— « *En effet, Mme de Beauséant lorgnait la salle et semblait ne pas faire attention à Mme de Nucingen dont elle ne perdait cependant pas un geste.* »

Un arrêt dans le débit monotone d'Adrienne tira Julia de ses rêves d'avenir. Levant la tête, elle s'informa avec brusquerie :

— Eh bien ? Après ?

C'était en général sur les passages tout chauds de passion amoureuse que butait ainsi la pudique Adrienne, et cette gêne évidente procurait à Julia un mélange d'amusement et d'agacement. « Comme si, à son âge... ! »

— Pardonnez-moi : depuis un instant, je vous croyais endormie.

Julia haussa les épaules : « endormie ! »

— Mais non. Va donc.

Ce que l'on a longuement attendu passe vite. Depuis une semaine, les hôtes de Mogador étaient rentrés chez eux. La maison se remettait au pas de l'existence quotidienne.

L'année commençait bien. Ce début de janvier exceptionnellement doux, et ensoleillé, avait un avant-goût de printemps.

Les garçons furent conviés à une battue au sanglier qui devait se dérouler sur plusieurs journées, de l'autre côté de l'Alpille.

Incapable de patienter jusqu'au retour de Frédéric que retenait à Avignon une galante partie organisée par Caussade entre anciens du 3e Hussards, Henri prit le parti de s'en aller seul, le jour même, retrouver ses amis au rendez-vous.

— Dites-lui de nous rejoindre demain soir, recommanda-t-il à sa mère et à sa sœur, assises toutes deux à leurs places respectives de chaque côté de la cheminée du salon.

Il sortit. Mais rouvrit la porte et passa la tête dans l'entrebâillement pour leur lancer :

— Et prévenez Berthe, qu'elle apprête la marinade. Dommage que la battue n'ait pas eu lieu un peu plus tôt. Nous aurions régalé toute la famille. A bientôt, Maman. Je vous promets un de ces cuissots !...

De son fauteuil, Julia lui lança, dans un petit rire ironique :

— Ne vends pas la peau du sanglier, mon garçon.

La résonance que prend la phrase la plus banale, ensuite, lorsqu'on se souvient...

Frédéric rentra le lendemain, vers midi, le tour des paupières légèrement fripé. Mais ne s'en disposa pas moins à repartir.

Sitôt le déjeuner terminé, il se mit à ses préparatifs. Après, avoir vérifié son fusil, il garnissait sa cartouchière, assis devant la table de la cuisine, quand retentit la sonnette de l'entrée.

« Qui que ce soit, au diable ! » Le moment était mal choisi pour recevoir une visite.

— Je n'y suis pas. Tu m'as compris ? jeta-t-il à Victor qui se dirigeait vers le vestibule avec sa coutumière majesté dépourvue de hâte, tout en boutonnant son gilet.

Quelques instant plus tard, la porte de l'office se rouvrit.

— Monsieur...

— Bon sang ! grogna Frédéric. Je t'ai déjà dit... — Il leva les yeux. — Quoi ? Qu'y a-t-il ?

La face lunaire de Victor était décomposée. Les joues tremblantes, il bafouilla :

— C'est quelqu'un qui... Monsieur Henri... Il faut prévenir Madame avant qu'ils arrivent...

— Quoi ? Quoi ?... — Frédéric avait bondi et secouait à deux mains Victor qui semblait incapable d'achever. — Parle ! Mais parle, bon Dieu !

— On... on le rapporte. Il a reçu une charge de plombs.

6

LE malheur peut dormir dix années durant, comme une bête légendaire tapie dans quelque obscure caverne. On l'oublie. On cesse de compter avec lui. Et, tout à coup, il se réveille.

Il était là. Julia le reconnaisait, à le voir face à face, penchée sur le lit où délirait son fils. « Qu'on n'en meure pas, mon Dieu, est-ce possible ? »

C'était Henri qui allait mourir. Et elle savait déjà qu'aux vivants il n'est jamais fait grâce.

Cette chair devenue terreuse où se creusaient les orbites au fond d'un cerne violacé, ce nez pincé, cette subite saillie de tout le squelette, c'était déjà le masque de la mort installée dans la place, installée dans ce corps hier encore si vigoureux et si sain qu'il paraissait défier toute atteinte.

« *Une charge de chevrotines dans le ventre...* Oh ! mon Dieu ! il se faisait une telle fête de cette battue. Il était si pressé d'y courir. » Les chasseurs qui l'avaient ramené avaient dit à Julia : « *Ce pauvre Donnadieu est fou de désespoir. Il ne s'explique pas comment il a pu s'y tromper. Lui-même se traite d'assassin. Cette erreur affreuse... Le hasard a voulu...* » Quel hasard ? « Il n'y a pas de hasard. Dieu fait ce qu'Il a résolu de faire. » Elle remettait bien doucement la compresse de laudanum sur ce ventre ballonné, aussi dur que du bois ; et ramenait le drap.

« *On a déchiré sa chemise pour lui faire tout de suite un bandage, pendant qu'Amic courait d'une seule traite jusqu'à Maussane chercher du secours. Pensez que nous étions dans la montagne, à plus d'une lieue. Nous l'avons transporté avec toute les précautions possibles, à travers les éboulis de pierraille, sur un brancard de fortune, jusqu'à la route. Il vomissait à chaque instant, et la moindre secousse lui arrachait des plaintes.* » Une mère peut donc entendre cela ?... « *Ensuite, une fois qu'il a été sur la charrette, nous avons mis le cheval au pas jusqu'ici. Cela nous a pris des heures.* »

« Et ici même... » On l'avait mis au premier étage, dans une chambre proche de celle qu'occupait Julia ; et elle avait souffert avec lui son calvaire tout le temps que cela avait pris de le monter.

— Appelé plus tôt, l'eussiez-vous sauvé ? demanda-t-elle au chirurgien avignonnais que lui avait amené le docteur Lapierre.

— Non, madame. Hélas, non.

« *Le meilleur chirurgien...* » avait dit le docteur, « ... *un homme jeune, hardi, connaissant son métier à fond. Sa réputation égale celle qu'avait son père.* »

Ce n'était pas une question de temps. Ni de science, la dérisoire science des hommes. Julia était là pour voir son fils se vider de ses entrailles. Eclaboussée à chacun de ces grands jets qui fusaient jusqu'au milieu de la chambre. Clouée, poignardée par chaque cri, chaque gémissement. « Mon petit. »

— A boire. Donnez-moi à boire.

— Est-ce que... ?

— Faites ce qu'il veut, dit le docteur Lapierre, détournant la tête devant son regard.

Lorsqu'il quitta la chambre en compagnie de son confrère, Frédéric et Adrienne, aux aguets, les arrêtèrent, au bas de l'escalier.

— Comment est-il ? Y a-t-il... ?

Non, il n'y avait rien à faire. Rien à tenter.

Frédéric blêmit jusqu'aux lèvres. Il parut un instant foudroyé, puis courut d'un élan s'enfermer dans la petite pièce au bout du salon, qui servait de bibliothèque.

Plus maîtresse d'elle-même, Adrienne essuyait les larmes silencieuses qui coulaient le long de ses joues. Elle s'adressa au docteur Lapierre :

— Et ma mère ? Docteur, ne pouvez-vous m'aider ? Je voudrais tant aller auprès d'elle, soigner Henri, moi aussi. Elle refuse de nous laisser entrer.

— Vous mademoiselle Adrienne ?

— Moi, mon frère. Tout le monde. Il n'y a que Philo.

Au chagrin de la jeune fille se mêlait un vague sentiment de scandale. Pourquoi Mère n'agissait-elle pas normalement ? Elle insista :

— Je vous en prie, Docteur...

Un peu à l'écart, par discrétion, le chirurgien attendait. Autrefois, ses parents avaient entretenu des relations amicales avec les maîtres de maison. Mais qui eût songé à le lui rappeler ! Lui-même n'était jamais venu dans cette famille, et n'y reviendrait probablement jamais plus. Sa passion demeurait désintéressée.

Le docteur Lapierre écarta les bras en signe d'impuissance.

— Je vous comprends. Mais que voulez-vous que je fasse ? Vous connaissez Mme Vernet.

Après deux jours, les jeunes gens étaient à bout d'angoisse et d'impatience. Le médecin qu'ils harcelaient matin et soir ne savait plus ce qui lui pesait davantage, des inutiles stations qu'il faisait au chevet du blessé, ou des instances et des supplications qu'il devait essuyer en bas, à chacune de ses allées et venues.

Son cabriolet à peine arrêté, le temps qu'il mît pied à terre, ils étaient là qui l'assiégeaient.

— Mais docteur, elle va tomber malade. Vous savez dans quel état est son cœur. Et Berthe me dit que c'est à peine si elle touche aux plateaux qu'on lui monte.

Déjà, inconsciemment, Adrienne, pour sa part, donnait le pas à la vivante dans sa sollicitude, sur celui qui n'était pas encore un mort.

— Il faut qu'elle soit raisonnable. Dites-le-lui.

Dire quoi que ce fût à cette femme, là-haut, plus

tragique d'être sans larmes... Quel espoir y avait-il de se faire entendre d'elle ?

— Elle tiendra tant qu'il le faudra. — Il le savait bien, lui qui l'avait vue, cette créature d'apparence si grêle, mener par trois fois le même combat. — Nous la soignerons ensuite.

Frédéric dit avec violence :

— J'ai droit de revoir mon frère.

Il était hagard, avec des marbrures sur les joues.

— Frédéric !... murmura douloureusement sa sœur, sur un ton de reproche.

Il lui jeta un coup d'œil, serra les mâchoires, et, de nouveau, retourna s'enfermer dans la bibliothèque.

Adrienne s'appuya contre l'épaule de son jeune frère qui assistait à la discussion, attachant alternativement sur chacun d'eux des yeux emplis d'une sorte d'horreur incrédule. Muet, assommé, depuis qu'il avait appris la nouvelle de la bouche du Père Préfet, là-bas, au collège, il semblait ne pas pouvoir reprendre pied, au milieu du cauchemar qui s'appesantissait d'heure en heure sur Mogador.

— Dites-lui que Hubert est là. Elle m'a fait dire ce matin par Philo de l'envoyer chercher. Peut-être voudra-t-elle le voir ?

— Oui, dites-le-lui, articula Hubert.

Les sons avaient peine à sortir de sa gorge nouée. Le docteur eut un bref regard apitoyé pour l'adolescent.

— Je vais tâcher... oui, je... balbutia-t-il.

Il prit l'escalier comme il se fût échappé. Mais, à mesure qu'il approchait du palier, son pas se ralentissait.

Combien de fois l'aurait-il accompli, ce parcours, en vain ? Son inutilité lui pesait aux épaules. « M. Vernet, cette pauvre petite Amélia, Cyprien... Et maintenant... On ne peut rien. On ne peut jamais rien. »

— C'est monsieur le Docteur, annonça Philo, lorsqu'il entra.

Julia ne se retourna pas. Debout contre le lit, au fond

de la pièce, elle était telle que le médecin l'avait laissée, la veille au soir, comme si elle n'eût pas bougé depuis.

— Il délire de nouveau, annonça-t-elle, simplement. Au cours de la nuit, plusieurs fois il a repris connaissance.

— Il souffre toujours autant ?

Julia inclina la tête.

— Cette nuit, il ne pouvait pas même supporter les couvertures.

Le médecin commença son examen, et elle l'assista en silence.

A la tête du lit, prête à toute éventualité, Philo tenait la cuvette, et les serviettes propres.

— Il a pu vous parler ? questionna-t-il, lorsqu'il eut fini.

— Oui.

Le laconisme tranchant de la réponse interdisait de poursuivre.

Le médecin rassembla son courage :

— Votre plus jeune fils est arrivé. Tous trois se désolent, en bas. Ils voudraient que vous preniez un peu de repos. Mlle Adrienne pourrait très bien vous remplacer pour une heure ou deux.

— Je vous en prie, Docteur. Cela me regarde.

Les yeux froids le paralysaient. Il insista cependant, non sans effort.

— Ils demandent aussi à voir leur frère.

Une sorte de stupeur envahit brièvement le visage de Mme Vernet, sans que le médecin qui la dévisageait, inquiet, parvînt à en tirer une conclusion quelconque. Jusqu'à la fin de sa visite, il se demanda quel genre d'écho pouvaient avoir recueilli ses paroles et si même elles en avaient trouvé un.

Après son départ seulement, Julia se laissa tomber sur un siège. « *Leur frère...* Evidemment. » Dans une lumière cruelle lui apparaissait tout à coup cette monstruosité : depuis trois nuits, elle avait oublié que Henri n'appartenait pas à elle seule, tant ses autres enfants avaient cessé de compter.

Elle demeura assise, immobile, les mains ouvertes

sur ses genoux, considérant de ses prunelles fixes le lit où Henri, tout à l'heure prostré, recommençait à s'agiter.

— Philo ! appela-t-elle enfin.

La servante fut derrière elle presque instantanément. Depuis qu'elle avait vu rapporter son jeune maître sur une civière, l'orbe de son existence tenait entre ces quatre murs. Quand Julia, n'ayant plus besoin d'elle, la congédiait, elle demeurait encore de longues minutes derrière la porte, dans le couloir, avant de pouvoir se résoudre à s'éloigner.

— Oui, Madame.

— Va leur dire qu'ils peuvent monter.

Avec eux, l'extérieur que Julia avait oublié aussi s'engouffra dans la chambre.

— M. le Curé est venu prendre des nouvelles par deux fois. M. Amic aussi, au nom de tous ses amis. Et les Raynal, les Marquet-Rageac, Alphonse du Roveret, Mme...

« Le curé... » pensait Julia. « Oui, il faudrait y songer. »

— ... Enfin, tout le voisinage, vous voyez. Je ne sais que leur dire. Et, Maman, ne devrais-je pas prévenir les oncles et tantes ? S'ils l'apprennent par des étrangers, il me semble que...

Julia admira et haït cette douleur pourtant sincère qui trouvait le moyen de demeurer organisée.

Les deux garçons, eux, au moins, ne disaient rien. Hubert lui serrait convulsivement le bras, et Frédéric, éperdu de détresse, caressait d'un effleurement timide la tête mouillée de sueur qui ballait de droite et de gauche sur l'oreiller.

— Emmène Hubert, dit Julia à sa fille.

Elle embrassa le jeune garçon :

— Va, mon petit. Lorsqu'il reprendra connaissance, je t'enverrai chercher.

Et, s'adressant de nouveau à Adrienne, elle ajouta :

— Toi aussi. Va, maintenant. Et occupe-toi d'alerter

toute la famille. Tu as raison, nous devrions l'avoir déjà fait.

Adrienne cachetait ses lettres quand survint son cousin Raoul.

De la fenêtre, elle le vit sauter à bas de son cheval et monter quatre à quatre les degrés du perron.

— Ce n'est pas vrai, ce que l'on vient de me dire dans Arles ? Henri... ?

Il repartit une demi-heure plus tard à bride abattue pour Tourvieille, sur *Phœbus,* le pie de Frédéric, laissant le sien, hors d'état de fournir sur-le-champ une seconde course à cette allure.

Le lendemain, tous défilèrent.

Julia les vit à peine.

En bas, ils entouraient Adrienne et ses frères. Au milieu de leurs cousins, tous trois en arrivaient par moments à perdre de vue le motif affreux qui les réunissait de nouveau, si peu de temps après leur séjour de la Noël. Et, tout à coup, l'horreur et le remords les poignaient au sein de cette accalmie.

Antoine et Lucie décidèrent de rester, après avoir tenu conseil avec Constant qui pouvait plus aisément faire la navette entre Mogador et la Sarrazine.

— Il faut que votre mère dorme, au moins cette nuit. Nous veillerons, déclara Antoine aux jeunes gens, d'un ton ferme. Votre oncle Constant et moi allons lui faire entendre raison.

Adrienne soupira :

— Si vous pouviez y parvenir !

Ils n'y parvinrent pas plus qu'elle-même.

Au matin du quatrième jour, toute la famille, réunie dans la salle à manger pour un triste petit déjeuner en commun, vit Frédéric descendre transfiguré de la chambre de Henri où il s'était glissé dès son réveil

— Il m'a parlé ! Oui, un grand moment. Il dit qu'il se sent beaucoup mieux. La douleur se calme. Les vomissements ont cessé.

Tous, autour de la table, se regardèrent, anéantis de joie. Adrienne la première repoussa son bol et se leva :

— J'y vais.

— Attends-moi, lui cria Hubert, courant derrière elle.

En haut, Julia leur ouvrit.

— Quelques instants. Il ne faut pas le fatiguer.

— Ils ne me fatigueront pas du tout, Maman, prononça la voix de Henri. Sa voix habituelle, moins forte, mais nette, timbrée.

Frédéric venait de le leur dire, mais en face du miracle, ils demeuraient stupéfiés.

Hubert s'avança sur la pointe des pieds.

— Henri, c'est toi ! balbutia-t-il, comme ébloui.

C'était ce même visage qui l'avait terrifié, deux jours plus tôt. Mais il ne voyait rien, n'entendait que cette voix fraternelle ressuscitée, attendrie et railleuse :

— Non, ce n'est pas moi, Nigaudet !... Et regardez-moi cette grande idiote qui pleure, ajouta Henri, en voyant s'approcher Adrienne.

— C'est... que... tu nous as... tellement inquiétés, bégaya-t-elle, en se mouchant.

Tandis qu'ils lui parlaient, le regard du blessé ne quittait pas leur mère qui s'activait à mettre de l'ordre dans la pièce.

— Maman chérie, laissez cela. Vous allez vous tuer. Quand je pense au tourment que je vous ai fait endurer, ces jours-ci !... Sans compter la fatigue.

Julia revint auprès du lit, et contempla longuement son fils, mais ne dit rien. Eût-elle même été seule avec lui que le moindre de ces mots qui lui montaient du cœur en un flot de tendresse passionnée n'eût pu franchir ses lèvres.

Le médecin arriva un peu plus tard. Il conversa un moment avec Henri, le félicita, examina rapidement son ventre, tint un bref colloque avec Julia sur le palier, et repartit.

Elle passa quelques minutes dans sa propre chambre, en ressortit, maîtresse d'elle-même, redressée de toute sa taille, rentra chez Henri avec un visage paisible, attira un fauteuil près de lui, s'assit, et commença :

— Maintenant que tu te sens mieux, mon petit, je voudrais te demander une faveur.

— Maman, tout ce que vous voudrez...

Elle continua sans se laisser interrompre :

— Je sais bien que tu n'es pas très assidu pour accomplir tes devoirs religieux. Mais, pour me faire plais...

Une sueur glacée collait sa chemise à ses omoplates, mais sa voix et son attitude conservaient l'apparence de la sérénité. Même, elle souriait, de toutes ses forces, sans se rendre compte que, dans le contre-jour grisâtre où son fils la voyait seulement silhouettée, ce sourire était un héroïsme superflu.

Il reçut la communion au début de l'après-midi.

Et l'extrême-onction tard dans la soirée. Depuis la tombée de la nuit, il avait commencé de s'affaiblir rapidement, bien qu'il conservât toute sa lucidité.

Julia tenait la lampe haute, derrière le prêtre ; et tous ceux de Mogador, rassemblés, à genoux dans le fond de la pièce et dans le couloir, priaient en même temps qu'elle.

— Je suis certaine que tu vas t'en trouver mieux, chuchota-t-elle à Henri, quand ce fut terminé.

Il murmura :

— Bien sûr, Maman chérie.

Et lui aussi, à son tour, s'efforçait de sourire pour elle. Mais Julia voyait à ses yeux qu'il avait cessé de la croire.

Il s'éteignit, sa joue contre la main de sa mère, un peu avant l'aube.

⁂

Un cœur usé. Des bronches qui ne font plus leur travail. Et cette lassitude accumulée, cette lassitude plus lourde à traîner, chaque jour qui vient. « N'est-ce pas assez, mon Dieu, pour conclure ? Qu'attendez-vous ? N'en ai-je pas encore assez supporté ? »

Dans son lit, malgré le secours des oreillers empilés l'un sur l'autre, Julia peinait pour trouver son souffle. Peinait, peinait encore, d'une respiration à celle d'après. Le monde semblait n'avoir plus d'air respirable pour elle.

Philo se montra sur le seuil du cabinet de toilette, et, bourrue comme toujours, grogna :

— Mademoiselle Adrienne a dit que vous aviez mal dormi, cette nuit. Pourquoi vous m'avez pas sonnée ?

Sa maîtresse négligea le reproche implicite.

— Et toi, tu dors bien, peut-être ?

A voir la mine de Philo, l'on en pouvait douter.

— Moi, oui. Après l'ouvrage de la journée, c'est pas difficile. Le temps d'éteindre ma camoufle, ça y est. — « La balayette, la pelle à feu... maintenant, le soufflet... » Et ranimant les braises, elle conclut, le dos tourné, affairée à sa besogne : — Pendant qu'on dort, au moins, on pense plus à rien.

— Oui, dit Julia.

Elle regarda ce dos robuste, avec envie. Les heures du jour remplies par la tâche domestique dont on ne voit jamais la fin, et une nuit de bon sommeil, une nuit tout entière où elle eût cessé de savoir qu'Henri l'avait quittée, lui aussi.

Elle n'avait jamais accepté l'idée que quelqu'un sur cette terre pût ressentir de la pitié à son égard. Etait-ce pour cela, se demanda-t-elle, que Dieu lui refusait la sienne lorsqu'enfin elle criait grâce ?

« Grâce ? Allons donc !... : il n'est jamais fait grâce. » C'était cette pensée qui flamboyait dans sa tête, sans répit, depuis des jours. Exactement : depuis que la grande porte, en bas, s'était ouverte à deux battants pour laisser entrer la civière.

— As-tu monté l'eau chaude ? questionna-t-elle.

— Oui, Madame, elle est là.

— Alors, fais-moi passer mon peignoir, et aide-moi à me lever.

Peut-être, une fois debout, se sentirait-elle mieux.

Encore une journée. « Continuer, mon Dieu... Comment ? Pourquoi ? Je n'en puis plus. Ne voyez-vous pas que je suis à bout ? » On le croit, mais on continue.

Philo faisait son service, remuant ses pensées à elle,

avec ce grignotement silencieux du nez et des lèvres qu'elle avait toujours eu. « *Ce n'est rien* », avait dit monsieur le Docteur. « ... *Le contrecoup inévitable de tout ce qu'elle a subi.* » « Rien ! Quand on voit quéqu'un à sa toilette tous les jours que le bon Dieu fait, on en sait plus dessus que tous les savantas qui laissent partir un beau drole (1) de vingt-sept ans sans rien y faire. Elle devait pas peser plus qu'un fifi de luzerne, Madame, la pauvre. Un malheureux bâton de réglisse à un sou : c'est ça qu'elle avait l'air dans sa robe. »

— J'ai laissé tomber un de mes gros crochets à cheveux en ébène. Regarde un peu, là autour.

Philo chercha.

— Je le vois pas, Madame.

— Non ? Pourtant... Mais si, tiens, là.

— Et où ?

— Mais là ! Juste au pied de la coiffeuse.

« La pauvre, sa vue baisse », songeait Julia, de son côté, tandis que sa servante, penchée, tâtonnait pour ramasser l'épingle noire sur le bariolage du tapis.

— Tu devrais porter des lunettes, dit-elle, quand Philo la lui rendit.

— Oh ! pas plus !... protesta Philo, offensée.

Ses yeux avaient la cornée toute fibrillée de rouge. Les paupières aussi étaient enflammées. « Elle a vieilli d'un seul coup, depuis qu'Henri... Jamais fait grâce... Jamais fait grâce, en cette vie. A personne. »

— Et pourquoi pas, bêtasse ? Bientôt, il m'en faudra, à moi aussi, tu sais. Cela va bien. Tu peux disposer, à présent.

— C'est tout, Madame ?

— C'est tout, oui. Dès que je serai mieux, je t'emmènerai à Tarascon en chercher une paire.

Elle suivit du regard Philo qui s'en allait sans souffler mot, d'un pas lourd.

« Jamais fait grâce... »

« Non », décida-t-elle, dans un sursaut d'énergie.

(1) Un *drole :* un garçon.

« Non ! Ce n'est pas cela qu'il faut se dire. Mais, au contraire : rien n'est jamais fini. »

Tout au fond de soi, elle savait que c'était la même chose. La même, mais une autre façon de la voir ; et la seule honorable, pour elle.

Dans cette vie si courte, où l'on n'en finit pas de mourir, si l'espérance est à la mesure du courage, Julia savait que son parti était pris, une fois pour toutes.

Elle eut ce mouvement qui devenait comme un tic, pour redresser ses épaules maigres, et quitta son fauteuil pour aller soulever le coin du store, attirée vers la fenêtre par un bruit lointain de sabots.

Les noisetiers dépouillés par l'hiver cernaient d'une couronne de bois mort l'arrondi de la pelouse rase où germait l'herbe toute neuve.

« Rodolphe, Amélia, Henri... » Chaque allée de Mogador était peuplée pour l'éternité de leurs voix, de leurs rires, de leurs chevauchées que nul vivant n'entendrait jamais plus ; et des cris de joie d'un petit enfant dont, seules, à présent, la vieille Julia Vernet et sa servante conservaient encore la mémoire.

Le matin était tout bleu au-dessus des promesses vertes de la terre. Le soleil tiédissait la vitre contre laquelle Julia appuyait son front.

Un cavalier déboucha d'entre les massifs, au coin de la maison, sur un grand cheval pie, et traversa, dans la direction des labours. De haute taille, bien découplé. Une assiette irréprochable. Cette même silhouette des Vernet.

En bas, Frédéric se retourna pour répondre à quelqu'un qui devait être sorti sur le perron.

Sous les yeux de sa mère, son image devenait de plus en plus floue. Julia attendit encore un instant, puis, effaçant de la main la buée qui s'était épaissie, elle frappa au carreau pour lui faire signe.

Achevé d'imprimer en juin 1995
sur les presses de l'Imprimerie Bussière
à Saint-Amand (Cher)

POCKET - 12, avenue d'Italie - 75627 Paris Cedex 13
Tél. : 44-16-05-00

— N° d'imp. 1517. —
Dépôt légal : juin 1983.

Imprimé en France

